Nur Gisela
sang schöner

Dany R. Wood

© Arturo Verlag, München
6. Auflage, Oktober 2024

AF216788

Dany R. Wood

Über den Autor:

Dany R. Wood, Jahrgang 1978, ist Saarländer, studierte in Köln sowie Sydney und lebt heute in München. Vor seiner Karriere als Autor machte er viele unterschiedliche Jobs. Er war z. B. Zeitschriftenausträger, Krankenkassen-Genehmiger für orthopädische Einlagen und PowerPoint-Schubser bei der Deutschen Lufthansa.

Danys Bücher spielen in den schönsten Ländern der Welt, die er mit seinem Rucksack bereist: in Australien, Südafrika, Thailand, Spanien und im Saarland.

Danke

Ich möchte mich bei den Personen bedanken, die mich bei der Erstellung dieses Romans unterstützt haben. Ganz besonders hervorzuheben ist die Gemeindeverwaltung Marpingen im nördlichen Saarland. Im Alter von 17 Jahren durfte ich dort ein sechsmonatiges Praktikum absolvieren und den Alltag im Rathaus kennenlernen. Die Erfahrungen waren sehr inspirierend, beeindruckend und auch humorvoll.

Ich fand es dort sogar so toll, dass ich den Arbeitsplatz meines ermittelnden Kommissars Jupp Backes genau in einem solchen Rathaus angesiedelt habe – allerdings im fiktiven Ort Hirschweiler. Dies geschieht, man kann es sich schon denken, aus reinem Selbstschutz meiner Person. Zu groß war die Gefahr, dass zum Beispiel der Herr Bürgermeister, die Dame vom Empfang, der Standesbeamte oder sogar der »echte« Kommissar mit Millionenklagen drohen, da sie sich wiedererkennen. Und dabei verfolgen alle das gleiche Ziel: sofort den Dienst quittieren und Schreibtisch gegen Hängematte tauschen. Und das Beste: auf Kosten des Ex-Praktikanten! Wo gibt es denn so was?

Viel Spaß beim Lesen mit den frei erfundenen Figuren! Laut meinem Anwalt (der Cousin meines Vaters, dessen Vermieter) soll ich das schreiben. Nur um auf Nummer sicher zu gehen, da Beamte Füchse sein können. Kein Vergleich zum Polizeibeamten Jupp Backes, der überall für Recht und Ordnung sorgt.

Warum Dorfkrimi? Das Saarland ist eigentlich wie ein ganz großes Dorf – jeder kennt irgendwie jeden. Schöne Lesestunden und gute Unterhaltung wünscht

Dany R. Wood

Bibliografische Information der Deutschen Nationalbibliothek:
Die Deutsche Nationalbibliothek verzeichnet diese Publikation in der Deutschen Nationalbibliografie; detaillierte bibliografische Daten sind im Internet über http://dnb.dnb.de abrufbar.

© Arturo Verlag, München, Erstauflage, April 2018
6. Auflage, Oktober 2024

Lektorat: Anja Nengelken, Berlin,
Gestaltung Buchumschlag: Alexander Roedig, München
Verlag: Arturo Verlag, München, www.arturo-verlag.de
Druck und Bindung: Print Group, Szczecin
ISBN: 978-3981701647

Kapitel 1

»Polizei Hirschweiler, Oberkommissar Backes am Apparat. Wer stört noch um diese Zeit?«, meldete sich ein genervter Gesetzeshüter.

Er stand an seinem Schreibtisch aus Mahagoni, in der rechten Hand hielt er den Hörer des grünen Tastentelefons, einem Relikt aus den Achtzigerjahren. In seinem Arbeitsbereich war equipmenttechnisch die Zeit stehen geblieben. Auch die Polizei musste schließlich sparen, erst recht bei den grünen Bullen auf dem Dorf.

»Hallo? Hallo?«, schrie Jupp in den Hörer, doch er bekam keine Antwort.

Am anderen Ende der Leitung hörte er nur ein lautes Schnaufen oder Keuchen. Gefolgt von einem Rascheln des Hörers.

»Aha, ein Perverser! Der hat mir jetzt gerade noch gefehlt«, sagte er laut, um den Anrufer zu verängstigen und zeitgleich in seine Schranken zu weisen.

Jupp knallte den Hörer auf die Gabel und schüttelte genervt den Kopf.

»Nur noch Bekloppte auf der Welt«, murmelte er und packte seine leere Thermoskanne gähnend in die Tasche.

Sein wohlverdienter Feierabend war damit eingeläutet, doch müde und geschafft war er keineswegs. Es war nämlich schlichtweg nichts zu tun in dem Bereich, für den er zuständig war. Der Einzige, der heute angerufen hatte, machte obszöne Geräusche und gab sich dann nicht zu erkennen. Dumm gelaufen für den Dorfpolizisten Josef Backes – genannt: Backes Jupp.

Das Beamtendasein in der Provinz konnte wirklich langweilig und trist sein. Keine Morde, keine Einbrüche, nicht mal Gartenzaunkleinkriege unter Nachbarn. Oder wenigstens ein bisschen (softe) häusliche Gewalt, sodass man als Polizist dem Täter mal ordentlich die Hammelbeine hätte langziehen können.

Doch Fehlanzeige! Tote Hose und hochgeklappte Bürgersteige ab 18 Uhr standen in der Gemeinde Hirschweiler, für die Jupp Backes zuständig war, genauso auf der Tagesordnung wie sein pünktlicher Feierabend.

Als Jupp nun endlich heimgehen wollte und schon an der Bürotür stand, klingelte der Telefonapparat erneut. Einmal. Zweimal. Erst beim dritten Mal ging er pflichtbewusst zurück zum Schreibtisch und hob ab.

»Das hier ist keine ominöse Hotline, bei der man in den Hörer stöhnt, sondern eine anständige Polizeidienststelle. Ende der Durchsage!«, schrie er wütend in den Hörer.

»Jupp! Jupp! Warte mal, leg nicht auf!«, wimmerte und keuchte am anderen Ende das zerbrechliche, quietschende und helle Stimmchen eines alten Mütterchens.

»Marianne? Du schon wieder? Na, wo brennt es denn diesmal?«

Jupp erkannte seine anstrengendste Bürgerin, die einen ganz engen Bezug und Kontakt zum Gesetzeshüter pflegte. Er rollte genervt mit den Augen.

»Schnell, du musst ganz dringend kommen!«, japste Anruferin Marianne Müller aufgeregt.

»Ich bin eigentlich schon im Feierabend und habe keine Zeit für deinen Krimskrams«, versuchte er sie abzuwimmeln.

»Was? Wieso?«, hechelte Marianne kurzatmig.

»Na, ich bin mit einem Kollegen zum Bier verabredet«, sagte Jupp ausweichend.

Er wollte Marianne ganz schnell loswerden. Doch leider war ein marokkanischer Esel im Vergleich zu Müllersch Marianne eine echte Kooperationsgranate. Sie war bekanntlich stur und störrisch.

»Bitte, bitte, Jupp! Du musst vorbeikommen. Bei mir wurde eingebrochen«, flüsterte sie auf einmal.

»Ach, Marianne! Bei dir wird komischerweise ständig eingebrochen oder was geklaut. Da dürfte ja eigentlich gar nix mehr zu holen sein, so oft, wie da schon die Banditen ein und aus gegangen sind und dein Hab und Gut rausgeschleppt haben. Du hörst mal wieder die Flöhe husten.«

»Nein, Jupp. Diesmal bin ich mir ganz, ganz sicher, dass ...«, plötzlich hielt sie inne und piepste dann hysterisch weiter: »Hier ist jemand. Oh Gott, oh Gott, oh Gott! Ich höre Schritte über mir, eindeutig Männerschritte. Auf meinem Dach ... Jupp, ich habe Angst!«

Marianne klang verzweifelt und panisch.

Dorfpolizist Jupp seufzte nun auch in den Hörer. Er haderte mit sich. Zu oft schon hatte Marianne wegen Pillepalle falschen Alarm bei ihm ausgelöst. Er fragte sich ernsthaft, ob an diesem sommerlichen Donnerstagabend mal wieder nur eines ihrer Hirngespinste in ihrem faltigen Kopf rumspukte. Aber was wäre, wenn in der Tat ein Einbrecher in Mariannes Haus Unfug trieb?

Jupp würde es sich niemals verzeihen, wenn er nicht eingeschritten wäre, und wenn Marianne dann mittellos ohne Möbel in ihrem Bauernhaus hausen müsste.

»Marianne, wo bist du jetzt gerade?«, fragte er plötzlich diensteifrig.

Er brauchte eine genaue Standortbeschreibung, um sich »per Ferndiagnose« einen Überblick über die knifflige Lage zu verschaffen. Da war Jupp urplötzlich ganz der Profi. Grundsätzlich kannte er ihre vier Wände aus dem Effeff – von früheren dringenden »Einsätzen«, für die er hatte anrücken müssen.

»Ich krawwele (*krabbele*) auf allen Vieren durch den Flur«, keuchte sie.

Zum Glück entpuppten sich die obszönen Geräusche als altersbedingte Atemlosigkeit beim Seniorenbodenturnen.

»Marianne, jetzt bleib ganz ruhig! Versteck dich unter der Eckbank in der Küche und bleib, wo du bist!«

»Aber das Kabel reicht doch gar nicht bis zur Küche ...«, wandte Marianne ein.

Sie hatte den Hörer zwischen Kinn und Ohr geklemmt, um auf beiden Händen krabbeln zu können.

»Dann stell dich tot und leg dich im Flur auf den Bauch!«, befahl Jupp.

»Bist du wahnsinnig! Ich hab doch den Hund hier.«

»Na, und? Was ist mit dem Hund?«

»Der hat doch letztes Jahr meinen Mann tot auf dem Teppich gefunden ...«

»Ähm, und?«

»Herzinfarkt. Ganz plötzlich. Wenn der mich jetzt auch so dahingerafft sieht, dann ...«

»Aber wieso bellt denn dein Hund nicht, wie jeder normale Köter, wenn ein Fremder im Haus ist?«

»Vergiss es! Der Hund ist traumatisiert, seit der Sache mit meinem Mann bellt der nicht mehr. Der Tierarzt ist ratlos. Ich könnte ihn kaputt schlagen ...«

»Ach Gott, der arme Hund ... Aber der macht das ja nicht absichtlich«, meinte Jupp kopfschüttelnd.

»Nein, ich rede doch vom Tierarzt. Wenn die Ärzte nix finden, könnte man ausrasten. Ganz schlimm, wenn der Hund von einem Moment auf den anderen das Bellen einstellt. Angeblich wohl eine depressive Verstimmung ...«

»Aha, so was habe ich ja noch nie gehört. Aber trotzdem, bleib ganz ruhig dort, wo du jetzt bist! Jupp kommt!«

Und da war es wieder! Sein Verantwortungsbewusstsein. Das Gefühl für Recht und Ordnung sorgen zu müssen und für Fremde sein eigenes Leben zu riskieren. Polizist zu sein konnte man laut ihm nicht erlernen. Das war eine innere Einstellung, der Drang zu helfen. Und im vorliegenden Fall konnte Jupp nicht anders als Marianne Müller zur Hilfe zu eilen. Da hätte sie auch nachts um drei Uhr bei ihm anrufen, von Trippelschritten halluzinieren und sich gemeinsam mit dem Vierbeiner auf dem Arm vor Angst ins Hemd machen können. Wenn Not am Mann oder an der Marianne war, dann stand Jupp parat. Aber so was von!

Hektisch rückte Jupp seine Polizistenmütze zurecht und trat auf den breiten Flur des Rathauses von Hirschweiler, einer ca. 3.000-Einwohner-Gemeinde mitten im Saarland. Hier im Erdgeschoss befand sich seine Polizeidienststelle.

Jupp platzte in das gegenüberliegende Büro hinein.

»Günther! Es gibt einen Notfall. Mit unserem Feierabendbier wird es heute nix«, plärrte er ihm entgegen.

Ein dickbäuchiger Mann mit vollem pechschwarzem Haar und breiten Koteletten, die bis zum Unterkiefer wucherten ließ, vor Schreck eine Akte fallen und schaute ihn überrascht an.

»Ach, macht deine Inge mal wieder Mucken, weil du dich mit deinem Lieblingskollegen und Kameraden auf ein Bier treffen willst?«, fragte Günther ironisch grinsend.

»Quatsch! Mit meiner Inge hat das rein gar nix zu tun, sondern ...«

»Ist was mit eurer Oma?«, unterbrach ihn Günther besorgt.

Sein Grinsen war schlagartig verschwunden.

»Blödsinn! Die Oma ist fit wie ein Turnschuh und überlebt uns alle noch. Müllersch Marianne rief gerade an, dass bei ihr eingebrochen wurde. Ach, was - der Einbrecher ist wohl noch aktiv am Werkeln.«

»Aha, und zum wievielten Mal ist das jetzt in diesem Jahr?«, fragte Günther lachend.

Das vermeintliche Einbruchsopfer war im Rathaus bekannt wie ein bunter Hund und so gerne gesehen wie Dünnpfiff in einem Whirlpool.

»Ja, ja, ich weiß. Aber was soll ich denn machen? Wenn eine Bürgerin anruft, muss ich dem Ganzen auf den Grund gehen. Lass uns später beim Panajotis treffen! Ich düse jetzt zum Marianne rüber. Du kannst mir ja schon mal einen Kreta-Teller bestellen, aber mit viel Zaziki. Das brauche ich garantiert nachher um runterzukommen«, bat Jupp ihn um einen Gefallen.

Günther, der als Standesbeamter heiratswillige Paare in den gesetzlichen Bund der Ehe hievte, nickte brav. Beide verabredeten, sich in einer guten halben Stunde beim griechischen Wirt Panajotis in der »Mykonos«-Taverne zu treffen - länger würde sein Einsatz sicher nicht dauern.

Jupp freute sich schon auf Gyros, Pommes, Krautsalat und ein kühles Karlsberg UrPils. Feierabend- und Kreta-Teller-Vorfreude halt, wie ein kleiner Miniurlaub in Griechenland.

Hirschweiler war nicht besonders groß, und das 1969 erbaute Rathaus befand sich im Ortskern – also mittendrin im Dorfgeschehen. Von überall aus konnte Jupp Backes mit seinem klapprigen Dienstwagen, einem grün-weißen Peugeot 405 (die neuen blau-silbernen Dienstfahrzeuge waren in Hirschweiler noch nicht angekommen), in Nullkommanix am Tatort des Geschehens sein. Oder halt bei Marianne Müller, die in unmittelbarer Nähe des Sportplatzes auf einem still gelegten Bauernhof lebte.

Jupp klingelte. Einmal. Zweimal. Erst nach dem dritten Mal machte das laufende ein Meter 50 kleine, Kopftuch tragende Mütterchen mit einem Katzenbuckel vorsichtig die knarrende Haustür einen Spalt weit auf. Ganz langsam reckte sie den Kopf nach draußen und schaute Jupp schüchtern wie ein scheues Reh mit großen Augen an. (Uroma-)Bambi war ein Scheißdreck gegen Marianne Müller in diesem Moment.

»Na, Marianne, wo ist denn dein Einbrecher?«, wollte Jupp gut gelaunt wissen.

Er schritt energisch an ihr vorbei in die dank zugezogener Vorhänge abgedunkelte Wohnung, und schaltete das Licht an.

»Pst, nicht so laut!«, flüsterte Marianne mit verkniffenen Augen, da sich ihre alten kurzsichtigen Augen erst mal an das grelle Licht gewöhnen mussten.

»Was fehlt denn diesmal? Dein billiger Modeschmuck, Geld oder doch wieder der Einkaufskorb, der sich beim letzten Mal im Foyer der Volksbank wiedergefunden hat?«

Jupp nahm die ganze Situation nicht ernst und beobachte Marianne, die krampfhaft versuchte ihren Rücken wieder gerade zu bekommen. Zu lange hatte sie unter der Kücheneckbank versteckt gekauert – zusammen mit ihrem ängstlichen Schäferhund, der traurig winselte und jaulte.

»Horch! Horch doch, Jupp!«, flüsterte Marianne und zeigte mit dem Finger zur Decke, von wo tatsächlich Schritte auf dem schlecht gedämmten Dach zu hören waren. »Das geht schon die ganze Zeit so. Tu doch bitte was!«, flehte sie ihn an.

»Vielleicht sind es Außerirdische, die dich im Raumschiff von Hirschweiler aus ins Weltall schießen wollen«, mutmaßte Jupp mit süffisantem Grinsen.

Marianne stand eckbankbedingt immer noch leicht gekrümmt vor ihm, und wies mit halb ausgestrecktem Arm und knochigem Zeigefinger weiter zur Decke. Es fehlte nur noch, dass sie anfing, wie bei »E. T.« von »Nach Hause telefonieren« zu faseln. Wobei in Mariannes gesegnetem Alter von 87 Jahren ein Nach-Hause-Telefonieren völlig anders hätte interpretiert werden können. Da klopfte eher der Sensenmann an als Außerirdische. Und Einbrecher hatten bestimmt auch Besseres zu tun.

»Na, dann werden wir dem bösen Ganoven mal das Handwerk legen«, meinte Jupp fröhlich und rieb sich die Hände.

Er ging ins Wohnzimmer, öffnete die Terrassentür und stand kurz darauf im kniehohen Gras des Gartens, der schon lange keinen Rasenmäher mehr gesehen hatte.

»Aha, eine Leiter ...«, stellte Jupp sofort fachmännisch fest, als er die an die Hauswand gelehnte alte Holzleiter sah.

Ein Indiz dafür, dass in der Tat jemand Marianne auf den Kopf gestiegen war.

»Hallo! Hallo! Runterkommen! Hier spricht die Polizei«, schrie Jupp in Richtung Hausdach.

Marianne, die ihm gefolgt war, versteckte sich mit bebendem Unterkiefer hinter ihm und hatte sich vor Angst das blumige Kopftuch über die Augen gezogen.

Niemand meldete sich vom Dach. Und niemand war zu sehen.

Daraufhin schrie Jupp noch lauter die Dachziegel des alten windschiefen Dachs an. Er forderte den oder die Einbrecher auf, unverzüglich alles stehen und liegen zu lassen und gefälligst von Mariannes Dach runterzukommen. Vorsichtshalber zog er seine Dienstwaffe aus dem Halfter und zielte unkontrolliert und wahllos auf das Dach, ohne einen fixen Punkt zu haben.

Plötzlich lugte auf dem maroden roten Ziegeldach des Bauernhauses ein junger Mann, höchstens 20 Jahre jung, hinter dem Schornstein hervor.

»Marianne, wir haben ihn! Geh in Deckung, falls er bewaffnet ist«, rief er ihr zu.

»Oh Gott, oh, Gott, oh Gott! Siehst du, ein Einbrecher! Und das am helllichten Tag«, jammerte sie.

Die alte Frau war völlig durch den Wind. Ihr Kopftuch wurde im Handumdrehen zum kompletten Gesichtsschutzschild umfunktioniert. Die Verschleierte traute sich kaum unter dem geblümten Tuch hervorzuschauen, stattdessen versteckte sie sich lieber weiter hinter Jupp, so ängstlich war sie.

»Und jetzt – schön Hände über den Kopf ...«, schrie Jupp.

»Jawohl, mache ich ...«, piepste Marianne und hob die Hände hoch.

»Doch nicht du! Der Bursche auf dem Dach hinter dem Schorschde *(Schornstein)*«, schnauzte Jupp die Hände-hoch-Halterin an.

Vorsichtig und ganz langsam nahm der Ertappte auf dem Dach seine Hände über den Kopf. Er stand hilflos und eingeschüchtert neben dem Schornstein und zitterte wie Espenlaub.

»Noch ein ganz junger Schurke! Das ist doch garantiert ein Ausländer«, vermutete Marianne und lugte vorsichtig hinter dem Rücken von Personenschützer Jupp hervor.

»Na, dem Früchtchen werde ich mal gehörig den Marsch blasen! Einfach bei alten Frauen aufs Dach steigen ... Wo gibt's denn so was!«

Vorsichtig erreichte der Ertappte die oberste Sprosse der Leiter und begann mit dem Abstieg.

»So, Kamerad, jetzt ganz vorsichtig die Leiter runtersteigen!«, kommandierte Jupp mit gezückter Waffe.

Keine Antwort des Ertappten.

»Jupp, so ein Ausländer versteht dich doch gar nicht. Kannst du denn kein Englisch?«

»Englisch wird völlig überbewertet. Mir reichen Saarländisch und Deutsch völlig aus, damit bin ich bis heute ganz gut klargekommen.«

Er hatte nämlich in der Tat mit Englisch so wenig am Hut wie Donald Trump mit den Mexikanern. Doch Jupp konnte nicht einfach eine Mauer hochziehen, sondern musste sich im Notfall mit Händen und Füßen verständigen. Er hoffte inständig, dass der Ausländer vom Dach wenigstens ein paar Brocken der deutschen Sprache beherrschte. Ansonsten wäre der heutige Abend für seine Karriere so was von für die Katz gewesen, denn eine Standpauke machte nun mal keinen Spaß, wenn das Gegenüber nur Bahnhof verstand.

»Das ist doch bestimmt ein Russe. Oder ein Pole«, mutmaßte Marianne und beobachtete den großen Mann mit dem eckigen, blonden Kopf dabei, wie er einen Fuß nach dem anderen auf die Sprossen der Leiter setzte. Das Kopftuch war ihr wieder über die Augen gerutscht, hing aber so schief, dass sie einer Piratin ähnelte. Vor ihr kommandierte Captain Jupp wild mit seiner Waffe gestikulierend, und ließ den Absteigenden nicht aus den Augen. Piratenpower in Hirschweiler!

Als der vermutliche Täter endlich wohlbehalten vor Jupp und Marianne auf dem Boden stand, zitterte er am ganzen Körper.

Marianne freute sich diebisch, ihre Angst war wie im Nu verflogen. Was so ein Uniformierter mit Revolver alles bewirken konnte, war einfach unglaublich.

»Sie sind festgenommen wegen Einbruchs ins Haus von Marianne Müller. Sie haben das Recht, die Aussage zu verweigern ...«, betete Jupp seinen auswendig gelernten Satz herunter, den er schon so lange nicht mehr hatte aufsagen dürfen.

»Nein, nein, nein. Das muss ein Missverständnis sein ...«, verteidigte sich der Einbrecher, der völlig eingeschüchtert wirkte und zur Überraschung von Jupp und Marianne ein astreines Deutsch sprach.

»Ja, ja, Freundchen, das kannst du deiner Großmutter erzählen«, fiel ihm Jupp ins Wort.

Er fackelte nicht lange, und bevor der Einbrecher noch etwas sagen konnte, klickten schon die Handschellen.

Jupp führte ihn durch den Garten zur Straße, wo schon das Dienstfahrzeug wartete, um den Verhafteten auf die Dienststelle zu chauffieren. Dort würde er ihm dann die Leviten lesen und ein Verhör durchführen, das sich aber gewaschen hatte. So war zumindest sein Plan.

»Was hast du dir bloß dabei gedacht bei einer alten Frau aufs Dach zu steigen?«, fragte Jupp kopfschüttelnd.

Selbstverständlich duzte er den Burschen.

»Aber ich habe doch nur meine Pflicht erledigt ...«, stotterte der junge Mann eingeschüchtert und bewegte sich zögerlich zum Auto.

»Aha, ihr seid also eine ganze Einbrecherbande? Du wirst wohl von deinen Brüdern dazu angestiftet, hier einzubrechen, hä?«, vermutete Jupp und schaute den jungen Kerl herablassend an.

»Nein, nein ... Ich bin doch der Philipp, von der Fernsehtechnik Wagner ... Ich sollte nur eine Satellitenschüssel montieren«, gestand er ängstlich und zittrig.

Jupp blieb am Gartentor stehen und drehte sich fragend zu Marianne, die hinter ihnen umherwuselte und total glücklich zu sein schien, da der Bösewicht vom Dach gefangen war.

Den letzten Satz des vermeintlichen Einbrechers hatte sie mitgehört.

»Ach, wie? Sie sind wegen dem Fernsehen hier? Sind Sie der Mann, der gucken sollte, dass ich wieder meine Serien und Spielfilme anschauen kann?« fragte Marianne etwas irritiert.

»Ja, genau! Ich habe mehrfach geklingelt und da keiner aufgemacht hat, bin ich halt schon mal aufs Dach hoch um die Terrestrikantenne abzubauen. Denn die muss ja runter, bevor man die Satellitenschüssel montieren kann. So hat es mein Chef angeordnet. Denn Sie haben sich ja strikt gegen einen Kabelanschluss gewehrt ...«

Der junge Monteur schaute die Hausbesitzerin vorwurfsvoll an. Ebenso Jupp, der genervt mit den Augen rollte.

»Da haben Sie Recht, junger Mann! Ich habe doch schon genug Kabelsalat in meiner Wohnung. Da stürze ich eines Tages noch und breche mir die Haxen oder das Genick. Oh Gott, mein armer Hund, das würde der nicht packen ... Nein, also Kabelanschluss kommt mir nicht ins Haus!«

»Sag mal, wollt ihr zwei mich eigentlich auf den Arm nehmen? Was soll das Kasperletheater hier! Ich mache hier eine Verbrecherjagd – und dabei ist es nur ein Fernsehtechniker, der wegen einer Satellitenschüssel auf dem Dach herumturnt?«, fragte Jupp leicht gereizt.

Er schaute grimmig zu Marianne rüber, die nervös an ihrem Kopftuch zupfte, um es in die Stirn zu ziehen. Die Situation war ihr enorm unangenehm.

»Ei, hm ... Tja, ei ...«, stotterte Marianne. »Diesen Fernsehfritzen hatte ich überhaupt nicht mehr auf dem Schirm«, meinte sie entschuldigend und schaute beschämt zu Boden.

Kopfschüttelnd drehte sich Jupp um und stieg ins Auto. Er ärgerte sich, dass er mal wieder auf Mariannes kuriose Wahnvorstellungen reingefallen war.

Als der Motor aufheulte, hämmerte sie aufgeregt gegen das Fenster auf der Fahrerseite.

Jupp kurbelte genervt die Scheibe runter.

»Geh mir aus den Augen, Marianne! Jedes Mal ist es das Gleiche mit dir. Da fühlt man sich als Polizist auf gut Deutsch verarscht.«

»Jupp, es tut mir leid! Aber bitte befreie ihn doch. Sonst kann ich doch heute schon wieder kein Fernsehen gucken«, flehte Marianne ihn an.

Der blonde Verbrecher hielt die Handgelenke mit den Handschellen in die Höhe und versicherte, dass unter diesen Umständen kein TV-Empfang herzustellen sei.

Mürrisch stieg Jupp aus dem Wagen und waltete seines Amtes. Er befreite Philipp von seinen Handschellen.

»Die Polizei, dein Freund und Helfer«, strahlte Marianne, deren Kopftuch nach der ganzen Aufregung nun völlig schief auf dem Kopf hing und die halbe Stirn bedeckte.

Sie sah aus wie ein alter Pirat.

»Und wenn man als Polizist nichts zu tun hat, dann werden schon mal harmlose Satellitenschüssel-Monteure als Einbrecher verhaftet«, lachte der Verdächtige, der sichtlich aufgetaut war und seine Schüchternheit rasend schnell verloren hatte.

»Pass auf Kamerad, nicht frech werden!«, warnte Jupp und hob die Hand, als wolle er ihm Schläge androhen.

»Sie dürfen mich aber nicht schlagen«, sagte der Monteur mit einem frechen Grinsen.

»Dann tapp *(trete)* ich dir halt in die Hupp *(Hinterteil)*.«

»Das dürfen Sie auch nicht!«

»Ach, leck mich doch am Arsch! Du kleines Würstchen ...«

Wütend stieg Jupp in den Wagen und ließ seine Wut an der zugeknallten Tür aus.

Er kam sich vor wie in einem falschen Film à la »Fluch der Karibik«. Dank Kopftuchträgerin und Piratin Marianne Müller in der Rolle als Keira Knightley und Jupp als (Voll-)Depp – ohne den Johnny. Aber dafür in einer Klamauk-Inszenierung mit allem Pipapo, die sich gewaschen hatte. Es geschah schließlich nicht alle Tage, dass ein Satellitenschüssel-Monteur vom Dach kommandiert wurde, nur weil man ihn schlichtweg verwechselt hatte.

Jupp gab wütend Gas und bretterte mit seinem Peugeot mit Karacho davon. Er war sauer, mal wieder auf Mariannes Fehlalarm reingefallen zu sein. Dennoch freute er sich jetzt auf einen gemütlichen Männerabend. Sein Kumpel Günther würde ihn schon verstehen, nachdem mal wieder eine Frau wegen Firlefanz einen Affentanz veranstaltet hatte. Darüber musste man sich schließlich austauschen oder eher auskotzen.

Ebenfalls allen Grund zur Freude hatte auch Marianne Müller. Sie wollte nur noch Fernsehen gucken. Sie wunderte sich allerdings, dass das TV-Bild kurze Zeit später zwar gestochen scharf war, sie aber kein Wort vom dem verstand, was die Darsteller in der Flimmerkiste von sich gaben. Da waren kein »Bergdoktor« und kein »Um Himmels Willen« weit und breit, sondern nur billige Seifenopern in Arabisch, Russisch und Chinesisch. Ein wahrhaftiger »Fluch der Kanäle«, und damit Lichtjahre weit entfernt von Mariannes eigentlichen Wunschabendprogramm: TV glotzen und ihren Schäferhund kraulend auf der Couch sitzen.

Kapitel 2

Nachdem Jupp seinen Peugeot auf dem kiesbedeckten Parkplatz der Mykonos-Taverne geparkt hatte und ausgestiegen war, konnte er quasi schon den knurrenden Magen seines Kumpels Günther hören. Und das trotz des deutlich hörbaren Kieselstein-Geknirsches unter seinen Schuhen, während er geschwind zum Eingang marschierte.

Günther hatte eigentlich immer Hunger. Es wurde lange Zeit vermutet, dass er an einem Bandwurm leidet, was sich glücklicherweise doch nur als harmloser Kohldampf herausgestellt hatte – allerdings in der chronischen Variante.

Zumindest lautete so die Diagnose von Hausarzt Dr. Kunz, der in Hirschweiler alles und jeden verarztete, der nicht in die Stadt fahren konnte oder wollte. Seine Diagnosen brachten so manchen städtischen Facharzt um den Verstand und ließen an dessen Kompetenz zweifeln. Böse Zungen behaupteten sogar, er sei nur ein »Tierarzt« und hätte irgendwann von Vierbeinern auf die Zweibeinigen umgeschult.

Aber das waren nur Gerüchte, es gab dafür keinerlei Beweise. Und schlecht geredet wurde immer über Personen, die in der Hirschweiler Öffentlichkeit standen. Und dazu gehörte definitiv der Herr Landarzt, gefolgt vom Bürgermeister und von Jupp – dem »grünen Hirschen«, wie er auch liebevoll genannt wurde. Standesbeamter Günther stand in der Reihe der Persönlichkeiten ziemlich am Ende.

Jupp und Günther – das waren echte Freunde wie Pech und Schwefel.

Dass sein Kumpel und er schon seit vielen Jahren im Rathaus auf dem gleichen Flur saßen, war für Jupp wie ein Sechser im Lotto mit Zusatzzahl. Wie sehr er doch die gemeinsamen Gespräche über Fußball, Politik und die Kollegen im Rathaus genoss – wobei sie ja nur im gleichen Gebäude saßen.

Beide waren zwar Beamte, aber der eine wirkte als Polizist in Uniform, während der andere als Standesbeamter ackerte – in Hawaiihemden, die sein Markenzeichen waren.

Ebenfalls unverwechselbar für den Standesbeamten war, dass der leidenschaftliche Sänger als Elvis-Presley-Imitator bei Geburtstagsfeiern, Autohaus-Eröffnungen und kirchlichen Trauungen trällerte. Da er zusätzlich noch im Hirschweiler Kirchenchor eine wichtige Stimme und tragende Säule war, klang so manches Lied in der Sonntagsmesse immer auch ein bisschen nach: »In the Ghetto« oder »Are you lonesome tonight«. Der Pfarrer freute sich wahnsinnig darüber, so ein klitzekleines Stück Las-Vegas-Feeling in seinem Gotteshaus zu haben: so was zog die Gläubigen an wie die Motten das Licht.

Günther, oder »Presley-Günther«, wie er oft genannt wurde, sah auch optisch seinem Idol, dem »King of Rock«, zum Verwechseln ähnlich. Lediglich Günthers Vorliebe für Hawaii-Hemden unterschied ihn von Elvis. Doch im weißen Paillettenanzug mit Schlaghose und goldener Sonnenbrille im Rathaus oder in der Kirche aufzulaufen, wäre einfach zu dekadent und auffallend für das kleine Hirschweiler gewesen. Das Geschwätz wäre nicht auszuhalten.

Was die Leute allerdings reden würden, wenn herauskäme, dass Jupp versehentlich den Fernsehtechniker für einen Banditen gehalten hatte, der einer alten Frau aufs Dach stieg, um wahrscheinlich über den Schornstein ins Hausinnere zu gelangen – das wollte sich Jupp gar nicht erst vorstellen. Die Leute würden ihn zum Gespött machen. Daher musste dieser peinliche Vorfall erst mal mithilfe von kühlem Bier verarbeitet werden.

Immer noch innerlich am Brodeln betrat er die griechische Taverne und nickte kurz dem Wirt Panajotis zu, der daraufhin den Zapfhahn betätigte. Jupp war hier öfters zu Gast und man verstand sich ohne Worte. Männer verstanden sich oftmals wortlos.

Im hintersten Eck der schönen Taverne, die ganz in den Farben Weiß und Blau eingerichtet war, leerte Günther gerade sein Bierglas.

Jupp setzte sich zu ihm.

»Tut mir leid, Jupp! Aber ich wusste doch nicht, wie lange es dauert, wenn du beim Marianne auf Räubersuche bist. Ich habe schon mal gegessen, denn ich hatte so einen Mordshunger«, entschuldigte sich Presley-Günther.

»Ja, ja, schon gut. Dass ich jedes Mal auf diese bekloppten Anrufe von der Marianne reinfalle! Da platzt mir gerade der Kragen. Ich hätte es doch wissen müssen.«

Günther klopfte ihm freundschaftlich und aufmunternd auf die Schulter, während der Wirt zwei frisch gezapfte Biere an den Tisch brachte.

»Prost, Jupp! Lass dich nicht von so einer alten Frau ärgern. Sie meint das bestimmt nicht böse, glaubt wirklich, dass ständig Einbrecher im Haus sind. Die gehört doch eigentlich ins Altersheim!«

»Absolut! Aber alte Leute leiden oft an Alterssturheit und Starrköpfigkeit, sodass einem Hören und Sehen vergeht. Müllersch Marianne geht freiwillig nie und nimmer in ein Altenheim. Die hat doch auch noch diesen komischen Hund, der traumatisiert ist und nicht mehr bellt. Kein Heim dieser Welt nimmt dieses komische Gespann auf«, prophezeite er. »Nicht mal ein Tierheim!«

»Ach, Jupp! Man muss den alten Herrschaften so eine Einrichtung nur schmackhaft machen«, meinte Günther zuversichtlich und schielte in die Speisekarte, denn er hatte noch Appetit auf einen Nachtisch.

»Vergiss es! Die alten Leute von heute sind ganz anders als unsere Großeltern, die doch spätestens mit 70 Jahren tot waren. Glaub mir, ich habe daheim ja ein ganz besonderes Prachtexemplar von Schwiegermutter sitzen, die sich bei uns wie eine Hornisse eingenistet hat. Die Oma wird nur liegend und mit den Beinen voran aus meinem Haus ausziehen.«

»Schwiegermütter halt ...«, stöhnte Günther und trank sein Bier auf ex.

Zu seinem ständigen Hunger kam bei ihm auch enormer Durst – es lag wohl am warmen Wetter, das ja gerne als Sündenbock herhalten musste. Erst recht, wenn Alkohol floss.

Jupp schaute bedröppelt in sein Bier. Dann beichtete er seinem Freund kleinlaut, was wirklich auf dem Dach der Müllerin vorgefallen war.

Günther hörte aufmerksam zu, beobachte aber mit Argusaugen, wie Jupp seinen Kreta-Teller vorgesetzt bekam und anfing ein wenig lustlos darin herumzustochern, während er mit einem mageren Joghurt mit Honig als Dessert abgespeist wurde.

Beide echauffierten sich im weiteren Verlauf des Abends noch genauso ambitioniert über die Politik der Bundesregierung und über die Unfähigkeit des neuen Vorsitzenden des Kaninchenzuchtvereins, der Jupps Meinung nach überhaupt nix drauf hatte. Bei den Gesprächen floss auch reichlich Bier.

Plötzlich klingelte Jupps Handy. Er nahm ab und, noch bevor er was sagen konnte, durchbohrte eine nervige Stimme seine Synapsen: Marianne Müller war mal wieder an der Strippe.

»Jupp, ich bin's. Kannst du bitte ganz schnell noch mal zu mir kommen?«, fragte sie, als wäre es das Selbstverständlichste der Welt, dass man einen Polizisten in seinem wohlverdienten Feierabend störte.

»Kannst du vergessen! Aber so was von. Ich komme niemals mehr zu dir heim, sondern du gehörst in ein Heim. Ende der Durchsage«, sagte er schroff.

»Bitte, bitte, bitte! Ich verstehe nämlich nur noch arabisch, russisch und chinesisch. Dieser Volldepp hat mir nur ausländische Kanäle eingestellt«, klagte Marianne ihr Leid innerhalb der TV-Senderlandschaft.

»Lies meinetwegen ein Buch oder lös ein Kreuzworträtsel! Ich habe Feierabend!«

Jupp schmiss wütend sein Diensthandy über die blaue Tischdecke.

»Ja, ja, ja, die Polizei, dein Freund und Helfer – das versteht so mancher völlig falsch. Man fühlt sich als Polizist wie der Arsch vom Dienst. Der Beruf macht einfach keinen Spaß mehr. Weißt du, Günther, du kannst mit deinem Elvis-Getöse drauflos trällern und dann flennen die Leute. Ich will Verbrecher hinter Schloss und Riegel bringen, dann gibt es nämlich auch das große Geheule. Nur deshalb habe ich diesen Beruf gewählt.«

Im Alkoholrausch bekam Jupp gerne mal seinen Moralischen.

»Ein Beruf verändert sich halt im Laufe der Jahre«, fügte Günther schlaumeiermäßig hinzu.

»Weißt du was ...?«, setzte Jupp mit theatralischer Geste an.

Günther schluckte und starrte ihn an, während er per Handzeichen noch ein Karlsberg UrPils beim griechischen Wirt orderte.

»Ich will mal richtige Morde aufklären! So ganz abscheuliche Sachen, dass ich davon nachts Albträume bekomme. Das würde mir gefallen«, verkündete Jupp seine Wunschträume.

Seine Augen funkelten.

Günther rutschte mit dem Stuhl näher an Jupp heran, und legte ihm, nach seinem fünften Bier, freundschaftlich den Arm um die Schulter.

»Mein lieber Jupp, wir wohnen aber in Hirschweiler. Hier wird nur geheiratet, aber nicht gemordet. Und irgendwie finde ich das auch gut so. Und jetzt trinken wir noch einen!«

»Ich muss aber bald heim, denn sonst gibt's nur unnötigen Stress mit meiner Inge, wenn ich zu spät heimkomme ...«

»Jupp, so jung wie heute kommen wir zwei nie mehr zusammen. Und ein Ouzo geht immer noch«, sagte Günther.

»Ei ja, der ist ja so klein, der fällt ja gar nicht auf«, meinte auch Jupp.

Beide lachten und winkten Panajotis zum Tisch. Sie wollten noch mal etwas Flüssiges bestellen, um den unglaublichen Brand zu löschen, den beide nach Gyros und Zaziki verspürten.

Und schließlich bekam Günther dann auch noch richtig doll seinen Moralischen und trällerte in der Taverne seine Version von: »Are you lonesome tonight«, in einer wirklich herzergreifenden Männer-Alkohol-Depri-Version für alle, die sich heute Abend einsam fühlten.

Jupp bekam eine Gänsehaut, denn schön singen konnte der Günther ja nun wirklich. Eine schmachtende Schmalzstimme ohnegleichen - wäre er nicht so fettleibig, er wäre sicher ein echter Frauenmagnet. Aber er war immerhin ein unbezahlbarer Gewinn und Anziehungspunkt für den örtlichen Kirchenchor sowie für das Standesamt und sorgte überall für begeisterte Zuhörer.

Inge Backes, ambitionierte Haus-, Ehefrau und Hobbygärtnerin, hatte gerade eine Mordswut im Bauch. Ihr Blutdruck war kurz vorm Überlaufen. Ein Blick auf ihre Armbanduhr verriet, dass es nun kurz vor 22 Uhr war – und ihr Jupp war immer noch nicht daheim. Dabei war es draußen schon fast dunkel. Sie wusste, dass er mit dem Presley-Günther noch auf einen Absacker wollte, aber dass es so lange dauerte, ärgerte sie gewaltig.

Ungeduldig saß sie neben der Haustür auf der hölzernen Bank um ihm schon von Weitem die Leviten lesen zu können. Sie mochte es nicht, dass er sich unter der Woche in der Kneipe oder halt beim Griechen aufhielt. Schließlich hatte er ihr am Frühstückstisch versprochen sie heute Abend im Garten zu unterstützen. Doch weit und breit war kein Jupp zu sehen.

Plötzlich stolperte ihre Mutter Käthe aus der Haustür.

»Verdammt! Mit diesen hochhackigen Schuhen kann ich gar nicht richtig laufen ...«, moserte sie.

Dabei lief sie wie auf Stelzen.

»Mama, wo willst du denn in dem Aufzug noch hin? Und das um diese Zeit?«, fragte Inge und musterte ihre aufgedonnerte Mutter von oben bis unten.

Käthe stand vor ihr: in einem rubinroten Kleidchen inklusive Perlenkette und passenden Ohrringen, sowie in schwarzen Riemchen-High-Heels, bei denen man aufpassen musste, dass sie sich nicht noch die Hacken brach.

»Wir haben heute Ausgang«, antwortete sie selbstbewusst.

»Heute? Am Donnerstag?«, fragte Inge verwundert.

»Ja, warum denn nicht? Als Rentnerin kann ich doch morgen früh schön lange ausschlafen.«

Sie berichtete ihrer Tochter Inge dann, dass sie zusammen mit ihren Freundinnen eine »Ladies Night« aufsuchen wolle.

»Ladies Night?«, fragte Inge irritiert.

Sie tat sich immer noch schwer damit, dass ihre 81-jährige Mutter irgendwie »zu jung« geblieben war und sich ihrer Meinung nach so überhaupt nicht altersgerecht verhielt.

»Da gibt's Cocktails zum halben Preis. Die Evelyn fährt, und dann können Hildegard und ich genüsslich die Party genießen.«

Käthe grinste, während Inge mit verschränkten Armen laut nach Luft schnappte.

Auf einmal quietschten Reifen.

Inge zuckte zusammen.

Ein alter, silberner Audi 80 bremste ruckartig vor dem Backes-Anwesen. Aus dem Wageninneren ertönte laute Schlagermusik, die für Stimmung unter den Seniorinnen sorgen sollte.

Hildegard winkte von der Rückbank so wild, als hätte sie schon mächtig alleine vorgeglüht.

Die Fahrerin hingegen starrte vor sich hin und machte ein Gesicht wie sieben Tage Regenwetter.

Inge hatte kein gutes Gefühl, als ihre Mutter in diesen Wagen stieg, und blickte ihr skeptisch nach.

Mit quietschenden Reifen brausten die »Ladies« davon, um im 35 Kilometer entfernten Saarbrücken eine Ladies Night vom Allerfeinsten zu zelebrieren. Die drei Witwen wollten was erleben. Wobei eigentlich nur zwei, denn die Fahrerin war zur Abstinenz verdonnert worden - notgedrungen, da sie als Einzige einen Führerschein besaß und sich leider immer noch im Trauerjahr befand. Dies allerdings seit vielen Jahren.

Zurück blieb eine niedergeschlagene Inge, die sich wie ein Häufchen Elend gegen die Rücklehne der Bank zurückfallen ließ. Sie schloss die Augen und dachte nach.

Was war nur aus ihrer Familie geworden, fragte sie sich. Die einst glückliche Familie Backes war nicht mehr in der Formation vorhanden, wie in ihrer Erinnerung: Ehemann Jupp verbrachte den Abend lieber zusammen mit einem Elvis-Imitator in einer griechischen Taverne. Oma Käthe ließ die Puppen tanzen und verhielt sich überhaupt nicht wie eine Oma. Sie hatte für kurze Zeit in Berlin gelebt und dann wegen finanzieller Schwierigkeiten vor einigen Monaten wieder nach Hirschweiler umziehen müssen. Laut Jupp war sie »Berlin-versaut« und führte ein Leben, das so überhaupt nicht dem hiesigen Dorfleben entsprach.

Die beiden Töchter, Eva und Marion, waren schon lange aus dem Haus. Die Ältere lebte in Berlin, und die Jüngere war geschieden und hatte zwei Buben. Sie war erst vor ein paar Wochen aufgrund einer neuen Partnerschaft nach Luxemburg (Stadt) gezogen.

Inge vermisste die beiden Enkel, die bisher nur ein paar Straßen entfernt gelebt hatten. Diese Rabauken hatten sie stets auf Trab gehalten und waren oft bei den Großeltern.

Doch jetzt war das Haus leer. Inge fühlte sich leer und überhaupt nicht verstanden. Als sie so auf ihr Leben zurückblickte, kullerte eine fette Träne aus ihrem rechten Auge. Sie wischte sich mit dem Handrücken das Auge trocken und überlegte, wie es mit ihrem Leben als Inge, Ehefrau, Tochter, Mutter und Oma weitergehen sollte.

Doch plötzlich wurde sie aus ihren Erinnerungen gerissen.

»Guten Abend Inge«, sagte eine Stimme.

Inge erschrak.

Beate Ziegler, Nachbarin von schräg gegenüber, stand vor ihr: in Flipflops, verwaschenem Jeansrock und schwarz-weiß gepunktetem T-Shirt. Sie zwirbelte an einer blonden Strähne herum, die schulterlangen blonden Haare hatte sie zu einem Pferdeschwanz gebunden.

»Ist alles gut bei dir? Du sitzt hier so alleine ...«, erkundigte sich die Nachbarin fürsorglich.

Sie war gerade auf dem Heimweg und hatte gesehen, dass bei Inge noch eine Kerze brannte, die neben der Bank auf dem Boden stand.

»Ja, ja, ich döse nur so etwas vor mich hin«, wiegelte Inge sofort ab.

Niemand sollte von ihrem Familienschmerz erfahren. Darüber sprach Inge natürlich nicht. Erst recht nicht vor der Nachbarschaft.

»Willst du dich ein bisschen zu mir setzen?«, bot Inge an und rutschte einladend auf der Bank zur Seite.

»Eigentlich gerne, aber im Moment kann ich gerade nicht. Ich komme doch gerade von der Chorprobe und bin total im Stress. Ich fühle mich total babbisch *(klebrig)*, ich muss ganz schnell mal ins Bad. Diese schwüle Hitze heute Abend macht mich total fix und fertig.«

Beate fächerte sich mit der Hand frische Luft zu. Darin befand sich ihre Ledermappe inklusive Notenblättern, die kurz zuvor noch bei der Chorprobe im Pfarrheim ihren Dienst erfüllt hatten.

»Ja, da hast du Recht. Es ist entsetzlich heiß. Es muss endlich mal wieder Regen geben.«

Inge nickte zustimmend, denn sie war ein empathischer Gartenfreund mit in die Höhe gestreckten grünen Daumen.

»So, liebe Inge, ich muss jetzt aber echt los und mich erfrischen.«

Beate verabschiedete sich und schlurfte in Flipflops zu ihrem Haus rüber.

»Ach, Beate ... Denkst du bitte noch an das Waffeleisen!«, rief Inge ihr schnell noch nach.

Am Sonntag würde das Sommerfest des Kirchenchors von Hirschweiler stattfinden. Und obwohl Inge selbst kein Mitglied war, spendete sie freundlicherweise selbstgemachte Waffeln – als Polizistengattin quasi Ehrensache. Diese Waffeln waren Inges Dauerbrenner. Zu blöd nur, dass ihr eigenes Gerät vor wenigen Wochen den Geist aufgegeben hatte und sie ohne Beates Eisen beim Waffelnmachen also ziemlich in die Röhre gucken würde.

Beate rief zurück: »Na, klar leihe ich dir mein gutes Stück. Komm morgen früh einfach rüber und hol es dir ab! Ich werde wie immer einen Käsekuchen backen ...«

Daraufhin verschwand Beate rasch hinter ihrer Haustür.

Inge wunderte sich ein wenig, warum es die Nachbarin gerade so eilig hatte. Sollte sie um diese späte Zeit noch eine Verabredung haben? An einem Donnerstag?

Nein, das konnte nicht sein, dachte sich Inge. Denn Beate lebte seit ihrer Scheidung vor einigen Jahren als Single. Ihr Sohn war kürzlich zum Studieren nach Saarbrücken gezogen und ihre Eltern waren tot. Seither lebte Beate mutterseelenallein in dem großen Haus, das sie geerbt hatte.

Aber nett und hilfsbereit war die Nachbarin ja schon. Sie verlieh ihr Waffeleisen, backte Käsekuchen für das Sommerfest und sang zudem noch seit etlichen Jahren im Kirchenchor und war eine direkte Sangesschwester vom Presley-Günther.

Inge schaute auf die Uhr. Sie ahnte, dass Jupp nicht pünktlich zu seiner ehelichen Pflicht, dem Gießkannenschleppen, erscheinen würde. Wütend vor sich hin brabbelnd ging sie ums Haus herum in ihren Garten und ließ Wasser in die grünen Gießkannen laufen, damit morgen früh kein Blümchen den Kopf hängen ließe.

Der Gartenschlauch war für die empfindliche Blütenpracht in ihren Beeten viel zu rabiat, daher nahm sie die Schlepperei schweren Herzens in Kauf.

Jupp würde stattdessen sein blaues Wunder erleben, wenn er mal wieder angetrunken ins Bett gekrabbelt käme. Inge hatte nämlich mit schlimmen Rückenschmerzen zu kämpfen, da war das schwere Wasser in den Gießkannen das reinste Gift für ihren Rücken. Jupp verhielt sich nicht wie ein Gentleman - einfach nicht zum Gießen heimkommen. Wo gab es denn so was?

Gegen halb zwölf ging Beate in ihrem Wohnzimmer auf und ab. Obwohl sie gerade schlechte Nachrichten via WhatsApp erhalten hatte, wollte sie sich die Stimmung nicht versauen lassen. Schließlich hatte sie sich eben noch eine Pizza in den Herd geschoben, genüsslich gegessen und sich im Schlafzimmer ein Gläschen Sekt gegönnt, um die Wartezeit zu überbrücken. Doch sie hatte umsonst gewartet.

Aber insgesamt war der Tag für sie sehr erfolgreich gewesen, denn sie hatte gut verhandelt.

Doch niemand durfte wissen, mit welchen Machenschaften sie ihr Geld verdiente. Sie wunderte sich manchmal über sich selbst, dass sie so gewieft war in dem, was sie tat. Doch ein schlechtes Gewissen hatte sie keineswegs, denn manchmal musste man halt dem eigenen Glück etwas auf die Sprünge helfen. Erst recht, wenn es um das liebe Geld ging, denn da hörten bekanntlich der Spaß und die Freundschaft auf. Zielorientiert ging Beate schnurstracks zur Stereoanlage und schaltete ihre Lieblingsmusik ein. Die CD lag bereits im Player und wartete nur darauf endlich loslegen zu dürfen.

Dann ging sie ins Badezimmer, ließ den Rollladen runter, zündete ein paar Kerzen an und ließ Badewasser in die Wanne laufen. Sie liebte es zu baden. Erst recht nach der Chorprobe, wenn sie sich verausgabt hatte und ihre Kehle schmerzte, da der Chorleiter den letzten Ton aus ihr herausgeholt hatte, sodass sie am nächsten Tag garantiert heiser sein würde.

Dann zog Beate ihren Jeansrock aus, schlüpfte aus dem Höschen, streifte T-Shirt und BH ab und ging splitterfasernackt zum Kühlschrank. Sie öffnete die Tür, nahm eine angebrochene Flasche Weißburgunder heraus, schenkte sich ein Glas ein – und watschelte dann barfüßig mit dem halbgefüllten Weißweinglas zur Stereoanlage.

Sie drehte die Lautstärke hoch und drückte den »Repeat«-Knopf um ihren Lieblingssong in Endlosschleife im ganzen Haus hören zu können. Sie wollte den heutigen Tag einfach zelebrieren – mit allem, was dazugehörte.

Beate stieg, begleitend von dem ohrenbetäubenden Gesäusel aus den Lautsprecherboxen, in das lauwarme Wasser der Badewanne. Eigentlich hätte sie an einem so warmen Sommertag eher geduscht, doch die Neuigkeiten von heute mussten entsprechend gebührend gefeiert werden. Und da war ein Wannenbad eben eine ganz andere Liga.

Sie fühlte sich endlos frei und glücklich. Pudelwohl, wie schon lange nicht mehr. Beate schloss die Augen und summte den Refrain des Musikstücks, dank der Wiederholungstaste immer wieder passend, vor sich hin. Könnte sie ihr Chorleiter nun sehen, wie sie sich seit 20 Minuten bei der Interpretation verausgabte – er wäre garantiert mächtig stolz auf sein Mitglied.

Schließlich griff Beate nach ihrem Weißweinglas, das hinter ihr am Wannenrand stand – neben Badeschaum, gelbem Quietscheentchen und Shampoo. Lasziv griff sie zum Glas und trank einen Schluck Wein, dann tauchte sie mit einem wohligen Grunzen in das schäumende Badewasser ein.

Als sie nach ein paar Sekunden wieder mit dem Kopf über Wasser war, hechelte sie nach Luft und wischte sich mit den Händen den Schaum aus den Augen und die blonden Haare aus der Stirn. Leider brannte der Schaum in den Augen. Mit zugekniffenen Augen tastete sie nach ihrem Handtuch, doch sie spürte kein Frotteehandtuch, wie erhofft. Nein, sie spürte eine Hand.

»Guten Abend, Beate! Schön, wie du hier vor dich hinplanschst.«

Beate starrte mit vor Schreck geweiteten Pupillen die Person neben der Badewanne an. Ihr Herz begann plötzlich zu pochen, die Lust auf ein Refrain-Nachsingen war komplett verflogen. Beate war sprachlos und schockiert, denn mit einem Besuch um diese Uhrzeit hatte sie nicht mehr gerechnet.

Doch gerade, als sie laut losschreien wollte um ihrer Angst Ausdruck zu verleihen, wurde dieselbe Hand, die sie eben ertastet hatte, auf ihren Mund gepresst.

»Pst, meine liebe Beate! Ganz ruhig. Wir wollen doch niemanden aufwecken. Ich tue dir schon nix, wenn du brav bist. Du musst halt brav sein. Und schreien darfst du nicht. Was sollen denn die Nachbarn denken, wenn du um diese Uhrzeit so laut schreist. Hm? Was werden sie wohl denken, wenn die liebe Beate Ziegler wie am Spieß schreit? Hm?«

Beates Puls raste. Sie hatte furchtbare Angst. Wie kam diese Person in ihr Badezimmer? Und was war der Grund dafür, dass diese Person um eine derart unchristliche Zeit in ihrem Bad aufkreuzte?

Beate fühlte sich urplötzlich gar nicht mehr wohl, sondern todunglücklich. Sie litt unter wahrhaftiger Todesangst.

Erst recht, als sie schreien wollte und sofort von zwei Händen unter Wasser gedrückt wurde. Und das gleich mehrmals! Immer wieder, bis Beate kooperativ sein würde. So lautete zumindest der teuflische Plan des ungebetenen Gastes, der sich unerlaubten Zutritt in das gefliese Badezimmer von Beate Ziegler verschafft hatte.

Kapitel 3

Der Wecker piepste wie an jedem Arbeitstag pünktlich um 6:45 Uhr. Zu Beginn war es ein leises Piepsen, welches dann jedoch immer lauter und schriller wurde. Es klang ein bisschen wie bei einer Herz-Lungen-Maschine, die im rustikalen Backesschen Schlafzimmer stand. Doch der Herr Patient hatte nichts am Herzen, sondern eher etwas im Kopf: einen heftigen Kater.

Nach dem achten Piepsen traf Jupps Hand beim Abtasten tatsächlich den Ausschaltknopf. Nachdem bereits die Armbanduhr und eine Packung Taschentücher versehentlich vom Nachttisch gefegt worden waren. Jupp legte sich einfach genüsslich wieder zurück; der Wecker tangierte ihn überhaupt nicht.

Inge, eine Seitenschläferin, hatte die ganze Nacht ihren Rücken demonstrativ Richtung Nachbarmatratze gestreckt, um ihm symbolisch zu signalisieren, dass sie stinksauer war.

Jetzt drehte sie sich um und blickte auf einen, in dünne Satinbettwäsche eingemummelten Jupp, der mit einem lauten Gähnen signalisierte, dass er total verpennt war.

Sie tippte gegen seine Schulter.

»Und nun?«, fragte sie in den halbfinsteren Raum.

Keine Reaktion.

»Hallo?«

Sie rüttelte an seiner Schulter.

Jupp krallte sich daraufhin das Kopfkissen, zog es sich über den Schädel und vergrub sich regelrecht darunter. Er schien ganz und gar nicht gesprächig zu sein.

»Sag mal, willst du etwa nicht aufstehen oder wie? Der Wecker hat doch gerade gerappelt.«

»Hmmm … Ja, ja, nicht so laut«, stöhnte Jupp im Halbschlaf.

»Nix da! Los, raus aus den Federn! Wer saufen kann, der kann auch schaffen gehen«, forderte Inge energisch.

Zusätzlich verpasste sie Jupp mit dem Ellbogen einen Hieb in den Rücken. Sie war doppelt wütend auf ihn: nicht nur, dass er sie mit dem Gartengießen versetzt hatte, sondern auch, dass er spät in der Nacht torkelnd nach Hause gekommen war. Wegen ihm hatte sie die halbe Nacht wach gelegen und gegrübelt, statt geträumt. Und als er irgendwann schaukelnd ins Bett gekrabbelt war, hatte sie sich schlafend gestellt. Eine Szene machen, wenn der Gegenüber seine Hirnzellen im Suff ertränkt hatte – das brachte nichts.

Dafür bekam Jupp ihren Ärger jetzt zu spüren, denn bei den kleinen Zellen sollte nun wieder das Licht brennen – zwar auf Energiesparmodus, aber immerhin.

Jupp war bockig und tat nicht, wie ihm befohlen wurde. Er schnaufte nur laut auf.

»Das darf doch jetzt nicht wahr sein«, meckerte Inge und stieg aus dem Bett.

Die Rückenschmerzen schienen der Wut gewichen zu sein. Sie reckte und streckte sich kurz nach rechts und links, zupfte ihr Nachthemd zurecht und blickte auf die bebende Sommerdecke ihres Gatten, die sich im Takt mit seinem leichten Röcheln und Schnarchen hob und senkte.

»Josef! Josef!!! Jetzt reicht's aber. Aufstehen! Los! Aber ein bisschen dalli (flott).«

Inge, beide Händen in die Hüfte gestemmt, bäumte sich am Fußende von Jupp regelrecht auf und rief ständig seinen regulären Vornamen. Das tat sie immer, wenn sie sauer und wütend war – sonst war er halt der Jupp, wie für alle anderen Bewohner von Hirschweiler.

Langsam merkte Jupp, dass er irgendeine Reaktion zeigen musste, denn sonst herrschte schiefer Haussegen mit allem Pipapo. Auch Inge konnte andere Geschütze auffahren und plötzlich in einen Koch- oder Wäschewaschstreik verfallen. Ihr Wesen hatte sich in den letzten Jahren stark verändert, nachdem ihr alle geraten hatten, sich mehr zu wehren und sich nicht mehr alles bieten zu lassen.

Der Schlafende lugte vorsichtig unter dem Kopfkissen hervor und blickte auf seine Frau, die in ihrem weißen Nachthemd wie ein Gespenst am Fußende stand.

Inge zog daraufhin den Rollladen mit einem Karacho hoch, dass eigentlich jeder normale Mensch senkrecht im Bett gestanden oder in aller Herrgottsfrüh einen Herzkasper erlitten hätte. Jupp reagierte jedoch derart, dass er sich stattdessen wieder unter sein Kissen verkroch. Klarer Selbstschutz gegenüber den aufgehenden Sonnenstrahlen, die wie Sau blendeten.

»Wer saufen kann, der kann auch morgens schaffen gehen«, wetterte Inge erneut mit ihrem altbackenen Spruch und zog ihm mit einem Ruck die Decke weg.

Unverzüglich landete ein nicht zu identifizierendes grauweißes Blumengestrüppmuster, bei dem sich der Designer wohl auf keine Pflanze hatte festlegen wollen, auf dem weißen, flauschigen Teppichboden. Direkt vor den durchgelegenen Federkernmatratzen des Ehepaars Backes, die unbedingt mal ausgetauscht werden sollten. Schon wegen Inges Rückenschmerzen.

»Äh!!!«, schrie Jupp.

Doch Inge hatte kein Erbarmen. Stattdessen mutierte sie hier zum Oberfeldwebel. Zum Glück pfiff sie nicht noch neben Jupps Ohr in die Trillerpfeife.

»In einer Viertelstunde gibt's Frühstück, mein Freundchen. Also, wo sind wir denn hier! Tztztz«, echauffierte sie sich lautstark über das Verhalten ihres Gatten.

An Inges Tonfall erkannte Jupp sofort, dass ein Trödeln beim Aufstehen total kontraproduktiv wäre und den Versöhnungsprozess nur unnötig in die Länge ziehen würde. Zumindest versprach sie Frühstück, was eigentlich schon mal ein gutes Zeichen war.

Jupp gab sich also einen Ruck oder eher ein Rückchen, und ganz langsam landeten zwei eingeschlafene Füße in Zeitlupe in den Pantoffeln. Jupp kratzte sich, noch auf der Matratze sitzend, am Hinterkopf, als bräuchte er erst mal eine Standortbestimmung. Dann gähnte er erneut laut und streckte dabei die Arme in sämtliche Himmelsrichtungen.

»Hand vor den Mund, wir sind hier nicht bei Hempels!«, mahnte Frau Feldwebel, die den Aufstehprozess höchstpersönlich überwachte und detailliert verfolgte.

»Nee, nee, nee ... Und so was ist ein erwachsener Mann und schafft für die Polizei.«

Autsch, das tat weh! Inge hatte einen wunden Punkt getroffen, denn hier ging es um seine männliche Ehre. Trotz Kater ratterte es in seinem Hirn, dass er nun ganz schnell versöhnliche Worte finden musste. Er wollte schließlich nicht so enden wie der Presley-Günther, dessen Gattin nach einem Streit stets ohne Vorankündigung die Bügeldienste abrupt einstellte. Für ihn als Hemdenträger völlig undenkbar, dass der Herr Oberkommissar mit krumbelischer *(zerknitterter)* Uniform seine Verhöre und Anzeigenerstattungen durchführen müsste. Das Geschwätz der Leute konnte er sich dann bildhaft vorstellen: »Oh, leck *(Ausruf der Verwunderung)*! Bei den Backes ist die Scheiße am Dampfen! Die Inge bügelt nimmer.«

»Ich habe nachgedacht ...«, begann Jupp auf einmal.

40

Sein Mund war furztrocken, sodass er sich ständig mit der Zunge über die Lippen fuhr. Er hatte fürchterlichen Nachbrand.

»Ach, denken kann er noch!«, stellte Inge mit säuerlicher Miene fest.

Sie stand mit vor der Brust verschränkten Armen da.

»Also, worüber wir gestern Morgen geredet haben ... Da wollte ich dir nur sagen, dass wir es meinetwegen tun können.«

»Nö, Jupp. Jetzt ist es zu spät!«

»Hä? Wieso?«, wollte Jupp wissen und schaute sie irritiert an.

»Na, weil ich selbst gegossen und diese blöden, sauschweren Gießkannen geschleppt habe, während sich der ›Herr Graf von und zu Backes‹ nicht unter Kontrolle hatte und gesoffen hat. Jetzt habe ich wieder Rücken - und du bist schuld! Nur du! Du! Du! Du!«

Jupp schluckte und schlug sich gegen die Stirn. Er hatte tatsächlich vergessen, dass er seine Frau am Abend beim täglichen Bewässerungsritual hatte unterstützen wollen.

»Entschuldige bitte, das habe ich total verschwitzt. Aber nein, ich rede doch nicht vom Gießen ...«

»Sondern?«

»Ei, also ... Ähm, tja, also wegen dieser Sache ... ähm, der Paartherapie. Also, ich wollte sagen, dass wir da meinetwegen wieder vorbeigehen können«, druckste Jupp herum und rutschte nervös auf der Matratze rum.

»Aha? Du hast doch gestern noch steif und fest behauptet, dass du so einen Humbug und Firlefanz nicht mehr brauchst.«

Jupp verzog das Gesicht. Die beiden hatten in der Vergangenheit schon mal professionelle Hilfe für den Umgang im Ehealltag in Anspruch genommen, waren dann aber als »austherapiert« gekündigt worden. Letzte Woche hatten sie dann noch mal eine neue Therapeutin aufgesucht. Auf Drängen von Inge.

»Ich habe mich gestern ausführlich mit dem Presley-Günther unterhalten und der meinte, dass es wohl das Beste für unsere gemeinsame Zukunft sei«, log Jupp, denn nie und nimmer würde er einen Kumpel mit seinen Problemchen belagern, die seiner Meinung auch nicht wirklich existierten.

Inge staunte.

»Ich weiß gerade nicht, was ich sagen soll.«

»Einfach Danke sagen?«, fragte Jupp.

Endlich erhob er sich von der Matratze und ging mit offenen Armen auf sie zu. Er freute sich, sie mit diesem Therapiequatsch wieder friedlich gestimmt zu haben.

»Ich kann nicht glauben, dass du mit einem Elvis-Imitator über unsere Ehe redest. Aber noch schlimmer finde ich, dass der Günther wohl mehr Einfluss hat, dich zu einer Paartherapie zu überreden als ich. Das sagt ja schon alles über unsere Ehe aus. Vielleicht solltest du den Günther heiraten ...«

»Inge! Ingelein ... Komm, jetzt sei bitte lieb und nicht albern! Ich musste mir das alles mal durch den Kopf gehen lassen und bei dem ein oder anderen Bier redet man halt auch mal über Privates.«

»So, so, Privates«, sagte Inge schmollend.

Er wollte Inge umarmen um die Einigkeit noch im Schlafzimmer einzuläuten, doch sie drehte ganz divenhaft den Kopf zur Seite und verschränkte die Arme sogar noch fester.

»Bäh, du stinkst aus dem Mund! Geh dir erst mal die Zähne putzen. Das ist ja ekelhaft.«

»Das sind die Zwiebeln. Und das Zaziki«, entschuldigte er sich und ging dann wie ein reumütiger Hund aus dem Schlafgemach.

Denn wenn er Einigkeit wollte, war Mundgeruch genauso unangebracht, wie bei der Paartherapie auf Teufel komm raus mit der Psychotherapeutin zu flirten. Wobei dies für Jupp eh ausgeschlossen war, denn er konnte Frau Scholz-Mörsdorf überhaupt nicht leiden. Aber was tat man nicht alles für seine Ehe? Da musste man auch mal mit Menschen Zeit verbringen, die man überhaupt nicht ausstehen konnte. Und er meinte hiermit nicht unbedingt seine Schwiegermutter.

Jupp war frohen Mutes, dass nun wieder alles im Lot war und betätigte den Schalter der elektrischen Zahnbürste, während Inge ihres Amtes waltete: Sie deckte den Frühstückstisch. Morgenrituale bei den Backes eben.

Mit zugeschnürtem lilafarbenem Frotteebademantel saß Inge am Frühstückstisch, trank den ersten Kaffee und tat, als würde sie die »Saarbrücker Zeitung« lesen. Stattdessen studierte sie wie gewohnt die Todesanzeigen. Sie musste schließlich informiert sein, was in der (Saar-)Welt geschah und wer bereits das Zeitliche gesegnet hatte ohne die Backes vorab höchstpersönlich informiert zu haben.

Plötzlich betrat Jupp die Küche und schlurfte zu seinem Stuhl am Fenster.

»Morgen, mein Schatz!«

Jupp tat, als wäre nichts geschehen, und setzte zum Gutenmorgenkuss an – eine eingespielte Bewegung der Lippen, die allerdings ohne große Bedeutung war. Der Schmatzer war laut und durch ein knalliges Schnalzen untermauert. Inge erwiderte den Kuss – ohne groß nachzudenken. Die zwei waren eben ein eingespieltes Team und mit Jupps Einverständnis zur gemeinsamen Therapie verflog auch ihre miese Laune.

Dann schenkte Inge ihrem Mann Kaffee ein und widmete sich wieder den »Toten«, während Jupp sich gleich den Sportteil griff.

»Oh, leck! Rauber Monika ist gestorben ... Mit der bin ich mal in die Grundschule gegangen«, stellte Inge betroffen fest und nippte kopfschüttelnd am heißen Bohnenkaffee.

»Tja, das geht manchmal schneller, als man denkt«, entgegnete Jupp, ohne den Blick vom Sportteil zu heben.

»Nach langer, schwerer Krankheit‹, steht da aber in der Anzeige«, widersprach Inge.

»Na gut, dann war es ja doch abzusehen und nicht plötzlich«, bemerkte er nur mit halbem Interesse.

»Ich weiß noch, wie die Monika und ich in der Schulbank saßen ... Schlimm, wenn man so jung stirbt«, meinte Inge und schwelgte in Erinnerungen.

»Jung? Na ja, jung ist immer relativ.«

»57 Jahre sind doch kein Alter zum Sterben«, meinte Inge.

»Du, ich habe erst die Tage einen Bericht im Fernsehen gesehen, wonach das Durchschnittsalter an der Elfenbeinküste bei 57 liegt«, widerlegte Jupp, ohne dabei über den Zeitungsrand zu blicken.

»Aber Jupp, wir leben doch nicht an der Elfenbeinküste, sondern im Saarland.«

»Eben! Für die Elfenbeiner ist das ein völlig normales Alter, um den Löffel abzugeben.«

»Wo liegt eigentlich diese Elfenbeinküste?«, wollte Inge wissen.

»Tja, wo wird die wohl liegen?«, stellte Jupp die Gegenfrage.

»In Elfenbein ...?«

»Ja ja, und wenn Frankreich nicht wär', läge das Saarland am Meer.«

Jupp verfiel mit ordentlich Koffein im Blut wieder ganz in seine alten Marotten: Er war offen, ehrlich und direkt in seinen Ansagen, wie eh und je.

»Kannst du mich am Montag zur Beerdigung fahren? Die Monika wird in Saarwellingen beerdigt.«

»Sag mal, du weißt doch, dass ich schaffen muss. Wie kommst du auf die Schnapsidee – das sind über 30 Kilometer zu fahren?«

»Du wirst mich ja wohl noch auf die Beerdigung einer alten Schulfreundin fahren können!«

»Von der ich aber gerade zum ersten Mal gehört habe. Hättest du einen Führerschein, dann könntest du selbst hinfahren. Aber du musst verstehen, dass ich Polizist und kein Taxifahrer bin.«

»Typisch! Wenn ich dich brauche, bist du nicht da. Es fängt beim Gießen an und hört bei der blöden Fahrt zum Friedhof auf. Aber ich wette, den Günther hättest du gefahren«, wetterte Inge.

Die Versöhnung vom Schlafzimmer ging gerade im Kaffeeduft auf wie heiße Luft.

»Brauche ich nicht! Der kann nämlich Auto fahren«, sagte Jupp ohne mit der Wimper zu zucken.

»Andere sind immer wichtiger für dich. Da muss dich ein wildfremder Mann zur Paartherapie überreden ...«

»Das ist der Presley-Günther und kein wildfremder Mann«, konterte Jupp.

»Tu auch mal was für unsere Ehe!«, forderte Inge trotzig.

»Aha, indem ich dich zum Friedhof kutschiere oder wie?«

»Brauchst du nicht mehr. Du hast mir mal wieder jegliche Lust auf dieses Begräbnis genommen. Hast du mal wieder gut hinbekommen, Josef! Kannst wirklich stolz auf dich sein. Ganz große Klasse!«

Inge schnürte ihren Bademantel enger und ärgerte sich, dass sie eben im Schlafzimmer noch fast auf sein Gesäusel reingefallen war. Dieser Mann würde sich nie ändern, diese Erkenntnis geisterte in ihrem Kopf herum.

»Jetzt mach doch hier nicht so eine bescheuerte Szene wegen dieser blöden Beerdigung von einer Grundschülerin, die du seit zig Jahren nicht mehr gesehen hast. Ich muss schaffen, da musst du Rücksicht nehmen. Und jetzt sei nicht so grimmelwiedisch *(wütend)!*«

Jupp schlug mit der Faust auf den Tisch.

»Schaffen? Du hast doch eh nix zu tun«, rutschte es Inge heraus.

»Trotzdem kann ich nicht durch die Weltgeschichte fahren und dich zu Beerdigungen von irgendwelchen ehemaligen Mitschülerinnen chauffieren.«

Inge schniefte und wischte sich eine Träne weg.

»Die Monika hatte so ein wunderschönes Federmäppchen von ›Lassie‹. Da war ich immer neidisch drauf, aber meine Mutter hat mir nie eins gekauft ...«

Inge schwelgte in Erinnerungen und wurde etwas melancholisch. Ob es an dem Langhaarcollie aus den USA lag oder an der verstorbenen Klassenkameradin war allerdings nicht ganz klar.

»Mein Gott, dann kriegst du von mir so ein Hundemäppchen geschenkt und gut ist ...«, meinte Jupp auf seine schroffe Art.

»Ach Jupp, mit dir kann man überhaupt nicht normal reden. Das ist nämlich unser Problem. Das hat auch die Psychotherapeutin festgestellt, dass wir Defizite oder halt Huddel *(Probleme)* in der Kommunikation haben«, gab Inge einigermaßen die Worte der Fachkraft wieder.

»Ja, ja, Defizite hat die Frau für mich auch und Huddel macht sie ebenfalls«, murmelte Jupp.

So Psychomenschen waren ihm immer etwas suspekt, das war für ihn Seelen-Hokuspokus. Er glaubte daran überhaupt nicht - auch nicht an Horoskope.

»Jupp, du hast dich einfach verändert. Akzeptier das doch!«, sagte sie auf einmal und schaute ihn mit einem intensiven Blick an.

Er schaute vom Sportteil hoch und rollte genervt mit den Augen.

»Was muss ich mir denn in dieser Herrgottsfrühe wieder für Frechheiten anhören? Du hast dich auch verändert, meine liebe Inge, das darf man nicht vergessen.«

»Du hast dich viel mehr verändert, Josef!«, sagte Inge prompt.

»Jetzt sei doch nicht so kindisch und gib die Schuld nicht ständig an mich weiter!«

»Kindisch? Wer, ich? Nein, überhaupt nicht. Ich sage dir, wer hier kindisch ist: ein erwachsener Mann, der die 50 schon lange überschritten hat, als Polizist schafft und sich abends vollaufen lässt, statt seiner Frau mit den schweren Gießkannen zu helfen - der ist in meinen Augen total kindisch.«

»Das ist nicht kindisch, sondern vergesslich«, widersprach Jupp.

»Ich will nicht diskutieren. Das schlägt mir alles auf den Magen.«

»Dann tu es auch gefälligst nicht! Und jetzt Ruhe!«

Jupp schlug mit der Faust erneut auf den Tisch, sodass die Frühstücksbrettchen laut klapperten.

Inge verschluckte sich vor Schreck am Kaffee. Sie hielt plötzlich inne, dann liefen ihr die Tränen über die Wangen.

Jupps Versöhnungsplan war komplett in die Hose gegangen. Stattdessen saß eine schluchzende Inge am Tisch. War sie im Schlafzimmer noch die Starke gewesen, hatte sie sich nun innerhalb kürzester Zeit in ein Häufchen Elend verwandelt.

»Wir brauchen dringend professionelle Hilfe«, schluchzte sie.

Ihr tropften dicke Tränen auf den Frotteebademantel, wo sie sich festsaugten.

Jupp überlegte kurz. In seinem Kopf formte sich das Bild eines ungebügelten Hemds. Er musste sofort seine Taktik ändern. Anscheinend war er mit dem Kater intus einfach etwas gereizt gewesen.

Er stand auf und ging zu Inge, die immer noch schluchzte. Bei ihr kam gerade alles zusammen: Lassie-Mäppchen, Gießkannen-Dilemma, tote Grundschulfreundin, schlechte Kommunikation mit Jupp und vieles mehr. Da war es kein Wunder, dass sie sich unter ihrem Frotteebademantel eigentlich in einem klapprigen Nervenkostüm befand, das jederzeit zusammenkrachen konnte.

Jupp, der alte Fuchs, stand nun hinter Inge. Langsam und sanft streichelte er ihr über den Rücken und sagte die erlösenden Worte: »Es tut mir leid! Ich hätte nicht so viel trinken dürfen und Rücksicht nehmen sollen auf dich und deinen Rücken. Alles wieder gut? Du bist doch mein Schätzchen«, schmeichelte er.

Er wollte ganz schnell für Einigkeit sorgen. Ein zweites Mal an diesem Morgen.

»Ja, ja ... alles wieder gut«, schniefte Inge.

Sie zog die Nase hoch und wischte sich die Tränen weg. Inge war ein Harmonie- und Familienmensch. Sie mochte eigentlich überhaupt keinen Streit, aber laut der Probestunde bei der Paartherapeutin sollte sie sich mehr wehren und sich nicht mehr alles von Jupp bieten lassen: ihm Paroli bieten und einfach mal eine Dose Ravioli hinstellen, statt eines tollen Mittagsmenüs – war der Rat gewesen, mit dessen Umsetzung sich Inge allerdings noch etwas schwertat.

Nach diesem Tipp war die Therapeutin in Jupps Gunst eh ins Bodenlose gesunken. Wer solche Ratschläge gab, der hatte nicht mehr alle Tassen im Schrank, war sein erster Gedanke gewesen. Aber Frau Scholz-Mörsdorf war ihm eh von Anfang an unsympathisch gewesen, und er machte nur wegen Friede, Freude, Eierkuchen bei dem Firlefanz von Eheberatung mit.

Plötzlich wurde die Küchentür mit Karacho aufgerissen, sodass Jupp vor Schreck Kaffee auf den Tisch verschüttete.

»Einen wunder-wunderschönen guten Morgen miteinander«, plärrte Oma Käthe und rauschte mit Dauergrinsen in die Küche.

»Pst, nicht so laut! Ich brauche übrigens eine Kopfwehtablette«, sagte Jupp, dessen Kater seine Nebenwirkungen nun in vollem Umfang zeigte.

»Gibt es eigentlich Rührei?«, fragte die Oma, während sie sich mit Elan auf die Eckbank plumpsen ließ.

»Wir haben nie Rührei«, antwortete Inge überrascht.

»Tja, die Oma denkt manchmal, wir wären ein Hotel. Aber in einem Hotel muss man Geld fürs Nächtigen zahlen und lebt nicht auf anderer Leute Kosten.«

Jupp verteilte gerne Seitenhiebe, denn es kotzte ihn an, dass seine Schwiegermutter für lau in seinem Haus wohnte.

Käthe ignorierte das Gesagte, denn über ihre missglückte finanzielle Lage sprach sie äußerst ungern. Erst recht nicht mit ihrem Schwiegersohn, mit dem sie immer wieder mal aneinanderrasselte.

»Inge, Liebes, du hast ja so gerötete Augen. Hat er dich wieder geärgert?«

»Nein, nein«, entgegnete Inge und blätterte die Zeitung um, um sich abzulenken.

Jupp schüttelte nur mit dem Kopf.

»Wollt ihr mich veräppeln? Ihr habt euch gestritten, nicht wahr? Eine Mutter merkt doch, wenn bei seinem Kind etwas nicht stimmt. Ich war mit deinem Vater über 50 Jahre verheiratet, mir macht so schnell keiner etwas vor.«

Käthe tätschelte Inges Hand.

»Nein, nein, alles gut«, stammelte Inge und sortierte sich innerlich.

»Eine alte Schulfreundin von ihr ist gestorben«, warf Jupp ein.

»Ach, Gott! Wer ist denn die Arme?«, wollte Käthe sofort wissen.

»Rauber Monika, geborene Ruffing.«

»Sagt mir rein gar nix«, meinte daraufhin Käthe.

Jupp runzelte die Stirn.

»Die hatte in der Grundschule so ein ›Lassie‹-Federmäppchen«, fügte er in Richtung Käthe hinzu.

Käthe zuckte nur mit den Achseln.

»Jupp, was willst du auf deine Schichteschmeere *(belegte Brote für die Arbeit)* haben?«

Die pflichtbewusste Inge versuchte wieder zu funktionieren, indem sie eine kleine Zwischenmahlzeit für ihn vorbereitete, damit Jupp im Rathaus nicht verhungerte bis er zum Mittagessen wieder heimkäme.

»Wie immer. Ich mag Grauworscht *(Salami)* und Lyoner *(Fleischwurst).*«

Jupp freute sich, dass alles wieder wie immer vonstattenging.

Inge war nun wieder ganz die Alte. Eine fürsorgliche Ehefrau und Tochter, die vor ihrer Mutter jegliche Streitigkeiten unter den Teppich kehrte. Aus Rücksicht, wie sie immer wieder betonte. Sie wusste ja, dass sich ihr Mann und ihre Mutter nicht ganz grün waren. Da wollte sie kein zusätzliches Kanonenfutter liefern, denn schließlich lebte Käthe mietfrei hier – und im schlimmsten Fall würde Jupp die ältere Dame hochkant rausschmeißen. Ihr Horrorszenario war, dass sie selbst gleich hinterherfliegen würde. Aber das traute sie Jupp nun auch wieder nicht zu. Er brauchte sie ja schließlich, im Gegensatz zu Käthe.

»Eure Scheinheiligkeit kotzt mich an. Ihr spielt wieder das perfekte Paar. Wollt ihr zwei mich wirklich für blöd verkaufen? Nur weil ich schon 81 bin, bin ich nicht verkalkt im Kopf.«

Käthe sprang vom Tisch auf und betonte, ihr sei der Appetit gerade gehörig vergangen.

»Wo willst du denn jetzt hin?«, erkundigte sich Inge, die nicht wollte, dass sich die Oma beim Bäcker ein belegtes Brötchen besorgte.

»Ich mache jetzt Yoga! Das bringt einen runter und würde dir auch helfen, um hier einiges besser verarbeiten zu können, Liebes.«

»Yoga ist der größte Quatsch! Unsinnige Verrenkungen ohne jeglichen Sinn«, stänkerte Jupp.

»Ich mache nun den Sonnengruß und lasse mir meine gute Laune nicht verderben«, konterte Käthe.

»Aha, dann grüß diese Sonne mal ganz lieb von mir! Ich wünsche mir Regen. Die Tonne ist leer und wir müssen Wasser sparen.«

»Josef!«, schrie Inge, denn er trieb es gerade wieder mal auf die Spitze.

Jupp verließ die Küche, besorgte sich ein Aspirin und machte sich auf den Weg zu seiner Arbeitsstelle. Sein grün-weißes Auto stand noch auf dem Parkplatz der Taverne, daher ging er zu Fuß.

Käthe blieb stattdessen noch bei Inge in der Küche sitzen und aß ein Früchtemüsli, um gestärkt mit dem Yoga starten zu können. Außerdem wollte sie ein anderes Thema ansprechen, da Jupp nun weg war.

»Schon mal an Scheidung gedacht? Auch Paare, die etliche Jahre verheiratet sind, lassen sich immer öfters scheiden«, plapperte Käthe einfach drauflos.

»Also, eine Scheidung ist für mich definitiv kein Thema. Wir bekommen das alles in den Griff. Es ist doch normal, dass man sich nicht mehr so viel zu sagen hat, wenn die Kinder aus dem Haus sind«, rechtfertigte Inge ihre Eheprobleme.

»Ich konnte ihn noch nie so richtig gut leiden. Du hättest was Besseres verdient gehabt, als diesen Dorfbullen, der Falschparker zur Schnecke macht oder eine geklaute Schubkarre dem Besitzer zurückbringt. Hättest du damals doch nur einen anderen geheiratet ...«

Käthe hatte nicht nur einen gesunden Lebensstil mit Müsli und Yoga, nein, sie redete auch gerne frei Schnauze: was sie sich wohl in ihrer kurzen Zeit in Berlin abgeguckt hatte, als sie in Berlin-Mitte gelebt hatte, gleich um die Ecke von Enkelin Eva, die im Prenzlauer Berg wohnte, was besonders praktisch gewesen war.

»Mama, wir holen uns professionelle Hilfe«, rutsche es Inge heraus.

Sie wollte damit ein Zeichen setzen und hoffte, dass sie dann von ihr nicht immer wieder auf ihre Beziehung angesprochen werden würde.

»Wie bitte? Ihr geht zu Nutten?«, fragte Käthe völlig verdutzt.

»Nein, natürlich nicht! Wir gehen zu einer Paartherapie«, klärte Inge auf.

»Aha. Na, wenn du meinst, dass das was bringt. Ich bin übrigens auf Datingportalen unterwegs. Halte ich für sinnvoller, als auf Biegen oder Brechen an einer Ehe wie an einem Strohhalm festzuhalten. Wenn es aus ist, dann ist es eben aus. Man sollte sich nicht quälen, denn man hat nur ein Leben auf dieser Welt. Es ist nie zu spät, um sein Leben umzukrempeln.«

»Datingportale? Was machst du denn da?«

Inge schaute ihre Mutter verwundert an.

»Na, Kuchenrezepte austauschen bestimmt nicht! Mann, Mann, Mann, du stellst aber auch manchmal dämliche Fragen: flirten natürlich. Hier in Hirschweiler läuft ja nix Gescheites mehr für mich rum. Und Onlinedating ist voll im Trend. Inge, Liebes, falls du dich doch vom Jupp trennen magst, dann könnten wir zwei doch zusammen das Internet unsicher machen ...«, kicherte Käthe und tätschelte Inge die Hand.

»Nein, nein. Wir bekommen das alles wieder hin. Einen Mann im Internet kennenzulernen wäre das Letzte, was ich machen würde.«

»Man muss mit der Zeit gehen, denn beim Weggehen lernt man auch keinen mehr kennen.«

»Wie war denn gestern eigentlich eure Ladies Night?«, fragte Inge interessiert.

Käthe winkte ab.

»Vergiss es! Da lief nur Bumbum-Musik. Die Evelyn, also unsere Fahrerin, hat von dem Bass schon auf dem Parkplatz heftigste Herzrhythmusstörungen gekriegt, sodass unsere Ladies Night in einer Eckkneipe im Nauwieser Viertel in Saarbrücken stattfand. Aber da war nix Brauchbares an Männern zu finden. Nur gescheiterte Existenzen standen da am Donnerstagabend an der Theke rum.«

Inge hörte ihr aufmerksam zu. Sie wunderte sich doch sehr, in welchen Spelunken sich ihre Mutter nebst Freundinnen herumtrieb.

»Bitte pass auf dich auf, wenn du einen neuen Partner suchst! Nicht, dass du wieder reingelegt wirst und ...«, begann Inge ihren Satz.

Doch sie wurde direkt unterbrochen.

»So übel war dein Vater nun auch wieder nicht«, entgegnete Käthe.

»Also, bitte! Ich meine doch deinen letzten Lebensgefährten ...«

»Inge! Darüber will ich nicht mehr sprechen«, antwortete Käthe entschieden.

Käthes Exfreund war in der Familie Backes ein absolutes Tabuthema. Denn nur seinetwegen war sie in die sehr unkomfortable Situation geraten, wieder beim Schwiegersohn einziehen zu müssen. Nur mit Yoga hatte sie es geschafft zu vergessen, dass sie mit ihrer verflossenen Liebe auch all ihr Geld verloren hatte.

»Er hat dich nach Strich und Faden belogen und betrogen ...«, rief Inge ihrer Mutter noch nach.

Käthe war schon wütend aus der Küche gestapft und machte es sich mit ihrer Yogamatte im Garten gemütlich. Sie musste jetzt erst mal wieder runterkommen, denn innerlich war sie total aufgewühlt.

Und während Inge nachdenklich den Tisch abräumte, fragte sie sich, ob es bei anderen Familien auch so chaotisch zuging oder nur bei den Backes. Und während sie so grübelte, blickte sie aus dem Fenster.

Im Garten saß Käthe Bohneberger mit geschlossenen Augen im Schneidersitz auf der Wiese und brummte zum wiederholten Male ein langgezogenes »O-M-M-M-M-M«.

Inge schluckte und schüttelte den Kopf. Sie brauchte dringend diese Therapie, denn sie musste vieles, aufarbeiten und verarbeiten. Aber erst mal wollte sie ganz bald rüber zur Nachbarin und das Waffeleisen abholen. Backen war nämlich *ihre* Alternative zu einer herkömmlichen Therapie.

Kapitel 4

Jupp saß in seiner Dienststelle im Rathaus und stellte genervt die halbleere Kaffeetasse zur Seite. Wieder einmal wollte ein Telefonanrufer unbedingt den Ordnungshüter sprechen und ließ zum x-ten Mal durchläuten. Jupp stöhnte. Er hatte überhaupt keine Lust den Hörer abzunehmen. Zu groß war die Wahrscheinlichkeit, dass Marianne Müller mal wieder einen Furz quer sitzen hatte.

Das schrille Läuten verursachte seinem Schädel zusätzliche Kopfschmerzen, denn die Wirkung der daheim eingeworfenen Aspirin-Tablette ließ erheblich auf sich warten.

»Polizei Hirschweiler, Oberkommissar Backes am Apparat«, meldete er sich zwar professionell, aber total gelangweilt.

Nur seinem Kopf zuliebe, hatte er sich aufgerafft, damit dieses Läuten endlich aufhörte.

»Jupp, mein Guter! Ich bin's - dein Waldi.«

Schwuppdiwupp saß Jupp hellwach und kerzengerade auf dem Drehstuhl. Die Kopfschmerzen waren wie weggeblasen, denn wenn Waldemar Klein vom Landeskriminalamt (LKA) Saarbrücken, Leiter des Dezernats für Mordermittlungen, am anderen Ende war, musste es wichtig sein. Extrem oder sogar mordswichtig. Der würde nämlich nie ohne Grund anrufen.

»Wo brennt's? Brauchst du Unterstützung in einem Mordfall?«, fragte Jupp offensiv.

Er hatte ihm schon öfters mitgeteilt, dass er noch Kapazitäten frei hätte für eine exzessive Mördersuche. Bisher leider erfolglos.

»Ach, nix Schlimmes! Ich wollte dich nur fragen, was mit deinem Chef los ist. Bei uns geht das Gerücht auf der Dienststelle um, dass seine Frau abgehauen ist. Weißt du etwas Genaueres?«, fragte Waldi sehr interessiert.

»Keine Ahnung. Der Wolfgang ist halt schon länger krankgeschrieben, aber die Gründe, warum er nicht mehr schaffen kommt, kann ich dir nun wirklich nicht sagen. Ich bin ja kein Arzt!«

»Und die Kollegen? Wissen die auch nix?«, bohrte er weiter.

»Sag mal, Waldi, du bist ja eine richtige Vorwitztut *(neugierige Person)*! Mit den Kollegen schwätze ich nur das Allernötigste und sicherlich nicht über den Krankheitsgrund vom Wolfgang.«

Jupp gefiel es überhaupt nicht, dass er dem Leiter der Polizeiinspektion im ca. 15 Kilometer entfernten St. Wendel unterstellt war. Jupp leitete »nur« einen sogenannten Polizeiposten, um im kleinen Hirschweiler nach dem Rechten zu sehen. Laut seinem Chef hätte er gar keine »richtige« Dienststelle, da Ein-Mann-Klitsche. Seit diesem Gespräch war das Verhältnis der beiden sehr angespannt und Jupp machte immer soweit möglich einen großen Bogen um die Polizeiinspektion. Das war kein Vergleich zum Waldi - mit ihm konnte er immer ganz gut. Die beiden kannten sich noch von der Polizeischule in jungen Jahren.

Und so hoffte Jupp inständig darauf, dass der Waldi ihn eines Tages mal zu einer Mordermittlung hinzuziehen würde.

»Der Wolfgang hat es angeblich mit der Psyche! Wohl richtig schlimm«, sagte Waldi bedauernd, der über den Flurfunk im Saarbrücker Präsidium bestens informiert war.

»Auwei! Ja, wenn man es mit der Psyche hat, dann bleibt man besser im Bett.«

»Tja, der Polizeidienst ist halt kein Ponyhof. Und wenn sich dann noch die Frau vom Acker gemacht hat, kommt es knüppeldick.«

»Da sagst du was. Nix für zart Besaitete«, pflichtete ihm Jupp bei, und fragte dann, nicht ganz uneigennützig: »Und sonst so?«

»Gerade viel um die Ohren. Wir hatten hier doch zwei tote Nutten und suchen immer noch fieberhaft nach dem Schwein, das die hübschen Dinger so bestialisch abgeschlachtet hat.«

»Ja, ich habe davon gehört. Also, wenn ihr noch Hilfe braucht, dann ...«

Jupp wollte sich ins Gespräch bringen, doch Waldi fiel ihm direkt ins Wort.

»Und dann haben wir noch die rumänischen Menschenhändler, die in unserem schönen Saarland ihr Unwesen treiben. Erst gestern wurden zwei der Banditen aus der JVA entlassen. Mal gucken, wie lange es dauert, bis wieder jemand spurlos verschwindet ...«

»Menschenhändler? Also, ich hätte da auch eine Kandidatin, die ganz dringend weg müsste«, meinte er süffisant.

»Jupp! Deine Schwiegermutter nehmen die niemals mit! Das kannst du deiner Inge auch nicht antun.«

Die beiden kannten sich halt sehr gut und somit wusste Waldemar Klein auch bestens über Jupps Familienverhältnisse Bescheid.

»Quatsch! Es gibt hier so eine nervige Bürgerin, die mir noch den Verstand raubt. Also, die würde mir gar nicht fehlen, wenn die so ein Rumäne ins Auto zerren und in die Walachei verschleppen würde.«

»Und was würdest du dann machen? Wenn eine deiner Schutzbefohlenen fehlen würde?«, fragte Waldi interessiert.

»Zum Dank den Rumänen höchstpersönlich zwei Kästen UrPils in den Kofferraum tragen.«

»Jupp, Jupp, Jupp! Ich hoffe nur, dass unsere Telefone nicht abgehört werden«, lachte Waldi ihm entgegen, wurde dann aber schnell wieder ernst: »So, Spaß beiseite, ich muss hier weitermachen. Wir haben den Arsch voller Arbeit.«

»Ja, ja, genau wie bei mir. Nur für den Fall der Fälle: Marianne Müller, Gartenstraße 53. Aber von mir hast du die Info nicht.«

Beide legten mit einem lauten Lachen auf. Humor im Polizeidienst war ihnen wichtig, sonst würde man hier schier verzweifeln – zumindest hatte man sie das in der Polizeischule einst so gelehrt.

Ein paar Straßen weiter war Humor kein Thema, sondern Sport. Käthe atmete tief ein und wieder aus und machte barfüßig auf dem akkurat gemähten Rasen ihre Übungen.

Inge saß mit einer Tasse Bohnenkaffee in unmittelbarer Nähe auf der Hollywoodschaukel und schaute ihrer Mutter bei der kontrollierten Atemtechnik und den Verrenkungen interessiert zu.

»Tut das nicht weh, was du da machst?«

»Das ist der herabschauende Hund«, antwortete Käthe.

Sie gab sich wahnsinnig professionell, als ob sie genau wisse, was sie da tue.

»Aha ... so, so... Na, solange du nicht anfängst zu bellen und Männchen zu machen, soll es mir recht sein«, antwortete Inge spaßig.

»Weißt du, Inge, das ist der Grund, warum ich eine 1-A-Figur habe und immer locker zehn bis 15 Jahre jünger geschätzt werde. Wenn man sich nicht bewegt, rosten die Knochen ein und man geht leider in die Breite.«

Sie musterte ihre Tochter von der herabschauenden Position aus.

»Sport ist für mich Mord«, sagte Inge schaukelnderweise.

Ihre sportlichen Betätigungen beschränkten sich im Moment auf das Mit-den-Füßen-Wippen, obwohl sie sich mit dieser Bemerkung aus dem Wipp-Rhythmus gebracht hatte.

»Das ist Yoga«, belehrte Käthe und kehrte in den Schneidersitz zurück.

Sie hatte sich zwar nach dem Disput mit Inge etwas beruhigt, wollte aber doch kleine Pfeilspitzen in Richtung Hollywoodschaukel werfen. Wer ließ sich schon gerne wegen der Wahl des falschen Mannes maßregeln? Erst recht nicht mehr im hohen Alter und nicht von der eigenen Tochter, die gefälligst vor ihrer eigenen Tür kehren sollte.

»Wenn man in einer Ehe attraktiv sein will, muss man auch etwas für seinen Körper tun. Hörst du, Liebes?«

Inge zuckte nur mit den Achseln. Sie wollte keinen erneuten Streit provozieren, daher ließ sie die Seitenhiebe unkommentiert.

Käthe stellte sich nun aufrecht hin und bäumte sich mit in die Hüfte gestemmten Händen vor Inge und der Hollywoodschaukel auf.

»Und wie heißt diese Übung jetzt?«, fragte Inge interessiert.

»Bissiger Hund! Manchmal denke ich, dass du gar nicht meine Tochter bist und im Krankenhaus vertauscht wurdest. Du bist so total anders als ich«, plapperte Käthe unsensibel weiter.

»Ich habe halt mehr vom Babbe *(Papa)* seinen Genen«, rechtfertigte sich Inge und wippte fröhlich weiter hin und her. Sie ließ sich nun nicht mehr aus der Ruhe bringen. Ein Disput am Morgen reichte völlig aus.

Plötzlich war ein lautes Rascheln zu hören, das aus den Sträuchern am Zaun kam.

»Guten Morgen, die Damen!«, sagte eine männliche Stimme, deren Gesicht aus einem Hibiskusstrauch hervorlugte.

Irritiert schauten Mutter und Tochter zum angrenzenden Nachbargrundstück.

Langsam und behutsam bahnte sich der Hibiskus-Mann seinen Weg und stand dann vor den Backes-Frauen auf dem Rasen. Und zwar so, wie Gott ihn geschaffen hatte. Splitterfasernackt.

»Igitt! Pfui, Teufel! Weg da!«, kreischte Inge und sprang sofort energisch aus der Hollywoodschaukel auf.

»Ei, guten Morgen, Karl-Heinz!«, entgegnete Käthe.

Sie ging völlig selbstverständlich mit dessen Nacktheit um.

»Oh, leck, nee! Das mag doch nun wirklich keiner sehen. Zieh dir gefälligst was an, anstatt hier nackig in unserem Garten zu stehen!«, schrie Inge ihm entgegen.

»Reg dich nicht so künstlich auf! Ich hab doch immer noch meine Schlappen an.«

Der Nachbar, Karl-Heinz Brandner, zeigte auf seine Füße, die sich in knallroten Gartenschuhen, sogenannten Clogs, befanden. Es gab seiner Meinung also keinen Grund für Inges hysterisches Verhalten.

Der Rentner und Nachbar war leidenschaftlicher Nudist. Ein textilfreies Leben war ihm besonders wichtig und während Käthe mit dem FKK-Fan völlig locker umging, hatte Inge immer wieder Berührungsängste und ein großes Problem mit dessen Freizügigkeit.

»Ach, Karl-Heinz, mach dir nix draus! Meine Tochter ist heute ganz, ganz komisch unterwegs.«

»Diese Nacht hatten wir Vollmond! Da drehen alle am Rad. Als ob die Inge noch nie einen nackigen Mann gesehen hätte ...«, philosophierte der Nachbar.

»Ach, das muss verdammt lange her sein«, meinte Käthe, wechselte aber direkt das Thema:

»Schöne Schlappen hast du da an. So ein knalliges Rot steht dir«, schmeichelte sie dem Nachbarn, während ihr Blick zu seiner unteren Körperhälfte wanderte.

»Ei, ja! Es ist halt mal was anderes. Diese Treter waren letzte Woche beim Baumarkt im Angebot – da lässt man sich ja nicht zweimal bitten.«

Karl-Heinz zog seinen linken Gummilatschen aus und präsentierte ihn Käthe aus nächster Nähe, damit sie sich selbst vom Schuh-Schnäppchen überzeugen konnte.

Während sie das beste Stück vom Karl-Heinz, also seinen Schuh, bestaunte, zog sich Inge ins Haus zurück. Begegnungen mit Nackten waren ihr unheimlich. Erst recht, wenn der Nackte noch knallrote Schuhe trug. Sie musste dringend Hilfe organisieren.

»Polizei Hirschweiler, Back ...« Weiter kam Jupp diesmal nicht.

»Ich bin's«, unterbrach ihn Inge hektisch. »Schnell, du musst sofort heimkommen!«, rief sie hysterisch.

»Ist was mit der Oma?«, war seine erste Vermutung.

Denn auch wenn Käthe durch und durch fit war, sie könnte theoretisch jederzeit durch einen Oberschenkelhalsbruch außer Gefecht gesetzt werden. Und beim Yoga konnten ja durchaus schon mal Unfälle passieren.

»Ja, und nein. Der Karl-Heinz läuft mal wieder nackig durch unseren Garten.«

»Was? Mit der Oma? Ist die jetzt total übergeschnappt?«

»Nein, die Oma hat noch was an.«

»Na, Gott sei Dank!«

»Ich will Anzeige wegen Erregung öffentlichen Ärgernisses erstatten. Irgendwann ist auch mal Schluss mit meiner Gutmütigkeit!«

Inge war auf Krawall gebürstet. Wenn sie schon beim Ehemann und bei der eigenen Mutter immer den Kürzeren zog, sollte wenigstens der Nachbar die geballte Ladung von ihr abbekommen. In Form einer Anzeige eigentlich eine schöne Sache. Und sie hatte dazu auch noch den Staatsdiener in unmittelbarer Nähe – besser könnte es für sie nicht laufen.

»Ach, Inge! Jetzt beruhig dich doch erst mal wieder!«

»Nein! Ich habe mir dieses Elend zu lange angeguckt. Das ist doch Erregung in der Öffentlichkeit«, plärrte sie erneut in den Hörer. »Wo kämen wir denn da hin, wenn jetzt alle nackt rumrennen würden?«

»Bist du etwa erregt?«, wollte Jupp verdattert wissen.

»Natürlich nicht! Bäh, der Brandner Karl-Heinz! Den könntest du mir nackt auf den Bauch binden ...«

»Tja, dann wird es schwer dagegen vorzugehen. Ist sein bestes Stück vielleicht, ähm ... steif und quasi ausgefahren? Dann hätten wir was Festes in der Hand und könnten ihn belangen, wegen sexueller Belästigung oder wegen Exhibitionismus oder so ähnlich, weißt?«

»Igitt! Das will ich überhaupt nicht sehen«, sagte Inge angeekelt.

»Geh hin und guck! Sonst kannst du deine Anzeige vergessen«, befahl Jupp.

Daraufhin ging Inge mit dem schnurlosen Telefon in der Hand in die Küche, schob vorsichtig die Gardinen zur Seite und lugte durch die Scheibe.

»Und? Kannst du irgendwie was Steifes sehen?«, fragte Jupp etwas spöttisch.

»Keine Ahnung, die Oma steht vor ihm.«

»Aha! Also, das ist schon mal gut. Denn dann steht wohl nix, wenn die Oma davor steht. Und was machen die da zusammen?«

»Sie steht nicht, sie kniet. Und das ganz eigenartig mit dem Kopf zum Rasen und dem Po in die Höhe.«

»Was? Das ist ja ekelhaft! Diese Frau ist echt nicht mehr ganz dicht. Am helllichten Tag mit dem Karl-Heinz ... Nein, nein, nein! Da müssen wir endlich einschreiten und die Oma zurechtweisen. Und wenn sie sich nicht an die Ordnung hält, dann muss sie halt weg, die Oma!«

»Jupp, das ist doch alles am frühen Morgen nicht mehr normal ...«

Karl-Heinz Brandner streckte sein nacktes Hinterteil Richtung Küchenfenster, während er sich mit den Händen auf dem Rasen abstützte - und der Bewegung von Käthe folgte.

»Was genau kannst du denn erkennen?«, fragte Jupp interessiert.

Er sah vor seinem inneren Auge schon, wie die Oma von der Sittenpolizei weggesperrt würde. Dauerhafte Erregung des Schwiegersohns, gepaart mit unsittlichem Verhalten mit dem Nachbarn auf seinem Grundstück.

»Ich sehe den nackten, in die Höhe gestreckten und verschrumpelten Hintern vom Karl-Heinz!«, brach es aus Inge heraus, deren Kinnlade nun vor Schreck runterklappte.

Plötzlich klopfte es gegen die Tür von Jupps Dienststelle. Schnell würgte er Inge mit den Worten ab, dass sie alles beobachten und das Treiben am besten fotografieren solle. Damit hätten sie echte Beweise, die belegen würden, was für komische Dinge im Garten vonstattengingen, während er Dienst nach Vorschrift schob. Sein teuflischer Plan: die Oma wegen unanständiger Handlungen ein für alle Mal aus dem Haus ausquartieren. Der Karl-Heinz war ihm völlig egal. Sollte er doch den lieben langen Tag nackt herumturnen. Als Lockvogel kam er ihm ganz gelegen.

Sprachlos schaute Inge den alten Herrschaften zu und beobachtete, wie sich der Nachbar weiterhin am »herabschauenden Hund« probierte. Bei ihm ähnelte es eher einem »verschrumpelten Köter«, der auf den Gnadenstoß wartete. Nackt-Yoga stand nicht jedem und war Gewöhnungssache. Erst recht für Zuschauerin Inge, die wie in Trance hinter der Scheibe stand und wie ein Paparazzo Fotos knipste.

Danach verließ sie das Haus, um das Waffeleisen abzuholen. Backen war auch eine gute Alternative zum nackten Karl-Heinz, wie sie fand. Erst mal auf andere Gedanken kommen, war ihre Methode um von dem Geschehenen Abstand zu gewinnen.

Malermeister Richard Hinsberger saß stocksauer Jupp gegenüber vor dessen Schreibtisch und zeigte ihm Polaroid-Fotos seines beschädigten Lieferwagens, mit dem er zur Landbevölkerung unterwegs war, um mit Farben und Tapeten frischen Wind in deren miefige vier Wände zu bringen.

»Da hat jemand Fahrerflucht begangen, nachdem er meinen Wagen am Kotflügel gestreift hat«, schimpfte er wie ein Rohrspatz.

»Unverantwortlich! Wenn man Scheiße baut, muss man auch dazu stehen«, gab Jupp dem Geschädigten Recht.

Er begutachtete die drei Fotos, die Richard auf seinem Schreibtisch ausgebreitet hatte. Dann wandte er sich seufzend zum Computer und nahm zunächst die Personalien vom wütenden Hinsberger Richard auf. Außerdem wollte Jupp wissen, wann genau der Vorfall passiert sei, schließlich musste alles mit rechten Dingen zugehen, um die »Anzeige gegen unbekannt« wegen Fahrzeugbeschädigung aufzunehmen. Mit beiden Zeigefingern hämmerte er im »Zwei-Adler-Suchsystem«auf die Tastatur ein um alle Angaben im Polizeicomputer zu erfassen. Ordnung musste schließlich sein.

Gerade als der Geschädigte das Kennzeichen seines Lieferwagens nennen sollte und mit »W, N, D« das Kürzel für die Kreisstadt St. Wendel buchstabierte, sprang die Zimmertür beinahe aus den Angeln und eine hysterische Bürgerin stampfte plärrend herein.

»Ich erstatte Anzeige! Wegen Körperverletzung!«

Regina Welter nahm unaufgefordert auf dem zweiten Stuhl vor Jupps Schreibtisch Platz und trommelte ungeduldig mit den lackierten Fingernägeln auf die Tischplatte.

»Mann, Mann, Mann! Was ist denn heute nur los?«, fragte sich Jupp laut und kratze sich nachdenklich am Hinterkopf.

Von einem langweiligen Arbeitstag konnte nun keine Rede mehr sein. Es war noch nicht mal zehn Uhr am Morgen, doch Jupp spürte bereits, dass heute ein ungewöhnlicher Tag werden würde. Es musste am Vollmond liegen, dass heute alle so komisch drauf waren: bei Inge angefangen, über die Schwiegermutter bis hin zu den unbescholtenen Bürgern, die gerade vor ihm saßen und wild gestikulierend Anzeige erstatten wollten.

Polizist auf dem Dorf zu sein, war wirklich kein Zuckerschlecken, das wurde ihm am heutigen Tag mal wieder sehr deutlich. Er hoffte nur, dass die Situation daheim in seinem Garten nicht eskalierte, denn er konnte nicht auch noch eine tobende Inge in seiner Dienststelle gebrauchen. Doch es kam meistens eh anders als gedacht!

Kapitel 5

Inge betätigte zum vierten Mal die Klingel von Beate Zieglers Haus. Ihr wurde nicht geöffnet. Dabei waren sie doch für die Übergabe des Waffeleisens verabredet. Allerdings ohne feste Uhrzeit, aber doch verbindlich. Inge entfernte sich ein paar Schritte von der Haustür und blickte an der zweistöckigen Hausfassade hoch. An allen Fenstern waren die Rollläden herabgelassen.

Merkwürdig, dachte sie sich, und kehrte zurück zu der Haustür aus verschlissenem Holz. Sie legte ihr Ohr gegen das rissige Holz, das unbedingt mal wieder eine Lasur nötig hatte.

Im Hausinneren war Musik zu hören. War Beate vielleicht am Staubsaugen und hörte die Klingel nicht? Aber im Dunkeln beziehungsweise bei verrammelten Fensterläden – kaum vorstellbar, denn als gute Hausfrau saugte man doch im Hellen. Zumindest Inge Backes.

Erneut hämmerte sie gegen die Tür und schrie: »Beate, Beate! Aufmachen! Ich bin es doch und keiner von den Zeugen Jehovas!«

Doch nichts geschah. Die Tür blieb verrammelt. Die Fensterläden sowieso und drinnen wurde das gleiche Lied noch mal abgespielt.

Inge ging nun hinter das Haus und erreichte die Terrasse, wo sie gegen die hohen Fenster klopfte. Auch hier waren die Läden herabgelassen. Sie legte ihren linken Lauscher gegen die Terrassentür, die nicht so schalldicht wie die Haustür war. Sie hörte nun die Musik viel lauter und das gleiche Lied begann erneut zu dudeln. Aber warum öffnete Beate nicht trotz ihres Klopfen und Hämmerns? War sie vielleicht zusammengebrochen und lag jetzt hilflos mitten auf dem Flokati im Wohnzimmer? Bei Inge spielten die Schreckensvorstellungen total verrückt.

Geistesgegenwärtig zückte sie ihr Handy. Hier stimmte irgendwas nicht, so viel stand fest. Jetzt mussten Profis ans Werk.

»Polizei Hir...«, meldete sich Jupp, doch er wurde sofort unterbrochen.

»Jupp, Jupp! Ich bin's«, plärrte Inge ihm entgegen.

Sie rief auf der offiziellen Festnetznummer der Dienststelle an, da dies ja ein offizieller Notfall war. Sein Privathandy hatte er außerdem eh manchmal ausgeschaltet.

»Was ist denn jetzt schon wieder?«, fragte er gereizt.

»Du musst schnell kommen ...«

»Hast du die Oma und den Karl-Heinz in einer prekären Situation erwischt?«

»Nein, nein, nein ...«

»Tja, solange die zwei Alten alles freiwillig machen und keinen belästigen, sind mir doch die Hände gebunden«, versuchte Jupp sie abzuwimmeln.

»Ich stehe beim Beate vor der Tür ...«, begann Inge aufgebracht.

»Aha, interessant ... Aber ich habe keine Zeit mir anzuhören, wo du gerade stehst oder wer irgendwo in unserem Garten Verrenkungen macht. Ich habe hier eine aufgeregte Kundschaft sitzen und muss weitermachen. Tut mir leid, bis heute Mittag zum Essen!«

»Die Beate macht die Tür nicht auf«, plapperte Inge einfach weiter.

»So, so. Vielleicht ist sie beim Einkaufen?«

Jupp verdrehte genervt die Augen.

»Die Fensterläden sind alle verrammelt. Jupp, da stimmt was nicht!«

»Wieso stimmt da was nicht? Vielleicht schläft sie noch ...«

»Es ist gleich halb elf. Ich bitte dich, das ist doch gar nicht die Art vom Beate. Ich wollte nämlich ihr Waffeleisen abholen ...«

»Stopp, stopp, stopp!«, unterbrach Jupp ihren Redefluss.

Er drehte sich mitsamt Telefon etwas zur Seite und flüsterte in den Hörer:

»Ich habe hier zwei krasse Fälle auf dem Tisch oder besser gesagt vor dem Tisch sitzen. Da kann ich nicht alles stehen und liegen lassen und eine Vermisstensuche starten, nur weil jemand zur Waffeleisen-Übergabe nicht pünktlich erschienen ist.«

»Glaub mir, da stimmt was nicht! Kannst du nicht mal schnell gucken kommen? Drinnen läuft Musik, sie macht aber die Tür nicht auf.«

»Vielleicht ist sie krank?«, vermutete Jupp, um Inge zu besänftigen.

»Dann hört man aber keine laute Musik.«

»Vielleicht ist sie depressiv und will nicht mit dir reden?«, suchte Jupp nach einem weiteren Grund.

»Das kann ich mir beim besten Willen nicht vorstellen. Gestern Abend haben wir noch miteinander gesprochen, aber da war kein Hauch von Depressionen zu erkennen.«

»Tja, das mit den Depressionen geht manchmal schneller, als wie man denkt. Die kommen halt auch gerne über Nacht. Von meinem Chef hätte ich das auch nicht gedacht. Zack, ist angeblich nur noch am Flennen und Jammern und für nix mehr zu begeistern«, erzählte er diese Neuigkeit, die brühwarm vom Waldi weitergetratscht wurde.

»Jupp, du kommst jetzt auf der Stelle hierher! Da drinnen stimmt was nicht.«

»Und was macht dich da so sicher?«, fragte Jupp immer noch gereizt.

»Nenn es: Nachbarinnen-Intuition! Wenn morgens um halb elf die Läden unten bleiben, dann ist da was faul. Und frag nicht, wie!«

Genervt knallte Jupp den Hörer auf die Gabel seines Tastentelefons und wandte sich seiner »Kundschaft« zu.

»Regina, Richard, tut mir leid, aber daheim ist ein Notfall passiert.«

»Ach, du lieber Gott! Ist was mit eurer Oma?«, fragte Richard sofort besorgt, denn in dem kleinen Hirschweiler kannte man sich und die extrovertierte Käthe war eh ein bunter Vogel und stets bekannt.

»Nein, nein, die Oma überlebt uns alle noch. Meine Inge will Waffeln backen und kommt mit dem Gerät von der Nachbarin nicht klar. Jetzt hockt sie daheim in der Küche und hat die Flemm *(niedergeschlagen, traurig)*«, log er kurzerhand.

Er wollte die beiden nicht mit Inges Vermutungen belästigen oder verstören.

»Das kenne ich nur zu gut. Bei meiner neuen Einbauküche kam ich anfänglich mit der Ober-, Unterhitze und Heißluft auch nicht klar«, stimmte Welter Regina sofort ein.

»So, wir müssen das jetzt hier alles ein bisschen abkürzen. Denn wenn die Frau Backes nicht backen kann, habe ich eine schlechtgelaunte Frau daheim – und das will ja keiner, nicht wahr?«

Regina und Richard nickten einstimmig. Solche Probleme kannte jeder gut geführte Haushalt.

»Ich fasse also noch mal zusammen. Richard, du machst die Anzeige gegen unbekannt wegen Fahrerflucht und du, Regina ...«

Jupp kratzte sich am Hinterkopf. Er schaute von dem linken Stuhl, auf dem Richard saß, rüber zu Regina Welter. Die Endvierzigerin mit blonden Locken, üppiger Figur und so stark angemaltem Gesicht, als wäre sie am Morgen in einen Wasserfarbkasten gefallen, rutschte nervös hin und her.

»Ähm, also bei mir ist der Übeltäter kein Unbekannter«, sagte sie etwas verhalten.

»Dein Mann hat dich verdroschen?«, fragte Richard mit aufgerissenen Augen.

»Quatsch! Derjenige, der mir das angetan hat, ist ein Pfuscher vor dem Herrn. Sein Name ist Dr. Ostralowski und er hat seine Quacksalberpraxis irgendwo in der Pampa von Polen. Der hat mir ...« Sie überlegte kurz, ob sie weitersprechen sollte, und flüsterte dann: »Es fällt mir schwer darüber zu reden, aber ... Also, tja, also er hat mir meine Brüste ramponiert! Jetzt ist es raus!«

Absolute Stille herrschte daraufhin in der Dienstelle. Man hätte eine Büroklammer fallen hören können, so still waren Jupp und Richard. Vielleicht auch etwas geschockt.

»Dieses Schwein! So was macht man doch nicht.«

Richard fand als Erster seine Stimme wieder. Er stierte mit einem Röntgenblick Regina auf die Oberweite, als hätte er im Nu vom Malermeister zum Gutachter beim Medizinischen Dienst der Krankenversicherung (MDK) umgeschult.

Jupp räusperte sich, hob den Blick wieder auf Reginas Augenhöhe, nachdem er aufgrund der Hiobsbotschaft automatisch an der Bluse geklebt hatte.

»Tut mir leid, Regina. Ich bin kein Schönheitschirurg.«

Jupp machte klar und deutlich, dass er der falsche Mann für missglückte Brustoperationen war, und dass sie sich hier immerhin in einer Polizeidienststelle im Rathaus befanden.

»Ich will Schadensersatz, Jupp! Dieser Pfuscher muss verklagt werden, denn ich kann nicht mehr auf dem Bauch schlafen«, plärrte Regina weiter.

»Also, meine Inge ist auch Seitenschläferin, weil sie nicht gerne auf dem Bauch liegt. Und die hat nix an der Brust. Deshalb kann man doch niemanden verklagen«, entgegnete Jupp.

»Ich habe aber Schmerzen! Höllische Schmerzen«, jaulte Regina mit schmerzverzerrtem Gesichtsausdruck, um bei den Männern Mitleid zu erregen.

Im weiteren Verlauf des Gesprächs beharrte Regina darauf ihren Schönheitschirurgen auf der Stelle verklagen zu wollen. Anzeige wegen schwerer Körperverletzung!

»Hast du denn Beweise?«, fragte Jupp.

Schließlich könnte ja jeder von einer vermurksten Operation behaupten und somit für Angst und Schrecken in der Medizinbranche sorgen.

Regina schüttelte den Kopf. Sie gab zu Protokoll, dass sie keine Bilder von ihren Brüsten habe. Zumindest keine der vermurksten Brüste nach der verpfuschten OP.

Jupp seufzte.

»Tja, ohne Beweisfotos ist das immer eine schwierige Sache. Das predige ich eigentlich Tag und Nacht, dass ich ohne Beweise nicht tätig werden kann.«

Richard nickte zustimmend und hielt streberhaft noch mal seine drei Polaroidfotos in die Höhe. Er wusste, was ein Polizist zum Arbeiten benötigte. Und hatte dafür sogar ein Lob von Jupp kassiert.

Plötzlich fing Regina das Heulen an. Untermalt von so einem Frauenschluchzen. Ganz schlimm. Der Rotz kam aus allen Poren.

Jupp saß hilflos da und schaute zu Richard, in der Hoffnung, dass er als Malermeister vielleicht eher damit umgehen konnte.

Und wie der Richard damit umgehen konnte! Fürsorglich strich er Regina über den Rücken. Gelernt war eben gelernt.

Jupp reichte etwas hilflos nur ein Taschentuch über den Tisch, während Richard die Traurige in den Arm nahm. Trost zu spenden, nachdem die handwerklichen Tätigkeiten nicht ganz gemäß dem Kundenwunsch ausgeführt worden waren, war für ihn nichts Unbekanntes. Allerdings wegen vermurkster Brüste Hand anzulegen, war auch für ihn neu. Störte ihn aber nicht.

Regina kotzte sich daraufhin in epischer Breite aus. Sie klagte, dass sie immer schon wie ein Hund unter ihren kleinen Möpsen gelitten habe und dass die AOK nichts hatte zahlen wollen. Und da war die günstige OP in Polen der Ausweg gewesen. Dann schilderte sie detailliert den Tag der OP, inklusive aller wichtigen und auch unwichtigen Details.

Reginas Ausführungen wurden immer wieder von einem lauten Schluchzen unterbrochen, woraufhin ihr Richard immer brav und artig über den Rücken strich.

Jupp kochte derweil Kaffee für die Opfer. Er wünschte, dass Regina nicht noch weitere Defizite an ihrem Körper hatte operieren lassen, die im Murks endeten. So unruhig, wie sie auf dem Stuhl herumrutschte, tippte er eigentlich darauf, dass auch mit ihrem Allerwertesten irgendwas nicht in Ordnung war. Er hoffte inständig auf Hämorriden, denn darüber würde Regina doch sicher keine Detailbeschreibung abliefern wollen.

Doch erst mal war Regina im Redefluss.

»Gibt es eigentlich einen Zeugen für den Schmu *(Unsinn)* an deiner Oberweite?«, frage Jupp, als das Schluchzen weniger wurde, und er sicher war endlich zu ihr durchdringen zu können. Also fragetechnisch.

Regina nickte unverzüglich.

»Mein Mann war mit dabei.«

»Sehr gut! Zeugen sind das A und O, wenn wir schon keine Fotos haben«, kommentierte Jupp fachmännisch, und schöpfte Hoffnung.

»Vergiss es! Der sagt aber nix!«, klärte Regina sofort auf.

»Warum?«, fragten beide Herren gleichzeitig.

Dann berichtete Regina noch von einem weiteren Detail der dubiosen OP-Sache, nämlich dass sie ein Schnäppchenangebot in Polen gebucht habe: »4 für 2 – also, für zwei Brüste bezahlen, aber vier gemacht bekommen.«

»Hä? Wie soll das denn gehen?«

Richard suchte fieberhaft nach weiteren zwei Brüsten an Regina, vergeblich – und vermutete daher eine absolute Verstümmelung ihres Körpers. Er brach abrupt mit seinen Streicheleinheiten ab, weil er die Vorstellung von vier Brüsten irgendwie ekelhaft fand.

»Mein Mann hat sich doch seine wabbeligen Fetttitten wegmachen lassen. Und ich habe sie mir aufgepumpt.«

»Bäh! Du hast das Fett vom Peter jetzt bei dir vorne herum drin? Das ist ja ekelhaft!«

Richard verzog angewidert das Gesicht. Jupp rümpfte die Nase.

Regina klärte die Herren auf, dass sie natürlich Silikonimplantate erhalten habe. Dann erzählte sie stolz, dass ihr Mann mit seinem neuen Oberkörper total zufrieden sei und sich seither auch außerhalb der eigenen vier Wände wie ein stolzer Gockel bewege – natürlich oberkörperfrei.

»Also, ein Zeuge, der nix sagen will, ist total bescheuert. Und ohne Beweisfotos sind mir die Hände gebunden.«

Jupp brachte es mal wieder auf den Punkt.

Plötzlich griff Regina nach der Sofortbildkamera von Jupp, die auf dem Schreibtisch stand, und drückte sie ihm in die Hand.

»Ich wäre so weit ...«, sagte Regina, während sich Jupp und Richard verdutzt anschauten.

»Wie? Was jetzt?«, wollte Jupp wissen.

»Ich will Geld! Schmerzensgeld! Und dafür braucht man Beweisfotos. Tu, was du tun musst!«

Dann zog Regina Welter blank!

Mit offenen Mündern und geweiteten Pupillen saßen Jupp und Richard da und begutachteten die halbnackte Regina.

»Aua!«, rutschte es Jupp mit verkniffenen Augen raus.

»Ei, ei, ei, da hat einer aber nicht sauber geschafft! Auf der Baustelle würde man den hochkant rausschmeißen ...«, kommentierte Richard das Werk des Herrn Chirurgen.

»Murks, absoluter Murks!«, stimmte Jupp ihm bei.

Regina hielt ihre Bluse einladend mit beiden Händen auf. Dabei blieb sie auf ihrem Stuhl sitzen. In ihrem starren Blick hatte sie nur noch Euroscheine, dafür war sie bereit, alles zu geben.

Angewidert drückte Jupp auf den Auslöser der Kamera. Sein Motiv: zwei Brüste, die komplett in Mullverband eingewickelt waren. Am Dekolleté breitete sich ein dunkelblau gefärbter Bluterguss aus, der erahnen ließ, wie der Rest aussehen musste und wie schmerzvoll dies alles für das OP-Opfer sein musste.

Jupp drückte wie in Trance auf den Auslöser. Mehrfach.

Regina räkelte sich dabei auf dem Stuhl, mit aufgeknöpfter Bluse, die sie fest in den Händen hielt. Ihre Gier nach Schmerzensgeld war ins Unermessliche gestiegen.

»Das werden echt tolle Fotos! Talent hast du, Regina!«, kommentierte Richard das ungewöhnliche Fotoshooting von der Seite.

»Wo kein Kläger, da auch kein Richter. Und ohne Fotos keine Beweise.«, wiederholte Jupp mal wieder.

Er bekam Gefallen am Fotografieren und erfuhr so mal wieder, wie vielseitig sein Beruf doch sein konnte. Kein Vergleich zu dem Fiasko mit Marianne Müller, die hatte ihn ja total verarscht.

Plötzlich sprang die Tür mit einem heftigen Schwung auf. Inge stand aufgebracht im Raum.

»Was wird denn bitte schön hier veranstaltet?«, fragte sie verstört und blickte auf das ungewöhnliche Trio.

Vor Schreck ließ Jupp seine Sofortbildkamera fallen.

Regina erstarrte im »Bluse aufhalte«-Standbild und Richard stammelte, er sei wegen seiner Beule hier: »vom Lieferwagen«, ergänzte er dann noch schnell, um Missverständnisse auszuräumen.

»Es ist nicht so, wie es aussieht«, rechtfertigte sich Jupp.

Regina begann unverzüglich ihre Bluse zuzuknöpfen.

»Ich glaube es ja nicht! Ich warte daheim, dass du wegen eines Notfall kommst - und du sitzt hier seelenruhig und machst ordinäre Fotos!«

»Ich kann das aufklären«, meinte Regina, während sie ihre Bluse in den Rock stopfte.

»Josef Backes! In zwei Minuten bist du am Auto!«

Inge bewies, dass sie auch anders konnte. Und auch mal die Hosen anhaben konnte.

»Wie heißt das Zauberwort mit zwei ›t‹?«, fragte Jupp mechanisch, während er hektisch die geknipsten Sofortbilder auf dem Schreibtisch einsammelte. Er hoffte auf eine offizielle »Bitte« von Inge.

»Titten«, rutschte es Richard spontan raus. »Wobei, hm ... Da sind ja drei ›t‹ drin«, fügte er hinzu.

Richard war offenbar schon ganz rammdösig, was natürlich an Regina liegen konnte.

»Aber flott!«, kommandierte Inge und zeigte in Richtung Fenster, von wo man eigentlich den Dienstwagen hätte sehen müssen.

Sie stutzte. Dann verließ sie kopfschüttelnd das Zimmer.

»Tut mir leid, aber wir müssen das hier abbrechen«, sagte Jupp zu seinen verbliebenen »Kunden«.

Dann hielt er beiden das Formular mit der aufgenommenen Anzeige zur Unterschrift hin. Anstandslos unterschrieben sie ihre Anzeigen wegen »Fahrerflucht« beziehungsweise »Körperverletzung«.

»Hoffentlich gibt es wegen mir keine Probleme?«, fragte Regina etwas betroffen, als sie schon zusammen mit Richard im Türrahmen stand.

»Ach was!«, wiegelte Jupp ab. »Die kriegt sich schon wieder ein. Die Inge ist heute schon den ganzen Morgen komisch drauf. Liegt wohl an den Wechseljahren!«

»Du meinst das sogenannte Klimakterium. Das hört sich doch viel besser an als Wechseljahre, wenn bei Frauen die fliegende Hitze inklusive roter Backen zum ständigen Begleiter wird«, entgegnete Richard, der sich mal wieder als absoluter Frauenversteher zu erkennen gab und sogar über medizinischen Wortschatz verfügte.

»Nenn es, wie du willst! Aber die Stimmungen wechseln ständig. Und wenn ich auch noch so eine Midlife-Krise bekomme, dann schlagen wir zwei uns eines Tages die Köpfe ein.«

»Also, in Polen kann man günstig was machen lassen. Tränensäcke könntest du dir wegmachen lassen,« schlug Regina vor, um der Krise ab einem gewissen Alter zumindest äußerlich entgegenzuwirken.

»Hä? Bist du völlig übergeschnappt?«, pampte Jupp sie an.

»Dann halt eine Haartransplantation gegen deine Geheimratsecken«, versuchte sie es noch einmal.

»Vergiss es! Ich bin nicht der FDP-Lindner, sondern immer noch der Backes Jupp. Und damit: Ende der Schönheitsdurchsage!«

Kurz danach wurden sie von Jupp quasi aus dem Dienstzimmer geschoben. Richard wandte sich auf dem Flur noch mal an Regina: »Wenn bei dir oben rum alles wieder verheilt ist, dann könnte man ja echt mal ästhetische Fotos machen. Talent hast du, Regina.«

»Nur wenn die Kohle stimmt ...«, konterte Regina lachend, die Gott sei Dank trotz vermurkster Brüste ihren Humor nicht ganz verloren hatte.

Richard und sie verließen das Rathaus, und gingen dann schnell geduckt an Inge vorbei, die auf dem Parkplatz stand und sich Hilfe suchend nach dem Polizeiauto umsah - mit dem ganz schnell zu Beate Ziegler hätte düsen können. Doch weit und breit war kein grün-weißer Peugeot 405 zu sehen.

Kapitel 6

Nachdem Jupp zusammen mit einer eingeschnappten Inge zur Mykonos-Taverne marschiert war, um den dort am Vorabend abgestellten Dienstwagen zu holen, fuhren beide im Affenzahn zu Beate Ziegler. Wortlos! Inge musste das vorhin auf der Dienststelle Gesehene - das Trio aus Richard, Regina und ihrem Mann - erst einmal verarbeiten. Nicht alle Tage erwischte man den Göttergatten dabei, wie er, laut Jupp aus rein dienstlichen Gründen, Bilder von der Oberweite fremder Frauen machte. Dass die Brüste von Welter Regina stark bandagiert gewesen waren, klammerte sie in ihrer Wut komplett aus!

Jupp bremste. Zu stark, wie Inge fand, denn sie machte einen Satz nach vorne und konnte gerade noch einer Gehirnerschütterung vorbeugen, indem sie sich mit beiden Händen gegen das Handschuhfach abstützte. Und das trotz Anschnallgurt. Denn ohne den Gurt anzulegen durfte beim Jupp keiner mitfahren, da war er ganz pingelig.

»Sag mal, willst du mich umbringen?«, meckerte Inge.

»Bei Notfällen muss man auch mal ruckartig bremsen können«, sagte Jupp belehrend und stieg hastig aus dem Wagen.

Geschäftsmäßig setzte er seine Kapp *(Mütze)* auf und schlug die Fahrertür mit Karacho zu.

Inge krabbelte noch etwas benommen aus dem Wagen und lief hinter Jupp her, der zielsicher auf die verschlissene Holztür zusteuerte. Er läutete. Dreimal. Und danach Sturm.

»Und?«, fragte Inge, die bisher wortlos hinter ihm gestanden und dem Fachmann das Klingeln überlassen hatte.

»Keiner daheim! Und deshalb machst du hier so ein Geschiss?«, kommentierte Jupp lapidar.

Er schüttelte genervt den Kopf und setzte zum Rückzug an.

Inge hielt ihn am Arm fest.

»Du musst doch die Musik da drinnen hören. Da ist doch jemand!«

»Tztztz! Der Beate ist anscheinend ihre Stromrechnung scheißegal, sonst würde sie doch die Stereoanlage ausmachen, wenn sie nicht daheim ist.«

»Weiß du, wer das ist?«, frage Inge.

Jupp zuckte mit den Achseln.

Sie hatte bereits vorhin auf dem Fußmarsch zum Rathaus fieberhaft überlegt, welches Stück hier im Inneren von Beates Haus in Dauerschleife abgespielt wurde. Und kam zum Verzweifeln nicht auf den Interpreten.

Doch nun, als sie das Gesäusel erneut hörte, fiel es ihr wie Schuppen von den Augen.

»Wittnä Justen! Die höre ich da drinnen.«

Inge zeigte auf die Haustür.

»Ach, so! Nee, ist klar. Hauch mich mal an! Hattest du Bohnenkaffee mit Schuss?«

»Natürlich nicht. Wie kommst du denn auf diese Schnapsidee?«, fragte Inge pikiert.

»Na, weil die Wittnä Justen sicherlich was Besseres zu tun hat, als bei Zieglersch Beate auf der Wohnzimmercouch zu sitzen und sich zu weigern die Tür zu öffnen, wenn es klingelt. Und wenn, dann wäre sie garantiert so was von zugekokst, dass sie auf allen Vieren krabbelnd orientierungslos die Haustür suchen müsste.«

»Ach, Jupp, du bist und bleibst ein alter Dummschwätzer! Ich rede doch von der Musik von Wittnä Justen. Und außerdem ist die eh schon lange unter der Erde und niemals beim Beate im Haus.«

»Dann sag das doch gleich!«, maulte Jupp, der sich in der Welt der Stars und Sternchen nicht auskannte - geschweige denn wusste, wer bereits tot war. Ein kleiner spontaner Reim à la Jupp folgte dann auch unmittelbar: »Die Wittnä Justen, die hatte immer so schlimmen Husten.«

Er lachte laut auf.

»Das ist doch merkwürdig, wenn Musik läuft, aber keiner öffnet. Nicht, dass die Beate diejenige ist, die benebelt auf allen Vieren herumkriecht und die Türklinke nicht findet ...«, überlegte Inge sehr angestrengt.

Inge ging ein paar Schritte zurück und stand nun breitbeinig im Vorgarten. Sie begann mal wieder zu rufen und auch zu winken: »Beate! Beate! Mach doch jetzt endlich mal auf! Wir sind es doch - keine Zigeuner, keine Zeugen Jehovas und von Bofrost sind wir garantiert auch nicht.«

In der Zwischenzeit war Jupp eine geniale Idee gekommen. Er stapfte um das Haus herum.

Inge folgte ihm unauffällig.

Er ging schnurstracks in das Gewächshaus, das nicht verschlossen war. Er hob ein paar Blumentöpfe hoch, rückte Gartenwerkzeug zur Seite und öffnete die Schubladen einer ausrangierten Kommode und wühlte darin herum.

Inge beobachte ihn dabei sorgfältig und stammelte immer nur ein: »Oh, Gott! Oh, Gott! Da wird doch nix Schlimmes passiert sein ... Oh, Gott, oh, Gott, oh, Gott.«

Dabei sprang sie aufgeregt in dem verglasten Gewächshaus herum und stand wie Falschgeld im Weg.

»Jetzt geh mir mal aus den Füßen! Ich muss schließlich hier schaffen«, sagte Jupp etwas schroff, der seine hibbelige Frau für den Moment überhaupt nicht gebrauchen konnte.

Letztendlich musste er nachdenken, welche Schritte als Nächstes durchgeführt werden sollten. Und er musste handeln.

Auf einmal strahlte Jupp bis über beide Ohren und wedelte mit einem Schlüssel vor Inges Nase herum.

»Oh, leck! Wo kommt denn der auf einmal her?«, frage sie verwundert und starrte auf den hin und her schwingenden Schlüssel in Jupps Händen, als solle das Pendel für Hypnose sorgen.

»Immer Jupp fragen! Das ist doch so typisch. Fast jeder hat seinen Zweitschlüssel im Garten- oder halt Gewächshäuschen versteckt. Wenn die Einbrecher davon Wind bekommen, dann werden die bald nur noch in Gartenschuppen einbrechen, um seelenruhig die eigentliche Bude auszuräumen.«

Inge schaute ihn ungläubig und bewundernd an.

Dann folgte sie ihm, der bewaffnet mit dem Zweitschlüssel, zurück zur Haustür ging.

Jupp echauffierte sich erst mal wieder über die farbabblätternde Tür und steckte den Schlüssel ins Schloss. Die Tür war blitzschnell geöffnet.

»Oh, leck! Und der passt sogar«, sagte Inge verblüfft.

Jupp ignorierte ihr Geschwätz konsequent.

»Bäh, ist das hier drin eine schlechte Luft. Da muss unbedingt mal gelüftet werden«, stellte Inge sofort fest.

Beide gingen zielstrebig ins Wohnzimmer, wo Inge sofort die Läden hochzog und die Terrassentür sperrangelweit öffnete, damit dieser »Gestank wie im Pumakäfig« schnell verschwinden konnte.

»Jetzt drehen wir der Alten erst mal den Saft ab!«

»Pst, bist du ruhig! Nicht, dass uns die Beate noch hört«, warnte Inge, die immer noch vermutete, dass die liebe Nachbarin gleich um die Ecke biegen würde und dass alles nur ein Missverständnis war.

Jupp machte sich an der Stereoanlage zu schaffen, doch leider verstand er das Hightechgerät überhaupt nicht. Er zog den Stecker. Und damit kehrte eine himmlische Ruhe in das Wohnzimmer ein.

»Ach, guck mal da!«

Inge hielt eine leere CD-Hülle hoch, die zuvor auf dem Couchtisch gelegen hatte.

»Siehst du! Wittnä Justen: De grätest Hits«, las sie laut in grottenschlechtem Englisch vor.

Auf dem Cover posierte Weltstar Whitney Houston in schicker weißer Hose, Bluse und High Heels, während sie eine Bohrmaschine in den Händen hielt, um anscheinend in die Kacheln zu bohren. Das Foto war nämlich in einem komplett verkachelten Raum aufgenommen worden, wobei jede Kachel eine CD symbolisierte.

»Diese Musikwelt ist doch die größte Verarsche aller Zeiten! Als ob diese Justen jemals in ihrem Leben ein Loch in die Wand gebohrt hätte, um im Bad ein Spischelschränksche *(Spiegelschrank)* zu montieren«, feixte Jupp und schüttelte den Kopf.

»Ei will ollwäs laaf ju, genau!«, sagte Inge auf einmal, während sie die Rückseite des CD-Covers studierte.

»Ja, ja, ich dich doch auch. Aber dafür ist doch nun keine Zeit«, meinte Jupp unwirsch.

Er wollte jetzt mit einer Hausdurchsuchung starten und keine Liebesbeweihräucherungen austauschen.

»Das ist das Lied, das in Endlosschleife lief. Von draußen habe ich es gar nicht so gut erkannt. Das ist doch aus diesem einen Film ... Wie heißt der noch gleich?«

Inge schnipste mit den Fingern und suchte fieberhaft nach dem Filmtitel.

»Ach, Inge! Das interessiert mich genauso wenig wie, wenn in China ein Sack Reis umfällt.«

Jupp ging in den Flur, um dann über das Treppenhaus in den ersten Stock zu gelangen.

Inge folgte ihm selbstverständlich, war aber immer noch am Rätseln und Schnipsen.

»Du musst doch diesen Film kennen ...«, ließ sie nicht locker.

»Im weißen Rössl am Wolfgangsee?«

»Ach Jupp, du alter Dummschwätzer! Das war doch ein amerikanischer Film.«

»Jetzt nerv mich doch nicht mit diesem blöden Film!«, maulte Jupp, während sie die Stufen hochgingen.

»Sag mal, wie nennt man noch mal die Leute, die einem auf Schritt und Tritt folgen?«

»Ach, ist nach dir ein Film benannt? Inge Backes - der Blockbuster«, witzelte Jupp.

»Boddygart, jetzt hab ich's. So heißt der Film. Und das Lied ist aus dem Film.«

Jupp blies durch die Backen und ignorierte ihr Filmwissen über den Soundtrack »I will always love you« aus »Bodyguard«. Er öffnete stattdessen die erste Zimmertür in der oberen Etage. Ein Gästezimmer. Es war menschenleer. Jupp ging zum nächsten Zimmer.

Urplötzlich verspürte Inge mit ihrem endlich aufgelösten Musikrätsel den Wunsch das erratene Lied zum Besten zu geben. Murmelnd, säuselnd und summend zugleich gab sie eine noch nie dagewesene saarländische Version ab.

»Änd Eiiiiii, will ollwääs laaaaaaf juuuuuuuuuhhhhuuuu ... Huhuhuhuhuhu!«

»Inge, bitte halt deinen Mund! Ich habe immer noch leichte Kopfschmerzen und bei dem Geheule rollen sich meine Zewenäschel *(Zehennägel)* auf.«

Inge verstummte abrupt. Sie hatte in der Tat nicht die beste Stimme und war auch noch nie für den Kirchenchor angefragt worden, obwohl der eigentlich für jedes noch so dünne Stimmchen dankbar sein müsste. Doch um Inge machte der Chorleiter stets einen hohen Bogen, um nur nicht in eine peinliche Situation zu geraten.

Jupp öffnete nun die nächste Tür. Dahinter lag das Schlafgemach der Bewohnerin. Vorsichtig lugte er in den Raum, denn theoretisch könnte es ja sein, dass Beate schnarchend im Delirium im Bett lag. Tat sie aber nicht. Das Bett war leer.

Inge reckte sich hinter ihm auf die Zehenspitzen, um auch einen Blick auf die heimelige Schlafzimmeratmosphäre zu erhaschen.

»Na, toll! Keiner daheim«, sagte Jupp und zeigte auf das durchwühlte Bett. »Vielleicht ist sie spontan in den Urlaub gefahren?«

»Nein, nein, nein. Keine anständige Hausfrau fährt in die Ferien, ohne vorher die Betten ordnungsgemäß gemacht zu haben.«

»Und jetzt?«, frage Jupp, der in dem Moment auf dem Nachttisch ein Sektglas erspähte.

Am Glasrand befanden sich Reste von knallrotem Lippenstift.

»Ich muss mal ganz dringend auf den TÜV! Diese Sucherei schlägt mir gerade total auf die Blase«, ließ sich Inge vernehmen.

»Das Bad ist unten, neben dem Wohnzimmer«, meinte Jupp, der vor einigen Monaten der Alleinlebenden bei der defekten Klospülung erste Hilfe geleistet hatte.

Mit zusammengepressten Oberschenkeln tippelte Inge im Sauseschritt die Treppe runter, um dem stillen Örtchen im Erdgeschoss einen Besuch abzustatten.

Jupp inspizierte derweil das Schlafzimmer. Hier stand ein imposantes Boxspringbett, Laken sowie Bettwäsche leuchteten in grellem Rot und verliehen dem Zimmer damit etwas Nuttiges und Anrüchiges. Rot war auch der beschmierte Rand des Sektglases auf dem Nachttisch. Er roch an dem Glas, in dem noch ein kleiner Rest Flüssigkeit enthalten war.

»Pfui, Teufel! Sekt! Wie kann man nur diese elendige Drecksbrühe schlürfen«, murmelte Jupp und verzog das Gesicht zu einer Grimasse.

Doch plötzlich erstarrte Jupp. Ein ohrenbetäubender Schrei erschütterte das Haus.

»Ahhhhhhhhhhhhhhhhhhhhhh!«

Inge schrie wie am Spieß! Und zwar so, als würde sie gerade bei lebendigen Körper geschlachtet.

Sofort stellte Jupp das Glas zurück auf den Nachttisch und rannte nach unten, wo Inge immer noch ohrenbetäubend plärrte.

Sie stand mitten im Badezimmer auf dem lilafarbenen Vorleger und hielt die Hände vor den Mund, was leider nicht für ausreichend Lärmschutz sorgte. Sie schrie wie von der Tarantel gestochen.

»Was um Herrschaftszeiten schreist du denn so?«, fragte Jupp keuchend, da er sich enorm beeilt hatte.

»Ahhhhhhhhhhhhhhhh!!!!!!!!«

»Ach, du meine Güte ...«

Jupp hielt sich unwillkürlich auch eine Hand vor den Mund. Während die andere Hand seine Ohrmuschel schützte, da Inge nicht zu bändigen war.

Beate Ziegler war also doch daheim! Sie lag splitterfasernackt in der Badewanne. Der Kopf lag nach rechts gelehnt, an der dunkelgrünen Kachelwand gerichtet, der Körper lag bis zum Hals im Wasser. Ihre blonden Haare hingen ihr in nassen Strähnen im Gesicht. Die Lippen waren blau angelaufen und ihr Gesicht war kalkweiß. Sie sah aus wie eingefroren, als würde sie aufs Auftauen warten.

»Jetzt beruhig dich doch mal!«, druckste Jupp.

Er nahm Inge in den Arm, woraufhin ihr Schreien langsam aber sicher in ein Wimmern überging. Allerdings ein fürchterliches Wimmern, das nur Frauen in dieser Art hinbekamen.

»Wir brauchen einen Notarzt«, schluchzte Inge ihm in die Halskuhle und zog die Nase dabei kräftig hoch.

»Das kannst du vergessen! Hier ist nix mehr zu machen.«

Jupp führte Inge langsam zum Klo und setzte sie auf den heruntergeklappten Deckel. Schnell reichte er ihr einen Zahnputzbecher mit kaltem Wasser, denn sie war aschfahl und drohte jeden Moment umzukippen.

»Ist sie etwa tot?«, frage Inge, die dank des kalten Wassers langsam wieder zu sich kam, während sie Jupp beobachte.

Er kniete neben dem Wannenrand und tastete Beates linkes Handgelenk ab, denn dieser Arm hing steif aus der Wanne.

»Also, ähm, ich bin ja kein Arzt, aber ich fühle definitiv keinen Puls. Keinen Atem und auch ansonsten wird die Beate keinen Mucks mehr von sich geben. Und jetzt haben wir den Salat.«

»Hä? Was? Das kann doch gar nicht sein?«, fragte Inge fassungslos von schräg gegenüber.

»Die ist definitiv tot. Mausetot!«

»Ach, du lieber Gott! Das darf doch nicht wahr sein ... Wie schrecklich! Und gestern Abend habe ich noch mit ihr geschwätzt und ...«

Die Stimme versagte ihr. Sie fing wieder das Wimmern, Schluchzen und Flennen an.

Jupp begutachte die tote Beate und zückte sein Handy, um Fotos zu machen. Die Sofortbildkamera lag immer noch auf dem Schreibtisch der Dienststelle, daher musste er digital für Beweise sorgen und diese Fotos dann später etwas kompliziert auf seinen Computer übertragen.

Unter anderen Umständen hätte dieser Tag wie ein Sechser im Lotto sein können: Innerhalb weniger Stunden bekam Jupp Backes nun schon eine weitere freizügige Frau wie auf dem Silbertablett serviert - diesmal sogar total nackt, dafür leider mausetot. Was natürlich jegliche erotische Phantasie im Keim erstickte. Genauso wie Reginas Mullbinden-Brüste.

»Jupp, Jupp, pass auf!«, schrie Inge auf einmal völlig hysterisch.

Sie zeigte mit dem Finger auf die weißen Bodenfliesen.

»Erschreck mich doch nicht so«, zuckte er zusammen und stoppte seine digitale Leichenschau.

»Da geht ein Kabel in die Wanne. Oh, Gott! Sie wird sich doch nicht mit dem Kabel stranguliert haben?«

Bei Inge hatte anscheinend das logische Denkvermögen schwer gelitten beim Anblick der leblosen Nachbarin, denn Tod durch Strangulation stand in Jupps Liste möglicher Todesursachen nicht wirklich ganz oben.

Jupp ignorierte das Gesagte fachmännisch.

»Aha, jetzt guck dir das mal an! Da liegt ein Föhn im Wasser«, stellte er erstaunt fest, nachdem er den Kabelverlauf vom gegenüberliegenden Spiegelschrank aus bis zur Badewanne verfolgt hatte.

Im Badewasser stiegen kleine Blubberblasen an die Oberfläche, weshalb er den Föhn erst gar nicht bemerkt hatte. Zudem zierte auch noch reichlich Schaum den toten Körper. Der Föhn war immer noch in Betrieb und gurgelte vor sich hin, was auch die Blubberblasen erklärte und wodurch unablässig für weiteren Schaum gesorgt wurde.

»Geh da bloß weg! Nicht, dass du noch eine gehuscht (*einen elektrischen Schlag*) bekommst.«

Stromexpertin Inge gab vom Klodeckel aus Regieanweisungen, dass sich Jupp langsam und sicher von der Wanne entfernen und besser den Sicherungskasten suchen solle.

Jupp tat ausnahmsweise, wie ihm befohlen wurde. Er schlich in den Flur, öffnete den Sicherungskasten und sorgte dafür, dass der Stromkreislauf unterbrochen wurde. Zurück am halbdunklen Tatort, also im Badezimmer, tastete er sich zum Fenster vor und zog dort den Rollladen hoch, woraufhin Tageslicht den Raum flutete. Die Sonnenstrahlen schienen auf das puppenartige Gesicht von Beate, die völlig regungslos dalag und aussah, als würde sie schlafen.

»Schlimm, oder? Das ist doch schlimm?«, fragte Inge immer wieder und wollte Zustimmung vom Gatten, der immer nur wortlos nickte.

Plötzlich legte Jupp behutsam den über dem Wannenrand hängenden und stocksteifen Arm von Beate zurück in das warme Wasser. Der Föhn hatte zur Erhitzung des Wassers beigetragen und für die Bläschen gesorgt. Aber die waren nun schlagartig verstummt.

»Hiermit erkläre ich dich, Beate Ziegler, unsere liebe Nachbarin, offiziell für tot. Aus die Maus!«

Er strich ihr über die Augen und drückte die Lider herunter, als wäre er ein Geistlicher, der gerade die letzte (Schaumbad-)Ölung vorgenommen hat.

»Das habe ich mir auch schon gedacht, dass sie tot ist ...«, klagte Inge zustimmend.

Etwas lädiert stützte sie sich am Waschbecken ab um wieder auf die Beinen zu kommen.

»Das kommt davon, wenn man multifunktional unterwegs ist«, sagte Jupp.

»Hä? Was meinst du?«

»Na, baden und gleichzeitig Haare föhnen. Tatata, das Ergebnis sieht man hier liegen. Das kommt dabei raus.«

Er zeigte mit einer einladenden Handbewegung auf die Badewanne. Der Föhn schwamm zwischen Beates Beinen herum. Natürlich ausgeschaltet.

Inge seufzte. Dann füllten sich ihre Augen erneut mit Tränen, da sie erst jetzt realisierte, was sich hier abgespielt hatte.

»Schlimm, einfach nur schlimm ist das. Gestern Abend habe ich sie noch gesehen und jetzt liegt sie hier ... Nee, nee, nee, wie schnell so ein Leben vorbei sein kann.«

Jupp blieb professionell und überlegte, welche Schritte nun anstanden.

»So, wir müssen jetzt erst mal die Kripo benachrichtigen, damit die sich das mal genauer anschauen.«

»Was will denn die Kripo jetzt noch machen? Wir brauchen einen Arzt für den Totenschein und dann ein Beerdigungsinstitut.«

Inge dachte auf einmal ganz pragmatisch.

»Nein, nein, hier müssen die Kollegen von Saarbrigge ran. Ein Föhn im Badewasser, das schreit nach Selbsttötung, also

Suizid, verstehst du? Das muss alles haargenau untersucht werden.«

»So ein Quatsch! Warum sollte sich die Beate denn umbringen? Sie hat mir gestern Abend noch erzählt, dass sie für das Sommerfest einen Käsekuchen backen will.«

»Aha! Gut, das wäre natürlich ein nachvollziehbares Argument, das dagegen spricht sich umzubringen.«

»Gell, das macht man doch nicht? Verantwortungsbewusst war die Beate ja schon. Man erzählt doch nicht, dass man Käsekuchen backen wird und macht sich dann auf so eine Art vom Acker ...«

»Tja, dann war es eben ein tragischer Badeunfall. Denn Haare föhnen, während man noch in der Badewanne liegt, das kann ein absolutes Todesurteil sein.«

»Kann? Wieso kann ...«, wollte Inge wissen.

»Na, normalerweise gibt es einen FI-Schalter, der verhindert, dass so etwas wie hier passieren kann.«

»Hä? Ich verstehe gerade nur Bahnhof.«

»Ach, Inge! Dieses alte Haus hat es versäumt auf FI-Schalter umzustellen, also, Fehlerstromschutzschalter. Denn dann würde nix passieren, wenn Strom und Wasser zusammenkommen – außer einem gewaltigen Schrecken. Viele Leute denken ja, es gäbe einen Kurzschluss, wenn ein Elektrogerät ins Wasser fällt und einem die die Haare zu Berge stehen. Aber das ist ein Irrtum. Und diejenigen, die es ausprobiert haben, können nix mehr darüber erzählen, gell? Der Strom fließt wie hier beim Beate ins Wasser und das Badewasser steht dann quasi unter Strom und dann tritt der Tod ein.«

»Aha, was du nicht alles weißt!«, wunderte sich Inge.

Dann wollte sie wissen, ob so etwas Tragisches im Backes-Haushalt auch passieren könnte.

»Nein, in unserem Haus kannst du dich mit gutem Gewissen mit einem Föhn in die Wanne setzen, da passiert nix. Wir haben natürlich einen FI-Schalter, ich bin doch nicht blöd!«

Inge seufzte und machte einen den Umständen entsprechend zufriedenen Eindruck.

Jupp zückte sein Diensthandy und wählte seinen Kameraden an - den Klein Waldi vom LKA Saarbrücken.

»Hallo, Waldi, hier ist noch mal der Jupp.«

»Ach, du schon wieder! Nee, die Menschenhändler sind noch nicht unterwegs«, lachte er ihm ins Ohr.

»Du, die brauchen wir erst mal auch nicht. Ich stehe hier neben einer toten, nackten Frau.«

»Ups! Mein aufrichtiges Beileid! Ist es die Oma?«

»Quatsch! Dann würde ich ja nicht bei der Kripo anrufen! Es ist meine Nachbarin. Beate Ziegler, Ende 40. Ich habe euch mal ein bisschen Arbeit abgenommen, da ihr ja gerade auch viel um die Ohren habt. Ich habe festgestellt, dass der Tod in der Badewanne mit einem Föhn zusammenhängen muss.«

»Auwei! Alleinstehend?«, hakte Waldi sofort nach.

»Nein, sie liegt noch in der Wanne. Ich wollte sie nicht rausholen und hinstellen, bevor ihr euch das ganze Ausmaß selbst angeschaut habt.«

»Scherzkeks! Ich meine, ob sie alleine lebte - ohne Mann und Anhang.«

Jupp nickte und fragte dann, was diese Frage solle.

»Dann tippe ich auf Suizid. Wannentod mit Föhn ist nach den Schlaftabletten eine gute Alternative und wird gerne von Frauen angewendet. Da hast du ja blitzschnell einen Herztod, wenn der Strom den Körper durchfährt. Bei den Tabletten ist die Angst da, gefunden zu werden und dann als Pflegefall irgendwo elendig vor sich hin zu vegetieren. So was will ja kein

Selbstmordkandidat, dann lieber mit Elektrogeräten ins Wasser steigen und auf Nummer sicher gehen.«

»Ja, das will keiner, da hast du Recht. Aber komm mal mit der Spurensicherung vorbei, um den Tatort zu begutachten. Dann wissen wir mehr.«

»Jetzt mach mal halblang. Ich kann nicht immer gleich die Spusi in Bewegung setzen, nur weil eine einsame, verbitterte, alleinstehende Frau ungeschickt mit einem Haartrockner hantiert.«

»Wie bitte?«, fragte Jupp erstaunt.

»Wir sind doch schon so gut wie im Wochenende und es ist Urlaubszeit. Wir sind hier total unterbesetzt und haben Land unter.«

»Waldi, jetzt hör mal gut zu! Wir haben eine Frauenleiche mit einem Föhn. Entweder Selbstmord oder Badeunfall. Das müsst ihr doch ermitteln!«

»Tja, wer weiß das schon?«, antwortete Waldi leicht ironisch.

»Genau. Meine Nachbarin können wir nicht mehr fragen ...«

Waldemar Klein seufzte laut in den Hörer.

»Okay, ich komm vorbei. Aber nur, wenn deine Inge mir was Leckeres zum Mittagessen kocht. Ich wollte nämlich eigentlich gleich in die Kantine gehen. Heut ist Freitag und da gibt es leckeren Lachs. Meine Frau macht ja keinen Fisch, da sie Fisch nicht isst.«

Jupp sagte ihm ein Mittagessen zu und legte auf. Er schaute zu Inge rüber, die nervös wie ein Pinguin auf dem Badevorleger im Kreis herumwatschelte und dann von einem Bein auf das andere hüpfte.

»Und was soll das jetzt werden, wenn es fertig ist? Afrikanischer Auferstehungstanz oder was ist das für ein Ritual?«

»Ich muss ganz dringend ... Ich mache mir noch gleich in die Bux *(Hose)*. Diese ganze Situation schlägt mir unglaublich auf die Blase und den Magen.«

Inge hatte ihr Notdurftbedürfnis aufgrund der toten Beate schlichtweg vergessen oder unterdrückt. Nun konnte sie aber nicht anders und scheuchte Jupp aus dem Bad. Als sie jedoch mit heruntergelassener Hose auf der Klobrille saß und vis-à-vis die mausetote Beate im Badewasser sah, konnte sie irgendwie nicht – trotz des Drangs. Daher zog sie den weißen Duschvorhang mit den blauen Punkten vor die Badewanne – und plötzlich hieß es »Wasser marsch« aus allen Poren. Unter anderem, weil Inge erneut bittere Tränen weinte, denn eine nette Nachbarin tot aufzufinden war für keinen Menschen einfach zu verkraften.

Jupp nutzte die Wartezeit währenddessen für eine Spurensuche auf eigene Faust. Er ging wieder ins Wohnzimmer, wo ihm jedoch nichts Auffälliges auffiel. Dann ging er weiter in die Küche. Dort zog er erst mal den Rollladen hoch, denn die Lichtschalter waren ja außer Gefecht gesetzt. Seine Augen suchten die schicke Einbauküche nach etwas Verdächtigem ab, und dann wanderte sein Blick zum Küchentisch. Dort lag ein weißes DIN-A4-Blatt. Jupp nahm das Blatt in beide Hände und begann laut vorzulesen:

Mein lieber Sohn, Familie, Freunde und Nachbarn!
Wenn ihr diese Zeilen lest, bin ich schon an einem anderen Ort. Einem besseren Ort. Ihr fragt, warum ich so gehandelt habe? Seit einiger Zeit fühle ich mich sehr unglücklich. Mir fehlt der Sinn in meinem Leben und ich spüre keine Freude mehr. Das Lebensgefühl ist weg. Ich fühle mich so einsam. Bitte verzeiht mir, aber ich will aufrichtig und freiwillig von

dieser Welt gehen. Das alles macht für mich überhaupt keinen Sinn mehr - wenn man eigentlich glücklich sein könnte, aber die Umstände es unmöglich machen. Ist das Leben dann noch lebenswert? Für mich nicht. Verzeiht mir meine Entscheidung. In Liebe und seid immer lieb zueinander!

Eure Beate

Jupps Stirn schlug Denkerfalten. Die Zeilen waren mit einem Computer verfasst und dann ausgedruckt worden, der Ausdruck war jedoch nicht gut lesbar. Die Schrift war blass und das Blatt hatte am Rand einen auffälligen rosafarbenen Streifen, der an eine fast leere Kassenbonrolle im Supermarkt erinnerte.

Eine persönliche Unterschrift fehlte.

Als Inge plötzlich mit verweinten Augen hinter ihm stand, drehte er sich um und schaute sie traurig an.

»Beate hat sich umgebracht. Hier steht es schwarz auf weiß, mit einem Touch Rosa. Das ist ihr Abschiedsbrief.«

»Was? Das glaub ich jetzt ja nicht!«

»Okay, dann nenn es halt Briefchen. Viel getippt hat sie ja nicht, aber wenn man sterben will, ist man vielleicht auch nicht in der Lage literarisch Wertvolles von sich zu geben.«

Inge riss ihm das Blatt aus den Händen und las völlig schockiert Beates letzte Nachricht an die Hinterbliebenen.

»Komisch, die war doch gestern noch so gut gelaunt ... Ich schwöre bei Gott, aber Sie wollte für das Sommerfest vom Kirchenchor einen Käsekuchen backen.«

Jupp schaute sie mit gerunzelter Stirn an.

»Vielleicht hast du dich auch getäuscht? Denn wer lässt sich schon in die Seele blicken?«

»Nein, nein, sie wollte diesen verdammten Käsekuchen backen. Da bin ich mir ganz sicher«, sagte Inge entschlossen.

»Ach, das meine ich doch nicht. Vielleicht war sie einsamer, als wir alle dachten, denn sonst legt man sich nicht mit einem Föhn in die Wanne.«

»Hmmm ... merkwürdig, wirklich sehr merkwürdig«, fasste Inge noch mal zusammen.

»Jetzt warten wir erst mal auf den Waldi«, versuchte Jupp sie zu beruhigen.

Inge wollte die Wartezeit jedoch nutzen und schlug vor das Waffeleisen zu suchen. Schließlich war das der eigentliche Grund gewesen, warum sie Beate aufgesucht hatte. Sie wollte auch keinen Ärger mit dem Orgateam des Kirchenchors haben, wenn sie aufgrund der tragischen Umstände nicht pünktlich liefern könnte.

Jupp zögerte, denn er hatte Angst Spuren zu verwischen, doch Inge war das schlichtweg egal. Sie öffnete Schranktüren und wühlte darin herum, bis sie freudestrahlend das Waffeleisen in den Händen hielt.

»Sag mal, kannst du nachher Fisch machen?«, wollte Jupp wissen, nach diesem Fundstück des Tages.

»Wie kannst du denn jetzt ans Essen denken! Wir haben gerade eine Wasserleiche entdeckt?«

Jupp druckste herum.

»Na, wenn der Waldi schon den weiten Weg vom LKA in Saarbrigge am Freitagmittag zu uns macht, dann hat der bestimmt einen Mordshunger. Und mit knurrendem Magen macht, wie im wahren Leben auch, eine Leichenschau nur halb so viel Spaß, nicht wahr?«

»Tja, also ich habe noch Fischstäbchen in der Truhe. Die sind eigentlich für die Enkelkinder, wenn die auf Besuch kommen.«

»Egal! Hauptsache der Waldi bekommt seinen Fisch. Ansonsten ist er ja ungenießbar. Also der Klein Waldi, gell.«

Kapitel 7

Knapp 40 Minuten nach dem Telefonat parkte ein silberfarbener 5er-BMW vor dem Anwesen von Beate Ziegler. Ein Mann mittleren Alters, mit schwarzem, lichter werdendem Haar und Oberlippenbartträger, stieg seelenruhig aus dem Wagen. Er gähnte erst mal genüsslich, schaute sich kurz um und ging dann durch den Vorgarten auf die verschlissene Haustür zu, die sperrangelweit offen stand.

»Waldi, schön dich mal wieder zu sehen! Auch wenn die Umstände mehr als bescheiden sind«, begrüßte Inge ihn.

Sie stürmte aus dem Haus und lief ihm direkt in die Arme, denn sie hatte ein ankommendes Auto bemerkt und gleich an den Waldi gedacht.

Jupp beobachtete beide, blieb aber im Türrahmen stehen.

»Ich bin außer Rand und Band, die schönste Frau von Hirschweiler kommt auf mich zugerannt!«, schmeichelte Waldi.

»Ach, du Charmeur«, witzelte Inge, doch ihre Bäckchen wurden schlagartig leicht rot.

»Der lügt wie gedruckt, ohne dabei rot zu werden«, murmelte Jupp von Weitem.

Kopfschüttelnd beobachtete er das Bussi-Bussi-Gehabe der beiden mit Küsschen auf die linke, dann auf die rechte Wange.

Inge fand das zwar eigentlich auch übertrieben, spielte aber mit, denn mit dem Leiter des Dezernats für Mordermittlungen und alten Kameraden ihres Mannes wollte sie es sich nicht verscherzen. Es würde Jupps Karriere sicherlich nicht schaden, wenn sie besonders freundlich mit dem LKA-Mann umging.

»Sag mal, Waldi, du trägst ja einen Schnorres *(Oberlippen-bart)* ... wie der Tom Selleck damals in ›Magnum‹. Ungewohnt, aber steht dir«, schmeichelte Inge zurück.

Jupp räusperte sich und meinte dann, dass Waldi nicht gekommen sei um sich über seinen Bart auszutauschen, nachdem sich in einem Bad hinter seinem Rücken ein Drama abgespielt hatte.

»Ja, ja, ganz genau. Was gibt es denn nun eigentlich heute?«, fragte Waldi und schüttelte Jupp zur Begrüßung die Hand.

»Die Tote liegt immer noch in der Badewanne. Wir haben nix gemacht, außer den Strom abgeschaltet, nicht dass wir noch eine gehuscht bekommen«, begründete Jupp seinen Eingriff in die Stromversorgung des Hauses.

»Ach, die Leiche kann doch erst mal warten, die läuft und schwimmt uns ja nicht fort. Hauptsache, es wird erst mal gut gegessen. Ich habe einen Mordshunger! Mein Magen hat von Saarbrigge bis hierher nur geknurrt.«

Inge verstand den Wink und teilte mit, dass sie sich unverzüglich an den Herd schwingen würde. Dann verabschiedete sie sich mit einem kleinen Knicks und rannte mit dem Waffeleisen unterm Arm los um in ihrer heimischen Küche für Waldi Fischstäbchen mit Spinat und Spiegelei zuzubereiten.

»Sag mal, ist die Inge krank?«, fragte Waldi besorgt, und wandte sich an Jupp, während beide der rennenden Inge nachschauten.

»Nein, die rennt immer so – wenn sie denn mal rennt.«

Waldi druckste ein wenig herum und meinte dann, dass Inge so käseweiß im Gesicht wäre und so verquollene Augen hätte.

»Ach, die hatte eben schon ganz schön die Flemm gehabt. Geflennt ohne Ende.«

»Habt ihr zwei Hübschen etwa gezankt?«

»Blödsinn! Wegen der Zieglerin, die in der Wanne liegt«, klärte Jupp auf und zeigte zum Badfenster.

»So, so! Na, dann lass uns das Prachtstück doch mal anschauen, solange die Inge das Essen vorbereitet.«

Waldi rieb sich voller Vorfreude die Hände, und Jupp führte ihn auf direktem Weg zum Tatort: ins Badezimmer.

Dort angekommen rümpfte Waldi angewidert die Nase und schaute Jupp fragend an.

»Das ist doch Chanel, oder?«, wollte er wissen.

»Nein, nein, definitiv nicht! Das ist die Beate. Oder vielmehr: Es WAR die Beate, ganz streng genommen.«

Waldi lachte laut und klopfte Jupp auf die Schulter. Dann erklärte er, dass es im Badezimmer nach dem Parfüm »Chanel No. 5« rieche, er habe ja so einen ausgeprägten Geruchssinn, der ihm als Ermittler immer wieder zugutekam.

Jupp zuckte nur mit den Achseln. Er hatte mit Parfüms überhaupt nix am Hut, erst recht nicht mit Duftwässerchen für Frauen. Er dachte kurz scharf nach und hatte dann eine vernünftige Erklärung parat.

»Die Inge war eben noch auf dem Klo, der schlägt die ganze Sache auf den Magen oder halt auf die Blase. Es ist durchaus möglich, dass sie danach noch etwas rumgesprüht hat, aber hundertprozentig sicher bin ich mir leider nicht.«

Waldi winkte ab. Er warf lieber einen prüfenden Blick auf die Badewanne.

Jupp erklärte ihm ausführlich, dass er noch versucht hatte den Puls von Beate zu ertasten - aber vergeblich, da gäbe es nichts mehr zu retten. Bei einem Stromschlag ging ja bekanntlich alles sehr schnell.

Waldi hörte aufmerksam zu und entschuldigte sich für den knurrenden Magen.

Dann zauberte Jupp den Abschiedsbrief hervor und überreichte ihn Waldi mit triumphierender Miene. Der las das Gedruckte in einem Rutsch durch und strahlte zufrieden.

»Na, ich habe es doch gleich gesagt! Sie ist freiwillig von unserer Mutter Erde gegangen. Hier steht es schwarz auf weiß!«.

Er wedelte mit dem Blatt Papier vor Jupps Nase herum, der direkt intervenierte.

»Also, meine Inge glaubt nicht daran, dass es Selbstmord war. Sie kann sich das beim besten Willen nicht vorstellen.«

»Aha, und wie lautet ihre Begründung?«

»Die haben sich gestern Abend noch kurz unterhalten und da war alles ganz normal.«

»Das hat nix zu bedeuten. So ein Suizid kann manchmal eine ganz spontane Hauruckaktion sein.«

Jupp nickte, doch er hatte noch ein weiteres Argument auf den Lippen.

»Die Tote hatte versprochen für das Sommerfest vom Kirchenchor, das diesen Sonntag stattfindet, einen Kuchen zu backen.«

»Hä?«

»Käsekuchen, wenn du es ganz genau wissen willst«, antwortete Jupp.

Waldi lachte laut auf und klopfte Jupp auf die Schulter. Er sagte noch mal, dass er felsenfest glaube, es sei eine Kurzschlussreaktion gewesen und dass sie sich aus einem spontanen Impuls heraus umgebracht habe.

»Also, hier am Badewannenrand steht ein leeres Weinglas und oben im Schlafzimmer ein Sektglas - beide mit Lippenstift dran. Und außerdem ist das Bett zerwühlt. Vielleicht magst du dir das mal anschauen?«, versuchte es Jupp noch einmal.

Waldi schüttelte den Kopf.

»Jupp, bei uns im LKA ist ›Land unter‹. Das können wir hier ganz schnell abkürzen. Deine liebe Nachbarin hat sich umgebracht. PUNKT. Wir haben einen Abschiedsbrief, der die Beweggründe offenbart. PUNKT. Für mich ist das glasklar. Wir müssen unsere Mitarbeiter nicht unnötig mit Fällen beschäftigen, die uns nicht weiterbringen. Außerdem ist grad Urlaubszeit und ich habe zwei Männer im Team, die fast zeitgleich in Elternzeit gehen. So was gab es doch früher nicht!«

»Wollen wir die Leiche nicht mal in der Gerichtsmedizin untersuchen lassen?«, fragte Jupp vorsichtig nach.

»Ach, Jupp! Das könnte man natürlich machen, aber warum? Wir haben doch alle den Arsch voll Arbeit! Ich kann dir sagen, wie das gelaufen ist – ich mache den Job bei der Kripo doch schon seit über 30 Jahren, es ist immer die gleiche Prozedur: Eure liebe Nachbarin hat ein bisschen zu viel Sekt und Wein durcheinander gesoffen, hat sich in die Wanne geschmissen und ist beim Planschen ganz eindringlich ins Grübeln gekommen. Tja, und dann dachte sie sich, dass alles doof ist. So richtig megadoof: die Welt, die Familie und überhaupt eigentlich jeder. Höchstwahrscheinlich seid ihr als Nachbarschaft auch total doof. Tja, und dann war da dieser Föhn. Und Feierabend!«

»Und dann ist die kurz vorher noch mal aus der Badewanne gestiegen, um den Abschiedsbrief zu verfassen?«, gab Jupp zu bedenken.

»Ach, Jupp, das war doch nur ein Beispiel ...«

»Kann es denn nicht auch ein Fremdverschulden gegeben haben?« fragte Jupp seinen alten Freund.

»Gibt es Einbruchsspuren oder sonst etwas, was dafür sprechen könnte?«

Jupp schüttelte wortlos den Kopf, während Waldi ins Wohnzimmer ging um die Terrassentür zu inspizieren.

»Guck mal, als wir ins Haus kamen, lief ›Ei will ollwäs laaf ju‹ von dieser Amerikanerin, die laut Inge auch in der Badewanne abgesoffen ist. Wittnä Justen war das doch, behauptet zumindest alles meine Inge.«

»Was? Sag das doch gleich! Wenn jemand so ein Herzschmerzgesäusel hört, dann ist das definitiv ein Beweis dafür, dass er von der nächsten Brücke springen oder halt den Föhn nehmen will. Das passt doch alles wie Puzzleteile wunderbar zusammen.«

Jupp runzelte die Stirn. Dann sprach er noch mal den absolut unerklärlichen Widerspruch an, dass die Tote für das Sommerfest einen Käsekuchen hatte backen wollen.

Doch Waldi nahm ihn daraufhin nur tröstend in den Arm.

»Es ist immer schwer, wenn jemand Nahestehendes auf so eine tragische Art und Weise das Zeitliche segnet. Man kann es nicht verstehen.«

»Und kann es nicht vielleicht Mord gewesen sein?«

Jupp ließ nicht locker.

»Man wünscht es sich, dass man einen Schuldigen für das Geschehene verantwortlich machen kann. Aber hier ist die Sachlage wirklich glasklar: Alkohol, Abschiedsbrief, Whitney Houston Gedudel, Badewanne, Föhn - tot!«

Jupp war daraufhin erst mal fertig. Die tote Beate setzte ihm mehr zu, als er erwartet hätte.

Dann wählte er die Nummer des Hausarztes Dr. Kunz, wegen der Ausstellung eines Totenscheins. Und die Nummer der Schreinerei, die auch ein Beerdigungsinstitut betrieb. Als

Polizist musste man halt abliefern und sich wie eine gut geölte Maschine verhalten.

Inge hatte die Fischstäbchen auf einem großen Teller ausgebreitet, damit sie etwas abtauten. Der Spinat köchelte in einem Topf auf kleinster Stufe vor sich hin.

Jupp hatte sie kurz zuvor informiert, dass sie noch warten würden, bis der Sarg mit Beate herausgetragen wurde, anschließend würden sie zum Essen rüberkommen. Waldis Magen würde entsetzlich knurren und sie solle bloß genügend auftischen.

Er hatte ihr per Telefon auch berichtet, dass es laut Fachmann Waldi ganz klar Suizid war. Und Waldi müsse so was halt einfach wissen, da müsse man seiner Kompetenz und Erfahrung vertrauen.

Inge musste das Gesehene und Gehörte erst mal verarbeiten und darüber reden. Ihre Mutter war spurlos verschwunden. Ihre Freundin Doris, die im Rathaus an der Information arbeitete, war leider noch im Mallorca-Urlaub und sie wollte sie nicht beim Sonnenbaden stören. Also rief sie Tochter Eva in Berlin an, die in einer Werbeagentur ausgebeutet und geknechtet wurde.

Erst beim vierten Klingeln wurde der Anruf auf Evas Privathandy in der hippen Werbeagentur im Prenzlauer Berg angenommen.

»Hallo?«, flüsterte Eva in ihr iPhone, obwohl sie im Display sehr wohl gesehen hatte, wer anrief.

»Ei, hallo Eva! Hier ist deine Mama. Du glaubst nicht, was hier heute Morgen Katastrophales passiert ist!«

Eva schluckte.

»Oh, nein! Ist was mit der Oma?«, fragte sie vorsichtig.

»Nein! Die ist fitter als wir alle zusammen. Da kommst du niemals drauf!«

»Du und Papa, ihr habt euch mal wieder gestritten?«, flüsterte Eva in ihr Smartphone.

»Ähm, na ja ... Also, in der Tat hätte ich deinen Vater heute Morgen schon dreimal gegen die Wand klatschen können. Erstens, ist er nachts besoffen heimgekommen. Zweitens wollte er mich nicht zur Beerdigung einer alten Schulfreundin fahren, wobei das im Moment eh kein Thema mehr ist. Und drittens macht er Bilder von Welter Reginas Brüsten. Und da soll ich als Frau noch ruhig bleiben?«

»Mama, was erzählst du mir da?«

Eva war erschrocken.

»Angeblich alles rein dienstlich. Aber ich will mich nicht wieder aufregen, denn ich habe eben schon genug geflennt im Bad.«

»Was? Warum denn um alles in der Welt?«

»Also, nicht in unserem Bad, sondern im Badezimmer von der Ziegler Beate von gegenüber.«

»Habt ihr einen Wasserrohrbruch?«

»Eva, setz dich besser! Denn was ich dir jetzt erzähle, da wirst du aus den Latschen kippen. Heute Morgen wurde die Beate gefunden. Und zwar tot! In der Badewanne! Gerade mal 48! Das ist ja kein Alter! Selbst an der Elfenbeinküste wird man im Schnitt 57.«

»Oh, mein Gott! Das glaube ich jetzt nicht.«

Eva war geschockt.

»Kannst du aber glauben, wobei: streng genommen haben dein Vater und ich sie gefunden. Selbstmord sagt die Kriminalpolizei, also ein guter Kamerad von deinem Vater. Ein ganz hohes Tier beim LKA. Da habe ich gleich mal Bussi-Bussi und einen Hofknicks gemacht. Vielleicht hilft das ja deinem Vater wegen der Karriereleiter oder so. Aber jetzt mache ich erst mal Fischstäbchen für dieses hohe Tier.«

»Aha, soso«, sagte Eva und wippte auf ihrem Drehstuhl hin und her.

»Ist das nicht schlimm? Sie hat sich in der Badewanne mit einem Föhn einen Stromschlag zugeführt. Das muss man sich mal vorstellen. Wie verzweifelt muss ein Mensch sein, wenn man so was macht ... Schlimm ist das doch, einfach nur schlimm. Wann kommst du heimgefahren?«

Eva zeigte sich auch schockiert und bedauerte das Drama um die verstorbene Nachbarin.

»Kommst du denn runter ins Saarland zur Beerdigung?«, hakte Inge noch mal nach.

»Mama, das geht nicht so einfach. Ich muss arbeiten und viele Kollegen sind zurzeit im Urlaub. Bei uns brennt gerade die Hütte.«

»Ei, Eva, jetzt mach mal halblang! Du wirst ja wohl zur Beerdigung einer ehemaligen Nachbarin freibekommen. Du hast die Beate doch auch sehr gut gekannt.«

»Mama, das interessiert meine Chefs reichlich wenig. Ich kann nicht einfach so freinehmen.«

»Bitte beachte, dass die liebe Beate dir damals zu deiner Kommunion 50 D-Mark ins Kuvert gelegt hatte. Das war damals Anfang der 90er viel Geld. Sehr viel Geld. Da musst du jetzt doch wenigstens als Wiedergutmachung an ihrer Beerdigung teilnehmen.«

Inge führte seit Jahren fein säuberlich Buch darüber, wer in der Nachbarschaft zu verschiedenen Anlässen Geld spendete, um sich dann in gleicher Höhe zu revanchieren. Im Prinzip ein Geld-Hin-und-her-Schieben, halt nur ohne Zinsen.

»Mama, ich sende gerne eine Trauerkarte, aber ...«

»Soll ich mal mit deinem Chef schwätzen?«, fragte Inge ganz forsch, da sie nicht verstehen konnte, weshalb ihre Älteste nicht zu einer Beerdigung ins Saarland reisen konnte.

»Nein, Mama, das lässt du mal schön bleiben!«, wehrte Eva entschieden ab.

Dann drehte sie sich in ihrem Großraumbüro etwas zur Seite und flüsterte in ihr Handy.

»Ich muss jetzt auch leider Schluss machen, denn ich habe heute einen ›Pitch‹, da muss ich noch einiges machen.«

Plötzlich war es still in der Leitung. Dann folgte die Antwort, komischerweise auch im Flüsterton: »Eva, mein Schatz! Das hört sich ja gar nicht gut an, wenn du Pitch hast. Bitte geh zum Arzt um dich durchchecken zu lassen! Bringt ja nix, wenn du nachher noch die Kollegen ansteckst und der ganze Laden wegen dir dicht gemacht werden muss. Wobei, dann könntest du auch zur Trauerfeier anreisen.«

Eva lächelte etwas gezwungen und verabschiedete sich von ihrer Mutter.

Als sie aufgelegt hatte, stand auch schon ihre Teamleiterin fragend und nervös vor ihr und fragte, ob die PowerPoint-Präsentation für den Pitch, also den Wettbewerb für einen Auftrag mit einem hohen Werbebudget, endlich fertig sei.

Eva nickte und reichte ihr ein getackertes Bündel Papier rüber. Manchmal musste sie ihre Mutter am Telefon abwürgen, denn Privatgespräche waren im Großraumbüro nicht gerne gesehen.

Um den Hirschweiler Küchentisch saßen Waldi, Jupp und Inge. Es gab wie angekündigt Fischstäbchen, dazu für jeden ein Spiegelei und Spinat. Die Männer tranken ein kühles Bier.

»Und es war wirklich Selbstmord?«, fragte Inge, die das immer noch nicht glauben konnte.

Doch Waldi erklärte ihr noch mal seine Theorie und legte dann gleich mit einem anderen Beispiel aus' seiner langen Berufspraxis nach, auf dass Inge endlich Ruhe geben würde.

»Ich hatte vor ein paar Monaten einen Fall, eine ältere Dame so um die 80 aus Völklingen. Die war total einsam. Mann tot, keine Kinder, keine Haustiere und laut Hausarzt absolut verbittert. Die hat sich mit einem Toaster, einem Infrarotgerät und einem elektrischen Lockenstab in die Badewanne geworfen.«

»Das gibt es doch nicht ... mit einem Toaster?«

Inge schüttelte sich angewidert.

»Na, auf das Toastbrot am nächsten Morgen würde ich liebend gerne verzichten«, lachte Jupp und prostete Waldi zu, da sie sich gerade blendend verstanden.

»Wird die Beate denn trotzdem noch mal in der Gerichtsmedizin ordnungsgemäß untersucht?«, fragte Inge interessiert.

Waldi seufzte genervt und schaute sie intensiv an.

»Das kann man machen, aber es bringt doch nichts. Das macht eure Nachbarin auch nicht mehr quicklebendig und macht nur Arbeit. Und wir haben gerade sehr viel zu tun. Wir jagen nämlich den oder die Nuttenmörder.«

»Waldi, so was sagt man doch nicht!«, ermahnte ihn Inge.

»Dann eben Nuttenabmurkser.«

»Das sind doch Liebesdamen gegen Bezahlung«, klärte Inge auf, die den Begriff Nutte extrem schlimm und frauenfeindlich fand.

»Nenn sie meinetwegen, wie du willst, aber eure Nachbarin ist sozusagen ein ganz kleiner Fisch auf dem Seziertisch. Das wäre ein vergeudeter Arbeitseinsatz für alle Beteiligten.«

Jupp nickte zustimmend. Er fand Waldis Begründung absolut nachvollziehbar.

Die drei betrieben noch etwas sinnlosen Small Talk, dann verabschiedete sich Waldemar Klein und machte sich auf die Rückreise, um endlich sein wohlverdientes Wochenende einzuläuten.

Inge räumte den Tisch ab und begann mit dem lästigen Abwasch. Während sie die Pfanne abspülte und Jupp mit einem Geschirrhandtuch bewaffnet neben ihr stand, drehte sie sich plötzlich zu ihm um und schaute ihm tief in die Augen.

»Jupp, bitte, du musst die Beate in die Gerichtsmedizin bringen.«

»Ach, Inge, du hast doch gehört, was der Waldi gesagt hat. Das bringt doch auch nix mehr. Es gibt einen Abschiedsbrief, und damit sind die fein raus.«

»Ich habe ein ganz komisches Gefühl bei der ganzen Sache. Da stimmt irgendwas nicht.«

»Und was macht dich da so sicher?«

»Weibliche Intuition.«

Jupp überlegte einen kurzen Moment. Dann pfefferte er sein Geschirrhandtuch in die Ecke und rief tatsächlich in der Gerichtsmedizin an, denn auf Inges Intuition konnte man sich verlassen wie auf die Pannenhilfe des ADAC.

Er kannte natürlich Dr. Kurt Altmeier persönlich. Das Saarland war klein und überschaubar – hier kannte sich im Prinzip jeder.

»Ja, Altmeier!«, wurde sich nach dem fünften Klingeln gemeldet.

»Tach, Kurti, mein Guter! Hier ist der Backes Jupp von Hirschweiler. Du könntest mir mal ganz dringend einen Gefallen tun ...«

Als Dr. Altmeier erfuhr, dass es sich bei der Gefälligkeit um eine Obduktion handelte, lehnte er sofort ab. Ohne den

Auftrag der Staatsanwaltschaft oder eines Gerichts seien ihm die Hände gebunden. Hinzu kam der Umstand, dass er am Abend mit seiner Familie in den Campingurlaub aufbrechen wollte und daher pünktlich die »Heiligen Hallen der Toten« verlassen wollte.

Nach langem Hin und Her willigte Kurti jedoch ein, sich die verstorbene Nachbarin mal näher anzugucken. Eine Bedingung hatte Dr. Kurt Altmeier jedoch: Jupp müsse innerhalb der nächsten Stunde mit der Leiche da sein, ansonsten könne die Obduktion erst wieder in zwei Wochen durchgeführt werden. Zumindest falls Jupp ausdrücklich auf seine Meinung Wert lege, ansonsten gäbe es immer noch eine Urlaubsvertretung.

Jupp willigte natürlich sofort ein. Dann rief er beim Beerdigungsinstitut an und verkündete, dass die Beate noch einen spontanen Ausflug unternehmen müsse, bevor sie für die »allerletzte Fahrt« gen Himmel in Schale gebracht werden konnte.

15 Minuten später fuhr Jupp mit Blaulicht über die Autobahn A8 Richtung Homburg/Saar, wo sich die Gerichtsmedizin in der Universität des Saarlandes befand. Allerdings musste er einen Umweg über die Landeshauptstadt nehmen, da Inge noch einen dringenden Termin hatte.

Derweil starb sie aber erst mal Tausend Tode auf dem Beifahrersitz und hielt sich verkrampft an der Halteschlaufe fest. Ihr war es nie geheuer, wenn Jupp mit Blaulicht so schnell fuhr.

Hinter dem Polizeiwagen fuhr ein schwarzer Volvo Kombi mit einer besonderen Lieferung: Beate im vorläufigen Eiche-Rustikal-Sarg. Zumindest könnte Inge im Fall der Fälle schnell in ein Auto weiter nach hinten umsteigen, falls sie

Jupps Fahrstil um den Verstand bringen beziehungsweise ihr speiübel werden würde.

Es musste alles sehr schnell gehen, schließlich wollte Dr. Kurt Altmeier mit seinem Wohnwagen am späten Abend in den Frankreich-Urlaub aufbrechen und klimperte am Seziertisch bereits nervös mit dem Besteck.

»Wie hast du das so schnell hinbekommen, dass du gleich mit der Beate in die Gerichtsmedizin kommen kannst?«, fragte Inge, die sich wie ein Äffchen an den Haltegriff über ihr klammerte.

»Berufsgeheimnis. Ein Backes Jupp weiß halt, wie man das bekommt, was man will.«

Inge bohrte weiter, doch Jupp meinte nur ausweichend, dass bekanntlich eine Hand die andere wasche. Dann holte er aber doch ein wenig aus und berichtete, dass er den Kurti vor einigen Jahren beim Aufbau seiner Ikea-Einbauküche körperlich und mental unterstützt habe. Kurti sei nämlich handwerklich sehr ungeschickt und habe kurz davor gestanden, die Küchenzeile kurz und klein zu schlagen oder sich in die Klapse einliefern zu lassen. Zum Glück hatte Jupp geholfen und so nahm das Ganze ein glückliches Ende.

Das war der Grund, weshalb der Kurti nun auch mal ohne offizielle Obduktionsgenehmigung in Anspruch nehmen und ihm die Beate auf den Tisch schmeißen konnte. Also ein echter Freundschaftsdienst.

Kurze Zeit später wurde Inge, quasi aus dem fahrenden Auto, irgendwo im Nauwieser Viertel von Saarbrücken rausgeworfen; sie steuerte danach erst mal Karstadt an, um auf die Schnelle nach einer schwarzen, kurzärmeligen Bluse zu gucken. Selbstverständlich würde sie als Nachbarin beim Leichenschmaus den Kaffee ausschenken, angesichts der warmen Temperaturen halt lieber im schicken, dünnen und ärmelfreien Blüschen. Anschließend wollte sie einen existenziell wichtigen Termin ansteuern und hoffte inständig, dass Jupp pünktlich zurück sein würde. Denn ohne ihn machte der Termin keinen Sinn.

Jupp raste nach dem Rauswurf von Inge mit einem Affenzahn und dem Leichenwagen im Schlepptau weiter über die Autobahn zum gerichtsmedizinischen Institut in Homburg.

Hastig lieferte er die Fracht ab, denn Kurti hatte bereits ziemlich genervt angerufen, wo die Tote denn bleiben würde. Er müsse schließlich noch den Wohnwagen startklar machen. Und er hatte rumgejammert, dass er total urlaubsreif sei.

Jupp schob die Schuld dem Bestatter in die Schuhe, der sei anfangs etwas bockig gewesen und habe keinen spontanen Ausflug mit Beate machen wollen. Erst als Jupp ihn dezent auf den Ablauf der TÜV-Plakette des Leichenwagens hingewiesen hatte, war der Herr in Schwarz in die Puschen gekommen und hatte das Gaspedal durchgedrückt.

Leider hatte Jupp überhaupt keine Zeit für ein Schwätzchen mit Kurti, da er gleich wieder nach Saarbrücken zurückfahren musste. Er hatte schließlich noch einen gemeinsamen Termin mit Inge, den er keinesfalls verpassen durfte, sonst drohte garantiert Bügel-, Koch- und Putzstreik für die nächsten Monate. Er hatte ihr versprochen, dass er bei der Firlefanz- und Humbug-Therapie zur Rettung ihrer Ehe mitmachen würde. Und ausgerechnet heute stand die zweite Sitzung bei Frau Scholz-Mörsdorf an.

Kapitel 8

»Und wo steckt ihr Mann, Frau Backes?«, fragte Cornelia Scholz-Mörsdorf, Psychotherapeutin mit dem Spezialgebiet Paartherapie.

Sie saß hinter ihrem schneeweißen Schreibtisch und blickte skeptisch auf Inge, die ihr gegenüber in einem ebenfalls weißen Sessel saß.

»Ei, also ... Der musste ganz spontan, aber sehr dringend unsere Nachbarin in die Uni nach Homburg chauffieren«, stammelte Inge.

Sie rutschte nervös auf ihrem Sessel hin und her und schaute kopfschüttelnd auf ihre Armbanduhr. »Eigentlich wollte er pünktlich da sein ... Ich weiß gar nicht, wo der schon wieder bleibt?«

Frau Scholz-Mörsdorf räusperte sich und nahm ihre rote Lesebrille, die immer an der Nasenspitze klebte, hastig ab. Dann stand sie auf, ging um den Schreibtisch herum und lehnte sich mit verschränkten Armen dagegen.

»Hören Sie, Frau Backes! Ich habe während meiner Karriere schon wirklich viele saublöde Ausreden gehört, warum der liebe Ehegatte nicht zur Paartherapie erscheint. Aber dass man schwänzt, weil man lieber die Nachbarin zur Vorlesung in die Uni fährt, das empfinde ich als bodenlose Frechheit. Das ist gerade mal unsere zweite Sitzung!«

»Ups, da haben Sie was falsch verstanden. Also, ich darf darüber eigentlich überhaupt nicht schwätzen, aber ... Ähm, also unsere Nachbarin muss sozusagen zu einem Check-up in die Universitätsklinik, weil ... Also, unsere Nachbarin ist tot und keiner weiß so richtig, warum«, sprudelte es aus Inge heraus.

Die Therapeutin schaute sie mit geweiteten Pupillen an und horchte gespannt.

»Ich habe meine Nachbarin gestern Abend noch am Gartenzaun getroffen und jetzt – zack! Ist sie weg vom Fenster. So schnell kann das heutzutage gehen. Einfach nur schlimm ist das, wenn man so unerwartet und plötzlich verstirbt ...«

Inge behielt den tragischen Aspekt mit der Badewanne und dem Föhn erst mal für sich, denn Jupp hatte ihr eingetrichtert, nichts an die große Glocke zu hängen, bevor keine klaren Befunde vorlagen. Zu gerne hätte sie der Therapeutin alles brühwarm erzählt, aber sie wollte keinen Ärger mit Jupp riskieren. Sie biss sich im wahrsten Sinne des Wortes gewaltig auf die Zunge um die genaueren Umstände von Beate Zieglers Tod nicht zu thematisieren.

Von Mitgefühl schien Frau Scholz-Mörsdorf meilenweit entfernt zu sein, wahrscheinlich war sie als Therapeutin regelrecht abgestumpft. Sie fuhr sich nur hektisch durch ihr rötliches Haar, setzte die farblich passende rote Lesebrille wieder auf die Nase und griff nach der Akte »Backes«, in der sich alle Mitschriften der letzten und gleichzeitig ersten Sitzung der beiden Eheleute befanden. Sie überflog das Geschriebene kurz, und wollte dann von Inge wissen, wie sie die letzte Woche empfunden habe.

»Heiß! Es war verdammt heiß. Man wünscht sich nichts mehr als Regen«, sagte Inge spontan und fächelte sich mit der Hand warme Luft zu.

»Nein, nein, in Bezug auf Ihr Zusammenleben mit Ihrem Mann. Immer noch so viele Diskussionen, Meinungsverschiedenheiten und Frust wegen Bagatellen im Alltag? Sie gaben letzte Woche an, dass Sie sich von Ihrem Mann oftmals nicht verstanden fühlen?«

»Ja, alles wie immer. Mein Mann ändert sich nicht so schnell«, meinte Inge zustimmend.

»Sie dürfen auch nach gerade mal einer Sitzung keine Wunder erwarten.«

»Es ist wie verhext, aber ich denke, Jupp und ich haben immer weniger Gemeinsamkeiten. Das Einzige, was uns noch verbindet, sind unsere Kinder.«

»Sonst nichts?«, fragte die Therapeutin mit hochgezogener Augenbraue.

»Und die Enkelkinder natürlich«, fügte Inge sofort hinzu. »Wissen Sie, unsere Töchter sind schon lange von daheim ausgezogen und jetzt denke ich mir oft: Mensch, Inge, soll das jetzt alles im Leben gewesen sein? Wenn der Jupp mal in Pension geht, schlagen wir uns die Köpfe ein. Kaum vorstellbar, wenn er eines Tages nur daheim rumhuggt *(herumsitzt)* und nicht mehr zur Arbeit fährt.«

»Wollen Sie bis zum Lebensende mit Ihrem Josef zusammenbleiben?«, fragte die Therapeutin auf eine Art und Weise, die Inge aufschrecken ließ.

Sie zuckte mit den Achseln, denn sie fühlte sich irgendwie überfordert.

»Frau Scholz-Mörsdorf, ich muss Ihnen offen und ehrlich sagen, dass ich es nicht weiß. Im Moment kann ich es mir nicht wirklich vorstellen, denn ...«

Plötzlich versagte Inge die Stimme und sie sackte in ihrem Sessel wie ein nasser Sack zusammen. Sie saß da wie ein Häufchen Elend. Dann liefen ihr dicke Tränen über die Wangen.

»Entschuldigung, aber ich habe etwas nah am Wasser gebaut. Meine ältere Tochter wohnt schon einige Jahre in Berlin und da telefonieren wir mehr, als dass wir uns sehen. Aber nun ist auch noch unsere Jüngste, die Marion, vor ein paar Wochen nach Luxemburg gezogen. Wegen eines neuen Mannes, den sie im Internet kennengelernt hat. Und dann ist sie mit den beiden Buben zu ihm gezogen und mir fehlen halt auch meine Enkelkinder. Da hatte ich noch eine Aufgabe und fühlte mich gebraucht.«

Die Therapeutin nahm Inge in den Arm und tröstete sie, indem sie ihr über den Rücken strich und ihr ein Taschentuch reichte. Sie war zum Glück doch nicht so abgestumpft und zeigte sich emphatisch, auch wenn dieses Verhalten für Therapeuten eher untypisch war.

Plötzlich klingelte es an der Tür. Frau Scholz-Mörsdorf verließ das Behandlungszimmer und kam kurze Zeit später mit Jupp im Schlepptau um die Ecke gebogen. Er schnaufte laut und sah verschwitzt aus, als hätte er sich tatsächlich beeilt um halbwegs pünktlich zu sein.

Inge freute sich innerlich, dass ein Wille da war an dieser Paartherapie teilzunehmen.

»Was ist denn mit dir schon wieder los? Du musst doch nicht gleich rumflennen, nur weil ich ein paar Minuten zu spät bin. Auf der Autobahn war die Hölle los, da sind wieder nur Bekloppte unterwegs«, polterte Jupp los.

Er interpretierte die Situation völlig falsch und setzte sich, schon in Selbstverteidigungsstimmung, neben Inge in einen separaten Sessel. In dieser Praxis wurden die Paare getrennt sitzend beraten, da in der Vergangenheit schon so manche Frau auf der breiten Couch ausgetickt war und dem Göttergatten fast die Gurgel umgedreht hatte.

»Schön, dass Sie auch noch den Weg zu uns gefunden haben, wenn auch mit reichlich Verspätung«, rügte die Therapeutin ihn.

Jupp wäre am liebsten auf der Stelle wieder nach draußen gerannt, denn Vorschriften wollte er sich in dieser Firlefanz-Sitzung keineswegs machen lassen.

»Ei, ja, die Stunde ist halt bezahlt und SIE wollte diese Therapie auf Teufel komm raus«, klärte Jupp auf.

Dabei zeigte er mit dem Daumen auf Inge, als wäre er per Anhalter unterwegs und warte nur darauf, dass die Therapeutin rechts anhielt und ihn ganz schnell aus der Praxis raus fuhr. Doch Fehlanzeige! Stattdessen konfrontierte ihn Frau Scholz-Mörsdorf damit, dass sich Inge nach dem Wegzug von Kindern und Enkelkindern einsam und nicht verstanden in ihrer Ehe fühle.

»Aha, soso! Das ist ja ungeheuerlich«, sagte er auf seine typische Art.

»Was können wir denn unternehmen, damit sich Ihre Frau daheim wieder wohler mit Ihnen alleine fühlt?«, fragte Frau Scholz-Mörsdorf und beugte sich auf ihrem Tisch weit vor, um Jupp tief in die Augen zu blicken.

»Die Oma muss weg!«, brach es spontan aus ihm raus.

»Wie bitte?«, wunderte sich die Therapeutin.

»Also, wissen Sie, wir haben meiner Schwiegermutter vor ein paar Monaten bei uns Exil gewährt. Ein Berlin-Flüchtling sozusagen, und seitdem wohnt sie mietfrei bei uns«, berichtete er leicht verärgert.

»Ja, aber was hat Ihre Schwiegermutter mit Ihrer Ehe zu tun?«, fragte Frau Scholz-Mörsdorf irritiert, da sie die Verbindung nicht nachvollziehen konnte.

»Die Oma wohnt mietfrei bei uns! Mietfrei, hören Sie? Ich möchte das nur noch mal fürs Protokoll erwähnen und das können Sie auch gerne in Ihren Notizen eintragen. Wir kriegen uns hauptsächlich wegen der Oma in die Haare. Die Inge und ich kämen alleine im großen Haus schon klar, aber die Oma stört und stichelt gerne. Eine echte Querulantin ist das!«

»Jupp, du weißt, was in Thailand passiert ist. Für meine Mutter ist es auch nicht leicht völlig mittellos dazustehen und bei uns unterzuschlüpfen. In dem hohen Alter noch mal finanziell ganz unten zu stehen, muss doch hart sein.«

Jupp lachte laut auf.

»Die Oma macht, was sie will, hält sich an keine Regeln und geht mit ihren Freundinnen ständig auf die Schnärr *(ausgehen)*. Wenn ich keine Miete zahlen kann, dann bleib ich gefälligst mit meinem Allerwertesten daheim, und wohne nicht für lau beim Schwiegersohn«, ärgerte sich Jupp.

»Stopp, stopp, stopp!«, unterbrach nun die Frau Therapeutin, die sofort erkannte, dass es heftige Spannungen aufgrund der Wohnsituation gab.

»Die Oma hat die falschen Freundinnen. Die fahren immer nur mit dem Auto durch die Gegend. Ich habe das ungute Gefühl, dass dabei nix Gutes rumkommt«, beklagte sich nun auch Inge.

»Eigentlich gehört meine Schwiegermutter auf die Couch oder halt in diesen Sessel, aber nicht ich.«

»Stopp, stopp, stopp!«, wiederholte sich die Psychotante. »Wir sind nicht hier, um über Ihre Mutter, Schwiegermutter, Oma oder weiß der Kuckuck wen zu sprechen. Es geht um Sie beide, verstehen Sie? Nur Sie beide stehen im Mittelpunkt dieser Paartherapie«, stellte sie noch mal klar.

Dabei rutschte ihre Brille fast von der Nasenspitze, da sie so wild gestikulierte.

»Er hat doch angefangen ...«, murmelte Inge und schaute grimmig zu Jupp rüber, der nur schweigend dasaß und sich seinen Teil zu der ganzen Sitzung dachte: Affentheater, aber so was von!

»Themenwechsel. Wie sieht es denn bei Ihnen in sexuellen Dingen aus?«, fragte Frau Scholz-Mörsdorf und machte damit einen sehr harten Schnitt: »Haben Sie noch sexuelle Kontakte in Ihrer Beziehung?«

»Also, ich kann mich beim besten Willen nicht beschweren«, antwortete Jupp und nickte zustimmend.

»Huch! Sie stellen ja Fragen, damit rechnet man gar nicht ... Da wird mir ganz warm.«

Inge fächerte sich mal wieder Luft zu, da sie doch leicht rot auf den Wangen wurde. »Weihnachten ist öfters ...«, meinte Inge und schaute mit knallrotem Kopf verschämt zu Boden.

»Ei, weil immer alles das Gleiche ist. Das ist doch normal, dass irgendwann die Luft raus ist. So eine Ehe geht halt nach über 30 Jahren auch mal in den Alltag über. Das ist völlig normal und das geht Hunderttausenden von Paaren so«, sagte Jupp.

»Ach, und jetzt bin ich wieder die Schuldige, oder wie?«

Inge fühlte sich sofort angegriffen und verschränkte die Arme vor die Brust.

»Ich sag es mal so: mit einer langjährigen Ehe ist es im Prinzip so wie zum Beispiel mit der Haustür unserer Nachbarin. Irgendwann ist halt der Lack ab ...«

»Das muss aber nicht sein, Herr und Frau Backes! Wie wäre es zum Beispiel mit Reizwäsche um für ein gewisses Knistern im Schlafzimmer zu sorgen?«

Die Psychotherapeutin hatte Ideen, die sicherlich auf keinem Lehrplan standen.

»Knistern? Ein Kamin kommt mir nicht ins Haus, der macht nur Dreck! Und Reizwäsche reizt mich überhaupt nicht. Das ist alles Fubbes *(Quatsch)*, wenn Sie mich fragen.«

»Und warum, Herr Backes?«, bohrte Frau Scholz-Mörsdorf nach.

Jupp überlegte kurz, bevor er antwortete: »Tja, weil die Inge in Strapsen ... Das ist so, als wenn Sie einem Fiat Punto die Reifen von einem Porsche Carrera aufziehen. Das steht halt nicht jedem, und es bleibt von der Karosserie und vom Motor her halt immer noch ein Fiat Punto. Da nützt auch der dickste Gummi nix.«

Frau Scholz-Mörsdorf sah ihn sprachlos an, da sie den Vergleich »Auto versus Inge« nicht ganz verstand. Sie schaute skeptisch zu Inge rüber, die mit verschränkten Armen und beleidigter Miene vor sich hin schmollte.

»Wie geht es Ihnen, wenn Sie das hören, Frau Backes?«

»Ach, ich bin das ja alles gewöhnt und rege mich nicht mehr auf. So ist mein Mann eben. Dieses Treiben mache ich schon seit über 30 Jahren mit. Aber ich muss ihm in einem Punkt Recht geben, denn so reizende Wäsche ist nun wirklich nix für mich. Wissen Sie, ich habe nämlich vor vielen Jahren mal so Spitzenunterwäsche aus dem Quelle-Katalog bestellt ... Aber das gelieferte Teil hatte so viele Schnürchen und Bändchen, dass ich mehrere Knoten drin hatte und der Jupp das Teil mit der Heckenschere zerscheiden musste, weil ich das überhaupt nicht mehr über den Kopf bekam. Ich dachte, ich würde ersticken!«

»Ich sage immer, ehe man eine Gebrauchsanweisung braucht, um seine Frau auszupacken, dann doch lieber der gute alte Frotteeschlafanzug. Denn der tut es auch und geht tausendmal schneller vom Leib runter – erst recht, wenn es pressiert.«

Jupp zwinkerte Frau Scholz-Mörsdorf vielsagend zu.

Das war der Moment, in dem die Therapeutin die Sitzung mit Blick auf die Uhr beendete. Sie gab den beiden noch eine Hausaufgabe mit auf den Weg: Jeder solle mal für sich selbst überlegen, wie mehr Schwung in ihren lahmen Ehealltag kommen könne.

»Ich schwinge überhaupt nix. Höchstens meine Beine aus dem Bett raus ...«, sagte Jupp, während er sich aus dem Sessel schwang und schon halb auf dem Weg zur Tür war.

»Dummschwätzer! Wir müssen uns richtige Ideen machen, nicht wahr?«, erkundigte sich Inge übereifrig bei der Therapeutin.

Frau Scholz-Mörsdorf nickte. Sie ahnte, dass sie mit Jupp eine echte Nuss zu knacken hatte, da er die Therapie nicht ernst, sondern auf die leichte Schulter nahm. Das gefiel ihr überhaupt nicht.

Als die beiden wieder in Jupps Polizeiwagen saßen, erklärte Jupp, dass er diese Paartherapie für Geldrausschmiss halte.

Inge war mucksmäuschenstill und starrte grübelnd aus dem Beifahrerfenster. Dann meinte sie, sie fände es gut, wenn mal jemand einen Blick von außen auf das Innerste und Intimste werfen würde.

»Dann musst du zur Magen-Darm-Spiegelung! Wir sparen dann auch haufenweise unnützes Geld für diesen Firlefanz.«

»Ach, Jupp! Sei einfach mal still, ich will jetzt keine Diskussion! Die Beate ist heute gestorben und wir streiten. Das muss doch nicht sein. Wo fahren wir eigentlich hin?«, fragte sie, als sie sah, dass er Richtung Saarbrücken-Eschberg fuhr.

»Reizwäsche kaufen! Die Psycho-Tante hat es doch gesagt!«

»Was? Ich bin überhaupt nicht in Stimmung«, kreischte Inge, die sofort begann nervös an ihren Haaren herumzuzupfen.

»Ach, das war doch nur ein Witz. Wir fahren jetzt zu Beates Sohn, um ihm die Todesnachricht zu überbringen. Habe mir eben noch die Adresse durchgeben lassen. Hoffen wir mal, dass der Herr Student keine Vorlesung hat. Übrigens, auch eine Aufgabe aus meinem vielfältigen Aufgabengebiet als Polizist.«

»Hm, du schaffst echt viel«, sagte Inge verständnisvoll.

Jupp wuchs auf seinem Fahrersitz regelrecht in die Höhe.

»Einer muss ja die Drecksarbeit machen. Und Todesnachrichten übermitteln, das macht keiner gerne.«

Jupp bog an der nächsten Ampel in eine Straße, die von vielen Hochhäusern gesäumt wurde. Beim Fahren versuchte er die Hausnummern zu lesen und parkte dann schließlich vor einem zwölfstöckigen Plattenbau im Mecklenburgring 47b.

Das gelb gestrichene Hochhaus mit seinen vielen kleinen Balkonen sah von außen aus wie eine Bettenburg am Ballermann. Jupp scannte mit geübtem Blick die Klingelschilder und betätigte schließlich die Klingel von Frank Ziegler, der im neunten Stock wohnte.

Inge stand neben ihm. Sie wollte dem Sohn seelischen Beistand leisten, da sich Frauen doch generell emotionaler verhielten und Jupp gefühlsmäßig eher wie ein Eisschrank unterwegs war.

Ein paar Sekunden später wurde ein automatischer Türöffner betätigt und eine riesige gläserne Haustür sprang auf. Beide betraten den Flur, in dem es fürchterlich nach indischem Curry roch, sodass Inge die Nase rümpfte. Der kleine, muffig riechende Aufzug beförderte die Todesnachricht-Übermittler in die neunte Etage.

Dort angekommen, standen sie auf Linoleumboden und blickten auf einen langen Flur, von dem in beiden Richtungen zahllose Wohnungstüren abgingen. Es roch nach Käsefüßen, da viele Bewohner ihre Schuhe auf dem Flur abgestellt hatten.

Ingen und Jupp lasen nacheinander die Namensschilder, um das richtige Apartment zu finden.

»Ach, du liebes bisschen! Also, in Miete könnte ich ja nie wohnen«, bemerkte Jupp trocken, während er wie bei einer Schnitzeljagd Klingelschild für Klingelschild untersuchte.

Inge schwieg, da sie den Geruch ekelig fand und Angst hatte, dass die Käsefuß-Luft ihre Lungenflügel fluten würde.

»Hier ist es - Ziegler!«, rief Jupp triumphierend und klingelte.

Einmal. Zweimal. Dreimal. Nichts passierte. Dann klopfte er gegen die Tür. Ebenfalls nichts.

Erst als er hämmerte und: »Hier ist die Polizei!« schrie, wurde zaghaft geöffnet.

Ein junger Mann, Anfang 20, mit käseweißem Pickelgesicht und Harry-Potter-Brille schaute irritiert durch den Türspalt, als er Jupp und Inge erblickte. Seine blonden halblangen Haare hatte er zu einem Pferdezöpfchen gebunden, sodass Jupp zweimal hingucken musste, ob hier nicht eine verdammt hässliche Frau wohnte und er sich in der Wohnung geirrt hatte.

»Hallo, Frank, stören wir?«, fragte Jupp höflich.

Doch die Frage war wohl nur rhetorischer Art, denn Jupp waltete energisch seines Amtes, drückte die Tür ganz auf und ging schnurstracks in das Einzimmerapartment. Frank hatte sie einfach an der Tür stehen gelassen und war wortlos zurück ins Zimmer gegangen. Er hatte die ehemaligen Hirschweiler Nachbarn sofort wiedererkannt.

Inge folgte ihnen und atmete erst mal tief ein und wieder aus. Leider bemerkte sie, dass in dem knapp 30 Quadratmeter großen Zuhause was nicht stimmte.

»Oh, leck, Frank! Du musst unbedingt mal lüften. Bei dir ist ja ganz schlechte Luft, wie in einem Pumakäfig.«

»Mich stört es nicht«, sagte er achselzuckend und setzte sich zurück an seinen Laptop, der auf einem Ikea-Schreibtisch in der Ecke vor dem Balkonfenster stand.

»Sag mal, rauchst du?«, wollte Inge wissen. »Das ist total ungesund.«

Sie verzog das Gesicht und schaute angewidert auf die vergilbte Wand.

»Mein lieber Herr Gesangsverein! Hier stinkt es nach frischem Gras, als wären wir auf einer Plantage in Kolumbien und nicht in Saarbrigge-Eschberg«, platzte es aus Jupp heraus.

»Na, und? Willst du mich jetzt festnehmen oder was?«, fragte Frank angriffslustig.

Dann spielte er weiter sein Computerspiel und griff nach einem Joint, der auf einem versifften Aschenbecher neben der Tastatur lag.

»Nein, Frank! Ich bin in einer anderen Angelegenheit hier. Einer sehr traurigen, um ehrlich zu sein.«

Jupp ging nun auf Frank zu und legte ihm die Hand auf die Schulter.

Ohne jegliche Emotion spielte dieser einfach weiter und starrte auf den Laptop.

»Also, Frank, es ist so, dass wir heute Morgen ... Also, die Inge hatte so ein komisches Gefühl und rief mich in der Dienststelle an. Die kennst du ja, meine Dienststelle? Bei uns im Hirschweiler Rathaus ... Bist du da mal gewesen?«, begann Jupp seine einleitenden Worte.

»Jupp!«, drängelte Inge von hinten.

Sie wollte, dass er Frank endlich den wahren Grund für ihren spontanen Besuch mitteilte.

»Nee, ich kann so was nicht so gut. Also, nicht wenn man sich persönlich kennt. Inge, mach du das!«, forderte er sie auf.

»Aber du bist doch der Polizist?«, fragte sie überrascht.

»Ja, schon. Aber ihr Frauen könnt das doch viel besser.«

Daraufhin ging Inge zu Frank und teilte ihm behutsam mit, dass seine Mutter tot in der Badewanne aufgefunden worden war.

Jupp beobachtete das Trauerspiel aus dem Hintergrund und war sehr überrascht. Zum einen über Inges Professionalität, denn ohne Rotz und Wasser zu vergeuden erklärte sie ihm sehr einfühlsam, dass Mama Beate im Schaumbad ertrunken war. Die Sache mit dem Föhn klammerte sie aus, denn wenn Angehörige eine Todesnachricht erfuhren, musste man nicht bis ins kleine Detail gehen. Die Tatsache, einen lieben Menschen verloren zu haben, war von der Sache her schon dramatisch genug. Man musste es schließlich nicht übertreiben, war ihre Meinung.

Zum anderen zeigte sich Frank Ziegler überraschend unbeeindruckt vom Tod seiner Mutter und spielte ohne jegliche Regung einfach sein Computerspiel weiter.

Jupp schaute Inge fragend an, die zuckte mit den Schultern.

»Das ist die Schockstarre«, flüsterte Inge ihm zu.

»Oder er ist so high, dass deine Wörter nicht mehr in seinem Gehirn ankommen.«

Jupp übernahm nun wieder das Ruder in der Gesprächsführung und drängte Inge in den Hintergrund.

»Frank, gibt es Hinweise dafür, dass deine Mutter in letzter Zeit Selbstmordabsichten hatte?«

Für einen Moment unterbrach Frank sein Computerspiel und überlegte kurz.

»Ich habe meine Mutter schon seit fast einem Jahr nicht mehr gesehen. Wir haben vielleicht ein oder zwei Mal im Monat telefoniert, aber das war es.«

Inge und Jupp schauten sich an, denn ihnen war der spärliche Kontakt zwischen Mutter und Sohn nicht bekannt gewesen. Aber von so einem angespannten Mutter-Sohn-Verhältnis erzählte man sich ja auch nicht am Gartenzaun. Da waren Themen wie das Sommerfest und das Waffelnbacken natürlich eher präsent.

»Weißt du noch den Inhalt eures letzten Telefonats?«, bohrte Jupp gleich nach.

Er wollte die kurze Erinnerungsphase nutzen, bevor Frank wieder in sein Computerspiel versank.

»Es ging ums Geld. Darüber haben wir uns immer gestritten«, berichtete der Sohn.

Jupp hörte gespannt zu. Dann räusperte er sich laut und ging mit auf dem Rücken gefalteten Händen im Zimmer auf und ab.

»Lieber Frank, ich muss dich das jetzt fragen. Wo warst du gestern Abend, oder besser die ganze Nacht?«

Es war auf einmal mucksmäuschenstill im Raum. Frank drehte sich um und schaute Jupp überheblich an.

»Bin ich jetzt verdächtig, meine Mutter in den Selbstmord getrieben zu haben, nur weil wir am Telefon über Geld gestritten haben? Wie ist sie eigentlich gestorben?«, wollte er wissen und grinste hämisch.

»Stromschlag in der Badewanne!«, platzte es Jupp raus.

Inge gab ihm einen Seitenhieb mit dem Ellenbogen.

Jupp wiederholte seine Frage und wollte wissen, wo Frank in der besagten Nacht gewesen sei, denn er merkte, dass Frank ein Ablenkungsmanöver unternommen hatte.

»Ich war hier in meiner Wohnung, habe ein paar Joints geraucht, Bier gesoffen, laute Musik gehört, am Laptop rumgespielt. Ein Tag wie jeder andere.«

»Frank, du musst dich anders ernähren! Das ist total ungesund«, rügte Inge, die in ihm gleich ein neues Opfer für ihre Rolle als Glucke fand, wo doch Beate nun von der Bildfläche verschwunden war.

»Gibt es Zeugen?«, wollte der Profi wissen.

Frank schüttelte den Kopf.

»Ich war alleine. Wobei ... Deine Kollegen waren zweimal hier, weil sich meine Scheißnachbarn mal wieder wegen der Musik beschwert haben. War angeblich zu laut.«

»Aha, interessant ... «

»Immer Zimmerlautstärke, Frank! Man lebt doch in einer Gemeinschaft«, mahnte Inge mit erhobenem Zeigefinger.

Auf einmal meinte Frank, dass er gleich eine Vorlesung habe – er studierte Informatik an der Universität des Saarlandes –, und drängte die beiden jetzt zu gehen.

Jupp und Inge glaubten ihm kein Wort, verabschiedeten sich aber trotzdem von ihm.

Inge gab ihm an der Türschwelle noch ein paar Tipps, wie die Wohnung zu lüften sei und wie er sich ernähren solle. Und Bewegung sei auch nicht verkehrt, wenn man den ganzen Tag vor dem Laptop hocke.

Plötzlich drehte sich Jupp auf der Fußmatte noch mal um und blickte Frank ernst an.

»Hatte deine Mutter Feinde? Irgendjemand, der sie vielleicht loswerden wollte?«

»Hä? Warum fragst du das? Meine Mutter hat sich doch umgebracht.«

»Wir ermitteln halt in alle Richtungen. Solche Fragen sind ganz normal und typisch und haben im Prinzip nix zu bedeuten«, wiegelte Jupp ab.

Er wollte nicht, dass bei Frank irgendein Verdacht aufkam.

»Der Jupp weiß, was er tut. Der ist ja schon immer bei der Polizei, dem kannst du absolut vertrauen«, plapperte Inge.

Auch sie wollte Frank beruhigen. Jupp wollte, dass sie still war.

Frank ignorierte das Gesagte und schob die beiden auf den Hochhausflur.

Kurz darauf standen Inge und Jupp vor dem Polizeiauto und schauten zum Hochhaus hinauf, als wollten sie prüfen, ob Frank nicht vielleicht auf seinem Balkon Cannabis anbaute.

Plötzlich klingelte Jupps Diensthandy. Es war Dr. Altmeier, der Gerichtsmediziner.

»Ach, Kurti, auf deinen Anruf warte ich schon! Was hast du auf die Schnelle rausgefunden?«, fragte Jupp, der wusste, dass Kurti eigentlich schon längst den Wohnwagen startklar haben wollte, um ganz bald alle Viere von sich zu strecken.

»Tja, also die Tote ist definitiv an einem Herzstillstand aufgrund eines Stromschlags gestorben.«

»Aha, dann hat sie den Föhn also doch absichtlich ins Wasser fallen lassen ...«, schlussfolgerte Jupp.

Inge hielt ihr Ohr ganz nah an das Handy um mitzuhören, was der Kurti zu berichten hatte.

»Die Frage ist nur, ob sie den Föhn in die Wanne selbst hat fallen lassen - oder ob jemand nachgeholfen hat! An den Fersen und Ellenbogen hat die Tote leichte Schürfstellen, als hätte sie noch wild herumgestrampelt oder sich gewehrt, während ihr Blondschopf im Wasser versank. Sie hat nämlich auch reichlich Wasser geschluckt, als wäre sie erst mal unter Wasser gedrückt worden, bevor sie die komplette Ladung Badewasser abbekam.«

»Aha, das ist ja interessant. Dann war es also Mord? Und jemand anders hat sie unter Wasser gedrückt?«, fragte Jupp.

»Das habe ich nicht gesagt. Und das herauszufinden, ist auch nicht meine Aufgabe. Es kann natürlich auch sein, dass die Dame ein bisschen in der Wanne getaucht und dabei ein paar Schnäpse vom wohltuenden Schaumbad inhaliert hat. Der Tod trat meiner Meinung nach zwischen 23 Uhr und, ich schätze mal, 2 Uhr morgens ein – soweit ich das auf die Schnelle sagen kann.«

Inge hielt sich fassungslos die Hand vor den Mund. Ihre Pupillen wurden immer größer, denn es war unfassbar, dass Kurti bei der Obduktion sogar die Uhrzeit des Todes hatte herausfinden können.

»Sagst du dem Waldi Bescheid, dass er die Ermittlungen aufnehmen soll? Denn ein eindeutiger Selbstmord ist das meiner Meinung nicht, das Ganze könnte auch als solcher getarnt worden sein.«

»Ja, ja, ich werde ich natürlich informieren«, log Jupp, denn er dachte nicht im Traum daran, Waldi zu informieren.

Das war schließlich seine Nachbarin. Und sein Fall.

»Ihr könnt die Leiche auch wieder abholen. Ich bin jetzt echt urlaubsreif und kann keine toten Menschen mehr auf der Pritsche sehen. Ich bete zu Gott, dass ich auf dem Campingplatz abschalten kann, denn da liegen ja manchmal auch viele Halbtote in der Sonne rum.«

Jupp bedankte sich nochmals für die spontane, schnelle Hilfe und dafür, dass er innerhalb kürzester Zeit eine Obduktion im Hauruckverfahren durchgeführt hatte.

Für Jupp waren die Ergebnisse aber sehr verbindlich. Schließlich hatte Dr. Kurt Altmeier zig Jahre Berufserfahrung auf dem Buckel. Er vertraute ihm quasi blind – und wünschte ihm jetzt erst mal einen schönen Urlaub. Dann legte er auf.

»Und jetzt?«, fragte Inge völlig schockiert.

»Jetzt werden die Ermittlungen à la Jupp Backes aufgenommen. Mir war gleich klar, dass da was nicht stimmt. Inge, wir jagen einen Mörder. Oder eine Mörderin. Das sind wir Beate doch schuldig.«

»Ja, ja, das sind wir ihr schuldig ... Aber Mord? In unserer Straße? Wer macht denn so was?«

»Es gibt überall böse Menschen. Auch bei uns im Saarland«, wiegelte Jupp ab.

»Und was macht dich so sicher, dass es kein Selbstmord war?«, bohrte sie nach.

»Wasser in der Lunge, Schürfwunden an Fersen und Ellenbogen - das gäb's doch nicht, wenn man alleine in der Wanne liegt. Nee, da war jemand anderes mit am Werk und will uns verarschen: Wir sollen alle glauben, dass sich unsere liebe Beate umgebracht hat.«

»Aber es gab doch den Abschiedsbrief?«

»Ach, so ein Abschiedsbrief hat nicht viel zu bedeuten - ohne Handschrift und mit dem Computer getippt kann den jeder verfasst haben.«

»Hast du denn schon einen Verdacht?«, fragte Inge ganz aufgeregt.

»Nein, das ist jetzt noch zu früh.«

»Willst du nicht dem Waldi Bescheid geben? Der ist doch von der Kripo und kennt sich viel besser aus.«

»Vergiss es! Der Waldi ist total überfordert. Das ist ein Fall für Jupp Backes, aber so was von!«

Kapitel 9

Am Abend goss Jupp die Blumenbeete. Er ging zum wiederholten Mal mit den vollen Gießkannen durch den blühenden Garten und ärgerte sich wieder einmal, da Inge immer darauf bestand, dass ihre heiligen Blümchen nicht mit dem Gartenschlauch abgespritzt wurden. Stattdessen musste jedes Pflänzchen fein säuberlich gegossen werden – da war Inge stur.

Gartenfreundin Inge saß grübelnd auf der Hollywoodschaukel und beobachtete ihn mit Argusaugen. Sie lobte Jupp für seine Schlepperei, auf dass er weiterhin motiviert blieb. Schließlich war laut Wetterbericht für die kommenden Tage »Sonne satt« angekündigt. Und nur ein Mann, der gelobt wurde, verrichtete diese lästige Gießkannenarbeit auch gerne.

»Jupp, ich brauche dich – dringend!«

Oma Käthe erschien laut plärrend auf der Terrasse.

»Soll ich dir etwa beim Möbelpacken für deinen Auszug helfen?«, murmelte der gießende Jupp, allerdings so leise, dass Käthe es nicht hören konnte.

»Ich habe Ärger mit so einem Onlineanbieter! Ich habe denen jetzt gesagt, dass ich meinen bei der Polizei schaffenden Schwiegersohn auf sie hetze, wenn sie mich nicht aus dem Vertrag lassen.«

Jupp stellte die Gießkanne zur Seite und gesellte sich zur schaukelnden Inge und aufgescheuchten Käthe. Er wollte wissen, was genau der Grund für ihre Hektik sei.

»Alle elf Minuten verliebt sich ein Single neu! Also, angeblich. Doch das ist die totale Verarsche! Eine arglistige Täuschung für mich als Verbraucher. Ich bin da seit ein paar Wochen angemeldet und es hat sich noch niemand in mich verliebt. Alle elf Minuten, dass ich nicht lache ...«

»Tja, das ist aber keine arglistige Täuschung, sondern Realität«, meinte Jupp auf gewohnt ruppige Art. Dann schenkte er sich ganz entspannt ein kühles Karlsberg UrPils ein.

»Jupp, jetzt aber!«, ermahnte Inge.

Sie wollte in Frieden schaukeln und nicht, dass Jupp einen erneuten Familienkrach am Terrassentisch provozierte. Erst recht nicht nach so einem traurigen Tag.

»Ich bin da in einem komischen Jahresvertrag gefangen, aber das bringt nix: Kein Mann beißt an«, meckerte Käthe wie ein Rohrspatz.

Sie hatte eine enorme Wut im Bauch, da man sie nicht aus dem Vertrag rauslassen wollte.

»Wo bist du denn überhaupt angemeldet?«, fragte Inge interessiert.

»Parship! Irgendwas muss man ja tun, denn es kommt keiner einfach so vorbei, klingelt an der Haustür und fragt, ob wir mal zusammen ausgehen wollen.«

»Und was kostet der Firlefanz?«, wollte Jupp wissen.

Innerlich brodelte er. Da gab Käthe ihr Geld für Onlinedates aus, lebte aber mietfrei unter seinem Dach.

»Egal, das war so ein Schnäppchenangebot«, wich Käthe der Frage aus, während sie nervös anfing zu schaukeln.

»Oh, leck! Wir haben uns früher im Tanz-Café kennengelernt ... Wie sich die Zeiten doch ändern«, bemerkte Inge nebenbei.

Sie versuchte mit den Fersen die Schaukel abzubremsen, da sich Käthe regelrecht im Schaukel-Rausch befand.

Käthe reichte Jupp ihr iPad und zeigte ihm den kompletten E-Mail-Verlauf, in dem der Parship-Betreiber stets auf seine Kündigungsfrist hinwies und eine Kündigung zum sofortigen Zeitpunkt nicht akzeptierte. Jupp schnappte sich daraufhin das Telefon und wählte eine Telefonnummer, die er irgendwo in den E-Mails gefunden hatte. Er wollte das schnell klären, denn wenn die Oma Geld zum Fenster rausschmiss, dann musste er eingreifen. Da konnte er unmöglich wegschauen. Sie waren ja schließlich eine Familie.

Eine freundliche Frauenstimme von der Service-Hotline meldete sich und fragte, wie man Jupp weiterhelfen könne.

»Schönen guten Abend, Oberkommissar Backes am Apparat! Vom Saarland aus rufe ich an. Es geht um die Angelegenheit einer gewissen Katharina Bohneberger, die seit geraumer Zeit bei Ihnen Mitglied ist. Ich gebe Ihnen mal die Kundennummer durch ...«

Die weibliche Stimme bedankte sich sehr freundlich und tippte die Nummer ein, die Jupp ebenfalls dem E-Mail-Verkehr entnommen hatte. Sie wollte erneut wissen, wie sie ihm weiterhelfen könne.

»Sie müssen die Mitgliedschaft unverzüglich beenden. Die Frau hat sie nicht mehr alle.«

»Tut mir leid, aber uns liegt eine Jahresmitgliedschaft vor ...«

Die weibliche Stimme klang nicht mehr ganz so freundlich.

»Das ist eine Betrügerin vor dem Herrn. Glauben Sie mir, die verarscht die Männer reihenweise ...«

Inge und Käthe stellten vor Schreck ihr Schaukeln ein und schauten sich fragend an, was Jupp am Telefon für einen Quatsch faselte.

»Wurden Sie denn von dem besagten Mitglied betrogen? Oder wurden Sie von ihr abgelehnt«, wollte die Hotline-Tussi wissen.

Jupp biss sich auf die Zähne. Zu gerne hätte er vom mietfreien Unterschlupf berichtet. Und davon, dass es nicht sein könne, dass die Oma die Kohle stattdessen für die Online-Partnersuche verprasste. Doch er musste strategisch handeln und wagte schnell noch mal einen Blick auf Käthes Profil, das über einen Link in der E-Mail sofort zu erreichen war.

»Sie hat beim Alter geschummelt. Sie ist angeblich 67 Jahre und das ist eine Lüge. Die Betrügerin ist schon über 80, das weiß ich aus erster Hand.«

»Tut mir leid, aber diese Angaben können wir bei einer Anmeldung nicht überprüfen. Das ist noch kein Grund, um die Jahresmitgliedschaft zu beenden.«

»Laut dem Profil ist sie Unternehmerin. Das ist ebenfalls gelogen. Die Frau ist schon lange in Rente und pleite noch dazu, denn sie lebt bei ihrem Schwiegersohn – für lau! Diese Frau leidet unter Wahrnehmungsstörungen. Die können sie doch nicht auf die Männerwelt loslassen, denn da ist der Lack schon lange ab. Das ist doch unverantwortlich!«

»Tut mir leid, aber ich fürchte, ich kann Ihnen nicht weiterhelfen«, sagte die Stimme von der Hotline.

Inge schaute ihre Mutter in der Zwischenzeit mit gerunzelter Stirn an.

Käthe rutschte nervös auf der Hollywoodschaukel rum, aus Scham darüber, dass sie beim Alter so geschwindelt hatte. Und der Schwiegersohn hatte es rausgefunden.

Jupp überlegte. Er hatte noch ein Ass im Ärmel.

»Im Nachbarhaus dieses Mitglieds wurde heute Morgen eine Tote gefunden. Es war Mord!«, flüsterte er in den Hörer. »Wollen Sie die Verantwortung dafür übernehmen, dass Ihr Parship-Mitglied weiterhin sein Unwesen treibt und dass es weitere dubiose Todesfälle gibt, hä? Wir ermitteln gerade in alle Richtungen. Und ich verspreche Ihnen, wenn Sie das Mitglied Katharina Bohneberger nicht auf der Stelle aus dem Vertrag lassen, dann mache ich Ihre Datingplattform aber so was von platt, dass Ihnen Hören und Sehen vergeht. Ist doch eh völliger Mumpitz! Alle elf Minuten verliebt sich ein Single - da lachen ja die Hühner.«

Die weibliche Stimme war nun ganz und gar nicht mehr freundlich. Eher kurz angebunden und verängstigt. Sie bestätigte Herrn Oberkommissar Backes, dass die Mitgliedschaft der verdächtigen Person sofort beendet werde, denn das Unternehmen wolle keinen Ärger mit ermittelnden Beamten haben. Sie versprach sogar, dass der im Voraus bezahlte Jahresbeitrag aus Kulanz zurückerstattet würde, denn man wolle mit diesem Mitglied in keinster Weise in Zusammenhang gebracht werden.

Jupp beendete das Telefonat und verkündete die frohe Botschaft seines Erfolgs. Er hatte die Oma erfolgreich aus den Fängen einer Datingportal-Jahresmitgliedschaft herausgeboxt.

Voller Erleichterung begannen die Frauen wieder das Schaukeln und Käthe drückte Jupp vor Freude sogar einen dicken Schmatzer auf die Wange.

Plötzlich ploppte eine E-Mail auf dem iPad auf. Absender war die besagte Datingplattform.

Jupp las laut vor:

»Liebe Frau Katharina Bohneberger,
aufgrund unüberbrückbarer Differenzen und der arglistigen Täuschung Ihrer Profilangaben wird Ihre Mitgliedschaft mit sofortiger Wirkung gekündigt und das Profil umgehend gelöscht. Sie sind von einer erneuten Mitgliedschaft lebenslänglich ausgeschlossen. Wir wünschen Ihnen viel Erfolg in der Liebe, aber in einem anderen Universum ... bla, bla, bla!«

Inge und Käthe lachten laut und freuten sich diebisch, dass Jupp sie mit einem Trick aus einem Knebelvertrag bekommen hatte.

»Das ist gut: ›Mord im Nachbarhaus‹! Darauf muss man erst mal kommen«, sagte Käthe und schaukelte plötzlich so überschwänglich, dass Inge immer wieder mit den Fersen bremsen musste.

Sie fürchtete schon eine Schaukel-Schwindelattacke, die sie nun überhaupt nicht gebrauchen konnte.

Schnell klärte Jupp die Oma über den Mordverdacht auf. Denn die hatte zwar schon vom Tod der Nachbarin erfahren, wusste aber bisher selbstverständlich nichts von der Mordhypothese.

Nur vom angeblichen Freitod Beates in der Badewanne hatte sie gehört. In dem kleinen Dorf machte jedes Geschehen im Nullkommanix die Runde.

Dr. Kunz hatte seinen Arzthelferinnen von seinem Einsatz beim Ausstellen des Totenscheins berichtet. Die wiederum hatten vom Ableben der Zieglerin beim Bäcker, beim Friseur und sonst wo berichtet, sodass sich die Selbstmordgeschichte wie ein Lauffeuer ausgebreitet hatte.

Noch bevor der benebelte Sohn der Toten davon erfahren hatte.

»Was? Die Beate wurde ERMORDET?«, fragte Käthe entsetzt.

Ihre Lust aufs Schaukeln verschwand wieder schlagartig, was aufgrund dieser Hiobsbotschaft auch absolut verständlich war. Inge war darüber mehr als erfreut, über den Schaukelstopp.

»Pst ...«, rügte Jupp. »Inge und ich gehen von einem wahrscheinlichen Mord aus, denn laut meinem Kumpel aus der Gerichtsmedizin gibt es ein paar Ungereimtheiten, wie zum Beispiel Schrammen an den Ellenbogen und Fersen. Und dann hat die Beate auch noch Badewasser geschluckt, bevor der Föhn ins Wasser geschmissen wurde.«

»Wir wollten dir das erst gar nicht sagen, aber wir sind ja eine Familie. Es wäre unverantwortlich, wenn da draußen ein Mörder herumliefe und wir dich nicht informiert hätten«, warf Inge fürsorglich ein.

Sie und Jupp hatten den Entschluss, zumindest die Oma einzuweihen, auf der Rückfahrt von Franks Wohnung getroffen. Jupp hatte zähneknirschend zugestimmt.

»Genau, das war Inges Idee«, meinte Jupp, der am liebsten niemandem davon erzählt hätte.

Die Parship-Tante in Hamburg war viel zu weit weg, um mit den aktuellen Informationen etwas anzufangen. Die wusste sicherlich gar nicht, wo auf der Landkarte sich das Saarland befand.

»Und wieso macht ihr daraus so ein Geheimnis?«, fragte Käthe, die das nicht nachvollziehen konnte.

»Wir wollen keine Massenpanik verursachen, denn es ist ja nichts bewiesen, sondern nur unser Verdacht aufgrund des Gerichtsmediziners. Stell dir mal vor, was los ist, wenn das rauskäme! Dass die Beate absichtlich getötet wurde. Dann ist in Hirschweiler aber Polen offen. Jeder verdächtigt doch dann jeden, daher ist erst mal absolute Verschwiegenheit angesagt, verstanden?«, sprach der Herr Oberkommissar ein Machtwort.

Inge nickte und drehte vielsagend die Finger vor ihrem Mund, wie um einen abschließenden Schlüssel zu simulieren.

»Massenpanik ... Hm, ja, das macht schon Sinn«, grübelte Käthe laut. »Jeder verdächtigt jeden. Gibt es denn schon einen Verdächtigen?«, fragte sie dann interessiert.

»Pst! Nicht so laut! Nicht, dass der Brandner Karl-Heinz nackig hinter den Sträuchern lauert und davon Wind bekommt. Lasst uns drinnen weiterreden, das ist mir hier alles zu unsicher«, flüsterte Jupp.

Die drei verließen auf leisen Sohlen die Terrasse und setzten sich an den Küchentisch - bei verrammelten Fensterläden. Ab sofort wollte man auf Nummer sicher gehen.

»Und jetzt?«, fragte Käthe aufgeregt, die sofort ahnte, dass eine Mördersuche viel mehr Freude machen würde als die endlose Parship-Suche, um Mr. Right zu ermitteln!

»Wir müssen das komplette Leben von Beate durchleuchten. Also, wer war sie überhaupt, was machte sie so den lieben langen Tag? Mit wem sie Kontakt hatte und so weiter und so fort«, zählte Jupp auf.

Er zog sich ein Blatt Papier heran. Darauf zeichnete er einen großen Kreis, in dessen Mitte er den Namen »Beate« schrieb.

Inge und Käthe schauten gespannt zu und nickten eifrig, als Jupp von einem sogenannten Opferprofil berichtete, das nun fein säuberlich angefertigt werden musste.

»Du, Jupp, macht man nicht normalerweise immer ein Täterprofil?«, fragte Inge etwas irritiert.

Als »alte Häsin« durch regelmäßiges sonntägliches »Tatort«-Gucken schwebte ihr eine andere Vorgehensweise vor.

Jupp seufzte laut und rollte genervt die Augen.

»Wenn du Rinderrouladen mit Rotkraut machst, dann esse ich das - ohne zu fragen, wie du das so gut hingekriegt hast, oder? Weil ich dir in der Küche vertraue, richtig?«

Inge nickte. Auch Käthe nickte ungefragt zustimmend, da sie auch gerne bei Inge mit aß und seit geraumer Zeit das Kochen eingestellt hatte.

»Und was wir hier veranstalten ist im Prinzip das Gleiche. Ich sage euch, was zu machen ist, capito?«

Mutter und Tochter nickten etwas verhalten, sahen aber ein, dass Jupp hier wohl das Zepter in der Hand hatte. Jahrelang im Polizeidienst tätig zu sein war dann doch ein gutes Argument für sein Vorgehen.

»Ich bin halt Profi, wenn es um Mord geht! Und du bist der Profi in der Küche«, sagte er.

»Und ich? Was bin ich?«, fragte Käthe ganz aufgeregt.

»Du bist Profi, wenn es um die Männersuche im Internet geht. Und genau das könnte uns hier sicher auch hilfreich sein, wenn du uns unterstützt.«

»Gibt es denn nun schon einen Verdächtigen? Mit wem hatte sie zuletzt Kontakt?«, fragte Käthe, die total glücklich war, mit der Aufgabe der Internetrecherche betraut worden zu sein.

»Tja, also aktuell ist es so, dass Inge die letzte Person war, die mit Beate Kontakt hatte.«

»Ach, dann bist du also die Hauptverdächtige?«, wandte sich Käthe an ihre Tochter. »Dieser Fall war ja schnell gelöst«, sagte sie etwas traurig.

Jupp winkte ab.

»Im Moment können wir nach dem aktuellen Stand der Ermittlungen davon ausgehen, dass Inge nichts mit dem Tod zu tun hat.«

»Und was macht dich da so sicher?«, bohrte Käthe nach.

»Herrschaftszeiten! Weil sie meine Frau und deine Tochter ist.«

»Aber man muss doch Privates und Berufliches trennen?«, wandte Käthe ein.

Inge war sprachlos und schaute Hilfe suchend zu Jupp, der versuchte die Oma in die Schranken zu weisen.

»Apropos! Privat betrachtet bist du meine Schwiegermutter, aber rein geschäftlich will ich Miete für die Bereitstellung meiner Räumlichkeiten. Jeder Wildfremde müsste auch zahlen!«

»Typisch! Mit dir kann man nicht mal sachlich einen Mordfall lösen. Mach doch deinen Kram alleine!«, meckerte Käthe und stand wütend auf.

»Bitte keinen Balawa *(Streit)*, vertragt euch! Die Beate ist tot und ihr streitet? Das Leben kann so schnell vorbei sein, da sollte man friedlich miteinander umgehen«, flehte Inge, die mal wieder ganz in ihrer Gutmenschrolle aufging.

»Er fängt doch immer wieder an ...«, meinte Käthe, die es leid war, immer wieder auf ihre finanzielle Not hingewiesen zu werden.

Als sich die Gemüter wieder einigermaßen beruhigt hatten, stellte Jupp noch mal klipp und klar fest, dass Inge nichts mit dem Tod der Nachbarin zu tun habe.

Inge schwor dann unter Eid, dass dies auch wirklich so war.

Käthe war daraufhin überzeugt und entschuldigte sich bei ihrer Tochter für das anfängliche Misstrauen, meinte aber, sie habe auch allen Grund dafür. Beim Sommerfest des Kirchenchors dürfe Beate Käsekuchen backen und Inge solle dämliche Waffeln bereitstellen - im Prinzip wäre das schon ein Motiv.

»So ein Blödsinn! Das ist doch kein Grund jemand umzubringen«, verteidigte Jupp seine Frau.

»Man muss in alle Richtungen ermitteln und auch mal quer denken, oder nicht?«, fragte Käthe keck.

Ausnahmsweise gab Jupp seiner Schwiegermutter mal Recht.

Dann stellte er einen Plan auf, wie Familie Backes nun ermittlungstechnisch vorgehen sollte.

Käthe sollte sich ausschließlich darum kümmern das Internet zu durchforsten und alles auflisten, was es dort über Beate Ziegler gab. Inge sollte als seine persönliche Assistenz dienen, und außerdem die zwischenmenschlichen Verbindungen im Kirchenchor erforschen.

Schließlich sei es gut möglich, dass es kurz vor dem Sommerfest Unstimmigkeiten gegeben hatte und dass die Beate deshalb ausgeschaltet wurde. Gruppenmitglieder konnten oft gemeiner und fieser sein, als man annahm. Erst recht, wenn die gemeinsame Freizeitgestaltung aus Singen bestand. Eifersucht und Neid waren völlig normal, wenn man selbst nicht das Solo beim Ave-Maria vortragen durfte und den Auserwählten am liebsten mit dem Mikroständer verprügeln würde.

»Und was machst du?«, fragte Inge irgendwann, nachdem Jupp die Aufgabenbereiche auf dem Papier niedergeschrieben hatte.

»Ich führe Befragungen durch, denn dazu bin nur ich befähigt. Und ich werde den Tatort noch mal genau unter die Lupe nehmen. Glaubt mir, ich habe von uns allen am meisten zu tun. Und habe auch schon damit angefangen.«

»Aha, und mit was?«, fragte Käthe schnippisch.

»Ich muss mich doch nicht vor dir rechtfertigen ...«, entgegnete Jupp.

»Also, Jupp, mich würde aber auch interessieren, mit was du bereits gestartet bist?«

»Ich habe ein Telefonat geführt und mir bestätigen lassen, dass meine Saarbrigger Kollegen in der Tatnacht zweimal ausgerückt sind und beim Frank wegen lauter Musik waren. Und zwar um Viertel nach elf und dann wieder gegen ein Uhr, da weiterhin keine Ruhe herrschte. Ein besseres Alibi für die Tatzeit gibt es wohl nicht, denn meine Kollegen haben ihn jedesmal höchstpersönlich angetroffen. Völlig zugedröhnt und neben der Spur.«

»Ach, schade. Der Mord wäre schnell aufgeklärt, wenn der Frank seine Mutter ... Und wir wären jetzt schon fertig«, meinte Inge etwas niedergeschlagen.

»Zum Glück ist noch nix aufgeklärt. Jetzt fängt der Spaß erst richtig an«, entgegnete Käthe und erhob sich von ihrem Stuhl.

Sie stand auf einmal kerzengerade neben dem Küchentisch und salutierte mit der rechten Hand an der Schläfe: »Jupp! Ich melde mich offiziell zum Internetdienst für die Recherche!«

Jupp schaute verdutzt zu Inge, die nur mit den Schultern zuckte.

»Das nenne ich Körpereinsatz. Und abtreten!«, schrie Jupp daraufhin.

Und Inge wunderte sich wieder einmal über das Verhalten ihrer Mutter.

Mit ihrem iPad bewaffnet trat Käthe den Rückzug an, um gleich bei Google, Facebook, XING und wo auch immer alles über Beate Ziegler herauszufinden, was die digitale Welt zu bieten hatte.

Schon nach kurzer Zeit, merkte sie, dass ihr die Recherche unglaublich viel Freude machte. Alle paar Minuten erhielt sie neue Informationen über Beate Ziegler, diese Trefferquote war kein Vergleich zum Onlinedating. Was das Netz über die tote, blonde Kirchenchorsängerin ausspuckte, brachte Käthes Blut in Wallungen. Dagegen waren die Unterhaltungen mit den Parship-Männern der reinste kalte Kaffee gewesen – und so was von unspektakulär, dass sie am liebsten rückwirkend ein Schmerzensgeld von den Parship-Betreibern eingefordert hätte bei dem Schrott an angebotenen Kerlen.

Ein paar Stunden später stand Inge am Schlafzimmerfenster und schaute nach draußen in die dunkle Nacht.

»War es richtig, dass wir die Oma in den Mordverdacht eingeweiht haben?«

»Das war doch deine Idee!«, sagte Jupp, während er sich demonstrativ auf die Seite drehte, da er endlich schlafen wollte.

»Ach, ich würde mich total unwohl fühlen, wenn wir sie nicht informiert hätten. So kann sie doch auch ein bisschen aufpassen. Nicht, dass noch ein Serienmörder in unserem Hirschweiler sein Unwesen treibt.«

»So ein Quatsch! Wir haben exakt eine einzige Tote, mehr nicht. Jetzt mal den Teufel mal nicht an die Wand!«

»Glaubst du, dass der Mörder vielleicht unter uns ist?«, fragte Inge.

Sie blickte immer noch nachdenklich aus dem Fenster.

»Das traue ich deiner Mutter nun wirklich nicht zu. So abgebrüht ist sie auch wieder nicht. Und außerdem scheint sie mit der Recherchearbeit ganz glücklich und zufrieden zu sein.«

»Dummschwätzer! Ich meine doch, ob der Täter aus Hirschweiler kommt?«

»Das kann schon sein ...«

»Oh, Gott! Stell dir das mal vor! In unserem friedlichen Dorf ... Das will man sich lieber gar nicht vorstellen.«

Inge war irritiert.

»Böse Leute gibt es überall, auch bei uns. Aber genau deshalb gibt es mich von der Polizei - um herauszufinden, wer sich nicht an Recht und Ordnung hält und um dem Bösewicht das Handwerk zu legen. Einfach eine unbescholtene Bürgerin in der Wanne unter Wasser drücken und dann den laufenden Föhn hinterherschmeißen - also, wo gibt es denn so was?«

»Ach, Jupp, ich bin ja schon froh mit dir! Wenn man so einen Polizisten als Mann hat, dann fühlt man sich ja gleich viel sicherer.«

Jupp hielt die Luft an und überlegte für einen kurzen Moment, was er nun sagen sollte.

»Ich bin doch auch froh mit dir ... Magst du nicht endlich mal ins Bett kommen anstatt die ganze Zeit am Fenster zu stehen?«

Einladend schlug er ihre Decke zur Seite, sodass Inge nur noch mit einem kleinen Satz reinhüpfen musste.

»Ach, beim Beate ist alles dunkel.«

Inge blickte durch das Fenster auf das schräg gegenüberliegende Haus, das nur von der Straßenlaterne spärlich angeleuchtet wurde.

»Ja, klar. Die Beate ist ja auch nicht zu Hause, sondern liegt mucksmäuschenstill in der Leichenhalle, nachdem der Kurti grünes Licht für den Abtransport im Leichenwagen gegeben hat.«

»Vater unser im Himmel, geheiligt werde dein Name ...«

Inge begann das Vaterunser zu beten. So ganz konnte sie immer noch nicht glauben, was geschehen war. Sie wollte Beate unbedingt in ihr Gutenachtgebet einschließen, um sich würdevoll und nachbarschaftlich zu verabschieden.

Plötzlich verstummte sie.

»Jupp, Jupp«, flüsterte sie.

»Hm ... Den Rosenkranz kannst du meinetwegen auch noch beten, wenn du denkst, dass die Beate dann schneller in den Himmel kommt«, murmelte er kurz vor dem Einschlafen in seine Decke.

»Da ist jemand! Schnell, guck mal!«, flüsterte Inge völlig aufgeregt und zupfte an seiner Bettdecke.

Sofort schreckte Jupp im Bett hoch und stand im Nu neben Inge am Fenster. Beide starrten auf das Haus gegenüber. Man konnte einen Lichtkegel erkennen, der sich im Inneren hin und her bewegte.

»Was hat das zu bedeuten?«, fragte Inge mit zitterndem Oberkiefer.

Aus Furcht hatte sie sich gleich unter Jupps Arm untergehakt.

»Das ist eine Taschenlampe! Da läuft jemand mit einer Taschenlampe rum«, flüsterte er.

Jupp fackelte nicht lange. Sofort holte er seine Dienstwaffe aus der Nachttischschublade und sprintete mit Pantoffeln und Morgenmantel aus dem Haus.

Inge verriegelte derweil die Schlafzimmertür von innen und hockte sich vor das Fenster, mit dem Kopf auf Höhe der Fensterbank um alles in geduckter Bückhaltung zu verfolgen, selbst aber nicht gesehen zu werden. Ihr war es gar nicht recht, dass Jupp im Alleingang unterwegs war. Andererseits war sie aber viel zu ängstlich gewesen, um ihn zu begleiten.

Als Jupp den Vorgarten des Nachbarhauses erreichte, hörte er, wie die verschlissene Haustür ins Schloss fiel. Sofort sprang Jupp hinter einen Buchsbaum und stellte sich stumm. Er entsicherte seine Waffe und versuchte sich zu beruhigen, denn er hörte sein Herz und seinen Puls laut pochen. Jupp war ja regelrecht vom Schlafzimmer bis hierhin gesprintet, das machte sich jetzt bemerkbar.

Als eine dunkle Gestalt den Vorgarten verlassen wollte und schon fast den Bürgersteig erreicht hatte, schoss Jupp wie von der Tarantel gestochen hinter dem Buchsbaum hervor. Natürlich mit gezückter Waffe, was sehr professionell war. Leider auch in Morgenmantel und Schlafanzug.

»Sofort stehenbleiben! Jetzt mal schön die Hände über den Kopf und langsam umdrehen«, blaffte er die dunkle Gestalt an.

Die Person ließ vor Schreck die ausgeschaltete Taschenlampe fallen und drehte sich langsam um, sodass ihr Jupp in die Augen blicken konnte. Zwischen beiden lag ein Abstand von maximal zwei Metern und die Straßenlaterne sorgte für ausreichend Licht.

»Jupp! Was machst du denn hier? Und wie läufst du bloß rum?«, fragte der Ertappte.

Jupp ließ die Waffe sinken. Nun war er auch verblüfft.

»Tja, das könnte ich dich auch fragen, Hansi. Was treibst du denn nachts mit einer Taschenlampe in einem Haus, in das du nicht hineingehörst, hä?«

Hansi Lechner fing aus heiterem Himmel an zu schluchzen. Und wie er schluchzte!

»Mein Herz ist gebrochen! Mir tut das so verdammt weh mit der Beate. Wir haben doch zusammen im Kirchenchor gesungen und kannten uns seit vielen Jahren«, jammerte er.

Jupp zeigte Herz, nahm den nächtlichen Einbrecher in den Arm und klopfte ihm tröstend auf die Schulter.

»Was um alles in der Welt treibst du nachts hier?«, bohrte Jupp weiter nach.

Hansi wischte sich die bitteren Tränen aus dem Gesicht.

»Ich wollte meine Bohrmaschine zurückholen. Denn ich habe Beate doch manchmal bei handwerklichen Dingen geholfen, weißt du?«

Jupp nickte. Er konnte das schon verstehen, dass man einem Chormitglied aushalf. Stutzig machte ihn jedoch, warum Hansi ausgerechnet um kurz nach Mitternacht nach der Bohrmaschine suchte.

Hansi stammelte verlegen herum.

»Ich bin doch eine Nachteule. Nachts bin ich immer am aktivsten. Wenn es nach mir ginge, dann würden wir nachts die Kirchenchorlieder einstudieren.«

»Na, dann geh jetzt mal ganz aktiv und flott heim! Und such das nächste Mal bitte tagsüber nach deinem Handwerkszeug. Denn als guter Nachbar schaut man ja, wenn in der Nachbarschaft plötzlich Bewegung im Haus ist, obwohl die Besitzerin tot ist. Erst recht um diese Uhrzeit.«

Hansi nickte zustimmend und trabte von dannen.

Jupp runzelte die Stirn und blickte ihm nach. Er fand die Antwort mit der Bohrmaschinensuche nicht glaubwürdig. In seinem Kopf speicherte er sofort ab: Hansi Lechner, Kirchenchormitglied, muss unbedingt näher beleuchtet werden, da er sich sehr verdächtig verhalten hat.

Kapitel 10

Jupp wusch am Samstagmorgen nach dem Frühstück seinen grün-weißen Dienstwagen. Mit reichlich viel Schaum seifte er den Wagen von oben bis unten ein und rubbelte mit einem Schwamm herum, da er sich abreagieren wollte. Die Vorstellung, dass alle um ihn herum glaubten, dass Beate Selbstmord begangen hatte, und nur er, Inge und Käthe den Mordverdacht dank Superkumpel Kurti hegten, musste irgendwie verarbeitet werden. Und dieser Stress wurde bei ihm mithilfe von Autowäsche im wahrsten Sinne des Wortes abgebaut. Dabei konnte er zwei Fliegen mit einer Klappe schlagen: Peugeot 405 blitzblank sauber und Stresshormone einfach so weggewischt.

»Du, Jupp, was du da machst, ist pures Gift für unsere Umwelt. Also wenn du dein Auto mit diesen ganzen Chemikalien wäschst. Kannst du nicht in eine Autowaschanlage fahren?«, fragte Nachbar Karl-Heinz Brandner, der mal wieder nackt in seinem Vorgarten stand und skeptisch über den Zaun schaute.

»Ach, Karl-Heinz! Lass mir meine Ruhe! Wie du rumrennst, ist auch schädlich für die ganze Umwelt und ich sage trotzdem nix.«

»In meinem Haus kann ich rumlaufen, wie ich will! Da hat mir keiner was vorzuschreiben«, meckerte Karl-Heinz direkt los, da er sich sofort angegriffen fühlte.

»Sag mal, was hast du eigentlich gestern mit der Käthe veranstaltet? Läuft da was zwischen euch?«, fragte Jupp direkt und offen.

Innerlich wünschte er sich sehr, dass die Oma eine Haustür weiter ziehen würde, denn dann würde einfach mehr Ruhe für alle Beteiligten herrschen.

»Spinnst du! Sie hat mir nur irgendwas mit herabschauenden Hunde-Yogaübungen gezeigt. Im Alter muss man ja beweglich bleiben, nicht wahr?«

Karl-Heinz begann daraufhin gleich mit Dehnübungen am Gartenzaun, indem er ein Bein auf den Zaun warf und dann seinen Oberkörper in Richtung Bein bog.

Jupp schaute absichtlich weg und schrubbte nun die Felgen mit einer Wurzelbürste. Er rubbelte so heftig an den Felgen rum, als wolle er sie abreißen, so groß war in diesem Moment sein Stress, der dringend abgebaut werden musste.

Als der Nachbar nachfragte, was denn nun genau mit Beate von gegenüber passiert sei, zuckte Jupp nur mit den Achseln und meinte, dass sie sich das Leben genommen habe und dass so etwas in der besten Nachbarschaft vorkäme.

Karl-Heinz spürte, dass Jupp mehr wusste, aber nicht in Gesprächslaune war. Als Retourkutsche beschwerte er sich prompt darüber, dass Jupp vergangene Woche Äste verbrannt hatte und dass es das letzte Mal gewesen sei, dass er diesen Qualm ertragen hatte.

Jupp ignorierte sein Gemecker und spritzte mit dem Gartenschlauch sein heiliges Auto nass, um es vom dickflüssigen Schaum zu befreien. Während er so herumspritzte, murmelte er vor sich hin, dass ihn Nachbar Karl-Heinz mal kreuzweise könne.

Der nackte Öko-Nachbar gehörte zu den etwas anstrengenden Charakteren in Hirschweiler. Er hatte mehrere Jahre für »die Grünen« im Landtag gesessen und meinte seither jeden auf seine Umweltsünden wie Holzverbrennen oder Autowaschen hinweisen zu müssen.

Jupp vermutete, dass es ihm alleine daheim stinklangweilig war, nachdem er aus dem saarländischen Landtag hochkant rausgeschmissen worden war. Man munkelte, er habe sich nicht an die Kleiderordnung gehalten ...

Nach dem für einen Samstag typischen Mittagessen, Linsensuppe mit Wiener Würstchen, machten sich Inge und Jupp mit dem frisch gewienerten Peugeot auf zu einer Spritztour der besonderen Art. Dank einer Politur glänzte das Polizeiauto wie eine Speckschwarte, sodass Jupp Inge beim Einsteigen darauf hinwies gefälligst aufzupassen, wo sie mit ihren fettigen Fingern hinlange.

Inge nickte nur stumm.

Und schon begann die Reise zu einem ganz besonderen Ausflugsziel: die Mosel – der zweitlängste Nebenfluss des Rheins.

»Ach, Jupp, das ist echt eine tolle Idee, dass wir nun das Umfeld von Beate abklappern müssen und so einen schönen Ausflug unternehmen. Toll, wie meine Mutter rausgefunden hat, wo Beates Exmann nun wohnt«, freute sich Inge.

»Ja, ja, dafür kann man die Oma wirklich gebrauchen. Das Internet und Käthe, das passt wie Arsch auf Eimer. Die Oma findet echt alles raus«, lobte Jupp seine Schwiegermutter ausnahmsweise mal.

Er fuhr in einem Affenzahn über die A1 Richtung Trier.

»Da hast du wirklich Recht. Stell dir vor, sie hat auch rausgefunden, dass die Beate laut ... ähm, PENG oder KING oder XING oder weiß der Teufel ... seit Kurzem Thermomix-Vertreterin war. Stell dir vor, das habe ich überhaupt nicht gewusst«, wunderte sich Inge etwas traurig.

Denn sie hätte schon damit gerechnet, dass sie als Nachbarin mal zu einer hippen Küchenmaschinen-Vorführung eingeladen worden wäre.

»Bestimmt war dieser Vertrieb von einem multifunktionalen Kochdibbe *(Kochtopf)*, oder wie auch immer dieses Teil heißt, nicht angemeldet und sie hat alles am Finanzamt vorbeigeschoben. Dann würde ich der Frau meines Polizistennachbarn auch nicht davon berichten und einfach mal schön die Klappe halten«, vermutete Jupp.

»Hm ... Ja, durch deinen Beruf hat man auch einige Nachteile, man wird von vielen Leuten ausgegrenzt. Apropos kochen oder eher backen. Magst du mal eine selbst gebackene Waffel probieren?«, fragte Inge und kramte sofort nach der Tupperdose, die in einer Tüte zwischen ihren Beinen stand.

Am Morgen hatte sie endlich das Waffeleisen ausprobiert, um sich morgen beim Kirchenchor-Sommerfest keine Blöße zu geben. Denn so ein fremdes, geliehenes Ding wollte sie wenigstens einmal vorher getestet haben, da war Inge etwas eigen.

Jupp griff nach der frischen Waffel, schmatzte laut und meinte, dass irgendetwas fehle.

»Puderzucker! Aber den habe ich absichtlich weggelassen, denn dann wäre das Auto gleich wieder versaut. Und du hast doch alles so schön sauber gemacht«, schleimte sie sich bei ihm regelrecht ein.

Inge verfolgte jeden Bissen von Jupp und wartete gespannt auf sein Feedback.

»Ja, kann man essen«, war die kurze und knappe Antwort, während er auf den Verkehr achtete.

Inge war enttäuscht. Sie beschloss, dass dies das letzte Mal wäre, an dem sie für das Kirchenchor-Sommerfest Waffeln backte, wenn man sie »nur essen konnte«. Auch darin war Inge eigen und wollte eigentlich Honig um den Mund geschmiert bekommen.

Doch als Charmeur war Jupp wirklich eine Niete. Da hätte sie besser Kripo-Boss Waldi die Waffeln höchstpersönlich vorbeigebracht, denn der hätte dann garantiert von einem kulinarischen Highlight ihrer Backkunst geschwärmt.

Nach einer knappen Stunde erreichten sie den etwa 6.000-Einwohner-Ort Traben-Trarbach im Landkreis Bernkastel-Wittlich in Rheinland-Pfalz. Das Navi, also Kartenleserin Inge, lotste Jupp durch den Ort. Eine Brücke verband die beiden Ortsteile und Jupp tourte von Traben nach Trarbach und dann wieder zurück – zweimal. Natürlich war seiner Meinung nach Inge schuld an dem Sichverfahren, sie sei doch mit der riesigen Landkarte auf dem Schoß völlig überfordert und habe keinen Plan.

Als Inge ihm wiederum vorwarf, jedes normale Auto habe heutzutage ein Navigationssystem, meinte Jupp, er habe aus Prinzip auf eine Nachrüstung seines Polizeiautos verzichtet, da er die Straßen im Saarland aus dem Effeff kenne. Erst recht in der Gemeinde Hirschweiler, wo er ja der Sheriff war. Schließlich kurbelte Inge irgendwann die Fensterscheibe runter und ließ sich von Passanten den Weg zum »Weingut Ziegler« erklären. Ansonsten hätte sie ihm aufgrund seines Gemeckers wohl noch die Waffeln um die Ohren geschlagen – mitsamt Tupperdose.

Das Weingut Ziegler lag inmitten von Weinbergen an einem Hang. Vor dem efeuberankten Haus stand ein Traktor mitsamt Anhänger. Jupp parkte den Wagen direkt daneben. Inge sprang sofort raus.

»Ach, Gott, Jupp! Ist das ein herrlicher Ausblick! Das ist ja traumhaft«, schwärmte sie.

Beide bestaunten das fantastische Panorama. Bei dem sonnigen Wetter war der Blick in die Umgebung besonders schön. Im Tal legte gerade ein Schiff an um Touristen auf der Mosel herumzuschippern. Alles wirkte wie in einem Reisekatalog für Menschen, die ihre Seele baumeln lassen wollten.

»Oh, leck! Das ist ja wie im Urlaub.«

Inge war völlig aus dem Häuschen, bis Jupp sie daran erinnerte, dass sie nicht zum Vergnügen hier seien.

Plötzlich wurde eine kleine Efeu-Tür geöffnet und ein großer, dicker Mann mit braunem Vollbart trat heraus.

»Ich werde verrückt! Jupp und Inge? Was habt ihr denn hier verloren?«, fragte ein überraschter Herbert Ziegler.

Beide ließen das Schiffchen im Tal links liegen und begrüßten ihn per Handschlag. Es folgte ein kleiner Smalltalk à la Saarland, bevor es ans Eingemachte ging.

»Und, wie geht's euch so?«, fragte Herbert noch immer total überrascht, dass ihn seine ehemaligen Nachbarn ohne Vorankündigung spontan auf seinem Weingut besuchten.

»Tja, Herbert, also, im Großen und Ganzen geht es uns schon gut. Ein paar kleine Krankheiten, aber kaum der Rede wert, wir werden ja alle älter, gell?«, meinte Inge und lachte dabei so gekünstelt, dass Jupp ihr am liebsten in die Seite gekniffen hätte.

Er nickte stattdessen nur und meinte etwas unbeholfen: »Och, man lebt halt vor sich hin und eigentlich ist bei uns alles so wie immer. Die Oma wohnt halt bei uns. Und wenn man so alte Leute bei sich im Haus hat, muss man sich halt immer etwas einschränken, nicht wahr?«

Herbert nickte und erzählte mit funkelnden Augen, dass er Hirschweiler überhaupt nicht vermisse und dass es ihm saumäßig gut ginge auf seinem Weingut.

»Ja, ja, das glaube ich dir sofort! Hast auch ein bisschen zugenommen, gell?«, meinte Inge mit einem Zwinkerauge und blickte auf Herberts Bauch, der mächtig über dem Hosenbund hervorquoll.

»Mir schmeckt's verdammt gut an der Mosel. Und erst recht, wenn man nun als Winzer arbeitet«, meinte Herbert und fuhr sich demonstrativ an die Plauze.

»Ja, ja, das ist der viele Wein! Der hat mehr Kalorien, als viele Menschen glauben«, ließ Inge eine ihrer Hausfrauenweisheiten raus.

Sie blickte den Hang hoch, wo es nur so von Weinreben wimmelte, dass jeder Alkoholiker mit vor Begeisterung schlabbernder Zunge auf allen Vieren hochkraxeln würde.

»Ich wohne hier auch schon seit einigen Jahren und da kommen schon paar Kilos zusammen«, verteidigte Herbert seine Gewichtszunahme.

Jupp schaute auf die Uhr. Er wollte endlich den wahren Grund ihres Spontanbesuchs rauslassen. Über die vielen Pfunde auf Herberts Rippen zu lamentieren, stand definitiv nicht auf seinem Plan. Er musste Inge ein Signal geben, dass sie endlich den Mund hielt.

»Ach, du lieber Gott! Mann, Mann, Mann, wie die Zeit vergeht. Ist das schon so lange her, dass ihr, du und die Beate, auseinandergegangen seid?«, fragte sie mit einem so traurigen Blick, als hätte sie höchstpersönlich unter der Scheidung gelitten.

Das war der Moment, in dem Jupp die kopfschüttelnde Inge neben den Traktor schob, um nun mal Tacheles und von Mann zu Mann zu reden.

»Lieber Herbert, wenn ich mich hier so umgucke, muss ich sagen, du hast wirklich alles richtig gemacht. Du wohnst an der Mosel, hast ein eigenes Weingut und dieser phänomenale Ausblick ist wirklich für kein Geld der Welt zu bekommen. Aber in jedem Paradies gibt es auch Schattenseiten. Ich mache es daher kurz und schmerzlos: die Beate ist tot.«

Inge starrte Herbert an, um genau beobachten zu können, wie der Exmann auf diese Nachricht reagierte – nachdem sich der Sohn ja äußerst emotionslos gezeigt hatte.

Herbert schnaufte laut. Dann wollte er genau wissen, was passiert wäre.

»Stromschlag in der Badewanne, ausgelöst durchs Haareföhnen«, teilte der Herr Oberkommissar unverblümt mit.

»Ach, du grüne Neune! Das tut mir ja total leid. Wie tragisch!«

Herbert zeigte sich wirklich schockiert.

»Nicht ganz«, fügte Jupp hinzu. »Wir haben einen Abschiedsbrief gefunden. Es war Selbstmord.«

»Was? Das glaube ich nicht«, flutschte es spontan aus Herbert raus.

»Man weiß nie, was in einem Gehirn los ist. Gerade weibliche Gehirne ticken ja manchmal völlig aus, und das ohne jegliche Vorwarnung. Und dann kommt es zu hanebüchenen Handlungen«, sagte Jupp achselzuckend.

Herbert lehnte sich gegen den Traktor. Ihm war ganz übel.

Inge stützte ihn und redete ihm gut zu, dass es ja nicht seine Schuld wäre, denn die Trennung war nun wirklich schon einige Jahre her. Als Herbert wieder einigermaßen auf den Beinen stehen konnte, berichtete er, dass er mit seiner Exfrau seit seinem Auszug in einer Nacht-und-Nebel-Aktion kein Wort mehr gewechselt habe. Die zwei hätten null Komma null Kontakt gehabt.

»Sich selbst zu töten, das hätte ich ihr niemals zugetraut«, sagte Herbert immer noch ziemlich geschockt.

»Dann geht es dir so wie uns! Wir hätten es ihr auch nie zugetraut, aber wie gesagt: weibliches Hirn, Kurzschlusshandlung und dann brennen die Sicherungen durch und zack ... Haarföhn«, erklärte Jupp auf seine Art und Weise.

»Schlimm, schlimm, schlimm«, kommentierte Inge kopfschüttelnd.

»Ah, also, ihr hattet die letzten Jahre wirklich keinen Kontakt mehr?«, besann sich Jupp plötzlich auf seine Rolle als Ermittler.

Herbert bejahte.

»Hm .... Aber ihr habt doch euren Frank. Ein wirklich reizender Junge, so höflich, freundlich und ist dem Herrn Papa wie aus dem Gesicht geschnitten«, schleimte Inge.

Sie konnte definitiv nicht glauben, dass Herbert und Beate keinen Kontakt mehr gehabt hatten, denn wegen des Sohns hätten doch schon mal Erziehungsfragen geklärt werden müssen.

»Mein Sohn? Dass ich nicht lache! Der wahre Grund, weshalb ich mich getrennt habe, war, dass Frank überhaupt nicht mein Junge ist. Beate hat ein Doppelleben geführt. Sie hatte zwei Gesichter, und mir hat sie ein Kind untergejubelt.«

»Ähm, Moment! Wir reden hier von der gleichen Beate, die im katholischen Kirchenchor singt und bei uns gegenüber wohnte?«, fragte Inge völlig überrascht.

Sie konnte nicht fassen, was ihr hier zu Ohren kam. Und sie ärgerte sich über den peinlichen »Wie aus dem Gesicht geschnitten«-Vergleich.

Herbert berichtete, dass er per Zufall erfahren habe, dass er nicht Franks Vater sei. Die genauen Umstände, wie der Schwindel aufgeflogen war, wollte er den Nachbarn nicht erzählen.

»Und wer ist der Vater?«, wollte Inge sofort wissen.

Sie tippte im Geiste direkt auf den Brandner Karl-Heinz, der garantiert nackig um die Häuser geschlichen war, während Herbert in der Arbeit schuftete.

»Ein ehemaliger Arbeitskollege von Beate. Sie war ja mal Kinderkrankenschwester in einer Klinik und Franks wahrer Vater war dort als Assistenzarzt tätig. Die zwei hatten zu Beginn unserer Ehe eine Affäre, Beate wurde schwanger und hat mir ein Kuckuckskind untergejubelt, da der feine Herr Doktor selbst schon eine Familie und Kinder hatte, die er nicht verlassen wollte.«

»Nicht zu fassen!«, empörte sich Inge. »Die Beate hat nie etwas davon erzählt. Das weiß bestimmt niemand in Hirschweiler.«

»Zu Recht!«, klärte Herbert auf. »Der Arzt hat damals meines Wissens Monat für Monat üppige Unterhaltszahlungen für Beate und Frank geleistet. Eine hübsche Schweigegeldsumme war das.«

»Interessant, sehr interessant«, grübelte Jupp laut.

»Und du bist dann sofort ausgezogen, nachdem du von dem Schwindel erfahren hast?«, wollte Inge wissen.

»Nein, nein! Wir haben es noch mit einer Paartherapie probiert, die aber schlussendlich auch keinen Erfolg brachte ...«

»Na, das wundert mich jetzt überhaupt nicht«, plapperte Jupp dazwischen und schaute grimmig zu Inge, die nur mit den Schultern zuckte.

Herbert erzählte weiter, dass er dann glücklicherweise eine Erbschaft gemacht hatte und so die Chance bekam, ein neues Leben zu führen. So hatte er sich seinen Traum mit dem Weingut erfüllen können.

»Oh, leck! Jetzt ist mir richtig schlecht. So was hätte ich der Beate überhaupt nicht zugetraut. Ein Kind mit einem anderen – und jahrelang nix sagen«, meinte Inge traurig, da sie schon vom Thermomix nichts gewusst hatte.

Jupp räusperte sich, denn nach der Offenbarung der pikanten Familienverhältnisse der Familie Ziegler wollte er nun wieder zum eigentlichen Grund ihrer Reise kommen. Er bedankte sich zwar bei Herbert für seine Offenheit, doch es brannte ihm noch eine Frage auf der Zunge.

»Sag mal, Herbert: Wo warst du zwischen Donnerstagabend 23 Uhr und Freitagmorgen 2 Uhr?«

Herbert schaute irritiert und zeigte auf sein Haus.

»Ich lag mit meiner neuen Partnerin um 22 Uhr im Bett, denn wir müssen jeden Morgen früh raus, um dieses schöne Weingut in Schuss zu halten. Warum fragst du?«

»Standardfragen! Das hat nix zu bedeuten«, spielte Jupp die Frage nach Herberts Alibi runter.

Kurz darauf verabschiedeten sich Inge und Jupp bei einem sehr mitgenommenen Herbert Ziegler.

»Klingt alles logisch und macht Sinn ...«, sagte Inge, als sie wieder im Auto saßen und sie Herberts Telefonnummer in ihrem Handy abspeicherte.

Herbert wollte nämlich unbedingt an der Beerdigung teilnehmen und hatte darum gebeten, ihm die genauen Daten durchzugeben, sobald der Bestattungstermin auf dem Hirschweiler Friedhof feststünde.

»Der Herbert hat nix damit zu tun«, meinte Jupp, während er die Böschung vorsichtig Richtung Tal herunterfuhr, um von dort wieder zurück zur Autobahn zu gelangen.

»Und was macht dich da so sicher?«, wollte Inge wissen.

»Jahrelange Berufserfahrung!«

»Und nun?«

»Jetzt fahren wir erst mal nach Luxemburg zum Tanken. Und dann knöpfen wir uns den nächsten Verdächtigen vor.«

»Ach, der Lechner Hansi! Ist schon komisch, dass du den letzte Nacht einfach so hast laufen lassen. Ich glaube im Leben nicht, dass der nur seine Bohrmaschine gesucht hat. Das kann er seiner Uroma erzählen«, kicherte Inge, die immer mehr Gefallen an ihrer neuen Tätigkeit fand: persönliche Assistentin des Ermittlers Jupp.

»Das war Taktik, Inge, alles Taktik! Ich will mir mal diesen Arzt näher anschauen. Der wahre Vater vom Frank. Vielleicht hatte er keine Lust mehr Unterhaltszahlungen zu leisten ... Denn jetzt wissen wir ja auch, warum die Beate nie arbeiten musste als Alleinerziehende. Die hat schön Geld vom Erzeuger bekommen, und wohlmöglich auch vom Herbert.«

Inge nickte und zückte sofort ihr Handy. Sie rief Käthe an und betraute sie mit einem neuen Eilauftrag: Sie solle herausfinden, wer Franks leiblicher Vater war. Herbert wusste nur noch, dass seine Exfrau im Klinikum Saarbrücken angestellt war. Der Name des Erzeugers war ihm nicht bekannt, denn Beate hatte dazu ganz eisern geschwiegen. Und er wusste auch nicht, ob Frank den Namen mittlerweile kannte, denn Beate und er hatten dem Sohn nie den wahren Trennungsgrund verraten.

Dieser Hinweis war für Jupp enorm wichtig, denn es war anzunehmen, dass für den armen Joint rauchenden Frank sonst sicherlich die Welt aus den Fugen geraten würde.

Oma Käthe stöhnte in den Hörer, begann aber sofort online zu recherchieren, wer vor circa 20 Jahren als Arzt im Klinikum Saarbrücken beschäftigt war und bereits als Assistenzarzt Familie gehabt hatte.

Als Jupp in dem luxemburgischen Tankstellenörtchen Wasserbillig, direkt hinter der Grenze, die Aral-Tankstelle ansteuerte, fiel ihm etwas ein. Er musste sofort Kurt Altmeier anrufen, denn eine Frage hatte ihn während der letzten Autominuten beschäftigt.

Bereits kurz nachdem sie auf die Autobahn aufgefahren waren, hatte Inge die Frage in den Wageninnenraum geworfen, ob sie sich nicht doch in was verrennen würden. Ob Beate vielleicht doch freiwillig aus dem Leben geschieden war und ob sie nun umsonst alle möglichen Menschen observieren und ermitteln würden.

Schließlich könnte es ja sein, dass sie sich umgebracht hatte, da sie nervlich nicht damit fertig wurde jahrelang mit einer Lüge gelebt zu haben. Ganz Hirschweiler glaubte schließlich, Herbert sei Franks Vater.

Jupp entschied sich deshalb dafür, noch einmal die Meinung eines Profis einzuholen, der dann auch die skeptische Inge überzeugen sollte.

Er rief ihn an und stellte den Lautsprecher im Wageninneren an.

»Hallo Kurti, ich bin's noch mal, der Jupp! Seid ihr schon bei eurem Domizil angekommen und genießt den kühlen Atlantik?«

»Ach, hör bloß auf! Wir stehen irgendwo in Frankreich in einer Affenhitze auf der Raststätte dumm rum. Mein Kleiner hat ins Auto gekotzt. Und dann überall Stau auf der Autobahn, ich könnte so was von ausflippen ... Was gibt's denn so Dringendes?«

»Sag mal, hatte unsere Leiche eigentlich Drogen, Alkohol, Medikamente oder sonst was im Körper?«

»Nur Crystal Meth ...«, erwiderte der Gerichtsmediziner prompt und so lässig, als würde er hier von Aspirin sprechen.

»Was? Das glaube ich jetzt nicht!«

»Kleiner Scherz! Nein, nein, ich konnte nur einen geringen Anteil Alkohol nachweisen. Also, kaum der Rede wert. Damit hätte sie locker noch Auto fahren können statt nur zu baden. Warum fragst du?«

»Ähm, ja ... Also, ich dachte nur, dass Beate eventuell zu viel gesoffen hat und deshalb untergegangen ist. Die Schürfwunden an Fersen und Ellenbogen könnten ja auch von heftiger Gartenarbeit herrühren, wenn man zum Beispiel auf allen Vieren im Beet rumkriecht oder gegen Brennnesseln ankämpft. Wir sind gerade unsicher, ob die Mordtheorie wirklich zutrifft, denn wir haben eben erfahren, dass unser Opfer ein Leben lang mit einer Lüge gelebt hat.«

»Wer ist denn WIR?«, fragte Kurti.

»Ähm ... Der Waldi und ich«, log Jupp spontan, denn niemand durfte wissen, dass er Inge mit auf Ermittlertour nahm, die heute sowieso als Ausflug getarnt war.

»Und wer schluckt in fast nüchternem Zustand absichtlich Badewasser - denn das habe ich ja rausgefunden - um anschließend selbst einen Föhn ins Wasser zu werfen? Macht doch keinen Sinn, es sei denn sie war Hobbytaucherin und hat dabei ein paar Schnäpse kassiert. Ich bin mir sehr sicher, dass da im Badezimmer noch jemand war, der da nicht hingehörte. Was sagt denn der Waldi dazu? Und die Leute von der Spurensicherung?«, wollte Kurti wissen.

»Ähm, Kurti, der Handyempfang ist gerade ganz, ganz schlecht. Ich verstehe dich so gut wie gar nicht mehr«, schwindelte Jupp und legte kurz darauf auf.

Jupp wollte diesen Fall alleine lösen, um endlich allen beweisen zu können, dass er mehr draufhatte als Fahrerfluchtdelikte und Anzeigen wegen vermurkster Schönheits-OPs entgegenzunehmen.

Er ging davon aus, dass ein Täter, der keine Einbruchsspuren hinterließ und sogar einen Abschiedsbrief türkte, garantiert mit Handschuhen zum Töten vorbeigekommen war und nie und nimmer seine DNA hinterlassen hatte. Er ahnte, dass er es hier mit einem sehr cleveren Mörder zu tun hatte, der alles wie einen Selbstmord aussehen ließ. Aber Jupp würde ihm schon zeigen, dass er immer noch der Cleverere war.

Jupp und Inge hatten nun nach der Rücksprache mit dem Gerichtsmediziner ein sehr gutes Gefühl, und waren sich wieder sicher, dass Beate ermordet wurde.

Dann stieg Jupp endlich aus und tankte einmal voll, um so ganz viel Geld im Vergleich zu deutschen Tankstellen zu sparen. Schließlich öffnete er den Kofferraum und stellte drei Kanister neben die Zapfsäule.

Als Inge dies nach einem Blick in den Außenspiegel bemerkte, öffnete sie die Beifahrertür und stellte ihn zur Rede. Es sei doch überhaupt nicht erlaubt, noch zusätzliche Kanister zu befüllen, schließlich besetze er auch die Zapfsäule, sodass die nachfolgenden Autofahrer schon hupten.

Doch Jupp ließ sich nicht aus der Ruhe bringen und schrie zurück, dass man ja wohl für den Rasenmäher auch noch ein bisschen was tanken dürfe.

Dann zahlte er und sie fuhren mit Karacho weiter Richtung Luxemburg (Stadt). Inge hatte nämlich die spontane Idee, Tochter Marion mit den Enkelkindern zu besuchen, die sie doch so schmerzlich vermisste.

Diesen Wunsch konnte ihr Jupp nach einigem Hin und Her natürlich nicht abschlagen, da sie in dem kleinen und überschaubaren Land Luxemburg, dessen Hauptstadt genau so hieß, ja eh schon fast da waren. Jupp hasste Überraschungsbesuche eigentlich, was ein bisschen mit Oma Käthe zu tun hatte, die überraschend aus Berlin gekommen und ja bekanntlich nicht mehr weggefahren war.

Aber für seine persönliche Assistentin, Kartenleserin und Ehefrau wollte er heute mal alle Augen zudrücken.

»Jupp, da ist es! Eiscafé Milano«, rief Inge.

Die beiden kurvten bereits seit einer halben Stunde im Kreis durch die Stadt.

Jupp war total genervt. Nicht nur, dass er nun auch die Landkarte wegschmeißen könnte, denn Inge hatte eine eigenartige Falttechnik, die ihn verzweifeln ließ. Er würde nie mehr einen Traben-Trarbach-Wasserbillig-Luxemburg-Roadtrip machen, ohne zumindest ein »Tom Tom«-Navi dabeizuhaben. Zu oft hatte er: »Inge! Inge!« schreien müssen, nachdem er mal wieder in eine der vielen Einbahnstraßen gedonnert war. Wegen ihrer falschen Anweisungen.

Nachdem der deutsche Polizeiwagen unter den Argusaugen einiger verängstigter Jugendlicher verriegelt worden war, bummelten sie zu dem italienischen Eisladen. Die Theke war mit grün-weiß-roten Fähnchen dekoriert und machte so schon von Weitem klar und deutlich, dass hier geballter Nationalstolz arbeitete.

Als Inge die riesenlange Menschenschlange beim Straßenverkauf entdeckte, bekam sie schon Bammel, dass sie gleich keinen Sitzplatz mehr im Außenbereich ergattern würden. Am Samstagnachmittag herrschte absoluter Hochbetrieb. Doch für Inge schien heute ein Glückstag zu sein, denn gerade wurde ein Tischlein mit zwei Plätzen frei.

Als ihnen Tochter Marion mit einem Tablett balancierend entgegenkam, ließ sie vor Schreck fast alles fallen.

»Mama! Papa! Was macht ihr denn hier?«, sagte sie mit Leichenbestattermiene.

Freude sah bekannterweise anders aus.

»Na, freust du dich? Wir dachten, wir überraschen dich mal an deiner neuen Arbeitsstelle«, quasselte Inge.

Gerne hätte sie ihre Tochter umarmt, doch das war aufgrund eines voll bepackten Eisbecher-Tabletts unmöglich. Marion wollte die Bestellung erst mal zum Tisch bringen und dann wieder zu ihren Eltern kommen.

»Die Überraschung ist ja mal voll in die Hose gegangen«, bemerkte Jupp vorwurfsvoll.

Er war von Inges Idee die Tochter aufzusuchen von Anfang an nicht so ganz überzeugt gewesen. Aber Inge hatte ihn so lange genervt, dass er sich hatte breitschlagen lassen. Schließlich war die Stadt Luxemburg von der Aral-Tankstelle in Wasserbillig gerade mal 30 Minuten entfernt. Also, laut offiziellem Navi!

Nach den dubiosen Verkehrsansagen von Inge hatten sie doppelt so lange benötigt.

Als Marion zu ihnen an den Tisch kam, begrüßte sie ihre Eltern herzlich, aber nicht überschwänglich, denn schließlich war sie am Arbeiten. Als Inge nach den Enkelkindern fragte, die sie unbedingt sehen wollte und wahnsinnig vermisste, erfuhr sie, dass sich die beiden Jungs auf einem Kindergeburtstag befanden. Inge war enttäuscht.

»Das hast du von deinen Überraschungsbesuchen«, bemerkte Jupp trocken.

»Und wo ist dein Giuseppe?«, fragte Inge aufgeregt.

Den neuen Partner von Marion hatten die Eltern bisher nur zweimal kurz gesehen, da er ständig arbeitete. Die beiden hatten sich über die Dating-App »Tinder« kennengelernt und schon nach einigen Monaten war sie mit ihren Kindern zu ihm gezogen. Der neue Mann, ein italienischer Eisdielenbesitzer, verstand sich blendend mit den Buben.

»Er steht hinter der Theke und ist wie immer im Stress«, antwortete Marion.

Irgendwie wirkte sie nicht mehr so ganz frisch verliebt.

»Was wollt ihr denn bestellen?«, fragte Marion und zückte Stift und Block.

»Ich hätte gerne ein Spaghettieis«, verkündete Inge.

»Habt ihr Karlsberg UrPils?«, fragte Jupp.

Marion nickte.

»Du wirst doch jetzt kein Bier trinken? Du musst doch noch Autofahren«, meinte Inge verblüfft.

»So ein Bier macht doch nix.«

»Das finde ich jetzt unmöglich von dir! Wir sind doch in einer Eisdiele. Da musst du doch kein Bier trinken«, echauffierte sich Inge.

»Ich habe kein Interesse an Eis und ich kann ja wohl bestellen, was ich will«, sagte Jupp energisch.

»Mit deinem Vater ist es immer das Gleiche. Das macht er doch absichtlich, um mich zu ärgern. Wieso willst du denn jetzt keinen Eisbecher, hä?«

Marion guckte von links nach rechts. Sie stoppte das Mitschreiben, was bei ihr eh in Zeitlupe geschah, denn sie war eigentlich nicht die Schnellste und hatte in der Familie den Spitznamen »Schlaftablette« weg. Aus Vorwitz wollte Jupp unter anderem natürlich auch sehen, wie sich sein Töchterlein nun als Kellnerin anstellte.

»Bring mir bitte ein Bier! Und dann bin ich glücklich und zufrieden.«

»Dann will ich nur ein Bällchen Zitrone. Denn wenn dein Vater kein Eis isst, dann reicht mir ein Bällchen *(Eiskugel)* völlig aus.«

Inge schmollte und ärgerte sich, dass der Überraschungsbesuch so ganz anders verlief, als sie es sich vorgestellt hatte. Keine Enkelkinder, kein Giuseppe und kein Spaghettieis. Sie war sauer und maßlos enttäuscht.

Als Marion die Bestellung an den Tisch brachte, plapperte Inge gleich los, um die Riesenneuigkeit aus der Nachbarschaft zu erzählen. Selbstverständlich in der Selbstmord-Variante, die natürlich viel dramatischer dargestellt wurde, indem Inge immer wieder einwarf, wie verzweifelt ein Mensch doch sein müsse, wenn dies der letzte Ausweg sei. Einfach nur schrecklich!

Marion zeigte sich nur dezent schockiert und meinte, dass sie mit Beate nicht viel am Hut gehabt habe und dass sie nie und nimmer zur Beerdigung käme, worum Inge sie natürlich gebeten hatte.

Auch als Inge ihr Ass aus dem Ärmel zauberte und von den obligatorischen 50 D-Mark sprach, die auch zu Marions Kommunion gespendet worden waren, änderte Marion nicht ihre Meinung. Inge war schockiert von diesem Benehmen.

Wortlos trank Jupp sein kühles Bier und Inge stocherte an ihrer Kugel Eis herum, die nun schon so wässerig war, dass sie das Eis eher trinken als essen könnte.

»Ach, macht sie doch ganz gut, das mit dem Bedienen, oder?«, meinte Inge, die von ihrem Platz aus alles beobachtete.

Sie wollte das Schweigen am Tisch irgendwie durchbrechen, denn Jupp und sie saßen seit geraumer Zeit einfach nur wortlos da.

»Bin mal gespannt, wie lange sie diesen Job macht. Schließlich hat unsere Marion die Arbeitsstellen bisher öfter gewechselt, als so mancher seine Unterwäsche.«

»Jupp, jetzt aber! Jeder Mensch hat eine zweite Chance verdient. Und wenn sie mit ihrem italienischen Luxemburger glücklich ist ... Oder sagt man luxemburgischer Italiener?«

»Ausländer! Da liegst du nie falsch«, sagte Jupp, der dem neuen Partner etwas skeptisch gegenüberstand.

Seiner Meinung war Giuseppe ein Süßholzraspler hinter einer Eistheke! Nix, was er sich als Schwiegersohn wünschte, denn das Eis schmolz, wie irgendwie auch das Verliebtsein nach gewisser Zeit.

»Marion! Marion!«, rief Inge plötzlich und fuchtelte wild gestikulierend herum.

Sofort kam Marion an den Tisch geschlurft und machte ihrem »Schlaftabletten«-Spitznamen alle Ehre. Marion war in allem etwas langsamer als andere. Außer im Kinderkriegen und wenn es darum ging, relativ schnell bei fremden Männern einzuziehen. Zumindest laut Jupp, der dies immer ganz trocken und nüchtern betrachtete.

»Du, da hinten will jemand bezahlen!«, teilte Inge Marion mit, woraufhin diese mit rollenden Augen davontrabte.

Dann drehte sich Inge zum Nachbartisch und erkundigte sich, wie denn das Eis schmecke. Als die Gäste in luxemburgisch-deutschem Singsang meinten, dies sei das beste Eis von Luxemburg, war Inge mächtig stolz auf ihre Tochter.

Jupp übrigens auch, denn er merkte, dass sich Marion wirklich Mühe gab.

»Das ist unsere Tochter, die hier schafft! Lecker Eis, gell! Mmh ... fein, fein, fein«, sagte Inge auf einmal.

Sie streichelte dabei ihren Bauch und redete mit den Gästen, als wären sie schwer von Begriff, und zeigte mit dem Finger auf Marion, die gerade irgendwo an einem der anderen Tische bediente.

»Fräulein, zahlen!«, rief Jupp ganz förmlich über die Tische hinweg.

Er wollte nicht so peinlich sein wie Inge und sich als Eltern zu erkennen geben, die ihre erwachsene Tochter beim Tragen von Eisbechern beobachteten.

Plötzlich wollten auch die Gäste vom Nachbartisch zahlen.

Kurz drauf schlurfte Marion mit Kassenbon in der Hand zu ihnen und fragte: »Getrennt oder zusammen?«

Die Gäste guckten irritiert, dann antwortete der junge Kerl: »Weder noch - reine Fickbeziehung«.

Inge verschluckte sich gehörig an ihrem Eis und meinte, dass die Luxemburger doch ein versautes Völkchen seien.

Daraufhin verabschiedeten sich beide von Marion und ganz flüchtig von ihrem Partner, dem hinter der Theke arbeitenden Giuseppe, denn sie hatten ja bemerkt: Im Eiscafé Milano brannte die Hütte. Hier hatte niemand Zeit für den Saarland-Besuch.

Nachdem Inge und Jupp nach längerer Suche endlich ihr eigentlich unübersehbares Auto auf dem Parkplatz wiedergefunden hatten, folgte eine schweigsame Fahrt über die Autobahn Richtung Hirschweiler. Kurz hinter dem Dreieck Saarlouis hielt Inge es nicht länger aus.

»Warum schwätzt du jetzt nix?«

»Man muss ja nicht immer schwätzen, wenn es nix zu schwätzen gibt! Du schwätzt ja auch nix«, konterte Jupp.

»Ach, Jupp, ich weiß, dass dir das nicht schmeckt, dass unsere Marion mit einem Italiener zusammen ist - aber mein Gott, wenn sie doch glücklich ist?«

»Das war doch eine saublöde Idee mit dem Überraschungsbesuch. Ich wollte ja eh nur zum Herbert an die Mosel, schnell billig tanken und dann ab heim. Aber nein, du musstet ja wieder mit dem Kopf durch die Wand. Bis mir daheim sind, ist es garantiert sieben Uhr. Mein Magen hängt mir vor Hunger an der Kupplung.«

Jupp regte sich gerade mächtig auf, denn vereinbart war, dass an diesem Samstagabend gegrillt, oder wie im Saarland üblich: »geschwenkt« wurde!

»Jetzt mach mir doch keine Vorwürfe! Du hättest ja einen Eisbecher bestellen können. Aber nein, du warst ja wieder stur.

Außerdem, dein ständiges Biertrinken stört mich eh, und davon wird man halt nicht satt.«

»Flüssige Nahrung in Form von Hopfen und Malz ist immer noch besser als wässriges Milcheis.«

Die zwei zankten mal wieder und es endete damit, dass Inge irgendwann darum bat, am nächsten Autobahnparkplatz auszusteigen. Sie hatte die Diskussionen so was von satt. Mit verschränkten Armen und gesenktem Blick aus dem Fenster murmelte sie: »Man kann so manche Frau verstehen, dass sie sich umbringt oder aber den Alten beiseiteschafft.«

Jupp tat so, als hätte er nichts gehört und schaltete das Radio ein. »SR1 Europawelle« spielte passenderweise von Robbie Williams »I love my life«. Und Inge hatte wieder genug Zündstoff für die nächste Sitzung mit Frau Scholz-Mörsdorf.

Als sie endlich in Hirschweiler ankamen und der Wagen vor der Garage zum Stehen kam, stieg Inge sofort aus. Sie beugte sich noch einmal ins Fahrzeuginnere und hob den Zeigefinger wie zu einer Anklage.

»Josef, treib es nicht auf die Spitze! Die Sache mit der Welter Regina und diesen Fotos habe ich noch nicht vergessen, sondern nur verschoben. Kannst von Glück sagen, dass die Beate dazwischengekommen ist, sonst hätten wir das schon längst ausdiskutiert.«

Das war der Moment, in dem Jupp merkte, dass er eine andere Taktik fahren musste. Schließlich brachte es nichts, sich mit der eigenen Frau zu zanken. Er entschuldigte sich bei ihr und meinte, dass ihn die Beate-Sache gerade reizbar und aggressiv mache. Die verständnisvolle Inge ließ ihn dann noch etwas zappeln, nahm die Entschuldigung aber schließlich an. Kurze Zeit später schwenkte *(grillte)* Jupp Schwenkbraten *(Nationalgericht: marinierte und gegrillte Scheiben vom Schweine-*

nacken) und Würstchen auf seinem Schwenker *(Grill)* und Inge deckte den Terrassentisch.

Als sie gerade mit Grillgut auf den Tellern und Besteck in den Händen am Tisch saßen, kam Käthe ums Eck, da sie auch hungrig war. Sie sah aus, als hätte sie stundenlang vor dem Laptop recherchiert und schmiss einen Zettel zwischen Nudelsalat und Ketchup-Flasche auf den Tisch.

Jupp schaute sie fragend an, nachdem er laut die zwei Adressen vorgelesen hatte, die auf dem Zettel standen.

»Das eine war Beates letzter Job. Eine Thermomix-Vorführung in Saarbrigge am Montagabend. Also, drei Tage, bevor sie starb.«

»Pst!«, sagte Jupp, der Angst hatte, dass Karl-Heinz hinter einem Hibiskusstrauch lauerte und ihn gleich wieder wegen dem Qualm des Grills anschwärzen würde. Er sollte nicht auch noch vom Stand der Ermittlungen Wind bekommen.

»Oh, leck! Wie hast du das wieder rausgekriegt?«, fragte Inge interessiert, während sie an ihrem Stück Schwenkbraten kaute.

»Tja, also, ich nehme meine Aufgabe sehr ernst und fahre nicht mit dem Auto durch die Gegend spazieren. Die zweite Adresse ist vom Chefarzt des Klinikums in Saarbrücken. Professor Dr. Wilfried Schäfer.«

»Wow! Käthe, wie hast du das denn alles rausgefunden?«, wollte Jupp wissen, der gerade ein schlechtes Gewissen hatte, da Käthe einen Bombenjob gemacht hatte.

»Frag nicht! Ich bin halt sehr gut vernetzt. Ein paar Google-Abfragen, ein paar Anrufe und schon hat man, was man will. Was habt ihr rausgefunden?«

»Wir waren an der Mosel beim Ziegler Herbert, billig tanken und dann noch beim Marion in der Eisdiele, wo sie jetzt schafft«, posaunte Inge heraus.

»Aha? Ihr führt ja ein entspanntes Leben, während ein Mörder frei herumläuft«, rügte Käthe.

Jupp wollte sich rechtfertigen, tat es Inge zuliebe jedoch nicht. Er aß schnell auf und ging dann wegen seinem schlechten Gewissen schnurstracks zum wenige Straßen entfernten Einfamilienhaus vom Lechner Hansi, dem er nun unbedingt ein paar Fragen stellen wollte. Die Bohrmaschinen-Suche kam ihm sehr spanisch vor und er wollte daher noch mal nachbohren.

»Tut mir leid, Jupp! Der Hansi ist in der Chorprobe. Morgen ist doch das Sommerfest und die haben mal wieder eine Generalprobe, da die Beate doch fehlt«, meinte seine Frau, die auf Krücken vor Jupp im Türrahmen stand.

Jupp verabschiedete sich daraufhin und ging auf dem Heimweg im Kopf die nächsten To-dos durch. Es standen noch einige Befragungen in der Beate-Angelegenheit an: Hansi Lechner, der nächtliche Bohrmaschinensucher, Professor Dr. Wilfried Schäfer, der Vater des unehelichen Sohnes, und der Gastgeber von Beates letzter Thermomix-Vorführung. Leider gab es da keinen Namen, sondern nur eine Anschrift.

Doch das war kein Problem für Jupp, denn so konnte und musste er seine persönliche Assistentin Inge mit dem Kartenlesen beauftragen. Dann gäbe es auch nix zu meckern, dass sie zu wenig Zeit miteinander verbrächten, dachte sich Jupp und freute sich schon darauf, dies in der nächsten Paartherapiesitzung als gutes Beispiel aufführen zu können: Inge, die Kartenleserin stets auf seinem Beifahrersitz!

Kapitel 11

Das Sommerfest des Kirchenchors begann an einem Sonntagmorgen um zehn Uhr mit einem Hochamt in der katholischen Kirche zu Hirschweiler. Das Gotteshaus war richtig rausgeputzt und mit Blumen geschmückt, sodass alles schön festlich aussah. Ursprünglich war ein Fest der Pfarrgemeinde geplant gewesen, aber es hatte mal wieder heftig zwischen dem Vorsitzenden vom Pfarrgemeinderat und dem Kirchenchorleiter gekracht. Die beiden Herren hassten sich inzwischen wie die Pest. Da konnte selbst der Geistliche nicht vermitteln, auch wenn er so oft ein »Gehet hin in Frieden!« hoch und runter gebetet hatte.

Der Pfarrer war trotz der internen Querelen professionell. Er predigte von der Kanzel, als wäre er mitten im Wahlkampf zum Bischof des Bistums Trier und als wolle er die Kirchgänger höchstpersönlich dazu auffordern ihn zu wählen. Er redete ohne Punkt und Komma und zitierte aus irgendeinem Korintherbrief. Danach war er in seinen Aussagen sehr kritisch, als es um die Zukunft der katholischen Kirche ging und darum, dass immer weniger Schäfchen den Weg zum lieben Gott fanden. Dabei blickte er hoch zur Empore, wo die Chormitglieder wie die Orgelpfeifen in zwei Reihen hinter- und nebeneinander dastanden, und auf ihren Einsatz warteten.

Auch der Chor hatte mit enormem Mitgliederschwund aufgrund von Alter, Tod und Krankheit zu kämpfen. Auf den jüngsten Verlust des Chors, nämlich Beates Stimme, ging der Pfarrer leider nicht ein - ein Suizid war in der katholischen Kirche immer noch ein Tabu und wurde einfach totgeschwiegen oder, wie so vieles, unter den Teppich gekehrt. Er erwähnte die Verstorbene nicht einmal, was in der Kirchengemeinde leider überhaupt nicht gut ankam. Bei einer Bischofswahl wäre das sicherlich der Todesstoß des Herrn Pfarrer gewesen. Keinerlei Würdigung von Beate, das ging ja mal überhaupt nicht!

Der Chor gab dann wirklich ein paar tolle Gesangseinlagen zum Besten. Ein Verdienst des Chorleiters, der jedes Stimmchen der 15-köpfigen Herde so gedrillt und geölt hatte, dass sie auf Abruf per Handbewegung wie dressierte Äffchen zu trällern begannen. Wobei sich beim heutigen Hochamt nur noch 14 Sänger konzentrieren und total zusammenreißen mussten, da Beate aufgrund dubioser Umstände die Notenblätter an den Nagel gehängt beziehungsweise in der Wanne ertränkt hatte.

Zehn Frauen und vier Männer gaben alles, um den Kirchenbesuchern eine atemberaubende Show zu bieten. Dagegen war in den Augen der Hirschweiler Bürger die Helene-Fischer-Weihnachtsshow quasi kalter Kaffee, wobei für die akrobatischen Einlagen nur der Chorleiter höchstpersönlich sorgte. Er fuchtelte beim Dirigieren so wild gestikulierend umher, dass man glauben konnte, er wäre ein Alkoholiker auf Entzug oder einfach nur total durch den Wind.

Auch Familie Backes saß in einer der Kirchenbänke. Jupp hörte gespannt zu, insbesondere als sein guter Freund Presley-Günther ein Oh, Happy Day« in einer adaptierten Elvis-Variante zum Besten gab.

Der Chorleiter hatte sich für die Sommerfest-Messe ganz besondere Gesangsleckerbissen einfallen lassen. Lechner Hansi (Tenor), Welter Peter (Bariton) und Hinsberger Richard (Bass) bildeten den Background-Chor und machten ein bisschen auf Gospel à la Hirschweiler. Krampfhaft versuchten sie im klatschenden Takt zu bleiben. Mit den weiblichen Sängerinnen konnte Jupp nicht so wirklich was anfangen. Größtenteils sangen da spaßbefreite Damen, die entweder eingefleischte Junggesellinnen oder pensionierte Lehrerinnen waren: mit beiden wollte Jupp eigentlich nichts zu tun haben, da diese oftmals ziemlich anstrengend sein konnten. Aber dennoch trällerten alle schön miteinander – ein Verdienst des verrückten Chorleiters.

Jupp und Inge verließen den Gottesdienst etwas früher, denn sie waren zum Dienst auf der Festwiese eingetragen, die direkt hinter dem Pfarrheim und der Kirche lag. Die beiden hatten sich freiwillig gemeldet, obwohl sie gar keine Mitglieder der Kirche waren. Aber als Dorfpolizist war Jupp ein bekannter Hund, der sich auch als Helfer bei Vereinen oder sonstigen Institutionen blicken lassen musste.

Jupp war zum Würstchenbrutzeln an der Bratwurstbude verdonnert worden, während sich Inge an einem provisorischen »Verkaufsstand«, einem Tapeziertisch gestiftet von Malermeister Hinsberger Richard, dem Waffelnbacken widmen wollte.

Weitere saarländische Leibgerichte wie »Grummbeer-kie-schelscher« *(Kartoffelpuffer), Dibbelabbes (Kartoffelgericht)* und »Gefilde« *(gefüllte Klöße)* wurden selbstverständlich auch zum Mittagstisch angeboten. Kaffee und Kuchen waren erst für den Nachmittag vorgesehen. Nur Inges Waffeln bildeten da eine Ausnahme.

Alles war in puncto Preise natürlich spottbillig. Mit dem Erlös sollten angeblich die undichten Kirchenfenster ausgebessert werden, damit sich die Sänger nicht verkühlten, wenn es mal wieder aus allen Ritzen wie Hechtsuppe zog.

Bei traumhaftem Wetter tobten die Kinder auf der Hüpfburg, die von der Hirschweiler Volksbank gesponsert wurde. Erwachsene lachten oder schunkelten fröhlich zu den immer wieder stattfindenden Gesängen des Kirchenchors, der sein Repertoire um einiges erweitert hatte. Zur großen Überraschung aller wurden keine typischen Kirchenlieder zum Besten gegeben, der Chor sang stattdessen unter anderem Stücke von den Beatles, Frank Sinatra und auf besonderen Wunsch natürlich von Elvis Presley.

Inge wünschte sich ein Gewitter herbei – die schwüle Luft und das heiße Waffeleisen trieben ihr Schweißperlen auf Stirn und Rücken bis runter zu den Kniekehlen. Sie kam überhaupt nicht hinterher damit, den Teig schnell genug auf das Eisen zu schmeißen um all die hungrigen Mäuler zu stopfen.

Käthe war als verdeckte Ermittlerin unterwegs und schlich zwischen den Bierbänken und den mit Plastikdecken überzogenen Tischen umher. Sie wollte noch mehr über Beate erfahren, die selbstverständlich das Topthema des Sommerfests war, auch wenn der Pfarrer ihren Tod einfach ignoriert hatte.

Eine ältere Dame, etwa in Käthes Alter, erzählte ihr gerade brühwarm, dass Beate in der letzten Zeit etwas bedrückt gewirkt habe. Zwei Bierbänke weiter wurde die Verstorbene dann aber als »lebenslustig« beschrieben. Käthe war verzweifelt, die Meinungen hätten nicht unterschiedlicher ausfallen können.

Nur in einem Punkt waren sich alle Befragten einig: der leckere Käsekuchen von Beate Ziegler wurde am Kuchenbüffet schmerzhaft vermisst und von allen aus der Erinnerung heraus über den Klee gelobt.

Sofort reifte ein Gedanke in Käthes Hirn: Hatte vielleicht eine neidische und eifersüchtige Backschwester Rache geübt, da sie selbst nur zu einem langweiligen Marmorkuchen imstande war? War dies ein Eifersuchtsdrama der ganz besonderen Sorte?

175

Jupp legte die Grillschürze zur Seite. Nach vier Stunden Brutzeln und dem Aufschneiden von Wecks *(Brötchen)*, um eine Wurst darin zu platzieren, war für ihn jetzt Feierabend. Er ging schnurstracks zum Bierstand, wo Lechner Hansi gerade am Zapfen war, da der Chor eine Pause vom Singen machte.

»Du, Hansi, hast du mal fünf Minuten für mich? Ich müsste mal ganz dringend mit dir sprechen.«

»Ähm ... Du, Jupp, ich habe gerade erst meinen Dienst übernommen«, entschuldigte er sich, doch Welter Peter machte ihm ein Zeichen, dass er sich guten Gewissens vom Bierausschank entfernen könne.

Jupp ging mit Hansi hinter den Bierstand, wo ein Kühlaggregat so laut brummte, als würde es jeden Moment explodieren. Jupp war dieser Lärm ganz recht, denn so konnte er auf Nummer sicher gehen, dass dieses Gespräch vertraulich blieb und niemand mithörte.

Ohne lange um den heißen Brei zu reden, fragte Jupp Hansi, warum er nachts in Beates Haus rumgegeistert war.

»Ei, Jupp, das habe ich dir doch schon gesagt. Ich hab meine Bohrmaschine gesucht ...«, rechtfertigte sich Hansi unverzüglich.

»Ach, Hansi, das kannst du dem Kaiser von China erzählen! Ich glaube dir nämlich kein Wort. Dass du dir ausgerechnet nachts deine Bohrmaschine zurückholen willst ... Wie bist du denn überhaupt ins Haus gekommen?«

Hansi wischte sich den Schweiß von der Stirn und setzte sich auf eines der Bierfässer, die hier lagerten.

»Im Gewächshaus lag doch der Schlüssel ...«, begann er.

»Ja, ja, dieses Versteck kennt irgendwie jeder«, sagte Jupp, der den Schlüssel selbst wieder dorthin zurückgelegt hatte.

Hansi wischte sich wieder nervös über die Stirn. Er traute sich nicht, Jupp in die Augen zu blicken.

»Raus mit der Sprache! Was hast du um Herrschaftszeiten spät nachts in Beates Haus gesucht?«

Jupp baute mächtig Druck auf. Mit Erfolg.

»Also gut, aber versprich mir, dass du das, was ich dir jetzt sage, für dich behältst!«

Hansi knickte ein.

»Ja, ja, ich schwöre … Als Polizist unterliege ich wie ein Arzt oder Pfarrer der Schweigepflicht«, versprach Jupp.

»Na ja, also, ich habe das Handy von Beate gesucht. Aber da ich es nicht gefunden habe, denke ich mir, dass du es eh schon mitgenommen hast. Wundert mich, dass du nicht schon früher bei mir aufgeschlagen bist.«

Jupp wurde es plötzlich ganz warm ums Herz. In der Tat hatte er kein Handy gefunden - aber er hatte auch nicht wirklich nach einem gesucht. In seiner Hektik hatte er ein so wichtiges Beweisstück schlichtweg vergessen.

Aber zu seiner Verteidigung musste man sagen, dass im Todeshaus kein kleines Telefon herumgelegen hatte - sonst hätte er das sicher beschlagnahmt. Außerdem war es theoretisch auch möglich, dass Kirchenchorträllerschwester Beate nur dem Festnetzanschluss vertraut hatte und gar kein Handy besaß.

Jupp setzte also im Gespräch mit Hansi erst mal sein Pokerface auf.

»Genau, die Auswertung von Beates Handy läuft noch, Ergebnisse werden für Montagnachmittag erwartet.«

»Hör zu, Jupp! Ich war wohl der letzte Mensch, der noch mit ihr per WhatsApp Kontakt hatte, bevor sie gestorben ist. Wir haben noch spät abends hin und her geschrieben.«

»Aha, so, so … Warum schreibt man denn spät abends noch Nachrichten an ein Chormitglied? Ging es um das Einstudieren eines Liedes?«

Hansi schüttelte den Kopf.

»Sondern?«

Jupp hob eine Augenbraue, während Hansi mit einem trockenen Mund kämpfte.

»Also, die Beate und ich ... Wir verstanden uns echt ganz gut. Weißt du, sie stand ja beim Singen immer genau eine Reihe vor mir.«

Hansi wirkte etwas bedröppelt und die Worte kamen ihm nur schwer über die Lippen.

»Kann ich mir denken, dass man Sympathien entwickelt, wenn man so dicht beieinander trällert. Es waren doch nur Sympathien, Hansi, oder?«, fragte Jupp mit einem gewissen Unterton.

Hansi stammelte wie ein Teenager, der beim Sex mit der Freundin auf der Rückbank von Papas Kombi erwischt wurde.

Plötzlich löste sich ein Knoten bei Hansi und er machte sich endlich Luft: »Beate und ich, wir haben uns geliebt! Das war so eine innige Liebe - eine Seelenverwandtschaft und Vertrautheit, wie ich es mit keiner anderen Frau jemals erlebt habe. Kannst du das verstehen?«

Jupp war sprachlos. Allerdings nur für einen kurzen Moment. Er hatte in Hirschweiler ja schon einiges erlebt, aber dass ihm jemand beim Sommerfest hinter dem Bierstand eine Affäre gestand - das war auch für ihn absolutes Neuland.

»Nee, Hansi, beim besten Willen nicht! So was kann ich nicht nachvollziehen«, meinte Jupp in seiner gewohnten, unverwechselbaren Art: »Was sagt denn deine Frau zu deinen Gefühlen gegenüber der Beate?«

»Pst! Die darf nicht wissen, dass wir eine Liaison hatten. Ich mache mir solche Vorwürfe, dass ich womöglich für den Selbstmord meiner geliebten Beate verantwortlich bin ...«

»Aha? Habt ihr zwei immer gerne gebadet oder wieso?«, wollte Jupp wissen.

»Was? Nein, nein ... Ich konnte mich einfach nicht von meiner Frau trennen. Die Anneliese hätte mir die Hölle heißgemacht, wenn sie hinter unsere Beziehung gekommen wäre.«

»Und bei einer Trennung? Was wäre dann passiert?«, fragte Jupp.

»Die hätte mir den Kopf abgerissen! Oder mich bei lebendigem Leib verbrannt. Sie ist halt sehr impulsiv. Stell dir mal das Geschwätz im Dorf vor! Der Hansi ist seiner Anneliese fortgelaufen und mit der Beate durchgebrannt ...«

»Na ja, jeden Tag wird eine andere Sau durchs Dorf getrieben ... Da muss man halt die Arschbacken zusammenkneifen und morgen ist jemand anders an der Reihe.«

Plötzlich begann Hansi zu wimmern und wischte sich Tränen aus den Augen. Er fing so erbärmlich an zu weinen, dass Jupp professionell werden musste: Es könnte ja theoretisch zu einem Geständnis kommen.

Also nahm er Hansi in den Arm, klopfte ihm tröstend auf die Schulter und versuchte ihn nun, im schwächsten Moment seines jämmerlichen Daseins zu einem Mordgeständnis zu überreden beziehungsweise ihn weichzuklopfen.

»Und dann hast du die Beate umgebracht, weil sie die Beziehung auffliegen lassen wollte? Sie klammerte, du wolltest dich aber nicht von deiner Frau trennen. Sie drohte damit, deiner Frau alles zu erzählen, und dann hast du sie im Streit in der Badewanne so lange unter Wasser gedrückt bis ... Und du hast ihr gedroht, dass es aus wäre, wenn sie nicht endlich stillhielte. Doch sie gab keine Ruhe. Und dann hast du den Föhn genommen und ... Simsalabim: Exitus.«

Hansi löste sich aus Jupps Klammergriff und machte einen Satz nach hinten.

»Was redest du da für wirres Zeug? Meine geliebte Beate hat sich doch selbst getötet.«

»Hansi, wo warst du am Donnerstagabend zwischen 23 Uhr und morgens 2 Uhr am Freitag? Als nachtaktiver Mensch sicher nicht am Schlafen, oder?«, fragte Jupp.

Mit dem Quatsch vom nächtlichen Bohrmaschinensuchen konnte er ihm jetzt nicht mehr kommen.

»Ist das etwa ein Verhör? Bin ich etwa verdächtig, nur weil sich Beate umgebracht hat?«

»Nicht vom Thema abweichen! Das sind reine Routinefragen ...«, schwindelte Jupp.

Er hatte den armen Hansi schon irgendwie als Verdächtigen im Visier und blickte ihm tief in die Augen.

Hansi erzählte dann, er sei zu der Zeit im Marienkrankenhaus in St. Wendel gewesen, zusammen mit seiner Anneliese. Und dann holte er mit seiner Geschichte erst mal ordentlich weit aus:

Anneliese hatte nämlich am Donnerstag wiederholt versucht ihn auf seinem Handy zu erreichen. Davon hatte er aber nichts mitbekommen, da während der Chorprobe die Handys ausgeschaltet sein mussten, sonst würde der Chorleiter ausrasten.

Als er dann zurückgerufen hatte, war sie nicht ans Telefon gegangen. Daraufhin hatte er beschlossen, nach der Probe zunächst kurz heimzugehen, bevor er später zum heimlichen Treffen zu Beate kommen wollte. Sie konnten ja nach der Probe im Pfarrheim nie gemeinsam losgehen, da sie in unterschiedlichen Richtungen wohnten, das wäre sonst viel zu auffällig gewesen. Daher ging Hansi immer erst zu sich nach Hause, um dann kurz vor der Haustür umzudrehen und sich heimlich zu Beate zu schleichen.

Seiner Frau erzählte er dann später von Sonderschichten wegen der Sommerfestvorbereitungen oder von einem gemütlichen Beisammensein mit den Chormitgliedern.

Zum Glück hatte sie nie Verdacht geschöpft und ihm alles geglaubt, so hoffte er zumindest.

»Gemütliches Beisammensein ... so, so, so«, kommentierte Jupp.

Er stellte sich gerade vor, wie Hansi und Beate auf der Wohnzimmercouch nicht Lieder trällerten, sondern ohne Ende pimperten.

»Ich fühle mich so schuldig! Als ich nach Hause kam ... Die Anneliese hat sich doch den Knöchel gebrochen, sie ist unglücklich auf der Kellertreppe ausgerutscht. Wir waren die halbe Nacht in der Notaufnahme. Ich habe Beate dann noch heimlich eine Nachricht geschrieben, dass ich nicht kommen könne, und sie war sehr enttäuscht.«

»Aha, sehr interessant! Um wie viel Uhr exakt hast du mit ihr geschrieben?«, wollte Jupp nun wissen.

Sofort zückte Hansi sein Handy und zeigte ihm die letzte WhatsApp-Nachricht. Um 23:18 Uhr hatte ihm Beate nach seiner Besuchsabsage ein beleidigtes: »*Schade! Hab mich sooo gefreut. Wir wollten doch gemeinsam baden, aber dann eben nicht!!!*« geschickt. Danach hatte er an diesem Abend nicht mehr geschrieben, da er seiner Gattin wegen höllischer Schmerzen das Händchen halten musste.

»Interessant ... interessant«, grübelte Jupp und kratzte sich dabei am Kinn. »Du hast also nachts in ihrem Haus nach dem Handy gesucht, um die WhatsApps zu löschen? Damit keiner eine Verbindung zu dir herstellen kann.«

»Genau! Als ich beim Bäcker von dem Selbstmord erfuhr, habe ich sofort gedacht, dass die Polizei einen Suizid sicher ordentlich untersuchen würde.«

»Richtig! Sehr gut, Hansi, da hat wohl einer oft Krimis geguckt«, lobte Jupp ihn.

»Ich konnte doch nicht ahnen, dass sie sich gleich umbringt, nur weil ich abends nicht mehr vorbeikomme ... Das ist doch furchtbar!«, jammerte Hansi mit weinerlicher Stimme.

Und fiel Jupp erneut um den Hals, um Trost zu finden.

»Ja, ja, das ist furchtbar ... Wir werden das mit dem Krankenhaus überprüfen«, sagte der ganz professionell, während er sich aus Hansis Umarmung befreite.

Mist!, dachte sich Jupp, wenn die Notaufnahme den beiden Lechners tatsächlich ein Alibi gab, dann wäre der Hansi aus dem Schneider. Auch die Anneliese wäre somit fein raus.

Denn für einen kurzen Augenblick hatte Jupp schon gedacht, dass die gehörnte Ehefrau vielleicht dem Treiben der beiden auf die Schliche gekommen war und dass sich dann im Bad ein klassisches Eifersuchtsdrama zugetragen hatte.

»Ich bin schuld, dass sie tot ist ... Ich war zu feige mich zu trennen. Wie soll ich damit nur weiterleben, Jupp? Sag es mir!«, kreischte Hansi so bemitleidenswert, dass Jupp ihm zwar aufmunternd auf die Schulter klopfte, aber nicht wusste, was er sagen sollte.

Er sagte dann aber doch was, auf seine holprige Art: »Du hast ja immer noch die Anneliese. Eine Ehe schmeißt man nicht einfach so weg. Vielleicht hatte die Beate auch ganz andere Gründe freiwillig aus dem Leben zu scheiden. So weibliche Gehirne ticken ja manchmal komplett aus - Kurzschlussreaktion, weißt’, Hansi?«

Hansi nickte zögerlich. Und Jupp ließ ihn weiterhin in dem Glauben, dass sich Beate umgebracht hatte. Würde er ihm von dem Mordverdacht erzählen und davon, dass er als Tatverdächtiger infrage kam, wäre sicher nicht auszuschließen, dass sich der Hansi noch am Kühlaggregat aufhängte - er war ja gerade ziemlich sensibel. Zumindest zeigte er sich so, was natürlich auch ein Ablenkmanöver sein konnte.

Jupp grübelte. Er ahnte langsam, dass die Kripo-Arbeit doch ganz schön kniffelig war. Aber er wäre nicht Jupp Backes, wenn ihn das nicht ordentlich anstacheln würde. Er würde Beates Mörder schon noch überführen – früher oder später!

Käthe rannte mit hochroten Backen auf Inge zu, die gerade dem Waffeleisen den Stecker und damit den Saft abzog. Inge hatte keine Lust mehr und packte ein. Sie hatte gefühlt Hunderte von Waffeln gebacken, dazu Puderzucker oder Schlagsahne mit Schattenmorellen serviert.

»Der Mohr hat seine Schuldigkeit getan«, meinte Inge zu Käthe, während sie das Gerät abwischte.

Sie wollte jetzt einfach nur noch heim und die Füße hochlegen.

»Du glaubst nicht, was ich rausgefunden habe!«, raunte Käthe.

Sie erzählte hinter vorgehaltener Hand, dass ein von ihr befragtes Chormitglied munkelte, Hansi und Beate hätten angeblich eine Affäre gehabt.

»Das glaube ich jetzt nicht! Das würde die Beate doch niemals tun! Einer verheirateten Frau den Mann ausspannen ... Pfui, Teufel! Nein, das glaube ich nicht«, erzürnte sich Inge.

»Ach, Inge, sei doch nicht immer so naiv! Alleinstehende Frauen müssen auch gucken, wo sie bleiben. Und irgendwann ist es dir wurscht, ob Mister Right noch einen Ring trägt. Jeder hat so seine Bedürfnisse. Glaub mir, ich weiß sehr gut, wovon ich rede.«

»Würdest du das etwa machen?«, fragte Inge verunsichert.

Sie schaute ihre Mutter skeptisch an und ahnte Böses.

»Ehrliche Antwort?«, fragte Käthe.

Inge nickte, während sie das Waffeleisen mit einem Tuch trocken rieb.

»Ich würde mich erstens nicht erwischen lassen, und zweitens schon gar nicht in Hirschweiler auf Männerfang gehen. Gestern war ich mit der Evelyn und der Hildegard in Trier im ›Musikpark A1‹ um zu schauen, was so geht. Und ob noch was geht ...«

»Aha, und war viel los?«, fragte Inge.

»Schon, aber die deutschen Männer sind ja so was von steif. Also, ich meine jetzt beim Flirten! Die Typen von heute kannst du alle in der Pfeife rauchen. Kein Wunder, dass die Online-Partnersuche so boomt.«

»Na, bei diesem Parship warst du aber nicht zufrieden, gell?«, erinnerte Inge sie.

»Ich ›tindere‹ doch jetzt! Das ist super. Da bist du nur noch am Wischen – entweder schiebst du das Foto des Bewerbers nach links oder nach rechts. Tolle Erfindung!«, schwärmte Käthe.

Dann klärte Käthe ihre Tochter auf, dass der gestrige Abend in der Großraumdisco »Musikpark A1« im nahe gelegenen Trier der reinste Reinfall gewesen war. Also, rein männertechnisch!

Die vier Ebenen boten alles, was ein Musikherz hören wollte und ließen es auch höherschlagen. Von lauter Bumbum-Mucke, Hip-Hop über Schlager bis Feten-Hits war wirklich alles dabei.

Käthe und ihre Freundinnen hatten sich im Bereich für die älteren Semester getummelt. Käthe und Hildegard hatten Discofox getanzt bis zum Umfallen. Doch mit der Freundin zu tanzen war auf Dauer frustrierend und blöd, aber keiner der Herren hatte genug Mumm gehabt sie mal zu einem Tänzchen aufzufordern. Eigentlich gab Käthe aber Evelyn die

Schuld, denn die hatte als Fahrerin und Cola-Trinkerin mit ihrem bösen Gesichtsausdruck angeblich die Herren vom Tisch abgeschreckt wie Insektenspray die Mücken.

Inge seufzte. Wieder einmal wunderte sie sich über ihre 81-jährige Mutter und deren Tanz- und Männerprobleme. Dass sie sich jetzt auf einer Dating-App namens Tinder tummelte, war ihr überhaupt nicht recht. Aber sie wusste auch, dass sie es ihr nicht verbieten konnte. Sie war ja schließlich alt genug.

Als Inge gerade ihr Waffeleisen in einer Plastiktüte verstaute und einen Blick über die Festwiese warf, blieb ihr die Spucke weg. Weiter hinten hatte sich eine Menschenschlange gebildet, die in Reih und Glied um die Bierbänke lief, während sich die Hände auf den Schultern des jeweiligen Vordermanns befanden. Die Polonaise wurde vom Pfarrer angeführt, der offenbar mächtig Spaß hatte.

Als auch Käthe die lustige Runde entdeckte, fackelte sie nicht lange und drängelte sich vor den Geistlichen, der sofort seine Pranken auf ihre Schultern wuchtete. Käthe war das mehr als recht: Wenn schon gestern im Discofox-Schuppen kein Kerl hatte Hand zum Tanz anlegen wollen, dann sollte es eben jetzt beim Sommerfest auf der Hirschweiler Festwiese sein.

Auch wenn der Pfarrer eigentlich außer Konkurrenz mitspielte, so war er doch immerhin ein Mann. Seine Hände zu spüren war wie Balsam für ihre Seele. Daran änderte auch nichts, dass er sich der ewigen Enthaltsamkeit verpflichtet hatte.

Käthe genoss es, denn das Tanzen war ihre große Leidenschaft, auch wenn Polonaise so ganz anders als Discofox war. Aber ab einem gewissen Alter musste man Abstriche machen, erst recht, wenn man mit Evelyn, der Fahrerin, unterwegs war, die den Tod ihres Mannes noch nicht verarbeitet hatte und immer allen die Stimmung vermieste. Kein Wunder, dass die tanzwütigen Männer jenseits der 60 einen großen Bogen um das Hirschweiler Damentrio machten.

Plötzlich klatschte der Chorleiter, Norbert Weber, mehrfach in die Hände. Diese Art der Unterhaltung passte so überhaupt nicht in sein künstlerisches Bild. Schlagartig wurden die Hände von den Schultern der Vordermänner genommen und sich umgeblickt.

Nur Käthe marschierte fröhlich weiter um die Bierbänke – ohne Hintermänner. Sie war echt gut drauf!

Norbert Weber dankte in seiner Festrede allen Besuchern, Helfern und natürlich den Sangesbrüdern und -schwestern, ohne die ein Chor in dieser Formation niemals möglich wäre.

Dann ging er noch auf die fehlende Beate ein, die der Pfarrer in der heiligen Messe nicht erwähnt hatte, und dankte ihr posthum für ihre jahrelange treue Mitgliedschaft. Er verkündete, dass man Beate noch einmal mit einem ihrer Lieblingslieder ehren und sie in liebevoller Erinnerung behalten wolle.

Eine wirklich schöne Geste des verrückten Chorleiters Norbert. Das Volk spendete Applaus und schon versammelte sich der Chor auf der zusammengeschusterten Kleinkunstbühne. Dann trat Presley-Günther einen Schritt nach vorne, um etwas aus der Reihe zu tanzen, da ihm als beste Stimme die höchste Aufmerksamkeit gebührte.

In einer A-cappella-Version schmetterte er Andrea Bergs: »Du hast mich tausendmal belogen, du hast mich tausendmal verletzt« dem Publikum entgegen. Er sang in ein überdimensional großes, goldenes Standmikrofon, während die anderen Sänger den Background-Chor bildeten und irgendwas summten und brummten. Dieses Mikro im Retro-Stil war das Markenzeichen des Chors.

Doch irgendwie klang das Ganze merkwürdig, erst recht bei der Textzeile: »Ich bin mit dir so hoch geflogen, doch der Himmel war besetzt«. Alle hofften natürlich, dass Beate als Engel von einer Wolke aus zugucken würde. Nun von einem besetzten Himmel zu singen, ließ allerdings jegliche Träume platzen, was nach dem Tod mit einem geschehen würde.

Presley-Günther heizte dem Publikum mit seinem gekünstelten amerikanischen Akzent dennoch ordentlich ein; irgendwer habe belogen und verletzt und der Himmel bliebe dabei besetzt – basta!

Er klang halt wie Elvis, sang aber Andrea. Ein paar Hirschweiler Hausfrauen auf den vorderen Bierbänken klebten förmlich an seinen Lippen und schwangen rhythmisch ihre Hände zu seinem Gesang.

Und der Kirchenchor zeigte ein kunterbuntes Repertoire, von dem sich so manche Formation eine Scheibe abschneiden könnte. Umdenken war auch in Hirschweiler angekommen!

Die Songauswahl hätte nicht treffender sein können, dachte sich Jupp, der mit einer Flasche Bier bewaffnet den Auftritt verfolgt hatte. Danach klopfte er dem Chorleiter und seinem Kumpel Günther auf die Schulter.

Nach aktuellen Kenntnisstand war Jupp der Meinung, dass der Andrea-Berg-Titel wie die Faust aufs Auge passte – allerdings auf den Hansi, der ein wahrer Betrüger und Lügner war.

»Günther, das hast du echt klasse gemacht! Mit deiner Stimme könntest du Platten ohne Ende verkaufen. Du hast in diesem Chor einfach die beste Stimme«, lobte er seinen Kumpel.

Doch der Chorleiter unterbrach Jupps Lobeshymnen, denn als Chef des Chors musste er dafür sorgen, dass keiner größenwahnsinnig wurde. Neid gab es schließlich überall, erst recht, wenn es ums Singen ging.

»Nur Gisela sang schöner!«, murmelte auf einmal Chorleiter Norbert.

Totenstille.

Günther und Jupp blickten sich an, als hätte Norbert etwas Verbotenes gesagt.

Dann nickte Presley-Günther zustimmend: »Stimmt, nur unsere Gisela hat schöner gesungen.«

»Aha! Und wo ist diese Gisela, die so viel schöner sang?«, wollte Jupp von den beiden anderen wissen.

Zu dritt standen sie an einem Bistrotisch vor dem Getränkestand. Der Chorleiter und Günther klärten ihn auf, dass Gisela nach einem Schlaganfall das Singen schlagartig hatte einstellen müssen. Seitdem war sie nie mehr im Chor oder sonst wo in Hirschweiler gesehen worden. Der Chorleiter erzählte dann noch, dass seines Wissens die Töchter die arme Gisela pflegten, die bettlägerig sei und das Haus nicht mehr verlassen könne.

»Dieser Schlaganfall hat der Gisela im wahrsten Sinne des Wortes die Sprache verschlagen. Schwätzen kann sie nicht mehr – und singen sowieso nicht mehr«, fasste der Chorleiter das tragische Schicksal seines ehemaligen Mitglieds zusammen.

Plötzlich erinnerte sich Jupp auch an Gisela Weiskirchner. Die pensionierte Musiklehrerin hatte er überhaupt nicht auf dem Schirm gehabt, denn so häufig ließ er sich in der Sonntagsmesse auch nicht blicken. Und ehemalige Lehrerinnen waren ihm eh ein Dorn im Auge, da oftmals rechthaberisch.

»Zuerst die Gisela, jetzt die Beate – zwei große Stimmen, die uns im Chor fehlen«, jammerte Norbert.

Dann klagte er, wie schwer es sei, Nachwuchs für seine Truppe zu finden.

»Ansprechbar ist die Weiskirchner Gisela aber schon, oder?«, fragte Jupp.

Norbert nickte und meinte, dass die Patientin im Kopf zwar alles mitbekäme, sich aber nicht mehr artikulieren könne und auf einen Rollstuhl angewiesen sei.

»Das wird der Gisela das Herz brechen, wenn sie hört, dass sich die Beate selbst gekillt hat«, meinte Norbert.

»Wieso?«, fragte Jupp.

»Die Beate hat doch bei der Gisela geputzt, einmal die Woche, so viel ich weiß. Mann, Mann, Mann! Wenn die keinen Schlaganfall gekriegt hätte, dann würde die Gisela sicher bei der Trauerfeier ein Solo für die Beate hinlegen, dass einem vor Gänsehaut die Haare in alle Richtungen stehen. Die zwei haben sich nämlich sehr gut verstanden«, berichtete Norbert aus dem Privatleben seiner ehemaligen Sängerinnen.

»Man muss es einfach immer und immer wieder sagen, aber es stimmt: keiner sang so schön wie Gisela«, wiederholte Günther noch mal. Halb anerkennend, halb gönnerhaft, denn immerhin war der Herr Standesbeamte nun die erste Wahl im Chor – aufgrund des Wegfalls von Gisela.

»Ach, die Beate hat beim Gisela geputzt?«, murmelte Jupp vor sich hin.

Ihm wurde mal wieder bewusst, wie wenig er über seine Nachbarin wusste. Und er beschloss, diese Gisela unbedingt einmal aufzusuchen und ihr ein paar Fragen zu stellen. Schlaganfall hin oder her – sie müsste die Antworten ja nicht singen, dachte er sich.

Dann prostete er Norbert und Günther zu, denn das Sommerfest war schließlich nur ein Mal im Jahr und das Leben musste weitergehen. Auch ohne Beate und irgendwie auch ohne Gisela, die von allen Sängerfreunden bekanntlich am schönsten sang! Schmerzlich vermisst wurden natürlich beide.

Als Jupp nach Hause kam, erzählte er - nach dem Gießkannenschleppen - erst mal seiner Inge brühwarm, dass Lechner Hansi und Ziegler Beate eine Affäre gehabt hatten.

Inge fiel mal wieder aus allen Wolken und war felsenfest sicher, dass Jupp betrunken war. Käthe hatte ihr zwar am Waffelstand auch vom Affärenverdacht erzählt, aber Inge hatte dahinter nur ein Gerücht vermutet und das Nest der toten Nachbarin nicht beschmutzen wollen.

Als Jupp jedoch hoch und heilig die Affäre beschwor und alles berichtete, was ihm Hansi im Vertrauen mitgeteilt hatte, war Inge baff.

Das hätte sie Beate nie und nimmer zugetraut. Es war einfach keine schöne Sache mit dem Mann einer anderen Frau anzubandeln - das gehörte sich einfach nicht, fand Inge.

»Sag mal, Inge, hast du beim Beate ein Handy gesehen, als wir durch ihr Haus gegeistert sind?«

»Warum? Anrufen brauchen wir sie doch jetzt eh nicht mehr.«

»Ihr Handy ist weg. Vermutlich hat es der Mörder zerstört oder weggeschmissen, um Spuren zu beseitigen. Das Handy war übrigens auch der Grund, warum der Hansi nachts in ihrem Haus war. Er wollte die WhatsApp-Nachrichten löschen, damit die Polizei keine Verbindung zu ihm herstellen kann.«

»Oh, leck! Nur Elend in unserem Hirschweiler. Mord und Ehebruch - was ist nur aus unserem anständigen Dorf geworden?«, meinte Inge kopfschüttelnd.

Kapitel 12

Pünktlich um neun Uhr am Montagmorgen saß Jupp auf einem der orangefarbenen Beraterstühle in der Volksbank von Hirschweiler. Von einem Kater keine Spur, denn er hatte gestern zu dem vielen Bier ausreichend Fettiges in Form von Grillgut zu sich genommen, schließlich hatte er ja an der Quelle gearbeitet – der Bratwurstbude.

»Jupp, ich darf dir nicht einfach Einsicht in das Konto von Frau Ziegler gewähren«, wiederholte der Filialleiter der Volksbank und faselte etwas von Bankgeheimnis. Und davon, wo man denn hinkäme, wenn er die Finanzlage jedes Bürgers ausposaunen würde.

Jupp wollte das nicht akzeptieren und meinte, er wolle nur einen kleinen, hastigen Blick riskieren. Denn der Selbstmord von Beate könne ja theoretisch finanzielle Gründe haben.

Lothar Kleinschmidt verzog das Gesicht, als hätte er in eine saure Zitrone gebissen.

»Ich komme in Teufels Küche, Jupp! Ich darf ohne richterliche Anweisung niemandem etwas über Beate Zieglers finanzielle Situation sagen«, versuchte er dem uneinsichtigen Gesetzeshüter noch mal die Gesetzeslage klar und deutlich zu machen.

Jupp erhob sich vom Stuhl. Verärgert über dessen Sturheit schüttelte er dem Herrn Berater zum Abschied die Hand.

Doch er wäre nicht Jupp Backes, wenn er nicht noch ein Ass im Ärmel hätte: »Sag mal, Lothar ... Wenn du das nächste Mal vom Weiherfest heimfährst, dann bestellst du dir aber besser ein Taxi. Ab 0,5 Promille ist der Lappen erst mal weg.«

»Das ist Erpressung!«, flüsterte der Filialleiter, der tunlichst darauf bedacht war, dass keiner der Angestellten oder gar Kunden mitbekam, dass er vor ein paar Wochen leicht angetüdelt vom Weiherfest heimgefahren war.

»Nein, das ist Erinnerung.«

Ein paar Minuten später saß Jupp mit einem Stapel Kontoauszüge in einem Nebenraum der Filiale. Während Jupp in den Seiten blätterte, berichtete ihm Lothar, dass Frau Ziegler eine loyale Kundin gewesen sei, die es geschafft hatte, ohne regelmäßige Arbeit stets ein dickes Plus auf dem Girokonto zu haben. Er quasselte dann noch von Beates Haus, das sie von den Eltern geerbt hatte, und von der Riester-Rente, die er ihr als Mini-Jobberin vor ein paar Jahren verkauft hatte. Alles in allem stellte er Beate als Frau ohne finanzielle Probleme dar.

»1.000 Euro, Monat für Monat«, murmelte Jupp beim Überfliegen der Kontoauszüge und tippte auf eine regelmäßige Position, die bewies, dass stets am Ersten Geld nach Hirschweiler überwiesen worden war.

Der Überweiser war ein gewisser Wilfried Schäfer.

Jupp erinnerte sich sofort, dass Käthe diesen Namen genannt hatte, als es um den wahren Erzeuger von Frank Ziegler ging.

Sofort stand er auf und verließ fast fluchtartig die Volksbank. Er musste unverzüglich diesen Herrn Schäfer aufsuchen, der anscheinend Geld ohne Ende hatte.

Prof. Dr. Wilfried Schäfer, Chefarzt des Klinikums Saarbrücken, wohnte in einer Jugendstilvilla, die zwischen dem Landschaftspark »Deutsch-Französischer Garten« und dem Hauptfriedhof von Saarbrücken lag. Der Herr Doktor hatte also immer Zugang zu frischen Croissants, Flûtes (Baguettes) und dem Savoir-vivre, dem Lebensgefühl der Franzosen, denn hinter dem Friedhof lag die Grenze zu Frankreich.

Jupp drückte auf die Klingel neben dem schmiedeeisernen Tor; kurz darauf erklang der Summer und öffnete ohne Nachfrage das Tor. Die Überwachungskamera hatte dem Besitzer wohl bereits mitgeteilt, dass ihn die Polizei dringend sprechen musste, denn Jupp rückte in Dienstuniform an, wie es sich gehörte.

Eine junge, höchstens Mitte 20-jährige attraktive Frau stand in Jeans und T-Shirt barfüßig an der Eingangstür und wartete auf den Besucher, der erst mal die lange Kieseinfahrt hochlaufen musste.

»Guten Tag! Oberkommissar Backes. Ist Ihr Mann zu sprechen?«, schnaufte Jupp außer Atem.

»Hä? Sie wollen bestimmt zu meinem Vater ...«, antwortete die junge Frau.

Autsch! Jupp entschuldigte sich höflich und murmelte dann etwas von wegen, dass sich die jungen Mädchen heute ja gerne älter machen würden oder dass sich ältere Chefärzte gerne jüngere Frauen zulegten und überhaupt.

Angesichts der gerunzelten Stirn des Töchterleins beendete Jupp seine Ausreden und sprach dann endlich den eigentlichen Anlass seines Besuchs an.

»Mein Vater ist nicht da«, sagte die Tochter kurz angebunden.

Sie stand abweisend und mit vor der Brust verschränkten Armen. Anscheinend nahm sie es persönlich, dass der Polizist geglaubt hatte, sie sei die junge Frau eines alten Sacks.

»Ich spreche auch gerne mit Ihrer werten Frau Mutter. Denn in der Klinik sagte man mir nur, dass Ihr Vater nicht anwesend sei und hat mich hierhergeschickt.«

»Meine Eltern sind im Urlaub. Und falls mein Vater wieder einen Patienten auf dem Gewissen hat, dann müssen Sie sich an unseren Anwalt wenden. Schönen Tag noch! Aber ich habe zu tun ...«

Die junge Frau wollte schon die Tür schließen, doch Jupp schob seinen Fuß in den Türspalt.

»Ihr Vater ist Chirurg, nicht wahr?«, fragte Jupp.

Die Tochter bejahte. Als er fragte, seit wann die Eltern in den Sommerferien weilten, erfuhr er, dass sie sich bereits seit einer Woche auf Teneriffa die Sonne auf den Bauch scheinen ließen.

Damit war die Befragung schneller vorbei als gedacht, denn ein wasserfestes Alibi konnte es für den Chefarzt mitsamt Ehefrau nicht geben. Er verabschiedete sich von der jungen Frau.

Doch gerade, als sie die Tür erneut schließen wollte, drehte sich Jupp noch einmal um.

»Entschuldigen Sie, eine Frage hätte ich noch. Macht Ihr Vater auch Schönheitschirurgie? Also, auch Brüste?«

Die Tochter schaute verblüfft und verschränkte wieder reflexartig die Arme. Offenbar fühlte sie sich leicht angegriffen. Sie wartete gespannt, welche Ausrede er diesmal parat hatte, nachdem er sie schon für die Ehefrau gehalten hatte.

»Ich kenne da eine Frau, die leider mit ihrem Chirurgen ganz viel Pech hatte ... Vielleicht könnte sich Ihr Vater meine flüchtige Bekannte mal näher anschauen und beurteilen, ob da noch was zu reparieren ist. Also bei deren Brüsten, verstehen Sie?«

Die junge Frau zögerte erst, denn sie fand den Polizisten mehr als merkwürdig. Aber da man es sich mit den getreuen Staatsdienern nie verscherzen sollte, steckte sie ihm eine Visitenkarte des Vaters zwecks Weiterleitung an die Bekannte zu.

Jupp ging pfeifend zurück zum Auto. Den Herrn Doktor nebst Gattin konnte er von der Liste der möglichen Verdächtigen streichen. Aber vielleicht könnte er wenigstens Regina Welter einen kleinen Gefallen tun, denn einen ersten Kontakt hatte er nun hergestellt. Die Polizei war schließlich dein Freund und Helfer – in jeglicher Hinsicht und in jeder Lebenslage.

Inge, die im Auto gewartet hatte, kämpfte gerade mal wieder mit der Falttechnik der Straßenkarte.

Sie konnte immer noch nicht fassen, dass Beate jeden Monat einen so üppigen Obolus auf ihr Konto erhalten hatte. Angesichts des imposanten Eigenheims des Herrn Chefarzt bekam sie jetzt allerdings den Eindruck, dass Beate mit einem Ramschbetrag abgespeist worden war.

Als ihr Jupp nun erzählte, dass der verdächtige Arzt wegen Urlaubs aus dem Dunstkreis der Verdächtigen im wahrsten Sinne »verdampft« war, fragte sie sich noch einmal laut, warum Beate eigentlich Monat für Monat Kohle von dem Chefarzt erhalten hatte.

»Das war wohl Schweigegeld dafür, dass sie jahrelang den Mund gehalten hat. Denn er hat eine Tochter, die so in Franks Alter ist«, vermutete Jupp.

»Tja, manche Leute machen alles richtig. Sich von einem reichen Mann schwängern lassen und nie mehr schaffen müssen«, murmelte Inge und faltete langsam die Karte auseinander.

»Jetzt beschwer dich nicht! Du gehst doch auch nicht schaffen.«

»Wenn ich noch mal jung wäre, dann würde ich vieles anders machen ...«, brabbelte Inge vor sich hin, während sie angespannt ihren aktuellen Standort auf der Landkarte suchte.

»Inge, komm, jetzt sag mal! Wo geht's lang?«, forderte Jupp etwas ungeduldig.

Er baute durch ein energisches Gas-Kupplung-Aufgeheule leichten Druck auf, damit die Kartenleserin auf dem Beifahrersitz endlich mit knallharten Ansagen um die Ecke kam.

»Ich schenke dir bald so ein Navi-Gerät, denn das mit der Kartenleserei macht mich wahnsinnig«, rief Inge verzweifelt.

Auf ihrem Schoß lag der komplett ausgeklappte Plan, der das Saarland sowie gesondert noch einmal die Saarbrücker Innenstadt abbildete.

»Ein Navi brauche ich nicht. Früher ging es auch ohne so ein Gerät und die Leute sind angekommen. Alles unnötiger Scheißdreck!«

»Ach, Jupp, du bist ein alter Dummschwätzer! Früher war auch vieles doof und unsinnig ...«

Eine Dreiviertelstunde und dreimaliges Verfahren sowie Nachfragen bei eingeschüchterten und erschrockenen Passanten später, standen sie mit ihrem Polizeiauto auf dem Parkplatz vor einem Gebäude, dessen Adresse mit der handgekritzelten Notiz von Käthe übereinstimmte.

»Kann das wirklich stimmen?«, fragte Inge.

Sie beugte sich nach vorne und blickte mit nachdenklichem Gesicht durch die Windschutzscheibe.

»Das ist die Adresse, die deine Mutter aufgeschrieben hat. Hier soll Beate ihre letzte Vorführung mit dem komischen Kochdippe gehalten haben.«

»Das war ein Thermomix«, verbesserte Inge ihn, wunderte sich dann aber: »Hm, in diesem Industriegebiet? Komisch, dass hier Vorführungen stattgefunden haben sollen.«

Jupp stieg aus dem Wagen, gähnte erst mal herzhaft und streckte sich. Dann verglich er noch mal die Hausnummer an dem kleinen Häuschen, vor dem sie parkten, mit dem Zettel.

In unmittelbarer Nachbarschaft befanden sich ein Gebrauchtwagenhändler, eine Logistikfirma und ein Viehfutterlieferant, die garantiert alle nichts von Beate und ihrer Zauberküchenmaschine hatten wissen wollen.

»Was hast du denn jetzt vor?«, fragte Inge, als Jupp auf das Häuschen zusteuerte.

Laut las er die Buchstaben vor, die auf dem Transparent standen, das auf dem Flachdach gut sichtbar platziert war: »Chez Monique«.

Er hatte plötzlich so eine Vorahnung und verdonnerte Inge dazu, im Wagen zu warten und sich nicht wegzurühren.

Als er die ausgeschaltete rote Laterne neben den verrammelten Fensterläden ins Visier nahm, fiel es ihm wie Schuppen von den Augen: Jetzt war ihm klar, in was für einem Etablissement die werte Frau Nachbarin verkehrte – oder was auch immer vorgeführt hatte mit ihrer wundersamen und überteuerten Küchenmaschine.

Jupp musste Sturm klingeln, bevor geöffnet wurde. Eine Frau, Mitte 60, mit langen dunkelroten Haaren und praller Oberweite knotete sich noch schnell den Bademantel zu, während Jupp fast die Augen aus dem Gesicht fielen.

»Ähm, also ... Schönen guten Morgen! Oberkommissar Backes ist mein Name und ...«

Er musste sich höllisch konzentrieren.

»Was ist denn jetzt schon wieder? Ich habe Ihren Kollegen doch schon alles gesagt. Die toten Mädchen haben nicht bei mir gearbeitet, die Opfer waren wohl selbstständig unterwegs – was ich niemanden empfehlen würde«, schimpfte die Rothaarige drauflos.

Jupp räusperte sich. Mit dem Fall der ermordeten Prostituierten hatte er ja leider nichts zu tun und er wollte Klein Waldi da keinesfalls in die Quere kommen. Wenn der herausfinden würde, dass er hierzu auch ermittelte, dann gäbe es nur dicke Luft im LKA. Und davon hatte bekanntlich keiner was.

»Ähm, also, ich bin wegen einer ganz, ganz anderen Sache hier ...«, stammelte er leicht verlegen.

»Vergiss es! Nein, das mache ich nicht mehr. Die Zeiten, in denen ihr Prozente bekamt, nur weil ihr morgens in der Früh kommt, wenn noch keine andere Kundschaft da ist, die sind nun wirklich vorbei. Ich muss auch gucken, dass ich Miete, Strom und Gas bezahlen kann. Wir müssen alle den Gürtel enger schnallen, auch wir im horizontalen Gewerbe«, begründete sie ihr ablehnendes Verhalten.

Jupp schaute verdutzt drein.

Gerade als er ihr erklären wollte, dass hier ein Missverständnis vorlag, hörte er Inge aus dem Auto laut rufen. Sie hatte die Fensterscheibe runtergekurbelt und winkte wie von Sinnen:

»Jupp, komm schnell! Los, komm! Ich glaube, wir sind hier total falsch. Wir haben uns wegen der blöden Landkarte völlig verfahren.«

Inge hatte nun auch kapiert, wo sie ihren Gatten versehentlich hinnavigiert hatte: ins Industriegebiet von Saarbrücken-Brebach am Fuße des Halbergs, auf dessen Gipfel der Saarländische Rundfunk herrschte und sendete.

Sie wollte sich lieber gar nicht erst ausmalen, wo die Medienleute ihre Mittagspause verbrachten beziehungsweise nach Dienstende die Puppen tanzen ließen.

Die Bademantel-Zugeknotete starrte mit offenem Mund zu Inge, die sich auf dem Beifahrersitz des Dienstwagens immer noch wie ein Wackeldackel im »Winke, winke«-Modus verhielt. Dann wandte sie sich wieder an Jupp, der versuchte seine keifende Frau aus der Ferne mit Handbewegungen und Zurufen zum Schweigen und Fensterscheibehochkurbeln zu bringen.

Inge fügte sich mit Murren dieser dienstlichen Anweisung.

»Ach, jetzt verstehe ich ... Aber tut mir leid, eifersüchtige Frauen haben hier drinnen nix verloren. Und einen flotten Dreier bieten wir auch nicht mehr an. Das bringt nämlich nur böses Blut. Denn wenn nachher eines meiner Mädels mit ausgerupften Haaren und zerkratztem Gesicht dasteht, habe ich den Salat. Die krieg ich danach doch tagelang nicht mehr vermittelt! Dreier sind ganz, ganz schlecht fürs Geschäft – zumindest wenn die dritte Person die mitgebrachte Ehefrau ist.«

»Ähm ... ja, also. Sie verstehen das alles total falsch. Ich bin hier wegen eines Vermisstenfalls. Vielleicht können wir nach drinnen gehen?«, fragte Jupp höflich.

Inge hämmerte mittlerweile laut von innen gegen die Windschutzscheibe. Sich abzuschnallen oder gar auszusteigen traute sie sich nicht in dieser anrüchigen Industriegebietsumgebung.

Die Puffmutter stellte sich als Monique vor und gewährte Jupp dann Einlass in die plüschige Bar, die mit einer roten Schnörkeltapete und kleinen Lämpchen zwecks Wohlfühlatmosphäre ausgestattet war.

Sie schlurfte hinter die Theke und zündete sich erst mal eine Zigarette an. Als sie Jupp die Packung unter die Nase hielt, lehnte er dankend ab: »Nichtraucher, aus Überzeugung.«

Er wollte keine Zeit verlieren, zog schnell ein Foto aus der Jackentasche und hielt im Gegenzug nun Monique die Aufnahme unter die Augen.

»Kennen Sie diese Frau? Also, die linke«, fragte er.

Das Foto zeigte Beate und Inge, wie sie beim letztjährigen Sommerfest Arm in Arm auf einer Bierbank sitzen. Fröhlich strahlen sie in knalligen und auffälligen Blumenmuster-Blusen in die Kamera - nichtsahnend, dass sie irgendwann in dieser Pose einer Puffmutter gezeigt würden.

»Wollen Sie mich verarschen? Wenn die zwei hier schaffen würden, dann könnte ich den Laden aber übermorgen dichtmachen. Unsere Kunden wollen doch nicht das, was sie daheim in der Küche vorfinden, verstehen Sie?«

»Nein, nein! Ich will wissen, ob die linke Frau bei Ihnen einen sogenannten Thermomix vorgeführt hat. Zumindest hat mir meine Schwieger..., ähm, meine Informantin davon erzählt.«

Monique schaute nachdenklich und blies Jupp ihren Rauch ins Gesicht. Sie schien wirklich scharf nachzudenken, denn sie warf noch mal einen intensiven Blick auf das Foto, das jetzt vor ihr auf dem Tresen lag.

»Stimmt, die war letzte Woche hier. Wissen Sie, das wird mir auf Dauer zu teuer, immer Essen anliefern zu lassen - ich bin überhaupt nicht der Kochtyp, sondern bringe eher Männerherzen zum Brodeln als Pfannenfett ... Daher habe ich über eine Alternative nachgedacht, und so ein Thermomix kocht ja quasi von alleine. Aber so eine Küchenmaschine ist schon ziemlich teuer, das muss ich mir gut überlegen.«

»Ach, man bekommt hier auch Essen serviert? Ich dachte immer, es gäbe hier nur zweideutige und schlüpfrige Serviervorschläge ...«, wunderte sich Jupp, während er zu den plüschigen Sofas blickte, die wirklich sehr ansprechend zum Verweilen einluden.

Allerdings wäre es wohl sehr ungemütlich, sein Jägerschnitzel vom Sofa aus mit Messer und Gabel zu essen. Auch die Tischlein boten kaum Platz – außer für Champagnergläser und eine klitzekleine Schale Erdbeeren.

Monique klärte schnell auf, dass kein Kunde wegen eines hungrigen Magens vorbeikäme, die kämen lediglich mit Heißhunger auf nacktes Frischfleisch.

Sie wolle für die angestellten Mädchen frisch kochen, denn man müsse ja aufpassen, dass die nicht zu dick wurden. Daher gab es meistens Reis, da der satt, aber nicht dick machte. Aber irgendwann hing allen der Reis aus den Ohren raus. Und schlechtgelaunte Mädchen waren genauso schlecht fürs Geschäft wie übergewichtige Lustbrummer, die im Leopardenrock wie eine fade Presswurst aussahen.

»Also gab es hier immer Puffreis, oder wie?«, meinte Jupp lachend, während Monique bei diesem platten Witz keine Miene verzog.

Plötzlich hörten beide ein lautes Hupen von draußen.

Jupp erkannte sofort, dass es sich um die Hupe seines eigenen Wagens handelte.

»Oh, meine Frau wartet draußen. Ich glaube, wir müssen das jetzt hier abkürzen.«

»Sag ich doch! Mit den Ehefrauen habe ich nur Ärger, und das schon mein Leben lang«, bemerkte sie.

Jupp erkundigte sich dann noch, ob an der Thermomix-Vorführung auch männliche Kunden teilgenommen hatten. In seinem Kopf formte sich nämlich gerade die Vorstellung, dass sich eventuell ein Gast unsterblich in Beate verliebt, sie gestalkt und dann in der Wanne per Haarföhn zum Stillschweigen gebracht hatte. Und alles nur, weil Beate Sex gegen Geld strikt abgelehnt hatte.

Die Barbesitzerin verneinte, sie habe sich nur zusammen mit ihren weiblichen Angestellten den Thermomix näher angeschaut. Und dass ihr nichts Negatives an der Vorführerin aufgefallen sei, das Weglauftendenzen hätte auslösen können.

»Hm ... schade«, meinte Jupp und war enttäuscht.

»Wobei, warten Sie mal ... Es gab doch noch was Merkwürdiges.«

Jupp spitzte die Lauscher.

»Zu Beginn ihrer Darbietung hat sie ein Lied für uns geträllert. Sie erzählte uns, dass sie hobbymäßig unwahrscheinlich gerne singen würde. Aber das klang irgendwie total schräg und schief. Glaube, sie war sehr aufgeregt und wollte die Nervosität mit Ach und Krach in den Griff bekommen.«

Jupp stutzte. Nicht zu fassen, dass Beate die Kirche gegen diese zwielichtige Bar eingetauscht hatte, um unter einem fadenscheinigen Vorwand einer Küchenmaschinen-Vorführung ein Ständchen zum Besten zu geben. Er überlegte, der Barbesitzerin den Rat zu geben besser Günther anzufordern, wenn es um gesangliche Darbietungen ging. Doch Jupp verkniff sich diese Bemerkung, da man über die tote Beate nicht schlecht reden sollte.

»Ach ja, singen tun alle gerne. Sie hätten erstmal unsere Gisela hören müssen, denn die sang von allen am Schönsten, aber das ist eine ganz andere Baustelle ...«, winkte er ab.

»Und diese Vorführerin wird jetzt vermisst, oder wie?«, fragte Monique, während sie Jupp zur Tür begleitete.

Inge tobte mittlerweile im Polizeiwagen wie ein wild gewordener Gorilla im Käfig, der mordsmäßigen Spaß am Hupen hatte.

»Ja, leider. Wir gehen jetzt alle Kontakte der letzten Tage durch um herauszufinden, was passiert sein könnte«, tischte Jupp ihr nun eine Notlüge auf.

»Verstehe, aber nichts für ungut: bei uns kann diese Vorführerin niemals mitmachen. Nicht, dass Sie denken, sie hätte hier angeheuert und ich hielte sie jetzt im Keller versteckt oder so ... Aber bei Ende 30 ist bei mir Aufnahmeschluss, danach kann man sich nur noch bei ›Schwiegertochter gesucht‹ im Fernsehen prostituieren.«

Jupp schaute Monique prüfend an.

»Ausnahmen bestätigen die Regel. Ich bin ja auch die Chefin«, fügte sie gleich hinterher.

Jupp verabschiedete sich und wünschte ihr eine umsatzfreudige Schicht. Beim Gang über den Parkplatz drehte er sich noch einmal um.

»Noch ein Tipp, Fräulein Monika ... ähm, Monique: Ein Reiskocher tut es auch, es muss nicht immer Thermomix sein. Ist billiger und macht auch satt. Und nicht dick.«

Dann stieg er in seinen Dienstwagen, wo er erst mal die Beifahrerin beruhigen musste. Er versicherte, dass er rein dienstlich in den Puff gegangen war und dass die Befragung nur deshalb so lange gedauert hatte, da es anfänglich ein paar Missverständnisse gegeben habe.

»Du musst doch nicht eifersüchtig sein ...«, sagte er beruhigend.

»Bin ich nicht! Das wäre ja wohl auch die Höhe, wenn du während der Arbeitszeit, während ich vor der Tür im Auto sitze ... Nee, also das traue ich dir nun wirklich nicht zu«, zeigte sich Inge in dem Punkt versöhnlich.

Jupp war verwundert.

»Und warum hast du dann so wild gehupt?«, fragte er irritiert.

Er hätte schwören können, dass Inge vor Eifersucht geplatzt war, während er in der schlüpfrigen und anrüchigen Bar seine Befragung durchgeführt hatte.

»Sag mal, Jupp, wo bist du bloß wieder mit deinen Gedanken?! Um halb drei ist die Beerdigung. Ich hab dir gleich gesagt, dass das alles zu knapp wird. Aber nein, du wolltest ja unbedingt noch diese Befragungen durchführen. Wir müssen uns doch noch umziehen ... Mann, Mann, Mann, immer alles auf den letzten Drücker«, beschwerte sich Inge.

»Jetzt verbreite hier mal keine Hektik! Ich habe alles im Griff. Bei der Aufklärung eines Mordes darf man keine Zeit vertrödeln. Immerhin läuft der Mörder noch frei draußen rum. Stell dir nur mal vor, wenn der heute vielleicht auch zur Trauerfeier kommt ...«

»Was? Das wird er sich doch wohl nicht trauen!«

»Könnte ein Ablenkungsmanöver sein. Daher war es jetzt sehr gut, dass wir uns den Doktor und diesen Puff ... na ja, also letzten Arbeitsplatz von der Beate angeschaut haben.«

»Sie hat ihren Thermomix tatsächlich in einem Puff vorgeführt«, murmelte Inge kopfschüttelnd vor sich hin.

Sie war doch sehr verwundert, was für ein Leben ihre liebe Nachbarin geführt hatte, ohne dass irgendjemand davon erfahren hatte. Bis heute.

»Sag mal, wie sagt man denn ›Puff‹ in feinerem Deutsch? Ich finde dieses Wort ja so platt und einfach nur schrecklich.«

»Edelpuff!«, rutschte es Jupp spontan über die Lippen.

»Schlimm, wenn man so tief sinkt, dass man seinen Körper verkaufen muss«, sinnierte Inge und schaute aus dem fahrenden Auto. »So was könnte ich niemals im Leben machen.«

»Keine Angst, du wirst auch niemals in die Versuchung kommen, darüber nachzudenken.«

»Was soll das denn jetzt schon wieder bedeuten?«, wollte sie direkt wissen.

»Also, laut der Fachfrau von eben, und die muss es ja wissen, bist du überhaupt nicht vermittelbar. Ja, sogar geschäftsschädigend. Falls es dich beruhigt, auch die Beate passte überhaupt nicht in deren Geschäftsmodell.«

»Das ist doch jetzt nicht dein Ernst?«

Inge schlug wütend mit der Faust gegen das Armaturenbrett.

»Beschwere dich da drinnen! Ich bin doch nicht verantwortlich, wenn du kein Arbeitsangebot bekommst. Ich habe ihr lediglich ein Foto von dir und Beate gezeigt, denn die Puffmutti musste sich ja irgendwie an Beate erinnern.«

»Ich bin sprachlos ... Welches Foto hast du denn rumgezeigt?«

»Das Bild habe ich im Fotoalbum gefunden. Ich wollte es nicht auseinanderschneiden, da du sicherlich eine Erinnerung an die Beate haben willst«, rechtfertigte er sich. »Sei mir also eher dankbar dafür! Aber irgendwie muss ich ja auch ermitteln, und ich kann nicht erwarten, dass sich alle Leute einfach so erinnern – ohne ein Foto vor Augen zu haben.«

Inge beruhigte sich wieder und zeigte sogar Verständnis für seine Bild-Ermittlungsstrategie.

»Mir tun die armen Frauen immer so leid, die anschaffen müssen. Das ist so schlimm und dann diese ekeligen Männer, die das nötig haben ... Igitt, igitt, igitt«, ließ Inge nicht vom Käufliche-Liebe-Thema ab.

»Na ja, man kann froh sein, dass es die Nutten gibt. Zeig mir mal eine andere Branche in Deutschland, wo hübsche Frauen wie aus dem Ei gepellt auf die Arbeit marschieren, und dann aber Drecksarbeit verrichten müssen. So was findet man nirgends, außer im Puff«, erklärte Jupp, während er wild über dem Lenkrad gestikulierte.

»Jupp, du warst aber noch nie in so einem Etablissement, gell? Also, außer eben, als ich auf dem Parkplatz gewartet habe«, fragte Inge interessiert, aber gleich mit höherem Pulsschlag.

»Nur dienstlich. Aber mach dir keine Sorgen! Falls ich mal in das Alter komme, in dem ich für die Bumserei Geld zahlen müsste, dann hätte ich eh keine Lust mehr drauf.«

»Ach, das beruhigt mich irgendwie. Du bist halt doch ein Mann, auf den man sich verlassen kann und der so was Ekeliges nicht macht.«

Inge seufzte erleichtert und blickte strahlend aus dem Fenster.

Auf einmal schaltete Jupp das Blaulicht an und drückte aufs Gaspedal - auf dem Weg nach Hirschweiler. Denn die Beerdigung von Beate stand in den Startlöchern, wo er und Inge nicht fehlen durften. Beide hatten sie ihre Aufgaben, um Beate würdevoll zu verabschieden.

Kapitel 13

Pünktlich um 14:30 Uhr startete die Trauerfeier in der katholischen Kirche Maria Himmelfahrt zu Hirschweiler. Das Gotteshaus war rappelvoll, denn nicht alle Tage starb eine 48-jährige Einwohnerin unter solch tragischen Umständen in der Badewanne. Da waren natürlich auch viele Leute aus reiner Neugierde mit von der Partie, sowie alles, was in Hirschweiler Rang und Namen hatte.

Jupp Backes war ziemlich weit vorne mit dabei. Er saß mit Inge gleich hinter den Angehörigen, also Beates Sohn Frank und anderen Verwandten, die ernsthaft traurig wirkten.

Frank starrte leichenblass nach vorne zum Altar ohne jegliche Regung im Gesicht. Womit wieder klar und deutlich wurde, was der regelmäßige Marihuanakonsum aus einem Menschen machen konnte - nämlich keine Emotionen zu zeigen. Dagegen war das Grimassenschneiden nach einer Botoxbehandlung kinderleicht.

»Oh, leck, der Herbert ist auch da! Eine schöne Geste von ihm, dass er wirklich kommt, ich hatte ihm ja eine SMS gesendet«, flüsterte Inge zu Jupp und zeigte dabei unauffällig auf den Mann, der etwas zu spät kam und in die erste Bank huschte, um in der Nähe seines Sohnes Platz zu nehmen.

Seines angeblichen Sohnes, aber das wusste nur das Ermittlertrio aus Jupp, Inge - und Käthe, die weiter hinten bei ihren Freundinnen saß.

Als plötzlich die Orgelmusik einsetzte, standen alle Trauergäste zum Einzug des Pfarrers und der Messdiener auf. Die Trauergemeinde war sehr verwundert, denn diesmal stand der Kirchenchor nicht wie sonst auf der Empore, sondern hatte sich rechts neben dem Altar aufgestellt. Die Gruppe ließ eine symbolische Lücke an der Stelle, wo sonst immer Beate gestanden und gesungen hatte. Ganz großes emotionales Kino hatte man dadurch geschaffen – und so waren auch schon die ersten Schluchzer aus dem hinteren Teil der Kirche zu hören, wo die alten, verschrumpelten Witwen saßen, die von Haus aus ganz nah am Wasser gebaut hatten.

Direkt vor dem 14-köpfigen Chor stand ein überdimensionales Schwarz-Weiß-Foto von Beate in einem Rahmen, an den irgendwie eine schwarze Rose montiert worden war. Das Bild zeigte Beate fröhlich lachend – nichtsahnend, dass sie einmal so tragisch von dieser Welt Abschied nehmen würde. Aber das hatte beim Fotoshooting damals ja niemand ahnen können.

Der Pfarrer klammerte den Suizid in seiner Trauerpredigt wieder galant aus und sprach lieber davon, dass Beate eine außerordentlich starke und liebenswerte Frau gewesen war, die viele Jahre im Chor gesungen und sich dabei viel Anerkennung verschafft hatte.

»Nur Gisela Weiskirchner sang noch schöner!«, sagte der Pfarrer auf einmal. »Leider kann Gisela aufgrund einer schweren Krankheit beim heutigen Trauergottesdienst nicht anwesend sein. Wir senden ihr die allerbesten Genesungswünsche.«

Er richtete den Blick an die Weiskirchner Töchter, die in Reihe sieben nebeneinander hockten und mit einem stillen Nicken dem Pfarrer für die Wünsche dankten.

Im weiteren Verlauf der Rede wurde bekannt, dass sich Beate aufopferungsvoll und voller Nächstenliebe um die Schlaganfallpatientin Gisela Weiskirchner gekümmert und sie gepflegt hatte. Eine Information, die Jupp so nicht kannte, denn ihm war vom Chorleiter nur zugespielt worden, dass Beate regelmäßig bei Gisela geputzt hatte. Aber wer wusste schon, wie es in deren Haushalt ausgesehen hatte, wenn sogar der Pfarrer von »aufopferungsvoll« sprach?

Plötzlich schluchzte Hansi laut auf, der in der zweiten Reihe des Chors stand. Genau hinter Beate. Also der Lücke.

Jetzt mach bloß keine Szene!, dachte sich Jupp, der genau wusste, warum Hansi so ergriffen war. Doch zum Glück fing sich Hansi schnell wieder, denn der Pfarrer verwies nun am Ende seiner Ansprache darauf, dass die Verstorbene auch eine erstklassige Kuchenbäckerin gewesen war. Ihr Käsekuchen sei unantastbar gewesen und wäre auf dem gestrigen Sommerfest schmerzlich vermisst worden. Amen!

»Von wegen, da lachen ja die Hühner! Ich habe mal von der einen Krümelkuchen gegessen, der war so staubtrocken, da wäre ich fast dran erstickt«, meckerte leise Marianne Müller, die gleich hinter Inge und Jupp in der vierten Reihe saß.

Sofort duckte sich Jupp, denn zu groß war die Panik, dass sie gleich wieder anfing mit ihrem blöden Fernsehen zu nerven.

Im weiteren Verlauf des Gottesdiensts hätte man als Außenstehender annehmen können, dass sich 300 Menschen zu einer Gymnastikstunde verabredet hatten. Ständig setzte das Orgelspiel mit den für eine Beerdigung typischen Chorliedern ein und für die Trauernden hieß es: hinsetzen, aufstehen, hinsetzen, aufstehen, hinknien, hinsetzen und wieder aufstehen.

Und wenn man gerade dachte, es wäre endlich geschafft, musste man sich schon wieder hinstellen. Vor allem ältere Menschen machten nach der Hälfte der Aerobicstunde schlapp und blieben erschöpft auf der Bank sitzen oder gleich auf der Kniebank hängen, da sie aus eigenen Kräften nicht mehr in die sitzende Ausgangsposition zurückkamen.

Plötzlich verkündete der Pfarrer, dass der Chor aus besonderem Anlass ein Lieblingslied der Verstorbenen zum Besten geben würde.

»Ach, du heiliger Bimbam! Die können doch jetzt nicht ›Du hast mich tausendmal belogen und verletzt‹ zwitschern. Der Hansi kriegt doch keinen Ton raus und einen Nervenzusammenbruch«, flüsterte Jupp Inge zu.

Er ließ Hansi, der sich gerade eine Träne wegwischte, nicht aus den Augen. Getroffene Hunde bellten bekanntlich oder weinten auch mal. Doch Jupp irrte sich.

Ausgerechnet Presley-Günther trat einen Schritt vor und hauchte in das goldene Retro-Mikrofon, das Markenzeichen des Chors, ein: »I will always love you« – während die Trauergemeinde mit offenem Mund nach vorne blickte.

Günther sang das Stück auf seine Art und Weise. Und falls Whitney Houston es hören konnte, sie würde sich vermutlich entweder im Grab rumdrehen oder sich bei Frank Ziegler melden und per Luftpost eine Ladung Cannabis ordern.

»Oh, leck! Das ist doch makaber«, flüsterte Inge.

Sie wusste ja sehr gut, unter welchen musikalischen Bedingungen Beate gefunden worden war.

»Na ja, besser als Andrea Berg und Schlager ist das allemal«, bemerkte Jupp.

»Stimmt, die Beate und die Wittnä hatten ja auch total viel gemeinsam.«

Jupp schaute seine Frau mit gerunzelter Stirn fragend an.

»Beide 48 Jahre. Geschieden. Ein Kind. Beide sind in der Badewanne ums Leben gekommen ... Und beide haben für ihr Leben gern gesungen. Die eine auf den Bühnen dieser Welt und die andere halt hier in unserem Hirschweiler Kirchenchor«, zählte Inge leise auf.

Jupp hörte gar nicht mehr richtig zu und ließ Inge von dem fantasieren, was sie wohl alles aus ihren Klatschzeitschriften aufgesaugt hatte.

Nach dem Solo von Presley-Günther verteilte der Pfarrer zusammen mit einem Helfer die Hostien, wofür sich alle wie zu einer Polonaise im Mittelgang aufstellten – die Hände aber keinesfalls wie sonst üblich auf den Schultern des Vordermanns platzierten, sondern gefaltet zum Gebet hielten.

In Zeitlupe marschierten die Katholiken zum Empfang der »Heiligen Kommunion« nach vorne, denn bis es Kaffee und Kuchen gäbe, dauerte es noch ein Weilchen und so ein kleiner Happen kam vielen gerade recht.

Marianne Müller sorgte dann noch für ein wenig Aufregung, da sie sich nach der Snack-Abholung nicht mehr an ihre Sitzreihe erinnern konnte und planlos durch die Kirche irrte.

Irgendwann saß sie neben Jupp und meinte, dass sie nur ausländische TV-Sender empfange und noch bald durchdrehen würde.

»Pst, ich bete«, log Jupp und starrte kniend zum Altar.

Er würdigte Marianne keines Blickes.

Plötzlich erklang ein Ave-Maria-Solo von Presley-Günther, bei dem wirklich kein Auge trocken blieb. Selbst hartgesottene Männer wie Jupp Backes hatten mit Pipi zu kämpfen und wischten sich Tränen aus dem Augenwinkel. Das trug er wirklich herzergreifend vor und allen wurde noch mal klar und deutlich, dass Günther sehr gut singen konnte. Nur Gisela, die unangefochtene Königin des Chors, hätte es einfach noch ein bisschen schöner gesungen!

Nachdem der Klingelbeutel durch die Kirchenbänke gegangen war, um eine kleine Gabe für die Reparatur der undichten Kirchenfenster zu ergattern, war der Gottesdienst auch schon so gut wie vorbei.

Der Pfarrer erwähnte in seinen Schlussworten noch, dass die Pfarrgemeinde (ohne den Vorsitzenden) und der Kirchenchor am nächsten Tag gemeinsam nach Lourdes aufbrechen würden und dass es angesichts der Umstände spontan noch einen freien Platz im Bus gäbe. Er forderte Spontanreisende auf, sich in der Sakristei zu melden, und verwies darauf, dass es immer besonders schön und inspirierend sei nach Lourdes zu pilgern.

Er wies auch darauf hin, dass der unter Mitgliederschwund leidende Chor dringend Nachwuchs suche und auch hier appellierte er, dass sich verborgene Talente gerne in der Sakristei oder beim durchgeknallten Chorleiter melden sollten.

Mit Glockengeläut und einem dramatischen »Halleluja« des Hirschweiler Chors verließen die Trauernden die Kirche, um sich dann in der Einsegnungshalle nebenan am blumengeschmückten Sarg aufzustellen. Inge erspähte ihren gestifteten Kranz, auf dessen Schleife stand: »Ein letzter Gruß von Familie Jupp Backes«, und war zufrieden, da die Blümchen noch nicht den Kopf hängen ließen – trotz des warmen Wetters.

Der Pfarrer sprach noch mal ein paar Worte und segnete Beate, die im geschlossenen Sarg lag. Und dann hieß es: Abmarsch zur Grabstelle im Gänsemarsch.

Sechs Sargträger schleppten Beate wie einen Sack Zement über den Friedhof, während sich hinter dem Pfarrer und den Messdienern Sohn Frank, Exmann Herbert und die engsten Angehörigen, kurz: die bucklige Verwandtschaft, gesellten. Das Fußvolk bildete den Schluss des langen Trauerzugs, der auf dem Marsch über den Friedhof an vielen Grabsteinen vorbeizog.

Wie auf dem Dorf üblich trugen altbekannte Gesichter Beate zu ihrer letzten Ruhestätte: Vorne links ging Jupp, dahinter FKK-Brandner Karl-Heinz, der in seinem schicken schwarzen Anzug eine echt gute Figur machte, sich also sehr wohl anziehen konnte wenn nötig. Hinter ihm schleppte Hinsberger Richard, der angeblich kurz vor ihrem Tode von Beate mündlich mit dem Streichen der Haustür beauftragt worden war und somit hier einen lukrativen Auftrag betrauerte.

Auf der anderen Seite des Sargs trugen von vorne beginnend: Lechner Hansi, der fix und fertig war; hinter ihm ging Elvis, ähm, Günther, und das Schlusslicht bildete Welter Peter, der sich in Polen die Männertitten hatte entfernen lassen. Ihm hatte man mit Engelszungen erklären müssen, dass ein oberkörperfreier Sargträger trotz des heißen Sommertags mehr als unpassend wäre. Auch auf ein Tragen im Muskelshirt ließ man sich vonseiten des Beerdigungsinstituts nicht ein. Und so trugen sechs Männer in schwarzen Anzügen ganz stilvoll und elegant Beate zur letzten Ruhe.

Am Grab der Mutter verlor dann Frank sein Gesicht beziehungsweise die Fassung: Er zeigte echte Gefühle und heulte wie ein Schlosshund, während Stiefpapa Herbert seinen Sohn liebevoll in den Arm nahm.

»Wenn man nicht wüsste, was wir wissen, könnte man meinen, es wäre eine glückliche Familie«, flüsterte Inge Jupp ins Ohr.

»Pst! Das gehört doch jetzt nicht hierher«, rügte er sie, denn die Szene am Grab war echt herzzerreißend.

Hinzu kam auch noch, dass Presley-Günther aus dem Stand ein »You are always on my mind« trällerte, was die Tränenflüssigkeit der Anwesenden noch mehr befeuerte. Beate und Elvis waren nun mal beide tot.

Nachdem sich alle Anwesenden jeweils persönlich mit Asche oder einer Rose von Beate verabschiedet hatten, begab sich ein kleiner Kreis zum anschließenden Leichenschmaus ins Pfarrheim.

Inge hatte sich im Handumdrehen eine weiße Schürze über ihre schwarze Bluse geworfen und stand schon parat um Kaffee auszuschenken.

»Wo wart ihr denn so lange?«, fragte Käthe vorwurfsvoll.

Sie hatte zusammen mit einer anderen Nachbarin die Schnittchen vorbereitet und deshalb an der eigentlichen Beerdigung nicht teilgenommen, sondern war nur beim Gottesdienst mit von der Partie gewesen.

»Da waren Himmel und Menschen, die Beate war echt verdammt beliebt. Aber dass du am Grab nicht dabei warst ...«, rügte Inge ihre Mutter, denn sie konnte ihr Verhalten nicht verstehen.

»Ach, ich hasse Beerdigungen. Die kann ich auf den Tod nicht ausstehen, so was ist einfach nicht meins. Da kümmere ich mich hier lieber um Kaffee und Kuchen und die bescheuerten Schnittchen. Bei dem heißen Wetter ist der Streichkäse auf dem Schwarzbrot völlig zerlaufen«, fluchte sie.

Inge konzentrierte sich auf das Ausschenken des Kaffees und das Servieren der anderen Getränke. Sie düste hin und her, denn die Trauernden hatten jede Menge Brand mitgebracht, den es nun zu löschen galt.

Gegen 17:30 Uhr löste sich die Trauergesellschaft aus rund 30 Personen im Pfarrheim auf. Selbst der Pfarrer ging früher, da er noch für die Pilgerfahrt nach Lourdes am nächsten Tag Koffer packen musste. Nur der »harte Kern« saß noch an einem Tisch und trank Bier. Und das waren die Sargträger.

»Ey, kennt ihr den schon?«, fragte Jupp in die Runde und startete sofort mit einem seiner Witze.

»Kommt der Chefarzt zum Patienten und teilt ihm mit, dass er nur noch drei Monate zu leben hat, wenn er nicht dringend sein Leben ändert. Der Patient meint daraufhin, dass

er in der Tat was ändern muss und wünscht ab sofort täglich *Nutten, Koks und Champagner.* Abends reckt der Patient den Kopf aus dem Krankenzimmer und sieht auf dem Flur den Arzt, der sich sofort nach seinem Wohlbefinden erkundigt. Daraufhin meint der Kranke: »Die Stimmung im Zimmer ist phänomenal, aber wo zum Teufel bleibt der verdammte Schampus?«

Alle lachten laut auf – bis auf Hansi, der sich vom Tisch erhob und heimwollte. Ihm war nicht nach Witzen, denn er litt wie ein Hund und trauerte um seine große Liebe Beate.

Presley-Günther meinte, dass es schon schlimm für den Hansi sein müsse, wenn man so lange hinter jemandem im Chor sang und diese Person dann von einem Tag auf den nächsten wegfiele.

Alle Männer stimmten ihm zu und bestellten dann noch eine Runde Bier mit den Worten: »Auf unsere Beate – Gott hab sie selig!«

Männer gingen mit Trauer halt doch sehr unterschiedlich um.

Plötzlich stand Marianne Müller am Tisch, die ebenfalls schon reichlich Alkoholisches getrunken hatte.

»Guten Abend, Marianne! Na, was macht dein ausländisches Fernsehen?«, sagte Jupp lachend.

Auch er hatte bereits einige Promille in der Blutbahn.

»Salam alaikum«, antwortete Marianne und zog eingeschnappt davon.

»Mann, Mann, die ist aber durch! Wenn die jetzt schon arabisch redet ...«, meldete sich Hinsberger Richard zu Wort.

»Na ja, als altes Waschweib vom Dorf ist sie ja das Kopftuchtragen gewöhnt. Da ist es doch nur noch eine Frage der Zeit, bis sie komplett verschleiert durchs Dorf rennt – wenn sie weiter nur arabische Kanäle empfängt.«

Die Sargträger lachten laut. Irgendwann wechselten sie von Bier auf Schnaps, was Inge überhaupt nicht gefiel. Sie bekam das Gesaufe ihres Mannes unmittelbar mit, denn sie war in der Küche des Pfarrheims mit Geschirrwaschen beschäftigt.

Als Jupps Augen anfingen zu schielen, zerrte ihn Inge vom Stuhl und befahl ihm sich gefälligst mal am Riemen zu reißen, schließlich müsste er zu Hause noch die Gießkannen tragen.

Die anderen Sargträger waren platt, dass Inge so einen Tonfall draufhatte.

Doch sie war mächtig stolz auf sich. Sie spürte immer mehr, dass ihr die Therapie einfach total guttat. Ein komplett neues Lebensgefühl machte sich breit, bei dem sie sich nicht mehr alles gefallen ließ.

Der Beerdigungsabend endete damit, dass Käthe im ersten Stock des Backes-Hauses bei »Tinder« unterwegs war und in der App rumwischte, was das Zeug hielt. Sie erweiterte ihren Radius, um so auch die Chance auf luxemburgische, französische und rheinland-pfälzische Männer zu haben.

Dank des Beispiels Beate wusste sie nun, wie schnell das Leben vorbei sein konnte. Da wollte sie keine Chance verpassen und auch mal über die Grenzen hinweg gucken, was es zu flirten gab.

Eine Etage tiefer schnarchte Jupp auf der Wohnzimmercouch, da er fix und foxi war. Vom Sargtragen, Gießkannenschleppen und von den Schnäpsen.

Inge telefonierte währenddessen mit Tochter Eva in Berlin, um sie über jedes Detail der Trauerfeier zu unterrichten - selbstverständlich ungefragt. Aber da musste Eva nun durch. Das war quasi die Strafe, da sie nicht zu den Trauerfeierlichkeiten angereist war, trotz der geschenkten 50 D-Mark zur Kom-

munion, die Beate vor vielen Jahren in einem Kuvert über-
bracht hatte.

»Ach, Eva, der Günther und der Kirchenchor haben wirklich so schön gesungen ... Und der Frank hat am Grab seiner
Mutter Rotz und Wasser geflennt, da konnte man gar nicht
weggucken, so herzzerreißend war das. Also, nee, ich muss sagen, das war trotz der tragischen Umstände eine wirklich schöne Veranstaltung ...«

»Hm, okay«, meinte Eva leicht genervt aus dem weit entfernten Berlin-Prenzlauer Berg.

Dann begann Inge aufzuzählen, wen sie alles in der Kirche
entdeckt hatte und erkundigte sich jedes Mal bei Eva, ob sie
den einen oder anderen auch noch kennen würde.

Eva wollte nach einer gefühlten Dreiviertelstunde das Telefonat damit beenden, dass sie schwindelte, sie und ihr Freund
Sandro hätten Karten für ein Open-Air-Kino und müssten
nun dringend los.

»Ah, Kino. Da war ich ja schon ewig nicht mehr. Sag mal,
hat der Sandro jetzt wieder feste Arbeit? Mir ist das im Prinzip
egal, aber du kennst ja deinen Vater, der will so was ja immer
wissen.«

»Mama, du weißt doch, dass Sandro Schauspieler ist! Und
da ist es völlig normal, dass man auch mal monatelang kein
Engagement hat. Aber er bedient immer noch in einer Bar hier
in unserem Kiez.«

»So, so ... bedienen in einer Bar. Reicht denn das zum Leben?«, fragte Inge.

»Bitte macht euch keine Sorgen! Uns geht es finanziell
sehr gut und ich verdiene auch gutes Geld in der Werbeagentur«, verkündete Eva, die es leid war, ständig auf die Jobsituati-
on ihres Freundes angesprochen zu werden.

»Eva, du kennst doch deinen Vater. Du weißt, dass er mit dem Schauspielerberuf vom Sandro nix, aber auch rein gar nix anfangen kann. Und seiner Meinung wird derjenige Wirt, der nix wird.«

»Mama, wir müssen jetzt echt los. Wir haben doch Kinokarten. Und sag Papa, dass er als Kellner arbeitet und kein Gastwirt ist«, stellte Eva noch mal klar und versuchte ihre Mutter am Telefon abzuwürgen.

Inge verabschiedete sich schnell von ihrer Tochter und legte dann traurig auf, denn auch sie machte sich stets Sorgen, ob bei den Töchtern alles in Ordnung war.

Dann legte sie sich neben den schnarchenden Jupp auf die Couch und schaltete den Fernseher an. Es lief eine Uraltfolge der Serie »Traumschiff« und Inge träumte vor sich hin, dass man sich im Leben alle Träume erfüllen müsse. Einmal im Leben eine Kreuzfahrt zu machen gehörte ihrer Meinung nach definitiv dazu. Sie wurde vom ZDF regelrecht in ihren Träumen manipuliert, als sie die schönen Schiffsbilder in der Flimmerkiste sah.

Gerade als die komplette Mannschaft zum Captain's Dinner gerufen wurde, klingelte das Festnetztelefon. Inge vermutete, dass in Berlin ein Sommergewitter hereingebrochen war, sodass das Kino-Open-Air-Event im wahrsten Sinne des Wortes ins Wasser fiel und Eva nun doch noch ein bisschen quatschen wollte. Doch Inge irrte sich gewaltig.

»Lechner. Guten Abend, Inge! Entschuldige bitte die späte Störung ... Ich wollte mal fragen, ob die Sargträger immer noch im Pfarrheim sitzen und sich womöglich die Hucke vollsaufen. Mein Hansi ist noch nicht daheim. Und ich konnte ja heute Mittag wegen meinem gebrochenen Knöchel nicht in der Kirche und auf dem Friedhof dabei sein. Das waren mir einfach zu viele Treppenstufen mit der Gipsschiene und den Krücken«, erklärte die gehörnte Ehefrau Anneliese Lechner ihr Fernbleiben.

Inge wunderte sich.

»Tut mir leid, aber der Hansi ist meines Wissens schon viel früher heimgegangen. Ich war am Spülen und habe das nicht so ganz mitbekommen. Aber ich wecke mal den Jupp, der müsste das genauer wissen.«

Inge versprach sich zu melden, sobald sie mit Jupp gesprochen hatte.

Dann legte sie auf und rüttelte den schnarchenden Jupp auf der Couch wach.

»Herrschaftszeiten, was soll das? Ich habe doch gegossen«, verteidigte er sich schlaftrunken.

»Der Lechner Hansi ist nach dem Pfarrheim nicht daheim angekommen. Die Anneliese rief gerade besorgt an. Weißt du, wo der Ehebrecher geblieben ist?«, fragte Inge.

Jupp gähnte.

»Der wird wohl auf dem Friedhof rumsitzen und sich den Schmerz aus dem Körper schreien. Das ist halt so, wenn man eine große Liebe verliert. Ich geh in mein Bett! Der Hansi wird schon wiederkommen, der kennt ja den Weg nach Hause. Zum Glück ist Hirschweiler überschaubar, da geht keiner verloren.«

Jupp ging Richtung Badezimmer, um sich die Zähne zu putzen. Von Weitem hörte er einen Krankenwagen, der mit ohrenbetäubendem Karacho durch Hirschweiler raste.

Kurz danach klingelte sein Diensthandy, das er immer und ständig bei sich trug. Er hob ab und verdrehte die Augen, als er die bekannte Frauenstimme hörte: Marianne Müller!

»Jupp, tut mir leid, dass ich noch so spät störe ... Aber ich habe den Hansi gefunden. Stell dir vor, der hat sich die Pulsadern aufgeschnitten.«

»Was?«, sagte Jupp mit Schaum im und vorm Mund.

»Jawohl. Mein Hund hat ihn gefunden, der arme Kerl muss echt viel erleben: erst hat er meinen Mann tot aufgefunden, und jetzt so eine blutige Sauerei«, stöhnte Marianne in den Hörer.

»Wie geht's ihm denn?«

»Na ja, er bellt urplötzlich wieder. Das hat er schon ewig nicht mehr gemacht. Ich glaube, jetzt ist bei ihm ein Knoten in den Stimmbändern geplatzt ...«

»Ich will wissen, wie es dem Hansi geht!!!«, sagte Jupp genervt.

»Ach, so ... Der ist auf dem Weg ins Krankenhaus. Bete zu Gott, dass er durchkommt! Das wäre echt ein Jammer. Nicht noch ein Chormitglied, das urplötzlich wegfällt! Dann lohnt sich der Gang zur Messe am Sonntag doch gar nicht mehr.«

»Ich kann es nicht fassen! Eben haben wir noch zusammen im Pfarrheim gesessen und mehr oder weniger gelacht«, sagte Jupp kopfschüttelnd.

»Du, Jupp, wo ich dich schon mal in der Leitung habe ... Wenn ich nicht bald deutsche Sender empfange, bin ich auch bald so weit, dass ich mir die Adern aufschneide. Ich werde noch wahnsinnig. Könntest du nicht mal danach gucken? Denn die Heinis vom dem Fernsehgeschäft haben Betriebsferien.«

Jupp seufzte laut. Er versprach Marianne, sich das Problem mal näher anzuschauen. Denn als Polizist musste er sich ja irgendwie um alles und jeden kümmern. Und wenn Marianne hier schon einen blutüberströmten Hansi fand, dann wäre es ja das Mindeste, dass er beim TV-Empfang Hilfe anbot.

Nachbarschaftshilfe wurde in Hirschweiler nun mal großgeschrieben.

Als er wenig später ins Bett krabbelte und Inge von Hansis aufgeschlitzten Pulsadern erzählte, wurde ihr ganz schlecht.

»Ach, Gott! Da macht er sich aber doch total tatverdächtig. Erst stirbt die Beate, dann bricht er in ihr Haus ein, dann kommt ans Tageslicht, dass er auch noch ein Techtelmechtel mit ihr hatte - und nun macht er so einen Blödsinn und versucht sich umzubringen. Da ist doch was faul?«

»Vielleicht war aber auch der Liebeskummer zu groß und er wollte ohne die Beate nicht weiterleben?«, hinterfragte Jupp.

»Das glaube ich nicht. Der wird eher mit einer gewissen Schuld nicht fertig. Und vielleicht hat er die Beate doch auf dem Gewissen und ahnt jetzt, dass ihm lebenslange Haft blüht, wenn alles rauskommt. Da ist dann der Freitod eine Alternative«, bemerkte Inge, die fremdgehen grässlich fand und Hansi daher sowieso auf dem Kieker hatte.

»Da hast du ausnahmsweise wirklich recht. Das war kein guter Schachzug vom Hansi. Ich werde ihn mir mal vorknöpfen und genau unter die Lupe nehmen. Lechner Hansi hin oder her, aber mit der Aktion hat er sich wirklich sehr verdächtig gemacht«, teilte Jupp mit und gähnte demonstrativ.

Dann wurde die Nachttischlampe ausgeschaltet und sein Schnarchen begann erneut, diesmal im Bett.

Zum Leidwesen von Inge, die aber nach dem ereignisreichen Tag sowieso kein Auge zubekam. Ihr Hirn musste das alles erst mal verarbeiten. Ein geschlitzter Hansi war natürlich der absolute Gipfel. Da war an schlafen nicht zu denken, da bekäme sie womöglich noch Albträume.

Kapitel 14

Jupp fuhr gleich morgens in der Früh mit zwei Aspirin intus zum 15 Kilometer entfernten Marienkrankenhaus in der Kreisstadt St. Wendel, um Hansi einen Krankenbesuch inklusive Standpauke abzustatten. Sich die Pulsadern aufzuschneiden war nun wirklich keine Art und Weise um gewissen Problemen aus dem Weg zu gehen.

Nachdem Jupp am Empfang die Zimmernummer des Patienten erfahren hatte, ging er zuerst in die Notfallambulanz und erkundigte sich, ob eine gewisse Frau Lechner letzten Donnerstag, also in der Tatnacht, mit gebrochenem Knöchel vorstellig gewesen und vom lieben Gatten begleitet worden war.

Die freundliche Krankenschwester erinnerte sich an das Hirschweiler Pärchen. Unvergesslich wäre die jammernde Frau gewesen, die ihren Mann herumkommandiert hatte, nur weil sie eine Sprunggelenksfraktur am Knöchel erlitten hatte und Ärzte und Schwestern auf Trab hielt.

Jupp stellte noch ein paar Fragen, denn die Schwester war sehr gesprächig, was er nutzen musste. Die Angestellte im kurzen weißen Röckchen und mit blonden Zöpfen pfiff regelrecht auf die ärztliche Schweigepflicht und zeigte sich besonders redselig. Jupp machte sich eifrig Notizen auf seinem Block.

Dann verabschiedete er sich von der auskunftsfreudigen Informantin und nahm den Lift, um den Patienten Hansi Lechner im dritten Stock zu besuchen.

»Jupp! Was machst du denn hier?«, fragte Hansi irritiert, als der Uniformierte völlig selbstverständlich in sein Zimmer stolzierte.

Jupp sah den dicken Verband um Hansis linkes Handgelenk und schüttelte nur mit dem Kopf.

»Sag mal, Hansi, was machst du denn für einen Blödsinn? Du kannst dir doch nicht einfach die Pulsadern aufschneiden. Bist du völlig übergeschnappt?«, maßregelte er den Bettlägerigen.

Hansi schnaufte laut und starrte wortlos zur kalkweißen Decke.

»Du weißt schon, dass du dich mit dieser bekloppten Aktion äußerst tatverdächtig gemacht hast, die Beate umgebracht zu haben, oder?«

»Hä? Es war doch Suizid ...«, sagte Hansi verblüfft.

»Ähm ... ja, also, wir ermitteln halt in alle Richtungen. Es könnte ja auch möglich sein, dass unsere liebe Beate ertränkt wurde. Na, jetzt bist du platt? Damit hättest du nicht gerechnet, dass wir diesen Fall komplett auf den Kopf stellen und von allen Seiten durchleuchten, was?«

Jupp ärgerte sich, dass er sich verplappert und Hansi offenbart hatte, dass es womöglich kein Selbstmord gewesen war. Aber irgendwann musste er den Tatverdächtigen ja mit dem Mord konfrontieren. Gerade jetzt, wo Hansi besonders depressiv war, schien für Jupp der beste Moment zu sein, ihn zu einem Geständnis zu bewegen.

»Mord?! Das glaube ich jetzt nicht! Die Beate hat doch keiner Fliege was zuleide getan ...«

»Ähm ... Na ja, also da wäre ich mir nicht so sicher«, meinte Profi Jupp.

»Aber wie kannst du denn ernsthaft glauben, dass ich meine große Liebe getötet habe? Das ist doch völlig absurd!«, empörte sich Hansi.

»Das ist überhaupt nicht absurd. Beate, mit der du eine Affäre hattest, wird tot in der Wanne gefunden. Dann geisterst du nachts in ihrem Haus herum, angeblich um ihr Handy ausfindig zu machen. Und dann unternimmst du kurz nach ihrer Beerdigung einen Selbstmordversuch. Kommt da vielleicht einer mit dem schlechten Gewissen nicht zurecht? Dein Verhalten ist sehr auffällig, ja sogar total merkwürdig.«

»Was würdest du denn machen, wenn deine Inge von heute auf morgen nicht mehr da wäre, hä?«, fragte Hansi und hoffte wohl auf Verständnis.

»Dann würde ich zuerst mal das Wohnzimmer tapezieren, aber ich würde mich doch nicht umbringen.«

»Was? Das glaube ich dir nicht.«

»Stimmt! Zuerst schmeiß ich meine Schwiegermutter raus und dann rufe ich den Hinsberger Richard an, denn der kann viel besser tapezieren und ist als selbstständiger Handwerker ja bestimmt für jeden Auftrag dankbar.«

Jupp stand am Fußende des Krankenbetts und fixierte den verdächtigen Patienten, der zum Glück nicht weglaufen konnte. Er hoffe, dass Hansi aufgrund seines Profi-Röntgenblicks einknicken würde.

»Ich war halt sehr verliebt in die Beate. Und zu wissen, dass sie nicht mehr am Leben ist ...«

Seine Stimme versagte beim Reden.

»Aber Hansi, es gibt viele Gründe, warum man seinem Leben auf Erden freiwillig ein Ende bereiten will, aber doch nicht wegen einer Frau! Wir haben über drei Milliarden Weiber auf der Welt, da bringt man sich doch nicht wegen einer Einzigen um.«

Jupp sah das alles mal wieder total nüchtern, rational und pragmatisch.

Plötzlich brach Hansi sein Schweigen und erklärte, dass er die Situation im Pfarrheim als unerträglich empfunden habe.

Jupps blöde Witze seien nicht angebracht gewesen und er habe sich enorm unwohl gefühlt.

»Du willst mir doch nicht allen Ernstes sagen, dass du dich wegen meiner Witze aufgeschlitzt hast?«, fragte Jupp irritiert.

»Quatsch! Ich war nach dem Leichenschmaus noch beim Panajotis in der Mykonos-Taverne ...«, begann Hansi zu berichten.

»Absolut verständlich. Von dem bisschen trockenem Kuchen und den Schnittchen wird man ja nicht satt, das habe ich meiner Inge gleich gesagt – aber okay, das ist eine andere Baustelle.«

»Ich wollte meinen Kummer einfach wegspülen und dann habe ich noch ein paar Bier, Ouzo und was auch immer an der Theke getrunken. Anschließend bin ich völlig blau und leider depressiv aus der Taverne rausgetorkelt«, erzählte Hansi weiter.

»Ja, ja, die Alkoholdepression ist nicht zu unterschätzen«, warf Jupp einfühlsam ein.

»Beim Rausgehen habe ich mir aus der Griechen-Küche noch ein Küchenmesser stibitzt, und danach kann ich mich an nichts mehr erinnern. Ich weiß nur noch, dass ich eine feuchte Schnauze im Gesicht hatte, als ich wach wurde. Blackout, weißt du, Jupp?«

»Sei froh, dass du nicht die feuchten Lippen von Müllersch Marianne im Gesicht hattest. Dagegen ist ihr Köter ja das reinste Vergnügen.«

Hansi nickte nur.

»Na ja, zumindest bellt ihr Hund jetzt angeblich wieder. Hat also alles auch sein Gutes. Aber hör zu, Hansi, und das sage ich dir nicht als Polizist, sondern von Mann zu Mann:

sich umbringen ist keine Alternative. Es gibt immer einen Plan B. Immer!«

Hansi schaute ihn skeptisch an. Dann stellte er noch mal klar, dass er nichts, aber auch rein gar nichts mit dem Tod von Beate zu tun habe. Hansi schwor sogar beim Leben seiner toten Mutter.

»Komm, nimm die Hand runter!«, winkte Jupp ab.

Jupp legte nicht so viel Wert auf Schwüre im Krankenbett. Als Polizist hatte er schon viele Menschen schwören sehen, das hatte nichts, aber auch rein gar nichts zu bedeuten.

»Hast du denn Beweise, die deine Unschuld belegen könnten?«, fragte Jupp und schaute Hansi mit seinem Pokerface an.

»Ich war doch in der Todesnacht mit meiner Frau hier in der Notfallambulanz«, sagte Hansi.

»Das weiß ich doch schon, hast du mir doch selbst hinterm Bierstand erzählt. Dieser Sachverhalt wird aktuell überprüft«, meinte Jupp fachmännisch. »Noch irgendwelche Erinnerungen? Hat sich Beate am Todestag vielleicht komisch verhalten? Du hast sie doch noch kurz zuvor in der Chorprobe gesehen und warst mit ihr für den Abend zu einem Schäferstündchen verabredet.«

Hansi schüttelte den Kopf.

»Alles, was dich entlasten kann, ist wichtig für dich, Hansi! Also, an deiner Stelle würde ich noch mal gründlich überlegen.«

Hansi sah von seinem Krankenbett aus zum Fenster. Plötzlich mischten sich anscheinend doch ein paar Erinnerungen in seine Gedächtnislücken. Er merkte aber auch, dass Oberkommissar Jupp Backes sehr hartnäckig war.

»Beate hat einmal von einem Geheimnis gesprochen, das sie aber niemandem erzählen dürfe.«

»Aha, das haben Geheimnisse in der Regel so an sich, dass man nichts davon weitersagen soll. Ein paar mehr Details brauche ich schon«, forderte Jupp.

Er zückte schon Notizblock und Kugelschreiber, um alles schriftlich festzuhalten.

Hansi versuchte sich zu konzentrieren, was nicht so einfach war, denn schließlich hatte er noch einen Brummschädel vom Vorabend. Und auch der Selbstmordversuch musste von seinem Gehirn erst mal verarbeitet werden.

»Es hat irgendwie was mit der Weiskirchner Gisela zu tun. Beate meinte eines Tages zu mir, dass sie etwas erfahren oder gesehen habe und deshalb von Giselas Töchtern fristlos gekündigt worden sei.«

»Stimmt, sie hat wohl bei den Weiskirchners geputzt und laut dem Pfarrer hat sie die Gisela auch gepflegt«, erinnerte sich Jupp an das Gespräch mit dem Chorleiter und die Trauerrede in der Kirche.

»Na ja, da hat der Pfarrer aber ein bisschen übertrieben. Beate war als gelernte Kinderkrankenschwester nicht nur als Putzfrau engagiert, sondern hat auch mal die überforderten Töchter bei der Pflege unterstützt. Die Gisela hatte doch diesen schlimmen Schlaganfall. Kompletter Pflegefall mit halbseitiger Lähmung und allem Drum und Dran. Also, zwei bis drei Mal die Woche hat sie die Töchter unterstützt, mehr nicht«, relativierte Hansi.

»Ja, ja, sehr tragisch das mit der Gisela«, bemerkte Jupp.

»Absolut«, pflichtete ihm Hansi bei. »Wenn man nach einem Schlaganfall nicht mehr schwätzen kann, ist das sehr schlimm. Aber wenn man dann auch nicht mehr singen kann, ist das für eine leidenschaftliche und so talentierte Sängerin wie die Gisela ein wahrhaftiges Drama.«

»Ja, ja, die Gisela sang von allen am schönsten – das habe ich nun schon von allen Seiten zugespielt bekommen. Aber erzähl mir mal mehr von diesem Geheimnis! Was genau meinte die Beate wohl damit?«

Hansi zuckte nur mit den Achseln und meinte, dass es wohl Sache des Herrn Polizisten sei, dies rauszufinden.

»Ich werde mir mal die Weiskirchner Gisela vorknöpfen. Dieses Geheimnis will ich gerne lüften.«

»Aber Jupp«, rief Hansi, als dieser schon Richtung Tür marschierte, sich aber flink noch einmal umdrehte in der Hoffnung, dass Hansi noch weitere Einfälle hatte.

»Niemand darf erfahren, dass zwischen Beate und mir was gelaufen ist. Wenn meine Anneliese das rausbekommt, bin ich ein toter Mann«, meinte er ängstlich.

»Sag mal, Hansi, ich bin seit über 30 Jahren bei der Polizei tätig – doof bin ich nicht! Aber erzähl mir mal lieber, wie du deiner Frau erklären willst, warum du dich umbringen wolltest?«

Hansi drukste rum und meinte, dass er ihr von angeblichen Geldsorgen berichtet habe. Hinzu käme dann noch der Ärger und Neid, da Presley-Günther immer die Solos übernehmen dürfe. Und dass bei ihm irgendwie die Nerven blank lägen.

»Und das hat sie dir geglaubt?«, frage Jupp erstaunt.

»Ich hoffe es inständig ...«, sagte Hansi verängstigt.

»Ach, Hansi, noch eine Bitte: Ich erzähle nix von deinen Schäferstündchen mit der Beate und du hältst gefälligst die Klappe wegen dem Mordverdacht, also dass wir auch in diese Richtung ermitteln. Die Leute im Dorf sollen die Variante mit dem Selbstmord glauben, hast du gehört?«

»Aha ... und warum? Was ist, wenn da draußen ein Mörder herumläuft, aber keiner darf es wissen?«

»Schon mal was von Massenpanik gehört?«

Hansi nickte.

»Pst! Alles hat seine Richtigkeit in dieser Angelegenheit. Ich mache den Polizistenjob schließlich schon lange genug. Einfach mal dem Jupp vertrauen!«, forderte Jupp selbstbewusst.

Jupp verabschiedete sich daraufhin vom kranken Hansi und wünschte ihm noch eine gute Genesung sowie einen guten Psychotherapeuten, der ihn wieder auf die Spur des Lebenswillens führen würde.

Zur Sicherheit ging er noch im Schwesternzimmer vorbei und bat dafür zu sorgen, dass der Patient keine spitzen Gegenstände in die Hände bekäme.

Hansi gehörte mit seiner Haurucksuizidaktion für Jupp und vor allem für Inge zu den Hauptverdächtigen. Und ein Motiv hatte er auch. Möglicherweise war Beate als Geliebte zu unbequem geworden? Solche Geliebten sollte es ja geben, die plötzlich Rechte einforderten, die bekanntlich nur den Ehefrauen zustanden. Doch hatte Beate wirklich sterben müssen, weil sie mehr als nur gelegentliche Treffen mit Hansi wollte? Oder war Ehefrau Anneliese dahintergekommen und hatte Beate getötet? Oder aber hatten Anneliese und Hansi die Nebenbuhlerin gemeinsam aus dem Weg geräumt?

In Jupps Kopf kreisten die unterschiedlichsten Varianten. Doch alle machten keinen Sinn, denn schließlich hatte die blond bezopfte Krankenschwester im kurzen weißen Röckchen von der Notfallambulanz den Lechners ein hieb- und stichfestes Alibi gegeben. Beide hatten sich zur Tatzeit in der Ambulanz aufgehalten und waren dort unangenehm aufgefallen. Anneliese Lechner hatte nämlich wegen höllischer Schmerzen aufgrund ihres kaputten Knöchels fast das halbe Krankenhaus zusammengeschrien. Aufgrund des großen Ansturms in der Notfallambulanz und der quengeligen Anneliese war die Patientin erst gegen vier Uhr morgens entlassen worden – nach über fünf Stunden. Genau in diesem Zeitraum musste Beate laut Obduktion zu Tode gekommen sein. Doch garantiert nicht von den Lechners, die damit aus dem Schneider waren.

Trotz dieses Wissens hatte Jupp, der alte Fuchs, Hansi weiter auf den Zahn fühlen wollen. Und dies war ihm auch gelungen. Die Tatsache, dass es ein Geheimnis gab, das Beate und Gisela Weiskirchner verband, wäre sonst niemals zutage gekommen.

Jupp freute sich diebisch, da er einfach der beste Ermittler weit und breit war. Zumindest in seinem Dunstkreis, denn er schwitzte auf der Rückfahrt den restlichen Alkohol des Vorabends aus, da der Polizeiwagen auf dem Parkplatz in der prallen Morgensonne gestanden hatte. Klimaanlage hatte sein Grün-Weißer leider nicht. Navigationssystem sowieso nicht. Zum Glück kannte er die Strecke nach Hirschweiler aus dem Effeff.

Gegen elf Uhr saß Inge am Küchentisch und schälte Kartoffeln, als plötzlich Käthe wie von der Tarantel gestochen in die Küche platzte.

»Inge, Inge, ich habe ein Match!«, plärrte sie ihrer Tochter entgegen, sodass der vor Schreck das Schälmesser auf den Boden fiel.

»Seit wann spielst du denn Tennis?«, fragte Inge irritiert und bückte sich nach dem Küchenutensil.

»Nein, nein, ich bin doch bei Tinder unterwegs. Und mit einem total gut aussehenden Mann habe ich jetzt ein sogenanntes Match«, verkündete Käthe völlig hormongesteuert.

»Ich verstehe nur Bahnhof«, bemerkte Inge, die mit Dating-Apps überhaupt nichts zu tun hatte.

»Wir können auch mal gemeinsam wischen, das ist so lustig«, kicherte Käthe und hielt ihr das Handy entgegen.

»Brauchen wir nicht. Ich habe erst am Samstagmorgen überall feucht durchgewischt.«

Käthe seufzte und wunderte sich mal wieder über ihre Tochter, die auf dem Schlauch stand. Sie erklärte ihr, dass sie sich den lieben langen Tag auf ihrem Handy Männer im Umkreis von 160 Kilometern angeschaut und jeweils entschieden hatte, ob sie deren Foto schlecht oder gut fand – indem sie mit dem Finger in der App nach links oder halt nach rechts gewischt hatte. Wenn das männliche Gegenüber ihr Foto dann auch hübsch fand, gab es ein sogenanntes Match, also einen Treffer, und erst dann konnten die Flirtwilligen miteinander chatten.

»Aha, pass aber bitte auf dich auf, Mama! Du weißt, es gibt viele kranke Menschen auf dieser Welt. Und solange der Mörder von Beate noch draußen frei rumrennt, habe ich kein gutes Gefühl dabei ...«

»Papperlapapp! Er heißt Otto und wohnt in Mainz. Ein pensionierter Lehrer und Hobbyfotograf«, schwärmte Käthe.

Käthe meinte, er sei genau ihr Typ – zumindest aufgrund der Fotos, die sie bisher von ihm gesehen hatte.

Inge seufzte. Sie stand den Plänen ihrer überschwänglichen Mutter mal wieder sehr skeptisch gegenüber. Sie fand, dass ihre Mutter viel zu leicht zu begeistern war und dann leider oftmals enttäuscht wurde. Sie hoffte immer noch, dass sich das im Alter legen würde – bisher leider vergeblich. Das Verhalten der Oma wurde mit zunehmendem Alter sogar immer schlimmer.

Plötzlich schnappte sich Käthe ihr Handy und legte der immer noch Kartoffeln schälenden Inge den Arm um die Schultern. Dann spitzte sie die Lippen zu einem Kussmund

und hielt das Handy weit von sich, sodass es fast die Decke berührte.

»Los, Inge, wir machen ein Bild, das ich dem Otto schicken kann! Der ist nämlich so ein Familienmensch, zumindest nach dem, was ich im Chat über ihn erfahren habe.«

»Hä? Was soll das werden, wenn es mal fertig ist?«, fragte Inge unwirsch und schaute kopfschüttelnd auf Käthe, die das Handy schräg über ihre Köpfe hielt.

»Das nennt man Selfie«, erklärte Käthe.

»Na, das weiß ich doch! Ich meine, warum du deinen Mund so weit nach vorne schiebst und die Lippen spitzt ... Das sieht doch total albern und unnatürlich aus«, rügte sie die Oma.

»Ach, menno! Das ist ein ›Fuck Face‹, liebe Inge. Komm mach mit, damit sieht man gleich viel besser aus und das ist in der sozialen Medienwelt absolut üblich. Man muss ja mit der Zeit gehen.«

»Fuck Face? Das klingt doch total ordinär«, wunderte sich Inge.

»Vertrau mir, ich kenne mich damit sehr gut aus. Bei Facebook und Instagram wimmelt es nur so von Fuck-Gesichtern. Komm, das machen wir zwei auch! Der liebe Otto wird sich freuen.«

Inge zuckte mit den Schultern und ließ die fotografierende Oma gewähren. Beide machten für das relativ unbekannte Tinder-Date Otto ein angebliches »Fuck Face«. In der Hoffnung, dass Otto davon so wild wurde, dass er in Mainz alles stehen und liegen ließ, um sofort Käthe im Saarland aufzugabeln.

Leider fiel das Ergebnis so ganz anders aus als erwartet.

Kurz nachdem sie im Chat schnell die Nummern ausgetauscht hatten, sendete Käthe eine WhatsApp an Otto. Prompt ploppte seine Antwort auf: *»Was um alles in der Welt ist mit dem Mund deiner Tochter passiert? Geht das wieder weg?«*

Käthe zog eine beleidigte Miene und gab Inge die Schuld, falls es wegen ihres unmöglichen Fuck-Face-Gesichts nicht mehr zu einem ersten Kennenlernen kommen würde.

Aber sie wurde zum Glück belohnt, denn Rentner Otto meldete sich direkt noch einmal und verkündete, dass er sich gleich auf den Weg nach Hirschweiler machen würde. In seinem (und Käthes) Alter hätte man schließlich keine Zeit zu verlieren.

»Oh, mein Gott! Otto kommt, um 16 Uhr!«, kreischte Käthe hysterisch und trommelte vor Freude auf den Küchentisch.

»Und jetzt?«, fragte Inge irritiert.

»Ich muss mir die Beine rasieren. Sofort!«

Jupp parkte sein Auto vor dem Haus der Weiskirchners, das sich in unmittelbarer Nähe des Sportplatzes befand. Ganz in der Nähe der Stelle, wo Hansi von Marianne Müller beziehungsweise deren Hund gefunden worden war. Auf den ersten Blick wirkte das Anwesen etwas heruntergekommen, denn der Rasen war offenbar schon lange nicht mehr gemäht worden und zwei Fensterläden hingen auf halb Acht, da sie kaputt waren. Es war klar, dass in diesem Haushalt ein Handwerker fehlte.

Jupp war gespannt, wie die Weiskirchners auf seinen spontanen Besuch reagieren würden. Er hatte sich auf der Fahrt hierher eine tolle Taktik überlegt, wie er etwas über das von Hansi erwähnte Geheimnis erfahren könnte.

Nach dem zweiten Schellen öffnete eine zierliche blonde Frau – eine der Töchter von Gisela, dem Gesangsnaturtalent.

233

»Schönen guten Tag, Frau Weiskirchner! Oberkommissar Backes. Dürfte ich kurz reinkommen?«, fragte er höflich, aber doch bestimmt.

Frau Weiskirchner wirkte überrascht, bat ihn jedoch hereinzukommen und im Wohnzimmer Platz zu nehmen.

Jupp schaute sich um und stellte sofort fest, dass in diesem Haushalt nicht nur ein Handwerker, sondern auch eine Haushaltshilfe fehlte. Überall standen Möbelstücke herum und es wirkte alles sehr überladen mit Krimskrams und Staubfängern wie Porzellanpuppen und Figürchen, die zugestaubt in den Regalen platziert waren. Auf einem Sideboard stand ein Bild von Gisela mit ihren beiden Töchtern. Ein Foto aus glücklichen Tagen.

»Was kann ich denn für Sie tun, Herr Kommissar?«, fragte Claudia Weiskirchner, die älteste Tochter.

»Also, es ist so, dass ja unsere liebe Beate Ziegler tot ist. Und ich mache mir ein paar Gedanken darüber, warum sie so plötzlich aus dem Leben geschieden ist.«

»Aha! Ja, das ist wirklich sehr tragisch. Aber was bringt es jetzt noch, wenn Sie das herausfinden. Frau Ziegler ist doch tot.«

Jupp scannte Claudia Weiskirchner bei diesen Worten genau ab und versuchte ihre Mimik und Gestik zu analysieren.

»In welchem Verhältnis standen denn Ihre Mutter Gisela und Frau Ziegler zueinander?«

»Frau Ziegler hat hier sauber gemacht und war uns eine große Stütze bei der Pflege unserer Mutter«, antwortete sie brav.

Für Jupp war diese Erkenntnis im Prinzip nichts Neues - dank der Informationen, die er bereits von Hansi, vom Chorleiter sowie vom Pfarrer erhalten hatte. Aber es machte ihn glücklich, dass die Antworten irgendwie übereinstimmten.

»Ich habe gehört, dass Ihre liebe Frau Mutter einen Schlaganfall erlitten hat und dadurch das Singen im Kirchenchor einstellen musste?«

Jupp versuchte, ganz ungewohnt für ihn, die Befragung so taktvoll wie möglich durchzuführen. Leider gelang ihm das nicht ganz, denn Claudia Weiskirchner griff zum Taschentuch und wischte sich ein paar Tränen weg.

»Ach, wissen Sie, unsere Mutter stand so mitten im Leben. Der Kirchenchor war ihr Ein und Alles. Sie war früher Musiklehrerin an einem Gymnasium in Neunkirchen. Und nachdem sie aus dem Lehrberuf ausgeschieden ist, ist sie im Chor total aufgeblüht. Man hat sogar gemunkelt, dass niemand so schön gesungen hat wie unsere liebe Mama«, berichtete sie traurig.

»Ja, das habe ich auch schon ganz oft gehört«, nickte Jupp zustimmend. »Und dann, zack bumm - von heute auf morgen schmeißt einen so ein doofer Schlaganfall komplett aus der Bahn. Und dann ist auch noch das Sprachzentrum betroffen, wie ich gehört habe?«

»Sie sagen es, Herr Kommissar. Es ist für uns als Familie ein schweres Schicksal, aber wir meistern es so gut es geht.«

Claudia schniefte laut in ihr Taschentuch. Ihr fiel es nicht leicht über die Krankheit ihrer doch so musikalischen Mutter zu sprechen.

»Könnte ich Ihre werte Frau Mutter kurz treffen und ihr ein paar Fragen stellen? Nicken kann sie ja doch, oder? Und sie versteht doch alles?«, fragte Jupp vorsichtig.

Die Tochter schreckte in ihrem Sessel auf. Diese Frage schien sie etwas aus der Bahn zu werfen, und sie reagierte sehr ausweichend: »Tut mir leid, aber meine Mutter ist nicht mehr hier ...«

»Was? Ist die jetzt auch noch gestorben? Das kann doch jetzt nicht wahr sein. In diesem Kirchenchor ist aber irgendwie der Wurm drin ...«, rutschte es Jupp raus.

»Nein, nein, unsere Mutter ist zu ihrer Schwester nach Bayern gezogen. Wissen Sie, meine Tante hat viel mehr Erfahrung mit der Pflege eines kranken Angehörigen. Sie hat nämlich schon ihren Mann bis in den Tod gepflegt. Wir denken, da ist unsere Mutter in guten Händen. Meine Schwester und ich waren total überfordert, wenn sie so hilflos in diesem Pflegebett lag. Das ist das Schrecklichste, was man als Kind erleben kann, die eigene Mutter so zu sehen. Sie kann nicht mehr reden, ist bettlägerig, wie ein hilfloses kleines Baby, einfach furchtbar ...«

Schon wieder kullerten der Tochter einige Tränen über die Wangen.

Jupp räusperte sich und ließ die Tochter erst mal ihre Tränen trocknen, bevor er sich erkundigte, wo genau in Bayern die Mutter denn nun lebe und seit wann.

»Seit etwa zwei Monaten lebt sie in Altötting. Aber warum ist das so wichtig für Sie?«, wollte Heulsuse Claudia wissen.

»Wissen Sie, ob Beate Ziegler und Ihre Mutter ein Geheimnis hatten?«, fragte Jupp sehr direkt, denn er wollte nun wirklich nicht auch noch nach Altötting kurven, um per Zeichensprache mit der sprachunfähigen Gisela zu kommunizieren.

»Ein Geheimnis? Was für ein Geheimnis denn, Herr Kommissar? Nein, ich weiß nicht, wovon Sie sprechen.«

Claudia zeigte sich völlig überrascht und schaute ihn fragend an.

»Tja, dann muss ich Ihre Mutter wohl doch besuchen, denn es wäre für mich schon sehr wichtig mehr über dieses Geheimnis zu erfahren. Könnten Sie mir bitte die Adresse mitteilen?«

»Das geht nicht. Meine Mutter ist überhaupt nicht mehr ansprechbar. Ihr Zustand hat sich in den letzten Wochen rapide verschlechtert. Ich fürchte, Herr Kommissar, dass meine Mutter Ihnen nicht weiterhelfen kann. Tut mir wirklich sehr, sehr leid.«

»Hm ... zu blöd ist das«, grummelte Jupp.

Die Tochter nickte traurig und Jupp erhob sich aus dem Sessel. Für den Moment konnte er nicht mehr tun, denn: ohne Gisela kein Geheimnis. Zumindest keine Auflösung dieses Geheimnisses.

Jupp verabschiedete sich und Claudia begleite ihn zur Haustür. Dabei nahm sie eine Krücke als Gehstütze, die er zuvor noch nicht bemerkt hatte.

»Knöchel gebrochen?«, fragte Jupp, da er sich sofort an Anneliese Lechner erinnerte, die auch damit geschlagen war und mit Gehhilfen laufen musste.

»Schön wär's! Ich leide seit Jahren an MS. Das ist auch der Grund, warum ich mich nicht mehr um die Mutter kümmern kann.«

Autsch! Jupp hätte sich am liebsten auf die Zunge gebissen. Ihm war es sehr unangenehm, dass er diese nicht heilbare neurologische Krankheit, Multiple Sklerose, für einen gebrochenen Knöchel gehalten hatte.

»Und ich muss mich ja auch noch um meine jüngere Schwester kümmern«, fügte Claudia hinzu.

»Aha! Warum?«, fragte Jupp irritiert.

»Meine Schwester ist in ihrer Entwicklung etwas zurückgeblieben und lernbehindert. Zum Glück hat unsere Mutter sie immer gefördert, sodass sie ein paar Stunden am Tag einer geregelten Arbeit nachgehen kann. Aber alleine leben könnte sie nicht, dafür ist sie zu unselbstständig.«

»Verstehe, verstehe. Also, geistig behindert?«, fragte Jupp taktlos auf seine typische Art.

Claudia schüttelte energisch den Kopf.

»In der Entwicklung etwas zurückgeblieben. Meine Mutter würde Ihnen den Hals umdrehen, wenn sie den Ausdruck ›geistig behindert‹ hörte.«

»Tut mir leid«, sagte Jupp etwas unbeholfen bei der Verabschiedung.

Ihm wurde bewusst, dass diese Familie wahrhaftig nicht von Schicksalsschlägen verschont geblieben war.

Als er wieder im Auto saß, überlegte er noch mal ernsthaft, welches Geheimnis Gisela und Beate möglicherweise verband. Oder war das nur eine Taktik von Hansi, um ihn auf eine falsche Fährte zu führen? Er las noch einmal seine Notizen auf dem Notizblock durch. Doch: nichts. Er schlug mit der Hand gegen das Lenkrad, denn er befand sich eindeutig in einer Ermittlersackgasse. Aber so was von!

Als er am Ende der Straße Marianne Müller sah, die mit ihrem Hund Gassi ging, startete er schnell seinen Peugeot 405, wendete abrupt und fuhr schnell davon. Er wusste, dass er sein Versprechen wegen des Sendereinstellens noch einlösen musste, aber im Moment hatte er dazu keine Lust und keinen Nerv.

Er bummelte mit dem Dienstwagen durch die Hirschweiler Seitenstraßen, um seine Gedanken kreisen zu lassen. Dies diente ihm als Entspannungsübung und sorgte bei den Bürgern dafür, dass sie sich stets gut beschützt fühlten, wenn regelmäßig ein Polizeiauto um ihre Gärten tuckerte.

Als er über die humpelnde Claudia nachdachte, wurde ihm bewusst, dass manche Familien vom Schicksal echt hart gestraft waren. Eine MS-kranke Tochter und dann noch eine halbseitig gelähmte Mutter aufgrund eines schweren Schlaganfalls. Dagegen war seine eigene Familie quietschfidel, und darüber war er gerade sehr glücklich.

Und als er so über die Gesundheit der Backes nachdachte, fiel es ihm wie Schuppen von den Augen:

Er musste unbedingt Hausarzt Dr. Kunz befragen, ob er ihm bei der Lösung des Geheimnisses von Beate und Gisela weiterhelfen konnte. Vielleicht war ja doch alles ganz anders und Beate hatte tatsächlich Selbstmord begangen, weil auch sie eine schlimme Diagnose erhalten hatte? Dann hätte er sich mit der Mordtheorie komplett geirrt. Aber irren war schließlich menschlich und auch männlich. Verwirrungen bei der Polizei gehörten ebenfalls zum Leben dazu. Vielleicht hatte sich auch Gerichtsmediziner Kurt Altmeier total geirrt, da er gedanklich schon auf der Autobahn und im Urlaub war?

Jupp wurde gerade total unsicher, ob er sich in der ganzen Sache nicht total verrannte. Er musste Dr. Kunz aufsuchen. Dringend, bevor er noch vor lauter Grübeln den Verstand verlor. Und er benötigte die Adresse von Gisela Weiskirchner in Altötting, um mehr über dieses Beate-Gisela-Geheimnis zu erfahren.

Kapitel 15

Inge spazierte, bewaffnet mit einer Tupperdose, in der sich die Kuchenreste vom Leichenschmaus befanden, zum Rathaus von Hirschweiler. Sie wollte ihrem Jupp zur Kaffeezeit höchstpersönlich etwas vorbeibringen - nachdem er schon nicht zum Mittagessen erschienen war, was sehr untypisch für ihn war.

Angeblich steckte er mitten in tiefster Ermittlungsarbeit und vergaß dabei sogar das Essen. Inge befürchtete schon, dass er unterwegs einen Fleischkäse- oder Frikadellenweck gegessen hatte. Beides Dinge, die ihr überhaupt nicht schmeckten. Der Mann brauchte schließlich eine ausgewogene Kost und so wollte sie wenigstens für einen anständigen selbst gebackenen trockenen Kuchen sorgen, der gestern im Pfarrheim keinen Mitnehmer gefunden hatte. Auf Trauerfeiern gab es nämlich niemals Torte - das wäre eine wahrhaftige Todsünde.

Nachdem Inge die Glastür des Rathauses sperrangelweit aufgerissen hatte, strahlte sie über beide Backen. Ach was, bis zu den Ohren!

»Oh, leck! Doris, du bist ja schon aus dem Urlaub zurück! Ich dachte, ihr kommt erst nächste Woche wieder«, begrüßte Inge die nahtlos braun gebrannte Mittfünfzigerin mit wasserstoffblonden Haaren, die hinter der Information des Rathauses Dienst nach Vorschrift schob und jetzt aufschreckte.

»Ach, Inge, schön, dass du kommst! Wenigstens ein Lichtblick heute. Komm, lass dich mal drücken! Die Kollegen haben mir schon erzählt, dass sich eure Nachbarin in der Wanne umgebracht hat.«

Die auffällig geschminkte Blondine sprang vom Bürostuhl auf und beugte sich weit über den Infotresen für eine innige Umarmung mit ihrer Freundin Inge.

»Ja, ja, schlimm ist das! Sag mal, du bist aber ganz schön braun geworden. Wie war es denn auf Mallorca?«, wollte Inge sofort wissen, denn sie hatte endlich mal wieder Lust auf erfreulicheren Gesprächsstoff.

Doris arbeitete im Rathaus, wo sie auch ihre Ausbildung zur Verwaltungsfachangestellten absolviert hatte. Oder sie tat halt so, als würde sie arbeiten. So genau wusste das keiner im Rathaus von Hirschweiler.

»Ach, frag nicht! Wir hatten so ein Pech mit dem Wetter. Zwei Tage nur Regen in den drei Wochen. Ich habe schon zu meinem Edwin gesagt, dass ich mich besser auf die Sonnenbank lege, sonst denken die Leute noch, dass wir gar nicht im Urlaub waren.«

»Du bist doch total gebräunt. Guck mal, wie käsig ich bin!«, meinte Inge und hielt demonstrativ ihren Arm neben Doris' Arm, um so den obligatorischen Check: »Wer ist brauner?« durchzuführen.

»Dein Mann ist übrigens außer Haus. Du kannst also guten Gewissens mit mir rauskommen, ich will eine rauchen – und dann stoßen wir zwei erst mal an.«

Doris verschwand kurz in der Teeküche und kehrte dann mit einem freudestrahlenden »Blend-a-med«-Lächeln zurück.

»Prosecco!!! Los, zur Begrüßung, und darauf, dass ich nach drei Wochen Urlaub wieder in diesem Saftladen bin, müssen wir erst mal was trinken«, sagte Doris.

Bevor Inge überhaupt Fragen zum Mallorca-Urlaub stellen konnte, stöhnte Doris, während sie nach ihrer Zigarettenschachtel kramte, dass sie eigentlich jetzt schon wieder urlaubsreif sei. Und das nach gerade einmal paar Stunden Arbeitszeit.

Inge schaute sie fragend an und folgte Doris auf den Parkplatz, wo ein riesiger Aschenbecher für Nikotinabhängige aufgestellt war.

»Stell dir vor, ich hatte heute Morgen 228 E-Mails!«, beklagte sich Doris und zündete sich eine Zigarette an, während Inge die zwei kleinen Piccolos hielt, die aus der Teeküche mitgenommen worden waren.

»Oh, leck! So viele E-Mails? Und wie viele hast du jetzt noch?«, wollte Inge nun von ihrer Freundin wissen.

»245! Heute kamen schließlich auch noch ein paar hinzu. Aber heute lese ich keine E-Mails. Die haben drei Wochen ungelesen gewartet, da kommt es auf den einen Tag mehr oder weniger auch nicht mehr an.«

Inge verzog das Gesicht. Sie konnte Doris' mangelnde Arbeitsmoral nicht so gut nachvollziehen, doch dann prosteten sie sich mit Prosecco aus den Piccolo-Fläschchen zu.

Eigentlich hatte Inge darauf gehofft, ein paar spannende Urlaubsgeschichten zu erfahren, doch sie hatte sich gewaltig geirrt. Doris blies den Rauch in die Luft und machte sich erst mal selbst Luft – aber so was von.

»Inge, ich sag dir eins, so von Freundin zu Freundin: Sei froh, dass du deinen Jupp hast und nicht mehr arbeiten musst. Boah, kotzt mich dieser Saftladen hier an!«, beklagte sich Prosecco-Doris, wie sie von den Kollegen auch genannt wurde.

»So schlimm? Als Hausfrau ist es aber auch nicht immer einfach ...«, fügte Inge hinzu.

»Weil die Arbeitswelt von heute nichts mehr mit der damaligen zu tun hat. Das ist alles so schnelllebig geworden und macht definitiv keinen Spaß mehr. Wäre mein Edwin nicht Frührentner, ich würde sofort alles hinschmeißen. Stell dir mal vor, der neue Bürgermeister war heute in der Früh bei mir. Ich soll jetzt ein Seminar machen, um Sozial... ähm, irgendwas mit Medien-Managerin zu werden. Was soll denn so ein Quatsch? Wer braucht denn so was, hä?«, regte sich Doris gerade mäch-

242

tig auf und zog genüsslich an ihrer Zigarette, um ihre Nerven zu beruhigen.

»Oh leck, Doris, du wirst Managerin? Das ist doch voll der Aufstieg! Was macht man denn so also Medien-Managerin für Soziales?«, wollte Inge interessiert wissen.

Sie war fast schon etwas neidisch, denn ihre Aufgabe bestand im Moment lediglich darin, ihrem Gatten Kuchenreste in einer Plastikdose hinterherzutragen.

»Das ist garantiert der gleiche Scheißdreck, den ich jetzt auch schon mache. Klingt nur moderner«, zog Doris mächtig vom Leder.

Sie wirke überhaupt nicht entspannt, trotz des langen Erholungsurlaubs.

»Ich habe dem Bürgermeister gleich gesagt, dass ich auf so neumodische Sachen keine Lust habe. Ich gehe jetzt noch ein paar Jahre in dieses Irrenhaus und dann bin ich eh in Rente. Da brauche ich keine Seminare und Fortbildungen mehr, geht's noch oder was?«, echauffierte sich Doris.

Sie schien mordsmäßig geladen zu sein.

Inge wollte wissen, was Doris denn Neumodisches lernen solle.

»Laut unserem Bürgermeister würde ich lernen, wie man bei Facebook interessante Beiträge schreibt, damit wir mehr Likes und, ähm, Interaktionen oder so was in der Art für unsere Rathausseite bekommen. Das ist mir doch so was von wurschtegal ...«

»Was hat denn dieses Facebook mit sozial zu tun?«, wunderte sich Inge.

Sie war eher davon ausgegangen, dass sich Doris als soziale Managerin um ältere Bürger in einem Sing-, Bastel- oder Turnkreis kümmern müsste.

Doris leerte ihren Piccolo in einem Rutsch und begann zu flüstern: »Ich komme mit dem neuen Bürgermeister nicht klar. Das ist so ein Jungspund vor dem Herrn, der meint, er müsse die Welt verbessern. Und jetzt schickt mich der Idiot auf so ein Sozial-Seminar, als wäre ich nicht schon sozial genug«, lästerte Doris.

»Du meinst, er will dich mobben?«, fragte Inge.

Doris nickte zustimmend, denn dieses Gefühl hatte sie in der Tat.

»Die Arbeitswelt hat sich wegen der Digitalisierung total verändert. Weißt du noch, wie der alte Bürgermeister damals seinen Sechzigsten gefeiert hat? Da haben wir die Glastür abgesperrt und hier drinnen getanzt und gefeiert bis zum Umfallen, während die Kunden draußen gegen die Scheibe gekloppt haben und total sauer waren. Das war total lustig.«

»Echt jetzt? Und was habt ihr dann gemacht?«, fragte Inge interessiert.

»Wir haben denen gewunken und fröhlich drinnen weitergefeiert. Die konnten sich ihren dämlichen Reisepass doch auch noch am nächsten Tag abholen! Solche exzessiven Feiern sind heute nicht mehr möglich, und schuld daran ist der Neue im Amt. Der ist völlig größenwahnsinnig, Inge! Der hat einfach nicht mehr alle Tassen im Schrank.«

Plötzlich sprang die Glastür auf und Presley-Günther stand im Hawaii-Hemd im Türspalt.

»Doris, dein Telefon rappelt. Willst du nicht mal rangehen?«

»Hallo? Darf man nicht mal in Ruhe seine verdiente Pause machen ...«, maulte Doris und ging dann seelenruhig zu ihrem Arbeitsplatz.

Inge folgte ihr. Sie klopfte Günther auf die Schulter und meinte, dass er gestern unglaublich schön gesungen habe.

»Danke, danke. Freut mich, das aus deinem Mund zu hören.«

»Sag mal, Günther. Kannst du auch Udo Jürgens?«

»Hä? Warum?«

»Tja, also, meine Mutter ist ja nun auch schon über 80, in dem Alter muss man täglich mit dem Schlimmsten rechnen ... Ich habe mir heute beim Frühstück gedacht, wie schön es doch wäre, wenn du dann in der Kirche singen könntest. Und den Udo mochte meine Mutter immer ganz gerne.«

»Ähm ... also, ›Griechischer Wein‹ oder ›Ich war noch niemals nie in New York‹ sollte ich mit genug Vorlauf wohl hinbekommen«, sagte Günther.

Er fühlte sich geschmeichelt und war froh weitere Aufträge zu ergattern.

»Hm ... oder so ein ›Merci Cherie‹? Das stelle ich mir auch sehr emotional vor, um meiner Mutter noch mal vor versammelter Mannschaft für alles hochoffiziell danke zu sagen. Ich glaube, das würde ihr gefallen. Und mir auch.«

»Absolut! Und dem Jupp gefällt das bestimmt auch. Also, wenn es so weit ist, sagst du einfach Bescheid, okay? Für die Schwiegermutter meines lieben Kollegen werde ich mich selbstverständlich ans goldene Mikro stellen«, sagte er augenzwinkernd.

Dann klopfte Inge mit der Faust dreimal auf das Infotheken-Holz, in der Hoffnung, dass Günther noch sehr lange auf seinen Stimmeinsatz warten müsste. Der marschierte jetzt erst mal wieder zurück in sein Büro.

Inge beobachtete stattdessen lieber Doris, die am Telefonkabel herumzwirbelte und genervt mit den Augen rollte.

»Also, hören Sie mal! Ich war drei Wochen im Urlaub, woher soll ich jetzt wissen, ob Ihr neuer Personalausweis abholbereit ist? Und außerdem bin ich dafür auch gar nicht zuständig ... Ich stelle Sie mal durch.«

Kaum hatte Doris aufgelegt, knüpfte sie unverzüglich wieder bei der Lästerei über den Herrn Bürgermeister an.

»Weißt du, Inge, der ›Neue‹ hat einen Riesenknall. Vor ein paar Wochen hat der zu seinem Einstand alle Mitarbeiter vom Rathaus ins Vereinsheim des 1. FC Hirschweiler eingeladen. Dann wurden die Türen verrammelt und wir mussten uns an den Händen anfassen und dieses Max-Giesinger-Lied singen: Wir sind die eine von 80 Millionen oder so in der Art! Ich kam mir vor wie bei einer Sekte, aber bei Scientology geht es garantiert zivilisierter zu. Dann gab es noch Sprechchöre mit den Worten: Yes, we can das Saarland und Hirschweiler wieder great again machen. Der spinnt doch!«

Inge versuchte die aufgebrachte Doris zu beruhigen, die sich regelrecht in Rage geredet hatte. Doch in dem Moment drückt sich Prosecco-Doris in ihrem Stuhl hoch, beugte sich über die Infotheke und flüsterte: »Wenn es sich der Herr Bürgermeister mit mir verscherzt, dann lass ich mal meine Kontakte spielen. Dann fliegt der ganz schnell in hohem Bogen aus dem Rathaus raus.«

»Was meinst du denn?«, fragte Inge irritiert.

»Ich habe halt diverse Kontakte ...«, sagte Doris geheimnisvoll.

»Oh Gott, Doris ... Mit der Mafia ist nicht zu scherzen«, meinte Inge, die vor Schreck die Hände vor den Mund hielt.

»Quatsch! Ich habe Kontakte in die Politik. Von meiner Tante ihrem Schwager dessen Nachbar hat mit dem Mann von der Annegret Kramp-Karrenbauer vor vielen Jahren gemeinsam uff der Grub *(im Bergbau)* geschafft. Da könnte ich schon mal sehr gut einen Vorschlag zu einer personellen Veränderung für unser Rathaus platzieren ... Du verstehst schon?«

Inge staunte, dass Doris die Ex-Ministerpräsidentin vom Saarland zwar nicht persönlich, aber doch irgendwie über fünf Ecken kannte.

»Die Saarländer machen alle Karriere ... Die Annegret ist doch nun auch in Berlin«, warf Inge in den Raum.

»Ja, ja, die muss angeblich ganz dicke mit der Merkel sein. Ich kann mir das richtig witzig vorstellen, wie die Angie blöd geguckt hat, als die Annegret mit einem Ring Lyoner, einem Kasten UrPils und einer Flasche Maggi ihren Einstand als Generalsekretärin gegeben hat«, meinte Doris amüsiert.

Plötzlich klingelte das Telefon und das Lachen der beiden verstummte schlagartig.

»Gemeindeverwaltung Hirschweiler, was gibt's?«, meldete sie sich in ihrer gestressten Art. »Ach Jupp, du bist es! Deine Frau steht gerade bei mir, die hat Kuchen mitgebracht. Wo treibst du dich denn eigentlich rum?«, plärrte Doris in den Hörer.

Sie winkte Inge zu sich und raunte ihr ins Ohr, dass sie Jupp an der Strippe habe. Doch dann wurde klar, dass der Herr Kommissar ein dienstliches Anliegen hatte und sich herzlich wenig für den Kuchen seiner Gattin interessierte.

»Hä, was? Wie? Ich soll gucken, ob Gisela Weiskirchner umgezogen ist? Für so was bin ich doch gar nicht zuständig ...«

Widerwillig tippte Doris mit ihren künstlichen, lackierten Fingernägeln auf der Tastatur herum, und teilte Jupp dann mit, dass Gisela Weiskirchner immer noch beim Hirschweiler Einwohnermeldeamt gemeldet sei. Eine Abmeldung läge nicht vor, auch nicht die Adresse ihres neuen Zuhauses.

Eine halbe Stunde nachdem Jupp mit Prosecco-Doris telefoniert hatte, saß er im Behandlungszimmer bei Dr. Kunz, einem älteren Herrn mit grauem Rauschebart. Er erhoffte sich

Erklärungen in Bezug auf das Geheimnis von Gisela und Beate.

»Hören Sie, Herr Dr. Kunz, ich habe ein paar Fragen zu unserer verstorbenen Beate Ziegler. Sie haben ja letzte Woche den Totenschein ausgestellt. Ich frage mich, warum sie sich umgebracht hat. War sie denn krank?«

Dr. Kunz schaute ihn mit geweiteten Pupillen an und lehnte sich dann betont lässig in seinem schwarzen Drehsessel zurück.

»Mein lieber Jupp Backes, ich unterliege der ärztlichen Schweigepflicht und kann nicht einfach so über den Gesundheitszustand einer Patientin Auskunft geben. Ich bitte um Ihr Verständnis«, sagte er freundlich, aber bestimmt.

»Hmm ... Wie oft habe ich Sie schon beim Autofahren erwischt, wenn Sie nicht angeschnallt oder mit dem Handy am Ohr unterwegs waren?«

»Das ist ja Erpressung!«, empörte sich der Herr Doktor.

»Nein, das ist Erinnerung.« Jupp beugte sich über den Schreibtisch: »War Beate Ziegler krank? Hat sie sich deshalb das Leben genommen?«

Dr. Kunz schüttelte den Kopf.

»Nein, sie war körperlich kerngesund.«

»Depressionen, die einen Suizid begründen könnten?«, fragte Jupp fachmännisch.

Doch auch hier verneinte der Doktor.

»So, so, komisch. Warum bringt sich ein kerngesunder Mensch dann einfach um? Aber, was ist eigentlich mit dem Lechner Hansi - war der auch kerngesund? Der hat gestern Abend versucht, sich umzubringen.«

»Ja, ich hörte davon. Ich war gestern Abend beim Geburtstag eines ehemaligen Studienkollegen in Saarlouis. Ich darf über Herrn Lechner keine Auskünfte geben.«

»Herr Dr. Kunz, bitte seien Sie kooperativ! Ansonsten ist der Lappen das nächste Mal weg.«

Der Arzt zierte sich zwar noch etwas, erzählte dann aber, dass Hansi Lechner seit Jahren manisch-depressiv sei. Nur beim Singen im Kirchenchor blühte er regelrecht auf. Er selbst habe seinen Patienten dazu animiert, mit dem Singen anzufangen. Das wäre schließlich Balsam für seine traurige Seele.

»Aha, jetzt macht das alles einen Sinn. Depri-Hansi verliert die Gespielin und Sangesfreundin Beate und will dann auch ganz schnell weg aus Hirschweiler ...«, murmelte Jupp. »Und wie war das mit Gisela Weiskirchner?«, wollte er dann noch wissen.

»Was hat denn Frau Weiskirchner damit zu tun?«, fragte Dr. Kunz irritiert.

Er war nicht bereit, jetzt auch noch über einen dritten Patienten Auskunft zu geben.

»Das kann ich Ihnen sagen. Alle drei waren Mitglieder im Kirchenchor ... Dämmert Ihnen da was? Eine ist tot, der andere wollte sich umbringen und die Dritte im Bunde kann auch nicht mehr singen.«

»Moment, Moment, Moment! Frau Weiskirchner hatte einen Schlaganfall. Das können Sie doch nicht miteinander vergleichen.«

Jupp hielt kurz inne und überlegte, wie er taktisch am Besten vorgehen sollte.

»Wann waren Sie das letzte Mal zu einem Hausbesuch bei Frau Weiskirchner?«

Dr. Kunz schnaufte laut und ließ sich dann von einer Mitarbeiterin die Patientenakte bringen. Nach einem kurzen Blick in die Unterlagen teilte er Jupp mit, dass Gisela Anfang Januar den Schlaganfall erlitten hatte. Sie war dann mehrere Wochen im Krankenhaus und in einer Reha-Einrichtung. Danach hatte er sie noch zweimal zu Hause besucht, und seitdem nichts mehr von ihr gehört oder gesehen.

»Aha!«, rief Jupp. »Und wann genau war dieser letzte Hausbesuch?«

»Am 2. April ... Aber warum fragen Sie mich das alles?«, fragte er nach einem Blick in die Akte.

»Tja, weil unsere liebe Gisela Weiskirchner angeblich von einem Tag auf den nächsten nach Altötting umgezogen ist. Bei unserer Gemeindeverwaltung wurde sie aber nicht abgemeldet ...«

»Na, und? Das wird die Tochter wohl vergessen haben. Warum erzählen Sie mir das alles?«, wollte der Arzt nochmals wissen.

»Ich verstehe nicht, weshalb Sie sich als Hausarzt unseres kleinen Dorfs keine Gedanken darüber machen, wohin eine schwerkranke Patientin verlegt wird. Sie müssen doch darüber informiert worden sein und zumindest die Krankenakte an den neuen Wohnort versendet haben?«

»Also, hören Sie mal! Wenn mir die Angehörigen mitteilen, dass die liebe Frau Mutter umzieht, dann gibt es für mich keinen Grund, dies zu hinterfragen«, rechtfertigte sich der Arzt. »Und es wurden bisher keine Daten seitens eines Arztes in Bayern angefordert, denn sonst hätten wir dies doch gemacht.«

»Mann, Mann, Mann! Genau wie Sie auch nicht hinterfragen, wenn jemand mit einem Föhn tot in der Badewanne liegt. Ich sage Ihnen mal was: Das war kein Selbstmord, das war Mord!«, ließ Jupp die Bombe platzen.

»Wie bitte? Was reden Sie denn da? Ich war doch selbst vor Ort. Und der LKA-Beamte hat auch gesagt, dass es eindeutig Selbstmord war. Und es gab doch auch noch einen Abschiedsbrief ...«

»Das hat doch nichts zu bedeuten. Ich bitte Sie nur, im Interesse der Bevölkerung nichts von dem Mordverdacht zu erzählen«, bat Jupp.

»Aber wenn da draußen ein Mörder frei herumläuft, dann muss die Bevölkerung doch gewarnt werden!«, gab der Arzt zu bedenken.

»Ich erinnere Sie an die ärztliche Schweigepflicht. Wir wollen doch keine Massenpanik auslösen, nicht wahr? Ansonsten haben Sie das Wartezimmer voller Angsthasen sitzen, die sich nicht mehr in die Badewanne trauen, solange der Mörder nicht gefunden ist. Und noch eine Bitte habe ich an Sie, Herr Dr. Kunz ...«

Der Halbgott in Weiß schaute ihn mit gerunzelter Stirn fragend an.

»Sie müssen schon ordentlicher arbeiten und mehr hinterfragen! Wenn ich so fehlerhaft schaffen würde, wäre ich morgen meine Dienstmarke los. Aber so was von!«

Jupp stand auf und verließ nach einer unterkühlten Verabschiedung wütend die Praxis.

Mit dem Auto fuhr er sofort zurück zu seiner Dienststelle und überlegte während der Fahrt, was ihm der Besuch bei Dr. Kunz gebracht hatte. Eigentlich nix. Er war dem Geheimnis der beiden Frauen keinen Schritt näher gekommen. Darüber ärgerte er sich maßlos. Das einzig Gute war, dass er dem Arzt, der seinen Beruf so stümperhaft ausübte, mal ordentlich den Marsch geblasen hatte.

Jupp hatte nun wirklich keine Zweifel mehr, dass Beate ermordet wurde, denn laut dem Quacksalber war sie körperlich und psychisch quietschfidel gewesen. Sie musste ermordet worden sein. Aber von wem bloß?

Hansi Lechner schied für Jupp aus. Denn mit der Information, dass dieser seit Jahren unter Depressionen litt, war es nun absolut nachvollziehbar, dass er sich die Pulsadern aufgeschlitzt hatte. Außerdem hatte er zusammen mit seiner Ehefrau ein wasserfestes Alibi, da beide während der Tatzeit in der Notfallambulanz waren.

»Hallo, Jupp! Guck mal, deine Inge hat Marmorkuchen vorbeigebracht«, rief Doris, als Jupp das Rathaus betrat.

Sie winkte ihm freudestrahlend zu und drückte ihm die Plastikdose in die Hand.

In Gedanken versunken ging er mit der Dose in sein Büro. Er überlegte hin und her, was er als Nächstes unternehmen sollte.

Dann rief er Käthe an, um sie zu fragen, wie Giselas Schwester eigentlich hieß, denn Käthe kannte eigentlich jeden Hirschweiler Bürger inklusive Anhang.

Käthe brauchte keine drei Sekunden, um ihr Langzeitgedächtnis anzuwerfen. So erfuhr Jupp, dass die Schwester in Altötting Margarethe Hammergruber hieß und dort seit zig Jahren zusammen mit ihrem Mann einen Gasthof mit Fremdenzimmern betrieb.

»Käthe, du bist ja des Wahnsinns! Was du alles weißt!«, lobte Jupp.

Er war froh, dass er die Oma für so manche Ermittlungstätigkeit gut einsetzen konnte.

»Mein Hirn ist tiptop. Ich erinnere mich an alles, Jupp. An alles, gell! Wenn du noch Fragen hast oder ich was im Internet recherchieren soll, dann sag Bescheid! Ich bin da und habe Zeit. Viel Zeit, denn mir fällt sonst in Hirschweiler die Decke auf den Kopf. Kein Vergleich zu meiner Zeit in Berlin, wo immer Remmidemmi war«, sagte sie traurig.

Jupp teilte ihr mit, dass er gerne auf ihr Angebot zurückkommen werde, doch nun müsse er weiterarbeiten.

Keine fünf Minuten später rief Jupp, schlau, wie er war, in der Polizeiinspektion in Altötting an – in der Hoffnung, dass man ihm dort weiterhelfen könne.

»Grüß Gott! Polizeirevier Altötting, Oberwachtmeister Wichtlhuber.«

»Ja, hallo! Oberkommissar Backes vom Saarland am Apparat. Sie müssten mir in einer Sache mal weiterhelfen, denn ich recherchiere in einem Mordfall ...«, begann Jupp das Gespräch.

Der bayrische Kollege ließ vor Schreck alles liegen und fallen und spitzte die Ohren. Mord passte in Altötting genauso wenig in die heile Welt wie Stringtangas in die Seniorentanzgruppe. Geschah es dennoch, konnte man nicht wegucken.

»Kennen Sie eine gewisse Margarethe Hammergruber? Oder vielleicht sogar ihre Schwester Gisela Weiskirchner, die seit Kurzem in Ihrem schönen Altötting weilt und sich von der Frau Hammergruber pflegen lässt?«

»Die Hammergruber Grethel mit den Fremdenzimmern? Ja, freilich kennen wir die alte Preußin. Aber was hat die denn mit Ihrem Mord zu tun? Das interessiert mich jetzt aber schon«, wollte der Kollege aus Bayern wissen.

Jupp räusperte sich, denn er war nicht besonders gut im Lügen gegenüber Kollegen. Es waren halt auch Polizisten, und da log man einfach ungern.

»Ähm, also ... Ja, ähm, ihre Schwester ist für die saarländische Polizei viel wichtiger. Aber wir gehen davon aus, dass wir nur über die Fremdenzimmerwirtin Zugang zu Gisela bekommen, da sie sich wohl um die kranke Schwester kümmert und sie aufopferungsvoll pflegt.«

»Ja, Kruzifix! Wollen Sie mi verorschen?«, rief der bayrische Kollege. »Die alte Preußin ist doch so was von durch den Wind! Mein Kollege und ich haben sie vor paar Wochen halb nackt auf einer Kuhweide aufgelesen.«

»Wie bitte? Was sagen Sie da?«, fragte Jupp verdutzt.

»Die alte Grethel ist komplett dement und haut regelmäßig aus unserer schönen Seniorenresidenz ab. Und dreimal dürfen Sie raten, wer die Preußin wieder einfangen darf? Wir, die Deppen von der Polizei!«

»Grethel Hammergruber ist selbst pflegebedürftig?«

»Freilich, total durch den Wind. Die weiß gar nix mehr!«

Jupp bedankte sich für die Auskunft, mit der er nun so überhaupt nicht gerechnet hatte, und legte auf.

Er rieb sich die Schläfen und griff zum Marmorkuchen, in der Hoffnung, dass ihm dieser eine Antwort auf das neue Rätsel geben würde.

Warum log die Tochter Claudia Weiskirchner und erzählte ihm das Märchen, dass Gisela von ihrer Schwester in Altötting versorgt wurde? Hat das etwas mit diesem Geheimnis zu tun?

Plötzlich hatte Jupp einen Einfall. Schnell kramte er in seinen Unterlagen und hielt dann den Stapel Kontoauszüge in den Händen, aus denen hervorging, dass Beate regelmäßig Zahlungen vom Chefarzt, dem leiblichen Vater ihres Sohnes, erhalten hatte. Zum Glück hatte er diese Unterlagen der Hirschweiler Volksbank als mögliches Beweisstück beschlagnahmt.

Als er die Kontoauszüge nochmals sichtete, fiel ihm auf, dass auch von »Claudia Weiskirchner« regelmäßig Geld überwiesen worden war, allerdings unterschiedliche Beträge: in den Monaten Januar und Februar je 160 Euro, im März und April dann beide Male 450 Euro. Im Mai waren es plötzlich wieder

160 Euro, und im Juni und Juli waren plötzlich jeweils 700 Euro überwiesen worden. Komisch.

Laut der Tochter war Gisela doch schon seit rund zwei Monaten, in Altötting. Warum bekam Beate weiterhin noch so hohe Beträge überwiesen? War das vielleicht das Geheimnis? Es flossen Gelder, obwohl Beate die Gisela überhaupt nicht mehr pflegte. Aber wo zum Teufel steckte dann Gisela, wenn sie nicht in Altötting und nicht in Hirschweiler war?

Jupp fackelte nicht lange, verließ seine Dienststelle und fuhr geradewegs zum Weiskirchner-Haus.

Erst beim dritten Mal Läuten wurde die Tür vorsichtig geöffnet.

Silke Weiskirchner guckte ihn fragend an. Sie war das komplette Gegenteil ihrer Schwester. Groß und stämmig und mit kurzem Männerhaarschnitt. Sie wirkte vom Gesichtsausdruck her, als wäre sie nicht ganz helle im Kopf. Schüchtern spähte sie durch den kleinen Türspalt, den sie offen hielt.

»Guten Tag! Ich habe heute schon mal mit Ihrer Schwester gesprochen. Ist sie da?«, fragte Jupp.

»Claudia nicht da«, sagte Silke und starrte Jupp mit durchdringendem Blick scharf an.

Würde er nicht schon eine Dienstwaffe haben, die er bei sich trug, spätestens jetzt würde er sich eine anschaffen. Silke wirkte mit ihrem starren Blick regelrecht unheimlich.

»Okay, dann sagen Sie ihr bitte, dass ich morgen früh noch mal komme, um ihr ein paar Fragen zu stellen. Aber vielleicht könnten Sie mir auch sagen, wann Beate Ziegler aufgehört hat bei Ihnen zu arbeiten?«

Silke zuckte mit den Schultern und machte schnell die Tür zu. Sie verrammelte die Haustür regelrecht, denn sie sperrte gleich zweimal von innen ab.

Jupp ging nachdenklich zu seinem Wagen zurück. Er hatte ein komisches Bauchgefühl.

Wohin konnte eine MS-Patientin mit Gehstütze unterwegs sein?, fragte er sich. Spazierengehen schloss er irgendwie aus.

Jupp ahnte, dass bei den Weiskirchners irgendwas nicht stimmte und einiges an ihrer Geschichte faul war. Aber er war sich auch sicher, dass er noch dahinterkommen würde.

»Ist er weg?«, fragte Claudia, die sich im Wohnzimmer versteckt hatte.

Silke nickte.

»Was machen wir denn jetzt? Ich habe Angst. Was ist, wenn der Mann rausfindet, dass ...«

»Pssst, Silke!«, Claudia legte der verängstigten Silke den Finger auf den Mund. »Ich habe alles im Griff. Vertrau deiner großen Schwester! Alles wird gut, wir dürfen nur keine Dummheiten machen.«

»Dummheiten wie Beate. Sie war auch dumm. Und böse ...«, sagte Silke.

»Ja, sie war eine böse Frau. Aber jetzt ist sie tot und wird nie mehr böse zu uns sein«, beruhigte Claudia sie.

»Ich bin traurig, dass Beate im Himmel ist ...«, quengelte Silke, die ganz und gar nicht wie eine 38-Jährige sprach.

»Pst, Silke! Alles wird gut, vertrau mir! So wie du deiner großen Schwester immer vertrauen kannst.«

Silke, die in ihrer Entwicklung leicht zurückgeblieben war, schaute ihre Schwester mit großen Augen an und schmiegte sich an sie. Dann liefen ihr dicke Tränen über die Wange.

Claudia strich der Jüngeren tröstend über die Wange und wiederholte immer wieder, dass sie keine Angst haben müsse. Sie würde sich um alles kümmern.

»Und was ist, wenn der Mann von eben wiederkommt?«, fragte Silke.

»Pssst! Er wird dir nicht wehtun. Niemand wird dir wehtun ...«

Kapitel 16

Morgens gegen 7:30 Uhr saßen Jupp und Inge beim Frühstück. Inge studierte mal wieder sehr gründlich die Todesanzeigen, ob nicht mal wieder eine Schulfreundin viel zu früh den Löffel abgegeben hatte. Zum Glück entdeckte sie niemand Bekanntes, daher legte sie die Zeitung zur Seite.

»Du, Jupp, wie machen wir denn nun eigentlich mit den Ermittlungen weiter? Sollten wir nicht endlich mal ein Täterprofil anlegen, so wie die Ermittler im Fernsehen das immer machen?«

Inge war der Meinung, dass man Beates Leben nun ausreichend durchleuchtet hatte; jetzt schwebte ihr vor sich genauestens mit dem Täter zu beschäftigen, wie die Kommissare im »Tatort« es taten.

»Ach, Inge, ich bin im Moment an einem Punkt in meiner Arbeit angekommen, wo ich mit niemandem mehr darüber schwätzen kann. Es gibt ein paar Ungereimtheiten, die mir wirklich Kopfzerbrechen bereiten.«

»Und schlaflose Nächte ... Ich habe doch gemerkt, wie du dich diese Nacht hin und her gewälzt hast.«

Jupp seufzte und griff zur Kaffeetasse. Koffein konnte er sehr gut gebrauchen.

»Wenn dir das mit diesem spektakulären Fall alles zu viel wird, dann musst du mit dem Waldi schwätzen. Dann muss der Waldi ab jetzt übernehmen, nicht dass dir das alles über den Kopf steigt und du noch einen Herzinfarkt erleidest. Mensch, das ist es doch nun wirklich nicht wert, dass du als Ermittler auch noch draufgehst. Die Arbeit darf keineswegs zu gesundheitlichen Problemen führen ... Guck dir mal die Doris an, die ist doch völlig durch mit den Nerven!«

»Aha! Was ist denn mit der Doris?«, fragte er überrascht.

»Ähm ... Also, die hat ... Tja, wie nennt man das noch mal, wenn man den ganzen Tag geärgert wird?«

»Verheiratet?«

»Nee ... Mobbing! Von dem neuen Bürgermeister. Aber der muss sich hüten, denn die Doris hat angeblich sehr gute Kontakte in die Politik.«

»Ach, Blödsinn! Die Doris hat keine Kontakte, bei der brennen nur bald die Sicherungen durch. Die hat doch einen riesigen Knall und ist total überfordert an der Infotheke.«

Inge erwähnte noch mal besorgt, dass sich Jupp unbedingt mit dem Waldi unterhalten solle. Nicht dass er auch noch einen Knall wegen Überarbeitung bekäme.

Jupp winkte ab und meinte, er habe alles im Griff.

»Du musst mir sagen, wenn ich irgendwie helfen oder sonst was tun kann.«

Jupp seufzte und überlegte, ob er Inge in der Tat etwas mehr erzählen sollte.

Plötzlich flüsterte er ihr zu: »Schwöre bei deinem toten Vater, dass du mit niemandem, aber wirklich niemandem über das redest, was ich dir gleich erzähle.«

Inge schwor am Küchentisch neben Frühstücksbrettchen und Bohnenkaffee, dass sie mucksmäuschenstill sein würde, was auch immer sie gleich erzählt bekäme. Nach dem geleisteten Eid nahm Jupp seine Skizze aus der Hosentasche, faltete das Blatt auseinander und verkündete, dass sich die laufenden Ermittlungen zurzeit auf Gisela Weiskirchner konzentrierten.

»Hä? Die Gisela, die immer so schön gesungen hat? Wieso taucht die denn auf deinem gekritzelten Zettel auf?«

»Tja, der Lechner Hansi hat mir von einem Geheimnis erzählt, dass Gisela und Beate angeblich verbunden haben soll.

Und nun ist eine von beiden tot und die andere ist spurlos verschwunden.«

»Verschwunden? Die Gisela hatte doch einen Schlaganfall, die kann doch nirgends hinlaufen, wenn sie an einen Rollstuhl oder ans Bett gefesselt ist.«

»Eben, und genau das ist mein Problem! Laut Aussage der Tochter lebt die Gisela in Altötting bei ihrer Schwester und wird von ihr gepflegt. Aber laut meinem Polizeikollegen in diesem Kaff ist diese Schwester demenzkrank. Kannst du dir vorstellen, was das bedeutet?«, fragte Jupp.

»Ei, natürlich! Demenz ist für die Angehörigen kein Zuckerschlecken, das hört man immer wieder.«

»Nein, das bedeutet, dass mir die Weiskirchner Tochter rotzfrech ins Gesicht gelogen hat.«

»Oh, leck!«, staunte Inge. »Aber warum soll sie denn lügen? Was hat sie denn davon?«

»Herrje Inge, genau das ist doch mein Problem! Sie lügt mich an. Außerdem wurden laut meiner Recherche regelmäßig hohe Zahlungen auf das Konto von Beate geleistet und ich frage mich warum, weshalb und wozu?«

»Wow, Respekt! Was du alles in der kurzen Zeit schon rausgefunden hast, das musst du dem Waldi erzählen, da ist doch bestimmt eine Gehaltserhöhung drin, wenn du jetzt quasi seinen Job von der Kripo machst.«

Inge zeigte sich schwer beeindruckt.

Jupp winkte mal wieder ab und meinte, dass es hier nicht ums Geld ginge, sondern allein darum, wo zum Teufel Gisela Weiskirchner steckte.

Inge schüttelte den Kopf und schaute mit starrem Blick auf das Frühstücksbrett.

»Da denkt man, man wohnt in einem kleinen, sicheren Dorf irgendwo in der Provinz, wo einem nix, aber auch rein gar nix passieren kann ... Und dann sterben und verschwinden direkt vor der eigenen Haustür die Leute wie anderswo die Ratten durch Rattengift.«

»Böse Menschen gibt es überall auf der Welt – auch bei uns in Hirschweiler, da darf man nicht naiv sein. Die Frage ist nur, wer ist der oder die Böse?«

Inge nickte zustimmend.

»Was hast du jetzt vor?«, fragte sie interessiert und erhoffte sich eine zündende Idee, denn so richtig sicher fühlte sich Inge gerade nicht mehr in ihrem Haus.

»Ich werde noch mal bei den Weiskirchners aufschlagen und die Töchter zur Schnecke machen. Mich bescheißt keiner, wenn ich ermittle ... Ich finde schließlich alles raus.«

»Genau! Grrr ... Das ist mein Jupp! So, wie ich ihn von früher kenne. Immer das Ziel vor Augen und bereit die Beute zu erlegen«, schwärmte Inge.

Sie schaute ihren Mann verliebt an und streichelte sanft seine Hand. Sie hatte gerade das Gefühl, sicher und geborgen zu sein.

Dieses Gefühl hielt nur für einen kleinen Augenblick. Denn Sekunden später wurde die Küchentür mit Karacho aufgestoßen, sodass Inge und Jupp vor Schreck aufsprangen und senkrecht vor dem Tisch standen.

»Einen wunderschönen guten Morgen! Bin ich hier richtig, wenn man Kaffee wünscht?«, plärrte ihnen ein gutgelaunter älterer Herr mit grauen und verwuschelten Haaren entgegen und stiefelte durch die Küche.

Er setzte sich an den gedeckten Tisch, während ihn Inge und Jupp sprachlos anstarrten.

»Wer zum Teufel sind Sie? Und was haben Sie an meinem gottverdammten Küchentisch morgens um Viertel vor acht verloren?«, brauste Jupp auf.

»Oh, verzeihen Sie, dass ich mich nicht vorgestellt habe! Mein Name ist Otto ...«

»Ausziehen! Sofort ausziehen ... Los, wird's bald?«, schrie Inge auf einmal und scheuchte den Fremden vom Stuhl hoch.

»Oha, Sie müssen Käthes Tochter sein, nicht wahr? Sie sind ja ganz die Mama! Immer gleich zur Sache kommen ...«, sagte Otto mit breitem Grinsen im Gesicht, während er etwas verloren in der Küche stand.

Zum Glück kam im gleichen Moment Käthe im Bademantel in die Küche geschlurft.

»Wie kannst du es wagen? Dass dieser Fremde hier den Pyjama vom Papa trägt!«, klagte Inge weinerlich und wütend zugleich.

»Also, Inge, jetzt mach hier mal keine Szene am frühen Morgen! Dein Vater ist seit einigen Jahren tot. Du benimmst dich ja total peinlich«, meinte Käthe lapidar und grinste Otto an, der ihr auffallend oft zuzwinkerte.

Otto hatte sich aber noch nicht getraut, sich wieder hinzusetzen und stand immer noch mitten im Raum.

»Peinlich ist wohl eher, dass ein Fremder seine Quadratlatschen unter meinen Küchentisch streckt. Käthe, mitkommen! Aber ein bisschen flott!«

Nun hatte Jupp wirklich die Nase gestrichen voll. Seine Gutmütigkeit war nun so was von strapaziert worden, dass er mit der Oma Tacheles reden musste. Aber so was von!

Otto erkannte sofort, dass er fehl am Platze war. Er rief der abgeführten Käthe zu, dass er dringend heim müsse und sich per WhatsApp bei ihr melden würde. Und ganz flott machte sich Otto vom Acker.

Käthe stand im Hausflur wie ein kleines Mädchen und wurde von Jupp zurechtgewiesen, da sie nicht einfach unangemeldeten Herrenbesuch empfangen dürfe. Und erst recht keine Frühstückseinladungen ohne Absprache aussprechen.

Diese Maßregelung schmeckte Käthe überhaupt nicht und sie regte sich fürchterlich auf.

»Wenn es dir hier nicht passt, dann kannst du sehr gerne ausziehen. Aber solange du unter meinem Dach lebst, die Füße unter meinen Tisch streckst und keinen Cent Miete zahlst, wird sich an die Ordnung gehalten«, sprach Jupp ein Machtwort mit der nicht einsichtigen Schwiegermutter.

»Wäre doch schön, wenn du Männerbesuch vorher ankündigst«, meinte Inge versöhnlich, die zum Schlichten auch in den Flur geeilt war.

Sie wollte nun wirklich keinen Streit am frühen Morgen provozieren.

»Es gibt überhaupt keine Männerbesuche, die über Nacht bleiben! Wo sind wir denn hier?«, schrie Jupp wütend. »Das hier ist mein Haus und kein Puff! Ansonsten kannst du gleich nach Saarbrigge fahren und bei dieser Fräulein Monika anfangen, deren Adresse du mir gegeben hast«, schrie Jupp Käthe an.

»Chez Monique, der Laden hieß Chez Monique«, meldete sich Inge kleinlaut, wollte ihrem Jupp aber auch Rückendeckung geben.

»Ach, willst du mir jetzt etwa noch vorschreiben, wie ich mein Leben zu leben habe? Ich kann doch nichts dafür, dass eure Ehe in Trümmern liegt und ihr nur noch wegen dem Haus zusammenbleibt!«, konterte Käthe in ebenso lautem Ton.

»Stopp, stopp, stopp! Bitte hört damit auf, denn jetzt wird es persönlich«, schritt Inge schnell ein.

Sie wollte die beiden Streithähne zur Vernunft bringen und schlug vor, dass sich beide erst einmal beruhigten und das Gespräch zu einem späteren Zeitpunkt fortsetzten.

»Ich muss hier weg, sonst platzt mir der Kragen! Ich habe weitaus Wichtigeres zu tun, als meine männerverrückte Schwiegermutter in den Griff zu bekommen.«

Jupp verließ fluchtartig den Raum, und Inge versuchte es auf diplomatische Art, indem sie sich an ihre Mutter wandte: »Könntest du nicht einfach wie andere Frauen in deinem Alter stricken, häkeln oder einfach nur auf die Urenkel aufpassen?«

Käthe saß mit verschränkten Armen und beleidigter Schnute am Tisch und meinte, die Aufregung sei absolut nicht gerechtfertigt. Sie klärte auf, dass Otto ihr Tinder-Date aus Mainz sei.

»Aha! Und muss dieses Date dann gleich hier übernachten?«, wollte Inge wissen.

»Der Otto fährt im Dunklen nicht so gerne Autobahn. Nachtblindheit! Und gestern Abend haben wir uns total verquatscht und plötzlich war es stockdunkel draußen. Also habe ich ihm die Gästecouch angeboten.«

»Die Gästecouch?«, freute sich Inge und grinste.

»Natürlich die Gästecouch. Was denkst du denn von mir? Dass ich gleich mit dem erstbesten Kerl am ersten Abend ins Bett springe? Vergiss es, so ein leichtes Mädchen bin ich nun wirklich nicht!«

Inge schluckte und überlegte, was sie ihrer Mutter für einen Tipp geben könnte. Zum Glück war Schwangerschaftsverhütung für die Rentnerin nicht mehr wirklich ein Thema, über das es sich zu reden lohnte.

»Beim nächsten Mal sollte er nur nicht den Pyjama vom Papa tragen. Auch wenn der schon ein paar Jahre tot ist, aber ich bekomme da sonst nur meinen Moralischen«, bat Inge die Oma um diesen klitzekleinen Gefallen.

Käthe war erleichtert und grinste. Dabei tätschelte sie Inges Hand und versprach, beim nächsten Tinder-Date eine mögliche Nachtblindheit im Vorfeld abzuklären um so Zoff und miese Stimmung am Familienfrühstückstisch zu vermeiden.

Inge war einigermaßen zufrieden und versuchte damit klarzukommen, dass ihre Mutter halt eine Klasse für sich war und nichts mit den anderen Seniorinnen gemeinsam hatte, die sonst in Hirschweiler durch die Straßen spazierten.

Unangemeldet stand Jupp wieder bei den Weiskirchners vor der Tür. Auch nach dem dritten Klingeln öffnete keiner.

Plötzlich klingelte sein Diensthandy in der Hosentasche. Es war Käthe!

»Du, Jupp, ich wollte mich bei dir entschuldigen«, sagte sie kleinlaut.

»Aha, wird auch Zeit! Also ich bin ja nicht nachtragend, aber solche Sperenzien gehen überhaupt nicht, Käthe«, meinte er versöhnlich.

Käthe erzählte ihm noch mal kurz von dem Dilemma mit Ottos Nachtblindheit. Und dass es doch nur verantwortungsvoll gewesen wäre, ein Nachtlager anzubieten, bevor der ältere Mainzer noch als Geisterfahrer auf der Autobahn größeren Schaden angerichtet hätte.

Als auf einmal ein weiterer Anrufer auf Jupps Diensthandy anklopfte, würgte er Käthe ab, war über ihre Entschuldigung und gleichzeitige Einsicht dennoch sehr erfreut. Er vermutete, dass es am Yoga lag, denn dadurch bekamen die Menschen eine andere Einstellung zu Körper, Geist und halt allem anderem anscheinend auch.

Außerdem musste er auch irgendwie mit der Schwiegermutter klarkommen, obwohl sie ihn immer wieder an seine Töchter erinnerte, als diese mitten in der Pubertät waren. Aber Familie konnte man sich bekanntlich nicht aussuchen und so eine Schwiegermutter war im Prinzip wie eine Wundertüte - erst Jahre später merkte man, in was für einen Schlamassel man hineingeheiratet hatte.

Der Anrufer, der angeklopft hatte war ein Kollege der Gendarmerie in Frankreich. Genauer gesagt sogar aus Lourdes, dem Wallfahrtsort, an dem der Pfarrer mit dem kompletten Kirchenchor und dem Pfarrgemeinderat (ohne den streitenden Vorsitzenden) ein paar erholsame Tage verbrachte beziehungsweise die Sommerfesteinnahmen nach Herzenslust verprasste.

Der Pfarrer war nämlich im Geldausgeben ganz weit vorne mit dabei - der Limburger Protzbischof Tebartz-van Elst ließ grüßen. Keiner glaubte an die Geschichte, dass der Erlös des Sommerfests für die undichten Kirchenfenster gedacht war.

Jupp nahm die in gebrochenem Deutsch übermittelte Information entgegen, denn neben Englisch konnte er auch kein Französisch. Dabei klappte ihm der Unterkiefer schlagartig nach unten.

Danach setzte er sich umgehend in seinen Peugeot 405, um den Angehörigen von Lydia Hoffman (Stimmlage Alt) eine Hiobsbotschaft zu überbringen.

Lydia Hoffmann war beim Wallfahren in Lourdes auf einem Parkplatz von einem Reisebus überrollt worden. Beim Wenden des Busses war die Hirschweilerin im toten Winkel übersehen und einfach über den Haufen gefahren worden.

Jupp konnte nicht fassen, dass sich der Mitgliederschwund des Chors unaufhaltsam fortsetzte wie in einer sizilianischen Mafiafamilie. Beate lag tot in der Wanne, Gisela war spurlos verschwunden, Lydia wurde vom Bus überfahren und Hansi schlitzte sich die Pulsadern auf. Das konnte doch alles kein Zufall mehr sein.

Als Inge das Rathaus betrat, merkte sie sofort, dass Prosecco-Doris miese Laune hatte. Ihr Gesichtsausdruck verriet, dass es mal wieder mächtig Ärger mit dem Bürgermeister gegeben haben musste und dass sie nun jegliche noch so kleine Lust am Arbeiten verloren hatte.

Eigentlich wollte sich Inge gleich zu Jupps Dienstzimmer schleichen, denn in der Hektik am Morgen hatte er wieder einmal seine Tupperdose und den guten Kaffee in der Thermoskanne vergessen, denn der Rathauskaffee schmeckte nicht - das wusste jeder, der hier arbeitete.

Doch ohne ein Schwätzchen kam Inge nicht an Doris vorbei, denn ihr entging einfach nix und niemand hinter ihrer Infotheke, wo sie mit Argusaugen wachte und thronte.

»Guten Morgen, Inge! Lass uns mal schnell vor die Tür gehen, ich muss dringend eine rauchen. Heute sind wieder nur Bekloppte in der Telefonleitung und der Chef nervt auch ohne Ende.«

Inge willigte ein und ging mit Doris nach draußen, damit die Freundin ihre Nerven mit Nikotin beruhigen konnte. Doris' Hände zitterten schon.

»Wie war es eigentlich auf Mallorca? Außer dem bisschen Regen, von dem du erzählt hast.«

Inge wollte, dass ihre Freundin auf andere Gedanken kam und sich nicht wieder über ihren Job aufregte. Über den Urlaub zu sprechen, schien ihr eine gute Ablenkung.

»Stell dir mal vor ...«, flüsterte Doris auf einmal: »Drei Wochen auf der Insel rumgelungert und kein einziges Mal Sex gehabt.«

»Na ja, Doris, wenn du es darauf anlegst, dann darfst du nicht mit deinem Mann in den Urlaub fahren, sondern fliegst besser mutterseelenallein in die Sonne«, rutschte es Inge spontan raus, wobei sie Doris schnell mit dem rechten Auge zuzwinkerte.

»Wie läuft es denn bei dir und dem Jupp so?«, wollte Doris wissen, während sie am Schraubverschluss des Piccolos drehte, den sie selbstverständlich nebst Feuerzeug und Zigarettenschachtel mit nach draußen genommen hatte.

Solche intimere Gespräche lösten bei ihr einen unglaublichen Durst aus, der gelöscht werden musste.

»Ähm ... Also bei uns ist alles in bester Ordnung«, wehrte Inge verlegen ab.

Sie würde einen Teufel tun, Prosecco-Doris etwas von der Paartherapie zu erzählen. Dann könnte sie es auch gleich ans Schwarze Brett hängen oder den Pfarrer bitten, es am Sonntag von der Kanzel zu predigen nach dem Motto: »Lasset uns beten, dass Inge und Josef wieder zueinanderfinden«.

Doris war ein Klatschmaul ohne Ende. Aber vielleicht musste man diese Eigenschaft als Mitarbeiterin an der Rathausinformation auch von Haus aus mitbringen, um diesen Posten zu ergattern. Zumindest zur damaligen Zeit. Aber mit dem neuen Bürgermeister kam sie überhaupt nicht zurecht.

Doris trank ein Schlückchen Prosecco, fühlte sich offenbar gleich viel befreiter und kam plötzlich ins Schwärmen.

»Tja, dein Jupp ist halt so ein richtiger Kerl, in Uniform und mit Handschellen ... Grrr! Kann ich mir gut vorstellen, dass bei euch die Post abgeht«, kicherte Doris, während drinnen das Telefon mal wieder pausenlos klingelte.

»Also, ich gehe dann mal wieder rein«, meinte Inge, die sich unwohl fühlte.

Doch Doris hinderte sie daran, indem sie ihren Arm festhielt.

»Soll ich dir mal sagen, warum ich mir öfter mal einen Prosecco gönne? Bei meinem Edwin und mir läuft es überhaupt nicht mehr richtig rund. Ich sage dir das, weil wir doch beste Freundinnen sind. Das sind wir doch, Inge?«

Inge schaute sie nickend an. Eigentlich wollte sie das nicht hören und lieber weglaufen. Doch ihr Arm wurde immer noch festgehalten. Sogar noch fester.

»Weißt du, Inge, wenn du abends müde und geschafft von der Arbeit heimkommst und dein Mann kommt dir im rosa Tutu entgegen – dann merkst du doch, dass da irgendwas falsch läuft ...«

»Wie bitte?«, fragte Inge verstört.

Sie wollte sich Edwin, Doris' Angetrauten, partout nicht in einem rosa Fummel vorstellen.

»Er probt mal wieder fürs Männerballett für den Fasching. Oder er macht mir aus Fimo eine Brosche oder bastelt aus Salzteig Schilder, auf denen ›Küche‹ oder ›WC‹ draufsteht. Das ist auch schön und gut, aber ... Weißt du, Inge, das ist halt doch nicht alles, was sich eine Frau so wünscht. Du verstehst, was ich meine, ne?«

Diesmal zwinkerte Prosecco-Doris.

»Also, wenn mir der Jupp eine Brosche basteln würde, da würde ich mich riesig freuen. Der legt mir eher Bügelwäsche hin«, lenkte Inge ein.

»Ich habe die Schublade voll von dem selbst gebastelten Krimskrams. Mein Edwin übertreibt es halt, und andere Dinge bleiben auf der Strecke, verstehst du?«

»Absolut. Am Haus fällt ja auch immer Arbeit an, das darf natürlich nicht zu kurz kommen«, stimmte Inge zu. »Ich motze mit dem Jupp auch, wenn er mal wieder das Gießen im Garten vergisst.«

»Nein, das Haus ist mir wurschtegal. Bei uns ist tote Hose im Schlafzimmer. Jetzt weißt du es«, flüsterte Doris ihrer Freundin zu. »Außer, dass er ganz oft Rosenblätter ums Bett verteilt. Angeblich wegen dem aromatischen Duft. Aber auf ein totes Pferd setzt sich kein Jockey, da kann es noch so gut duften, gell?«

»Rosenblätter? Hast du es gut! Jupp verteilt höchstens seine Socken und dreckigen Unnerbuxe *(Unterhosen)* ums Bett.«

Beide lachten daraufhin. Dann wollte Doris wissen, ob Inge nicht vielleicht einen Tipp für sie hätte – so von Frau zu Frau.

»Ähm, ja ... Ach, das ist bestimmt nur eine Phase. Männer haben angeblich auch ihre Wechseljahre. Du, Doris, ich muss jetzt aber wirklich weiter und dem Jupp seine Tupperdose und den Kaffee bringen, denn das hat er in der Eile heute Morgen vergessen. Er ist ja so pflichtbewusst, was seine Arbeit angeht.«

»Wir können uns doch mal wieder zu viert treffen?«, rief ihr Doris noch hinterher, als Inge schon ins Rathaus flüchtete.

Sie antwortete nicht und eilte zur Polizeidienststelle. Leider war die Tür abgesperrt!

Inge war sauer, schließlich hatten sie beide heute noch einen wichtigen Termin, auf den sie sehr großen Wert legte. Falls Jupp dies vergessen haben sollte, würde sie sämtliche Koch-, Bügel- und möglichen Liebesdienste einstellen. Unverzüglich!

Kapitel 17

»Frau und Herr Backes, haben Sie sich Gedanken gemacht, wie es für Sie als Paar weitergehen soll?«, fragte Frau Scholz-Mörsdorf, die hinter ihrem Schreibtisch saß und ihre Patienten erwartungsvoll ansah.

»Also, wenn es nach mir geht, kann alles so bleiben wie bisher. Ich bin zufrieden«, sagte Jupp, dem es am liebsten wäre, die Sitzung wäre schnellstmöglich vorbei.

Die Therapeutin nahm ihre rote Brille ab und blickte ihn ermahnend an.

»In Bezug auf Ihre Ehe, Herr Backes, was sollte sich da ändern? Das war Ihre Hausaufgabe.«

»Hausaufgabe? In meinem Alter mache ich keine Hausaufgaben mehr«, motzte er.

Sein Blick fiel auf Inge, die bestens vorbereitet war, einen Zettel aus der Handtasche kramte und wie ein artiges Schulmädchen darauf wartete endlich ihre Liste vortragen zu dürfen.

Jupp fühlte sich ertappt, da er so unvorbereitet war. Doch Angriff war bekanntlich die beste Verteidigung, also ging er in die Offensive: »Also, wenn Sie mich fragen – die Inge braucht Arbeit. Wenn die tagsüber außer Haus am Schaffen wäre, dann käme die auf andere Gedanken und alles wäre fein.«

»Wie bitte?«, fragte Inge und schaute ihn verdutzt von der Seite an.

»Ist doch wahr! Du sitzt den ganzen Tag herum und grübelst, was bei uns in der Ehe falsch läuft«, warf er seiner Frau vor.

Und dann an Frau Scholz-Mörsdorf gewandt: »Wissen Sie, ich bin gerade an einem kniffeligen Fall dran, da komme ich überhaupt nicht auf die Idee rumzudenken, was sich bei uns ändern soll. Alles funktioniert doch prima!«, wiederholte er gebetsmühlenartig seinen Standpunkt.

»Sagen Sie doch was!«

Inge schaute die Therapeutin Hilfe suchend an.

»Machen Sie es sich nicht ein bisschen einfach? Ihre Frau einfach arbeiten schicken - und damit sind alle Probleme gelöst?«

»Ja, warum auch nicht? Ich bin nun mal ein Mann und pragmatisch veranlagt.«

»Und wie soll das dann in Zukunft aussehen?«, bohrte die Therapeutin fachmännisch nach.

»Tja, also, zum Beispiel wird für die Turnhalle bei uns im Ort noch eine neue Putzfrau gesucht. Die alte hat so schlimm Ischias und kommt nicht mehr in die Ecken, weil sie sich nicht mehr bücken kann ...«

»Herr Backes, ich bitte Sie! Ich spreche von der Zukunft Ihrer Ehe. Eine reine Arbeitsmaßnahme für Ihre Frau ist doch nun wirklich keine Lösung!«

»Ich mache den Scheißdreck von fremden Leuten sicherlich nicht weg«, giftete Inge, die gerade vom Glauben abfiel.

»Das hat auch keiner von dir verlangt. Ich spreche lediglich von unserer Turnhalle, weil da gerade eine freie Stelle ist ... Es kann ja auch eine andere Tätigkeit sein«, rechtfertigte Jupp seinen Vorschlag.

Frau Scholz-Mörsdorf schaute nun Inge an und fragte, wie sie sich fühle und ob sie jemals selbst darüber nachgedacht habe, einer beruflichen Tätigkeit nachzugehen.

»Ähm, also, ich bin ja eine Fabrikantentochter und habe im elterlichen Betrieb mitgeschafft und dann ...«, begann Inge etwas weiter auszuholen.

»Der Laden deiner Eltern ist pleitegegangen, deshalb wohnt die Oma ja auch bei uns - mietfrei, um das bitte nicht zu vergessen«, fiel Jupp ihr ins Wort.

Inge ließ sich von seinem Einwurf nicht beirren und berichtete weiter, dass sie nach der Schule in der elterlichen Wurstfabrik tätig gewesen sei. Dann habe sie geheiratet, Kinder bekommen und war als Hausfrau und Mutter ganz glücklich gewesen.

Als sie dann wieder in der Firma hätte mitarbeiten können, war der Betrieb bereits an ihren Bruder überschrieben gewesen und der habe den Laden in die Insolvenz gesteuert.

Und ihre Mutter hatte dummerweise Bürgschaften gegenüber den Banken übernommen, um den Betrieb doch noch zu retten, was leider nicht gelang. Das sei auch der wahre Grund, weshalb sie nun von einer Mini-Rente leben musste, die mit Ach und Krach knapp über Hartz-IV-Niveau lag. Deshalb ließ man Käthe auch umsonst im Backes-Haus wohnen, damit sie nicht noch auf soziale Hilfe angewiesen wäre. Für sie als frühere Unternehmerin ein absolutes No-Go.

»Die Oma hat halt nie an eine Altersvorsorge gedacht. Wie kann man denn so blöd sein und Bürgschaften für einen Sohn übernehmen, der von Tuten und Blasen keine Ahnung hat, wenn es um so was wie Betriebsführung geht«, giftete Jupp.

»Wie soll es nun also weitergehen?«, fragte Frau Scholz-Mörsdorf, die sich eifrig Notizen machte.

»Meiner Meinung nach müsste die ganze Familie von der Inge auf die Couch. Die Firmenpleite hat alle verrückt im Kopf gemacht - ganz besonders die Oma. Denn wenn das Lebenswerk den Bach runtergeht - das hat die nicht verkraftet und daher braucht die dringend eine Therapie«, wetterte Jupp.

Die Therapeutin teilte ihm klipp und klar mit, dass es keine Lösung sei, einfach andere Leute für verrückt zu erklären und in eine Therapie zu schicken. Er solle erst mal seine eigenen Probleme in den Griff bekommen.

Sie wandte sich dann wieder an Inge, die nun brav berichtete, was ihre Wünsche waren, denn sie hatte artig die Hausaufgabe aus der letzten Therapiestunde gemacht.

»Mehr reden. Mehr Zeit füreinander. Gemeinsames Hobby suchen. Missverständnisse klären. In Urlaub fahren ...«

Inge las etliche Punkte von ihrer Liste ab, während Jupp nur stumm zuhörte und sich fragte, wann Inges Wunschliste endlich ein Ende finden würde. Als sie nach einer gefühlten Ewigkeit fertig war, bekam sie die therapeutische Anweisung, sich zwei konkrete Wünsche auszusuchen.

Inge überlegte kurz und meinte dann, dass sie unbedingt mal eine Kreuzfahrt machen wolle.

»Ach, du grüne Neune! Mich bringen keine zehn Pferde auf so einen Dampfer. Ich sage ja immer, dass Kreuzfahrten speziell für Rücken- und Fußkranke entwickelt wurden«, polterte Jupp.

Leicht eingeschüchtert teilte Inge ihren zweiten konkreten Wunsch aus der Reihe gemeinsamer Hobbys mit, wobei sie sich nicht so richtig festlegen wollte: »Man könnte ja einen Tanzkurs machen ...«

»Ach, Inge! Was hast du dir denn da für einen Blödsinn einfallen lassen? Du weißt genau, dass ich am Tanzen null Komma null Interesse habe. Ich nehme dich ja auch nicht zu einer Rasenmäher-Ausstellung mit.«

Er kam gerade richtig in Fahrt.

»Aus Fimo könnte man auch Broschen herstellen ...«, piepste Inge, die in ihrem Sessel immer kleiner wurde.

»Frau Scholz-Mörsdorf, bitte helfen Sie meiner Frau! Die hat Ideen im Kopf, da bekomme ich es mit der Angst zu tun. Dagegen ist die Putzstelle in unserer örtlichen Turnhalle quasi die Wiedereingliederung in ein normales und soziales Leben.«

Die Therapeutin unterbrach ihre Notizen, nahm die Brille ab und seufzte laut. Sie kannte solche Paare nur zu gut, die über 30 Jahre zusammen waren und sich immer weiter auseinanderentwickelten. Gerade als sie einen Vorschlag unterbreiten wollte, läutete Jupps Diensthandy.

»Tschuldigung, aber es könnte wichtig sein«, sagte er noch, und hatte das Telefon schon am Ohr.

Inge saß mit verschränkten Armen da und zog eine beleidigte Schnute. Sie hasste es, dass er nicht mal in der Therapie das Handy ausschaltete.

»Ach, Marianne! Was hast du denn schon wieder?«, fragte Jupp genervt.

Er war aufgestanden und hatte sich ans Fenster gestellt, während die beiden Frauen tatenlos warteten.

»Was? Wie? Bist du dir ganz sicher?«, rief Jupp.

Nur Sekunden später legte er auf.

»Inge, los komm – pack zusammen! Wir müssen los, und zwar auf der Stelle!«

Die Frauen schauten ihn fragend an, dann klärte Jupp auf:

»Müllersch Marianne hat beobachtet, wie jemand ein Loch gegraben hat.«

»Aha! So, so«, kommentierte Frau Scholz-Mörsdorf ausgesprochen desinteressiert.

Inge schüttelte nur den Kopf.

»Jupp, jetzt setz dich! Das wird ja wohl warten können. Es ist doch total unwichtig, ob jemand ein Loch gebuddelt hat oder nicht«, lenkte Inge ein.

»Eben nicht! Du hast doch gar keine Ahnung. Komm, wir müssen schnell heimfahren. Das Loch wurde nämlich im Garten von den Weiskirchner Töchtern gegraben. Und zwar letzte Nacht!«

»Ich verstehe nur noch Bahnhof«, sagte eine verstörte Therapeutin, die zusah, wie Jupp seine Frau aus dem Sessel scheuchte.

»Ich darf leider nicht so darüber schwätzen. Polizeigeheimnis! Aber in unserem Kirchenchor sterben die Leute wie sonst die Fliegen, die mit einer Miggeplätsch *(Fliegenklatsche)* erschlagen werden. Und diesem rätselhaften Sterben und Verschwinden der Sangesbrüder und -schwestern gehe ich auf den Grund. Dagegen ist unsere heutige Larifari-Therapiesitzung Quatsch mit Soße, aber so was von!«

Frau Scholz-Mörsdorf runzelte die Stirn. Sie fand es gar nicht nett, dass Jupp ihre Arbeit so niedermachte, zeigte aber dennoch Verständnis für seinen Polizeiberuf und sah ein, dass er dringend wegmusste.

Im Gegensatz zu Inge, die ihm, kaum dass sie die Praxis verlassen hatten, laut plärrend zurief, dass sie nie und nimmer in der Turnhalle putzen würde.

Doch Jupp überhörte das, denn er saß schon im Dienstwagen mit eingeschalteter Sirene. Er war begierig darauf, sich das Loch bei den Weiskirchners anzuschauen. Er hoffte nur inständig, dass Müllersch Marianne sich nicht geirrt hatte, denn auf ihre angeblichen Verdächtigungen war er bereits öfters reingefallen.

Im Geiste beschloss Jupp, Müllersch Marianne höchstpersönlich zum nächsten Therapeuten zu kutschieren, falls das heute wieder einmal ein Fehlalarm wäre. Damit sich mal ein Profi um ihre Wahrnehmungsstörungen kümmern konnte. Oder er würde ihr den Putzjob in der Turnhalle aufbrummen, damit sie eine Beschäftigung hätte und auf andere Gedanken käme.

Doch insgeheim hoffte er darauf, beim Graben auf eine verbuddelte Gisela zu stoßen. Das wäre für ihn ein echter Durchbruch in seinen Ermittlungen, denn er war sich sicher, dass er dann auch bald das ominöse Geheimnis lüften würde.

Hinter dem Ortsschild von Hirschweiler hätte Jupp die keifende Inge beinahe aus dem Wagen geschmissen, da sie ihm die ganze Fahrt über Vorwürfe machte und ankündigte, mit dem Waldi ein ernstes Wörtchen zu reden. Denn so würde sie das weitere Zusammenleben nicht dulden. In ihren Augen stieg Jupp die ganze Arbeit über den Kopf. Sie war der festen Überzeugung, dass er sich in den Beate-Gisela-Hansi-Fall zu sehr reinsteigerte, dass er ihre Ehe vernachlässigte und so weiter und so fort.

Jupp hatte irgendwann auf Autopilot umgeschaltet. Er hörte Inge nicht zu und ließ sie munter drauflos quasseln, während er nur noch lenkte. Er wusste, dass sie sich wieder beruhigen würde, die Frage war nur, wann. Doch im Moment hatte er keinen Nerv auf Diskussionen dieser Art. Und schon gar nicht, als Inge nun auch noch davon anfing, dass Doris von der Informationstheke auch mit ihrer Arbeitsstelle durch sei und schließlich am Piccofläschchen hing. Das sei oft der Anfang vom Ende ...

Irgendwann schmiss er Inge dann doch noch aus dem Wagen – zum Glück vor der eigenen Haustür.

Jupp fuhr direkt weiter.

Die Sirene hatte er schon auf der Autobahnabfahrt ausgeschaltet, von dort waren es nur noch fünf Kilometer bis Hirschweiler. Er wollte keine schlafenden Hunde wecken – insbesondere nicht die Nachbarschaft der Weiskirchners, die dann garantiert hinter den Gardinen kleben würde, um zu sehen, wie er den Töchtern das Buddel-Handwerk legte beziehungsweise die Handschellen anlegte.

Nein, eine solche Aufregung konnte er nicht gebrauchen! Ordnungsgemäß parkte er seinen Wagen vor dem Weiskirchner-Haus, er wollte die Buddelloch-Gegenüberstellung ganz professionell durchführen.

Als er ausstieg, atmete Jupp noch einmal tief durch, schließlich machte er solche Ausgrabungen nicht alle Tage. Sein Herz bubberte vor Aufregung, denn der heutige Tag könnte in die Geschichte seiner Dienstzeit eingehen.

Dann marschierte er zielstrebig in den Garten der Weiskirchners. Die Vögel zwitscherten, die Nachmittagssonne zeigte sich in vollem Glanz und irgendwo brummte ein Rasenmäher. Alles wie immer auf dem Land, dachte er sich. Er ließ sein Augenpaar von der Regentonne zum Holzstapel und über die Sträucher hin und her wandern.

Auf den ersten Blick konnte er nichts Ungewöhnliches feststellen. Also beschloss er den riesigen Garten nun fein säuberlich abzugehen, ob es irgendwas Merkwürdiges gab. Während er den Rasen inspizierte, merkte er, wie sein Groll gegenüber Marianne Müller sekündlich stieg. Er wollte sie gerade anrufen und am Telefon mal ordentlich zusammenscheißen, da fiel sein Blick auf den Gartenschuppen, der vor einem riesigen Kirschbaum stand.

Vor dem Schuppen lehnten eine Schaufel, ein Spaten und eine Hacke an der Holzwand. Alle Utensilien waren mit Erde beschmiert. Jupp begutachtete die Gartengeräte genau und fuhr mit dem Finger über die Spitze der Hacke. Sofort bröckelte lehmige Erde ab. Hier war definitiv gegraben worden, und zwar erst vor ganz kurzer Zeit! Die bohrende Frage war nur: wo?

Seine Augen röntgten den Gartenboden regelrecht, doch er konnte keine Unebenheit entdecken. Jupp überlegte, was Marianne am Telefon gesagt hatte. Ihr Hund, der seit dem Hansi-Lechner-Vorfall wieder bellen konnte, habe Alarm geschlagen, hatte sie gesagt.

Nach Jupps Theorie war der Hund wahrscheinlich kläffend bis zum Gartenzaun gelaufen. Und als das Frauchen den Vierbeiner zurückgepfiffen hatte, musste sie dabei die grabenden Töchter entdeckt haben.

Jupp versuchte das Geschehene nachzustellen und stand schließlich wieder neben dem Schuppen, der zusammen mit einem grünen Maschendrahtzaun das Grundstück begrenzte. Dahinter befand sich eine Wiese, und in ca. 100 Meter Entfernung ein Weg, der in den nahe gelegenen Wald führte. Neben dem Schuppen in der hintersten Ecke des Grundstücks, stand der Kirschbaum. Darunter wuchs kein Gras, hier war der Boden lehmig. Und hier waren eindeutig Schuhabdrücke zu sehen, als hätte jemand versucht die Erde glatt zu treten.

Bingo!, dachte sich Jupp. Er ging schnurstracks zum Haus um die Töchter zur Rede zu stellen. Er war mächtig nervös, denn er hatte das mulmige Gefühl, dass Gisela Weiskirchner nicht in Altötting weilte, sondern hier unter dem Kirschbaum.

Jupp hämmerte gegen die Terrassentür, die Sekunden später von Claudia Weiskirchner geöffnet wurde. Mit einer Krücke bewaffnet stand sie da und schaute ihn mit großen Augen an.

»Sagt mal, wollt ihr mich eigentlich verarschen?!«, fiel er direkt mit der Tür ins Haus.

»Wie bitte?«, fragte Claudia verwundert.

»Wo ist denn das liebe Schwesterherz? Wir drei machen jetzt nämlich mal eine Begehung der anderen Art und Weise.«

Jupp zeigte sich heute von seiner kaltschnäuzigen Art. Er konnte schließlich auch andere Seiten aufziehen, und das tat er nun.

Claudia rief daraufhin nach ihrer jüngeren Schwester, die kurz darauf ebenfalls an der Tür erschien.

»Folgen Sie mir!«, befahl Jupp und ging durch den Garten zu der Stelle am Kirschbaum.

Die beiden Schwestern folgten ihm.

»Hier ist ein Grab geschaufelt worden. Und wissen Sie, was ich glaube? Darunter liegt Ihre liebe Frau Mutter ...«

»Was? Unsere Mutter ist in Altötting ...«, rechtfertigte sich Claudia, während Silke nervös von einem Bein auf das andere hüpfte.

»Papperlapapp! Ihre Mutter ist niemals in Altötting, hören Sie endlich auf mich anzulügen! Ich werde jetzt mal ganz andere Geschütze auffahren«, drohte Jupp.

Er griff zum Spaten und begann mit der Gartentätigkeit, als wolle er ein Kartoffelfeld umgraben. Dabei suchte er lediglich nach der vermissten Gisela.

»Was tun Sie denn da?«, schrie Claudia.

Im selben Moment sprang Silke nach vorne und schubste den schaufelnden Jupp mit voller Wucht zur Seite, woraufhin dieser mit vollem Körpereinsatz gegen den Schuppen schepperte.

»Ich will nicht, dass er Mami wehtut«, jammerte Silke.

Sie schaute ihre große Schwester ängstlich an.

»Schon gut, Silke. Es ist vorbei«, sagte Claudia auf einmal und nahm ihre Schwester tröstend in den Arm.

»Nicht der Mami wehtun?«, fragte Jupp, der sich nach dem Aufprall gegen den Schuppen mühsam wieder aufrichtete.

Seine Schulter schmerzte fürchterlich. Er wunderte sich, welche Kräfte in der etwas in ihrer Entwicklung Zurückgebliebenen steckten.

Plötzlich fing Claudia laut an zu schluchzen.

»Ja, Herr Kommissar, es stimmt. Unsere Mutter liegt hier begraben. Ich habe Sie angelogen. Sie ist nicht in Altötting und war auch nie dort. Sie war immer bei uns in Hirschweiler. Es tut mir leid ...«

»Ach? Was Sie nicht sagen!«, rutschte es aus dem verblüfften Jupp heraus.

Denn dass Claudia Weiskirchner so schnell einknickte und alles gestand, damit hätte er nicht gerechnet.

Dennoch freute er sich, dass er von Anfang an einen guten Riecher gehabt hatte, dass irgendwas mit den Töchtern nicht stimmte.

»Pst! Du hast unser Geheimnis verraten«, sagte Silke und schaute ihre ältere Schwester traurig an. Claudia nahm sie wieder in den Arm und streichelte ihr sanft und beschützend über den Rücken.

»Möchten Sie mir vielleicht berichten, was passiert ist – oder wollen wir erst die Leiche ausgraben?«, fragte Jupp.

»Was redet der Polizist?«, wollte Silke wissen, die fürchterlich hektisch und nervös wirkte.

»Geh doch bitte zurück ins Wohnzimmer, Silke! Ich komme gleich nach«, sagte Claudia, woraufhin sich die Schwester umdrehte und eingeschüchtert zum Haus zurückging.

Dann wandte sich Claudia zu Jupp und meinte, dass ihre Schwester manches nicht verstehe. Er solle die Mutter in ihrer Gegenwart doch besser nicht ›Leiche‹ nennen.

Jupp nickte. Dann zückte er sein Handy und rief bei der Kripo, also beim Klein Waldi in Saarbrücken an. Er forderte Waldi auf, unverzüglich mit ganz großem Tamtam in

Hirschweiler aufzufahren, denn er habe soeben eine Leiche im Garten gefunden.

Wobei dies nicht ganz korrekt war, denn die Leiche war ja immer noch verbuddelt. Aber das Ausbuddeln könnte dann der Waldi erledigen, das war Sache der Kriminalpolizei, fand Jupp.

»Es ist nicht so, wie Sie denken ...«, begann Claudia Weiskirchner plötzlich sich zu erklären.

»Ich muss Sie jetzt zu mir ins Rathaus bringen, damit wir das Geständnis aufnehmen können. Da Sie Ihre Mutter getötet und vergraben ...«

Jupp stockte und überlegte kurz. Vielleicht wäre es doch besser, erst auf die Kripo zu warten, damit Waldi den weiten Weg von Saarbrücken nicht umsonst machte und dann, genau wie er, völlig orientierungslos im Garten nach der Leiche fahnden müsste.

»Unsere Mutter ist jedoch eines natürlichen Todes gestorben«, jammerte Claudia ungefragt los.

Auf einmal liefen ihr dicke Tränen über die Wangen.

Doch das beeindruckte Jupp nicht, denn er wusste, dass viele Mörder mit vielen Wassern gewaschen waren. Eine Taktik, auf die er niemals reinfallen würde.

»So so, und warum vergräbt man die eigene Mutter dann im Garten und nicht auf dem hiesigen Friedhof, wie es sich gehört? Wenn sie angeblich ganz natürlich gestorben ist, hä?«, konfrontierte er die jammernde Tochter zu Recht mit einem Widerspruch.

Nun öffneten sich bei Claudia sämtliche Tränenkanalschleusen und sie heulte ganz erbärmlich drauf los. Schluchzend berichtete sie, dass Gisela Weiskirchner Anfang des Jahres ihren Schlaganfall erlitten und im April eines Morgens tot im Bett gelegen habe.

»So, so, einfach so tot im Bett gelegen?«, bohrte Jupp nach.

Er glaubte Claudia kein Wort.

»Ja, vielleicht hatte die Mama ja unbemerkt einen weiteren Schlaganfall. Aber ich weiß es nicht, ich bin ja kein Arzt.«

»Genau, Sie sind kein Arzt. Wieso ruft man denn in so einem Moment nicht den Arzt - wie jeder normale Mensch? Wenn man die Mutter leblos im Bett findet.«

»Hören Sie, ich kann schon unterscheiden, ob jemand noch lebt oder kalt wie ein Eisschrank ist. Und unsere Mutter war eiskalt, als ich sie gefunden habe. Sie ist friedlich eingeschlafen und musste nicht mehr leiden. Das ist unser großer Trost«, schluchzte die Tochter.

»Trotzdem, Frau Weiskirchner, man muss im Todesfall einen Arzt informieren, der den Totenschein ausstellt. Und dann wird der Verstorbene ordnungsgemäß auf dem Friedhof bestattet. Jetzt tun Sie doch nicht so, als ob Sie das nicht wüssten!«

Claudia zwirbelte verlegen an einer blonden Strähne und brach dann erneut ihr Schweigen.

Sie berichtete, dass sie den Todesfall verschwiegen hätten, um weiterhin die Pension der Mutter zu bekommen. Denn schließlich erhielt die frühere Lehrerin eine üppige Beamtenpension von rund 3.000 Euro jeden Monat, nachdem sie ihr Leben lang geackert hatte. Mit diesem Geldbetrag hätten sie beide das Leben locker stemmen können, denn sie selbst war aufgrund ihrer MS-Erkrankung erwerbsunfähig und die Schwester verdiente auch nur sehr wenig als Spülhilfe in einem Altenheim.

»Sie haben Ihre Mutter wegen der Rente verbuddelt? Damit haben Sie die Staatskasse betrogen. Stellen Sie sich mal vor, das würde jeder machen! Und dann haben Sie ja sicher auch noch das Pflegegeld für Ihre Mutter bekommen ... Mann, Mann, Mann, das ist absoluter Betrug!«

»Nein, nein, den Pflegeantrag haben wir zurückgezogen, denn da kommt ja regelmäßig jemand nach dem Rechten gucken. Das Risiko war uns zu groß, dass womöglich alles auffliegt, wenn ein Gutachter wegen der Pflegeeingruppierung vorbeischaut und dann das leere Bett sieht.«

Jupp blies Luft durch die Backen und schüttelte den Kopf.

»Eine Obduktion wird klären, ob Sie beim Sterben nicht doch nachgeholfen haben. Denn nach Ihrer Lüge mit dem angeblichen Umzug nach Altötting glaube ich Ihnen erst mal überhaupt nix mehr. Wissen Sie, solche Pflegefälle können total nervig sein, da kann man beim Kopfkissenzurechtrücken auch mal versehentlich das Kissen auf Mund und Nase drücken ... Und das ein paar Minuten lang, nicht wahr?«

»Ich sage die Wahrheit«, entgegnete Claudia entschlossen.

»Sagen Sie mal, wenn Ihre Mutter schon im April gestorben ist - wieso wurde sie dann erst gestern Nacht begraben?«

Claudia druckste ein wenig herum und wies dann mit ihrer Krücke Richtung Haus.

»Mama lag in der Gefriertruhe, damit sie nicht verwest. Jeden Tag haben meine Schwester und ich nach ihr geschaut. Sie war für uns nicht tot, sondern lebte irgendwie weiter. Sie war und ist ein Teil unserer Familie.«

»Sind Sie völlig übergeschnappt? Sie haben Ihre tote Mutter in einer Gefriertruhe aufbewahrt?«

Die Tochter nickte. Dann gestand sie, dass sie nach dem gestrigen Polizeibesuch Angst bekommen habe, dass die Polizei womöglich das Haus auf den Kopf stellen und die Tote in der Truhe finden würde. Damit der Betrug mit Giselas Pension nicht aufflog, hatte sie sich für die Lösung mit dem Grab im eigenen Garten entschieden.

»Woher haben Sie denn eigentlich gewusst, dass Sie hier im Garten suchen müssen?«, wollte Claudia schließlich wissen.

»Das ist doch egal! Ein Polizist hat da so seinen Instinkt«, flunkerte Jupp.

In Gedanken schickte er Marianne Müller einen Fresskorb mit einem Leckerli für ihren Hund und stellte ihr sämtliche TV-Kanäle ein, die sie gucken wollte.

»Aber sagen Sie, Frau Weiskirchner, warum haben Sie denn eigentlich Ihre Putzhilfe und Pflegekraft Beate Ziegler umgebracht?«

»Was? Wie bitte?«, fragte Claudia irritiert und wischte sich eine weitere Träne weg. »Damit habe ich nichts zu tun.«

Jupp verschränkte die Hände hinterm Rücken und ging vor Claudia auf und ab um sie unter Druck zu setzen. In seinem Kopf konnte er bereits eins und eins zusammenzählen, für ihn machte langsam alles einen Sinn.

»Ich sage Ihnen, wie es war, Frau Weiskirchner: Ihre Mutter ist im April gestorben. Beate Ziegler, die Sie nach dem Reha-Aufenthalt ab Februar auch noch als Pflegekraft engagiert haben, wurde dann ab April, als die Mutter starb, für die Pflege nicht mehr benötigt. Sie haben Frau Ziegler erzählt, die Mutter sei Hals über Kopf nach Altötting zur Schwester gezogen und sie könne nun wieder ganz normal nur als Putzkraft arbeiten, so wie Frau Ziegler es bereits seit vielen, vielen Monaten tat. Tja, und dann hat die liebe Putzfrau anscheinend Verdacht geschöpft oder an Stellen geputzt, die sie nichts angingen. Dann entdeckte Beate Ziegler ein paar Wochen später Ihre tote Mutter in der Gefriertruhe - und was machte sie daraufhin, hä?«, fragte Jupp provokant, während er weiterhin mit verschränkten Armen auf dem Rücken hin und her stampfte.

»Sie hat uns erpresst ...«, gestand Claudia.

»Genau! Und das erklärt, weshalb Sie Beate plötzlich für Juni und für Juli, also auch für diesen Monat, 700 Euro überwiesen haben. Sie bekam ihr Schweigegeld, damit sie die Klappe hielt über die ehemals so schön singende Gisela in der Gefriertruhe. Aber so eine Erpresserin wollten Sie nicht mehr als Putzhilfe in den eigenen vier Wänden wischen lassen und daher haben Sie Beate Ziegler gekündigt.«

Claudia nickte zustimmend.

»Aber was passierte dann? Wollte Frau Ziegler vielleicht urplötzlich mehr als die vereinbarten 700 Euro? Da Sie beide mit der Pension in Höhe von rund 3.000 Euro, wie Sie selbst gerade berichtet haben, ja sehr gut davonkamen - während Frau Ziegler als Gefriertruhen-Mitwisserin nur mit einem so kleinen Betrag abgespeist wurde.«

»Sie wollte viel mehr Kohle«, platzte es plötzlich aus Claudia heraus. »Sie wollte die Hälfte von Mamis Beamtenpension, ansonsten würde sie zur Polizei gehen. Und dann hätte niemand was davon, hat sie uns gedroht«.

»Aha, und deshalb musste Beate Ziegler sterben. Und dann sind Sie abends bei ihr zu Hause aufgetaucht - Sie wussten natürlich auch, wo der Ersatzschlüssel liegt, nämlich im Gewächshaus, und somit konnten Sie sich ohne Einbruchsspuren Zutritt verschaffen. Dann haben Sie ihr ein bisschen Angst eingejagt und sie in der Wanne unter Wasser gedrückt, woraufhin sie sich wehrte. Doch Ihre ehemalige Putzfrau wollte nicht auf ihren Geldanteil verzichten - und dann haben Sie den Föhn in die Badewanne geschmissen und so die Zieglerin als Erpresserin und Mitwisserin aus dem Weg geräumt.«

»Was reden Sie denn da für wirres Zeug? Das stimmt nicht. Beate hat sich doch selbst getötet. Vielleicht hatte sie ein schlechtes Gewissen uns gegenüber«, mutmaßte Claudia.

»Ich sage nur: Altötting. Wer einmal lügt, dem glaubt man nicht. Sie wurden am Todestag am Tatort gesehen«, behauptete Jupp rotzfrech.

Er pokerte einfach mal.

Claudia schluckte und begann zu drucksen.

»Ja, ich war tatsächlich am Nachmittag ihres Todestags bei Beate. Ich wollte ihr vorschlagen, dass wir uns auf eine neue Summe einigen. Vorausgesetzt, sie geht nicht zur Polizei, also zu Ihnen, und verrät die ... ähm ... nun, ja ... Gefriertruhengrabstätte.«

Bingo!, dachte sich Jupp. Er wischte sich eine Pokerschweißperle von der Stirn. Denn dass Claudia nachmittags bei Beate gewesen war, hatte er überhaupt nicht gewusst. Aber als Polizist durfte man auch mal Glück im Spiel haben, wenn schon aktuell nicht so richtig in der Liebe ... egal!

»Es ging also um das Schweigegeld. Über welche Summe reden wir denn?«

»Beate bestand auf der Hälfte der Pension, also 1.500 Euro. Im Gegenzug würde sie für immer schweigen. Ich wollte mich mit ihr auf 1.000 Euro einigen.«

»Und?«, hakte Jupp nach.

Claudia berichtete traurig, dass mit Beate nicht zu verhandeln gewesen sei und dass sie sich auf die von ihr geforderte Summe geeinigt hätten, also auf 1.500 Euro für Beate.

»Und dann sind Sie abends bei der Beate aufgekreuzt und haben Sie endgültig umgebracht, weil Ihnen das einfach zu viel Geld war? Und Sie haben das Ganze als Selbstmord aussehen lassen.«

»Hören Sie, Herr Kommissar, damit habe ich nichts zu tun! Dass Beate getötet wurde, höre ich heute zum ersten Mal. Alle sind immer von einem Selbstmord ausgegangen. Das ist ja schrecklich.«

»Sie sollten Schauspielerin werden, ganz großes Kino, Frau Weiskirchner! Eine Veronica Ferres würde neben Ihnen echt alt aussehen.«

»Ich schwöre bei meiner verstorbenen Mutter, dass ich nichts, aber auch rein gar nichts mit dem Tod von Beate zu tun habe.«

»Ach, jetzt hören Sie mir auf mit schwören und so! Das haben schon ganz andere vor Ihnen getan und dabei gelogen, dass sich die Balken biegen. Haben Sie denn ein Alibi für die Zeit zwischen Donnerstagabend ab ca. 23 Uhr bis Freitagmorgen 2 Uhr?«

Jupp demonstrierte die komplette Bandbreite seines fachlichen Könnens.

»Meine Schwester und ich haben wie immer Netflix geschaut«, antwortete Claudia ohne zu zögern.

»So, so, Ihre Schwester ist also Ihr Alibi? Wusste Ihre Schwester, dass Sie sich am Nachmittag mit Beate über die Geldsumme einigen wollten? Und wusste sie auch von dem Ergebnis – dass Sie nun die Hälfte der Pension an die Ex-Putzfrau würden abdrücken müssen?«, bohrte Jupp raffiniert nach.

Er stolzierte immer noch auf dem Rasen auf und ab.

Claudia nickte ohne zu überlegen. Beate habe sie beide gemeinsam mit dem Fund der toten Gisela konfrontiert, Silke habe also sehr wohl von der Erpressung gewusst.

Plötzlich blieb Jupp abrupt stehen und schaute Claudia tief in die Augen.

»Wenn SIE Beate Ziegler nicht getötet haben, dann kann es nur noch Ihre Schwester gewesen sein. Sie haben beide ein Motiv.«

»Nein! Niemals, Silke kann das nicht gewesen sein«, empörte sich Claudia.

»Doch, warum nicht? Ihre Schwester ist sehr kräftig gebaut und stark genug, sodass es für sie wohl ein Klacks war, Beate Ziegler unter Wasser zu drücken. Sie sind ja aufgrund Ihrer Krankheit und mit dem Krückstock etwas eingeschränkt in Bezug auf das Töten, nicht wahr?«

Claudia Weiskirchner stand hilflos auf ihre Krücke gestützt im Garten und schüttelte nur mit dem Kopf.

»Wie können Sie denn überhaupt eine leicht in ihrer geistigen Entwicklung Zurückgebliebene in diese ganze Erpressungssache einweihen? Das ist doch total unverantwortlich. Oder war es sogar Ihre Absicht? Haben Sie vielleicht Ihre Schwester dazu angestiftet, Beate Ziegler zu ermorden, da sie aufgrund ihrer Behinderung im Zweifel eine mildere Strafe zu erwarten hätte – wegen fehlender Unzurechnungsfähigkeit?«

»Hören Sie auf, hören Sie auf! Silke war das niemals. Ich kenne doch meine Schwester. Sie würde keiner Fliege etwas zuleide tun. Erst recht nicht Beate. Die beiden haben sich gut verstanden.«

Plötzlich quietschten Reifen vor dem Haus. Kurz drauf kam Waldi gehetzt in den Garten.

»Wo zum Teufel ist die Leiche?«, fragte er aufgeregt, ohne Jupp wie beim letzten Treffen überschwänglich zu begrüßen.

»Die Leiche liegt hier noch vergraben. Aber nur zu!«

Jupp reichte ihm den Spaten und ging einen Schritt zurück.

»Aha, und wer hat hier wen umgebracht?«, fragte Waldi.

»Angeblich ist die Tote auf natürliche Art und Weise gestorben. Sie lag seit April i n der Tiefkühltruhe und wurde dann letzte Nacht hierher umgebettet. Aber interessanter ist, dass wir die Mörderin von Beate Ziegler haben. Du weißt, der angebliche Selbstmord in der Badewanne mit dem Föhn in meiner direkten Nachbarschaft?«

Waldi schaute ihn fragend an und murmelte: »Badewanne, Tiefkühltruhe ... das ist alles sehr bizarr.«

»Wir müssen Silke Weiskirchner als Tatverdächtige mitnehmen. Sie ist noch im Wohnzimmer und könnte theoretisch jederzeit flüchten«, sagte Jupp zu Waldi.

»Ich habe Beate ermordet!«, brach es plötzlich aus Claudia heraus. »Lassen Sie meine Schwester in Ruhe! Sie hat nichts damit zu tun.«

Waldi und Jupp schauten sich verdutzt an.

Kurz darauf klickten die Handschellen und Jupp führte die geständige Mörderin Claudia Richtung Polizeiauto. Er wollte es sich nicht nehmen lassen, sie höchstpersönlich zur U-Haft zu chauffieren und überlegte sogar, sie zur Sicherheit an der Beifahrernackenstütze anzuketten. Nicht, dass sie noch ausbüxte - trotz Krückstock.

Plötzlich kam Silke schreiend aus dem Haus gerannt und schubste Jupp zu Boden, wieder einmal, sodass auch die eh schon gehbehinderte Claudia zu Boden fiel.

»Mach meine Schwester los! Mach meine Schwester los!«, schrie die dunkelhaarige Silke und schlug mit den Fäusten auf Jupp ein.

Waldi ging schnell dazwischen, und zwei weitere Polizisten, die mittlerweile eingetroffen waren, hielten die austickende Silke, die wie eine Furie um sich schlug, mit aller Gewalt zurück.

»Ihre Schwester hat eine gewisse Beate Ziegler getötet. Sie ist nun verhaftet, damit sie viele Jahre im Knast über diese Tat nachdenken kann ...«, sagte Waldi, der als erfahrener Kripo-Beamter einschritt.

»Nein!!!!! Nein!!!!!«, schrie Silke und sackte auf dem Boden zusammen, als erleide sie gerade einen Nervenzusammenbruch.

»Beruhig dich, Silke! Alles wird gut«, rief Claudia ihrer Schwester noch zu, während sie in das Polizeiauto gedrückt wurde.

»Ich habe Beate tot gemacht! Ich habe sie tot gemacht«, schrie jetzt Silke wie von Sinnen.

»Nein, nein! Halt sofort deinen Mund! Sag nichts mehr, Silke«, plärrte Claudia im Wageninneren gegen die Scheibe.

Die Nachbarn klebten hinter ihren Gardinen, denn dieses Spektakel einer Verhaftung war nun wirklich filmreif.

Waldi und Jupp schauten sich verblüfft an. Dann klickten die Handschellen ein zweites Mal.

Jupp fuhr Claudia, und Waldi die Schwester nach Saarbrücken, um die beiden mörderischen Schwestern dort dem Haftrichter vorzuführen. Schließlich hatte nun auch Silke ein schreiendes Geständnis abgeliefert.

Jupp konnte es nicht fassen, dass in seinem Hirschweiler eine solch schreckliche Tat passiert war. Noch schlimmer war für ihn, dass die Mörderinnen aus dem gleichen Dorf wie das Opfer kamen und sich so gut kannten. Und alles nur wegen dem lieben Geld, weil man sich nicht einigen konnte. Wie so oft!

Er hatte nun zwei dringend Tatverdächtige, die plötzlich beide behaupteten Beate Ziegler ermordet zu haben. Eine Geständige hätte Jupp völlig gereicht - oder zumindest ein gemeinsames Geständnis, dass sie Beate zusammen ins Jenseits befördert hatten. Und nicht jede alleine ohne die andere, denn das machte es jetzt kompliziert. Es galt nun herauszufinden, welche der Schwestern log, um die andere zu schützen.

Für Jupp und Obermufti Waldi stand fest, dass dies ein Mord aus Habgier war – obwohl ja eigentlich Beate, das Opfer, die Habgierigste von allen gewesen war. Außerdem galt es herauszufinden, ob Gisela Weiskirchner wirklich wie behauptet eines natürlichen Todes gestorben war.

Jupp hoffte sehr, dass die Urlaubsvertretung von Gerichtsmediziner Kurti Altmeier ein gutes Händchen und Näschen hatte – für so eine tiefgekühlte und dann verbuddelte Ex-Kirchenchorsängerin, die im Chor von allen am schönsten gesungen hatte. Das war alles so tragisch!

Kapitel 18

Eine Woche später saßen Jupp, Inge und Käthe am Terrassentisch und aßen zu Mittag. Es gab Nudelsalat mit kleinen Ananas- und Lyonerstückchen sowie kalte Würstchen, die vom gestrigen Grillabend übrig geblieben waren. Vom Nachbargrundstück hörte man das Rattern eines Rasenmähers, Brandner Karl-Heinz mähte den Rasen – mal wieder so, wie Gott ihn geschaffen hatte.

Inge drehte den Sonnenschirm so, dass sie man nichts von nebenan mitbekam, ansonsten würde sie den FKK-Nachbarn noch mit Ananasstückchen beschmeißen.

»Und, schmeckt's euch?«, fragte Inge.

Sie drehte den Kopf abwechselnd zu Jupp und Käthe, als würde sie ein Tennisspiel verfolgen.

»Wollt ihr mich umbringen? Das Schwarze am Würstchen esse ich nicht, da bekomme ich noch Krebs«, beschwerte sich Käthe.

Sie schaute mit äußerst skeptischem Blick auf ihren Teller und pulte am schwarzbraunen »Käsegriller« herum.

»Das ist knusprig, nicht krebserregend! Solange du deine alten verschrumpelten Füße unter meinen schönen Terrassentisch streckst, wird gegessen was auf den Tisch kommt«, kommandierte Jupp seine Schwiegermutter rum. Und er setzte noch einen drauf.

»Heute sind es die stark pigmentierten Würstchen, gestern waren es die Kohlenhydrate ... ständig das Gemaule über unser Essen«, echauffierte sich Jupp.

»Josef, jetzt sei ruhig! Bitte keinen Streit ...«, versuchte Inge sofort zu schlichten.

»Tja, also ich bin rank und schlank, denn ich esse nach 18 Uhr keine Kohlenhydrate mehr«, konterte Käthe und schaute mit hochgezogener Augenbraue auf Jupps Bauchansatz.

Die zwei waren einfach wie Katz und Maus, die wurden in diesem Leben keine Freunde mehr.

»So ein Quatsch! Als ob Kohlenhydrate wissen, wie spät es ist ...«, meinte Jupp kopfschüttelnd.

»Wie geht es denn jetzt eigentlich mit den Weiskirchner-Schwestern weiter?«, fragte Inge, denn die Nachricht vom Mord an Beate Ziegler und von der verbuddelten Gisela war das Dorfthema schlechthin.

Sie wollte bei dem schönen Sonnenschein und dem Vogelgezwitscher partout kein Streitgespräch am Mittagstisch haben und versuchte daher mit aller Gewalt das Thema zu wechseln.

Jupp trank einen Schluck Karlsberg UrPils, spülte damit den Mund kräftig durch und berichtete dann, dass die Schwestern die Staatsanwaltschaft zum Narren hielten.

»Also, das hätte ich den beiden Frauen nie zugetraut. Die eigene Mutter in die Gefriertruhe legen und sie dann im Garten verscharren! Auf so eine bekloppte Idee muss man erst mal kommen ...«, empörte sich Inge.

»Na ja, dafür kann man ja fast noch Verständnis haben. Denn die können einem schon echt leidtun, die zwei armen Säue: die eine MS-krank, die andere ein bisschen behindert im Kopf. Und dann hat man da eine tote Mutter, die eine fette Beamtenpension bekommt ... Da macht die Not halt erfinderisch«, sagte eine im Essen stochernde Käthe, die natürlich bestens informiert war.

»Tja, liebe Käthe, da kann ich dich ja schon mal beruhigen. Wir werden dich niemals in unseren eigenen vier Wänden geschweige denn in einem Eisschrank aufbewahren, um die

Rentenkasse zu bescheißen. Denn wo nix zu holen ist, da braucht man auch die Schwiegermutter nicht aufzubewahren!«

»Jupp!«, sagte Inge energisch und stieß ihn mit dem Knie an.

»Was hat denn eigentlich die Obduktion ergeben? Woran ist unser Stimmwunder Gisela gestorben?«, wollte Käthe wissen.

Mit Jupps Seitenhieb ging sie souverän um, indem sie seine freche Bemerkung einfach ignorierte. Ihre Yogaübungen ließen sie tatsächlich etwas gelassener werden.

Jupp berichtete, dass die Urlaubsvertretung vom Altmeier Kurti herausobduziert hatte, dass Gisela in der Tat eines ganz natürlich Todes gestorben war und aufgrund von Herzversagen und ohne Fremdeinwirkung das Zeitliche gesegnet hatte.

»Oh, leck! Was die heutige Technik so alles herausfinden kann, ist schon beeindruckend«, sagte Inge mit vollem Mund mampfend.

»Und was ist mit der toten Beate? Die wurde doch kaltblütig ermordet. Müssen die zwei Frauen denn dafür nun lebenslang ins Gefängnis? Oder wenigstens einer von beiden?«, wollte Käthe wissen, während sie ihr Würstchen angeekelt an den Tellerrand schob.

Sie beschloss, ihre Aufmerksamkeit nur dem Nudelsalat zu widmen. Es war schließlich noch lange nicht 18 Uhr.

»Tja, das ist eine gute Frage. Ich bin ja kein Richter, und der Waldi von der Kripo hat den Fall nun übernommen. Aber dank meiner sehr guten Kontakte zum Waldi bin ich natürlich bestens informiert«, brüstete sich Jupp.

Inge und Käthe spitzten ihre Lauscher und hörten gespannt zu.

»Die Weiskirchners sind ja wirklich das Letzte und total ausgebufft. Die behaupten jetzt nämlich beide rotzfrech, dass sie unschuldig sind.«

»Hä? Aber sie haben doch vorher beide gestanden?«, fiel Inge ihm direkt ins Wort.

Sie kannte natürlich die Geschichte von der spektakulären Doppelverhaftung, die Jupp stolz wie Oskar durchgeführt hatte - in sämtlichen Erzählvarianten und aus den verschiedensten Perspektiven.

»Stimmt! Aber laut Aussage des Polizeipsychologen ist das Geständnis von Claudia nur deshalb zustande gekommen, weil sie ihre kleine Schwester, also die leicht Behinderte, schützen wollte. Und die Behinderte hat es genauso für ihre große Schwester gemacht. Total bescheuert das Ganze!«

»Dann waren es halt beide zusammen, die unsere liebe Beate in der Wanne getötet haben«, behauptete Käthe.

»Und genau das bestreiten sie. Laut ihrem Anwalt haben sie die Beate nicht abgemurkst. Sie behaupten mittlerweile steif und fest, lediglich ihre Mutter verbuddelt zu haben, aber mit der Ermordung von Beate nichts am Hut zu haben.«

»Oh, leck! Glaubst du das?«, fragte Inge und schaute ihren Mann erwartungsvoll an.

»Ach, Inge, mit glauben alleine kommt man bei der Polizei nicht weit. Ich denke mir, dass die große Schwester die kleine dazu angestiftet hat, die Beate zu töten. Denn als ... na ja, auf eine in ihrer Entwicklung Zurückgebliebene nimmt so ein Richter meines Erachtens schon Rücksicht, da nicht ganz zurechnungsfähig, man weiß ja, wie das läuft.«

»Und das in unserem schönen Hirschweiler! Nur Sodom und Gomorrha.«

Inge schüttelte den Kopf.

»Eher Mitgliederschwund. Im Kirchenchor fehlen nun schon vier Stimmen«, korrigierte Käthe.

Dann zählte sie auf, dass - nach Beate - nun auch Gisela, Lydia und auch der Lechner Hansi nicht mehr sangen. Hansi musste angeblich erst seinen Selbstmordversuch psychisch aufarbeiten. Und der Tod von Beate hatte ihm wohl im wahrsten Sinne des Wortes die Sprache verschlagen, was für ein Mitglied vom Kirchenchor halt total ungünstig war.

»Und wie geht es jetzt weiter in dieser ganzen Sache? Wann ist denn der Prozess?«, drängelte Inge, die unbedingt dabei sein wollte, wenn die Nachbarinnenmörderinnen verurteilt wurden.

Jupp zuckte mit den Achseln. Er wusste es auch nicht und verwies an seinen Kollegen Waldi, der nun alles lenkte und steuerte. Er berichtete am Terrassentisch von einen möglichen Indizienprozess, falls die Schwestern bei ihrer neuesten Aussage blieben mit der Ermordung nichts zu tun zu haben. Leider konnte die Spurensicherung im Bad nichts mehr feststellen, da man ja von einem Suizid ausgegangen und das Häuschen mittlerweile blitzblank geputzt war. Denn Sohnemann Frank wollte das Häuschen ganz schnell über einen Immobilienmakler verkaufen. Der arme Student brauchte nämlich dringend Geld.

Plötzlich trommelte Inge auf ihre Armbanduhr und fing an, die Teller abzuräumen.

»Jupp, machst du dich dann fertig! Wir haben noch was vor ...«, sagte Inge.

Sie schaute Jupp an, der nur stumm nickte und sich erhob.

»Ach, habt ihr wieder Paartherapie?«, sagte Käthe und grinste breit.

Sie war der festen Meinung, dass bei den beiden das Kind schon lange in den Brunnen gefallen war. Doch Schwiegersohn Jupp konnte sich einen Seitenhieb wieder einmal nicht verkneifen.

»Ich kann dich beruhigen, wir machen echte Fortschritte.«

»Aha, und was rät eure Therapeutin so, hä?«, wollte Käthe amüsiert wissen.

»Die Oma muss weg!«, meinte Jupp furztrocken, drehte sich um und ging ins Haus.

Inge folgte ihm mit den dreckigen Tellern in der Hand.

Und Käthe streckte Jupps Rücken die Zunge raus. Kurzschlussreaktion halt!

Eine Stunde später saß Inge bei Frau Scholz-Mörsdorf in der Therapiestunde. Mal wieder alleine.

»Na, Frau Backes, wo ist Ihr Gatte denn heute abgeblieben?«, fragte die Therapeutin spöttisch.

»Es tut mir so leid! Aber auf dem Weg hierher hat er einen dringenden Anruf vom LKA erhalten, dass der Anwalt von zwei verdächtigen Frauen Anzeige erstattet habe.«

»Aha, wieso das denn?«

»Angeblich ist mein Mann mit einer verdächtigten Person nicht ordnungsgemäß umgegangen und hat sie unter Druck gesetzt ein falsches Geständnis abzugeben. Aber ich darf eigentlich darüber gar nicht schwätzen ...«

Inge flüsterte urplötzlich.

»Was in dieser Therapie besprochen wird, das bleibt auch in dieser Therapie. Ich bin verschwiegen wie ein Grab. Erzählen Sie mir lieber, wie es bei Ihnen aussieht und mit Ihrer Ehe klappt!«

»Ach, fragen Sie nicht! Mein Mann hat es zurzeit auch nicht leicht, in seiner Haut möchte ich nicht stecken.«

»Wegen der Anzeige? Da er zu viel Druck auf eine Verdächtige ausgeübt hat?«, fragte die Therapeutin.

»Ja, auch. Aber stellen Sie sich mal vor, wir hatten in unserem kleinen Dorf dreieinhalb Todesfälle!«

»Wie bitte?«

»Tod in der Badewanne, Tod in der Gefriertruhe, Tod auf dem Busparkplatz. Und der halbe Tote wurde in letzter Sekunde von einem Hund gefunden, nachdem sich der arme Teufel die Pulsadern aufgeritzt hat. Und wissen Sie, warum?«

Der Unterkiefer von Frau Scholz-Mörsdorf klappte nach unten. Sie schüttelte den Kopf.

»Der wollte nicht mehr leben, wegen der Toten in der Wanne. Verrückt, oder? Da kann ich meinen Mann auch irgendwie verstehen, dass er kurz vorm Nervenzusammenbruch steht ... Und jetzt dann noch die Anzeige! Manchmal kommt es echt knüppeldick.«

»Frau Backes, Sie nehmen Ihren Mann schon wieder in Schutz«, rügte die Therapeutin.

Sie erhob sich von ihrem Drehstuhl und nahm in dem Sessel Platz, der eigentlich für Jupp bestimmt war. Sie rutschte mit dem Polstergestell näher an Inge heran und legte ihr den Arm um die Schulter.

»Ich merke doch, dass Sie total frustriert sind und dass Ihre Ehe eigentlich ein Trümmerhaufen ist. Ich dürfte das eigentlich gar nicht sagen, da ich mit Ihnen gutes, sehr gutes Geld verdiene – aber ich empfehle Ihnen eine Scheidung.«

»Was? Wie jetzt? Sind wir etwa austherapiert, ohne Hoffnung auf Besserung?«

»Ich fürchte schon ...«

Inge ließ sich wie ein nasser Sack gegen die Sessellehne plumpsen. Mit solch klaren Worten hatte sie nun überhaupt nicht gerechnet. Die Wahrheit mal so ins Gesicht geklatscht zu bekommen brachte sie zum Grübeln.

Und dann spürte sie eine fremde Hand, die sanft und behutsam über ihren Rücken strich. Ihr Rücken war relativ breit und die fremde Hand rubbelte von oben nach unten, von links nach rechts und das Ganze wieder von vorne. Die Therapeutin zeigte sich mal von einer ganz anderen Seite.

Inge wurde schlagartig ganz warm. Hitzewallungen waren das aber nicht. Denn als Inge vorsichtig zur Therapeutin rüberschielte, bemerkte sie, dass diese sie ganz komisch anschaute. Eher lüstern.

Inge fühlte sich unwohl und täuschte kurzerhand einen Hustenanfall vor. So wurde aus dem Streicheln ganz schnell ein Klopfen auf ihren Rücken.

»Mir fällt gerade was ein ... Mein Mann benötigt für das Finanzamt noch eine Rechnung über die Therapiestunden. Könnten Sie mir die vielleicht ausdrucken?«, fragte Inge, nachdem sich ihr Hustenreiz wieder gelegt hatte.

Auf keinen Fall wollte sie die kraulende Therapeutin weiter so nah neben sich sitzen haben, denn sie kam sich gerade vor wie in einem Streichelzoo. Inge, das fromme und doofe Schaf, in den Fängen von Frau Scholz-Mörsdorf.

Die Therapeutin bemerkte die ablehnende Reaktion und zog sich beleidigt und wortlos an ihren Schreibtisch zurück, um dort am Computer den Druckbefehl für die Rechnung abzuschicken. Dann verließ sie das Behandlungszimmer, um den Ausdruck zu holen. Der Drucker, das Faxgerät und der Kopierer befanden sich in einem separaten Zimmer, das über den Flur erreichbar war.

Inge tippte in der Zwischenzeit eine WhatsApp an Jupp mit der Bitte, doch ganz schnell zur Therapiestunde zu kommen.

Jupp ignorierte die Nachricht und trank lieber mit Waldi in dessen Büro im Saarbrücker Landeskriminalamt Kaffee. Sie unterhielten sich über die obligatorischen »Fs«: Fußball, Frauen und Frankreich – denn dort war eine weitere ermordete Prostituierte auf einer Raststätte gefunden worden. Allein schon bei Waldis Erzählung leuchteten Jupps Augen. Er hoffte inständig, eines Tages auch bei einem solch spektakulären Fall dabei sein zu dürfen. Dagegen waren die toten Kirchenchordamen so unspektakulär und langweilig wie Gelsenkirchener Barock. Aber er wollte nicht undankbar sein – die letzten Tage und Nächte hatten ihn immerhin zu Höchstleistungen gebracht. Zumindest ermittlungstechnisch.

Als die Therapeutin Inge die ausgedruckte Rechnung überreichte, wurde Inge in ihrem schneeweißen Sessel beim Lesen leichenblass. Allerdings nicht wegen des Geldbetrags, der für die Eheberatungsleistung gezahlt werden sollte, sondern aus komplett anderen Gründen. In Inges Gehirn ratterten die Zellen geradezu im Akkord. Denn was sie hier in Händen hielt, kam ihr irgendwie bekannt und spanisch zugleich vor.

»Stimmt was nicht?«, fragte Frau Scholz-Mörsdorf schnippisch.

Nach der Streichelabfuhr kam offenbar die Psycho-Zicke in ihr zum Vorschein.

»Ähm ... ja, also, ähm ...«, stammelte Inge.

Sie wand sich nervös auf ihrem Sessel und suchte nach den richtigen Worten.

»Da ist ein Fehler in der Rechnung. Wir wohnen nicht in ›Hirzweiler‹. Das ist ein anderes Dorf, hat aber nichts mit uns zu tun, denn wir wohnen in ›Hirschweiler‹«, klärte Inge hektisch auf.

»Hirschweiler????«, rief die Therapeutin in etwa so entgeistert, als hätte Inge Guantánamo als Wohnort angegeben.

»Genau. Eine kleine Gemeinde mitten im Saarland, ganz nah an der A1 Richtung Trier. So etwa 30 Kilometer von hier. Könnten Sie die Rechnung bitte noch einmal korrigiert ausdrucken? Und ich bräuchte bitte ganz dringend ein Glas Wasser, ich fühle mich nicht wohl«, bat die blasse Inge.

Irritiert erhob sich die Therapeutin erneut von ihrem Platz und ging wieder zum Drucker nach nebenan.

Wie von der Tarantel gestochen sprang Inge auf und riss die Schublade eines großen Aktenschranks auf, der hinter dem Schreibtisch stand. Ihre Augen huschten blitzschnell über die Akten in der Hängeregistratur um rasch die Etiketten zu erfassen. Die Patientenakten waren alphabetisch sortiert, damit hatte Inge einen guten Überblick in kürzester Zeit.

Blitzschnell hielt sie eine Akte in den Händen, die ihr das Blut in den Adern gefrieren ließ. Sie hatte richtig vermutet!

Geistesgegenwärtig schob sie sich die Akte unter ihre blumige Seidenbluse, knallte die Schublade zu und nahm wieder Platz, als wäre nichts gewesen.

Nur ein paar Sekunden später kam die Therapeutin mit dem gewünschten Glas Wasser sowie einem neuen Ausdruck zurück.

Inge bedankte sich für das Wasser und trank es in einem Rutsch leer.

»Geht es Ihnen nicht gut? Sie sind käseweiß und wirken verschwitzt«, erkundigte sich eine besorgte Psychotherapeutin.

»Ja, das sind die späten Wechseljahre. Ganz plötzlich bekomme ich solche Hitzewallungen. Mir ist dann mal heiß, mal kalt, mal bin ich durstig, mal hungrig«, versuchte Inge ihr merkwürdiges Verhalten zu erklären.

»Entschuldigen Sie, Frau Scholz-Mörsdorf, aber mir fällt gerade ein, dass wir noch eine weitere Ausfertigung benötigen. Mein Mann will die Therapierechnung nicht nur beim Finanzamt, sondern auch noch bei der Beihilfestelle einreichen. Er glaubt, dass er als Beamter die Kosten für unsere Therapie zurückerstattet bekommt.«

Frau Scholz-Mörsdorf rollte daraufhin genervt mit den Augen, schickte einen weiteren Druckbefehl los und verließ das Behandlungszimmer erneut um den nun dritten Ausdruck abzuholen.

Inge zog hektisch die gestohlene Akte unter ihrer Bluse hervor und überflog die erste Seite. Es handelte sich um eine »Stellungnahme« von Frau Scholz-Mörsdorf gegenüber der Psychotherapeutenkammer des Saarlandes.

Inge konnte es nicht fassen.

Tatsächlich! Die Akte gehörte Beate Ziegler.

Jetzt hatte sie es schwarz auf weiß: Die tote Nachbarin war auch Patientin von Frau Scholz-Mörsdorf, wie sie urplötzlich vermutet hatte.

Beim Anblick dieses Schreibens wusste sie nun auch, weshalb ihr Hirn eben so gerattert hatte. Sie hatte ein Déjà-vu und konnte sich zum Glück sofort wieder erinnern.

Die Stellungnahme wies Spuren einer fast leeren Druckerpatrone auf. Es waren die gleichen rosafarbenen Spuren wie auf den eben ausgedruckten Rechnungen der Therapeutin – und wie auf dem Abschiedsbrief, der auf Beates Küchentisch gefunden worden war. Bei allen Ausdrucken wirkte auch die Schrift sehr blass.

Konnte dies Zufall sein? Warum hatte eigentlich Jupp nie auf den farblosen Abschiedsbrief geachtet? In Gedanken trat sie Jupp in den Allerwertesten, denn an solchen Dingen merkte man, dass er doch sehr amateurhaft ermittelte.

Doch im Moment war nicht der beste Zeitpunkt um sich über ihn zu beschweren. Inge musste handeln!

Als Inge die nahenden Schritte der Therapeutin hörte, fummelte sie die Ziegler-Akte schnell wieder unter ihre Bluse und stand auf. Der hereinkommenden Frau Scholz-Mörsdorf verkündete sie nervös, dass sie vom Wassertrinken nun ganz dringend einmal Wasser lassen müsse.

Die Therapeutin begleitete sie in den Flur und zeigte dann auf eine Tür am Ende des Korridors, wo sich das WC befand.

Inge watschelte wie ein Pinguin, während sie sich krampfhaft den Bauch hielt um die Akte unter ihrer Bluse nicht zu verlieren. Frau Scholz-Mörsdorf blickte ihr ein wenig misstrauisch nach und wunderte sich, warum Inge so breitbeinig ging, als wäre beim Rückenstreicheln ein Malheur passiert.

Kurz darauf saß Inge auf dem geschlossenen WC-Deckel, zückte ihr Handy und rief unverzüglich Jupp an, der leider nicht abhob.

»Männer ... Wenn man sie mal dringend braucht«, murmelte Inge.

Dann wählte sie die Handynummer von Käthe, die sofort abhob.

Käthe war nämlich ohne ihr iPhone am Körper im Prinzip nicht lebensfähig. Ein verpasstes Tinder-Match in der App wäre für sie unverzeihlich.

»Inge, wo brennt es denn? Ich dachte, ihr werdet therapiert. Oder seid ihr rausgeflogen?«, fragte Käthe mit süffisantem Unterton.

»Wo bist du?«, flüsterte Inge im klitzekleinen Gäste-WC.

»Ich stehe mit dem Brandner Karl-Heinz in seiner Einfahrt. Wir wollen zum Schwimmen an den Bostalsee fahren.

Mir fällt bei dem heißen Wetter die Decke auf den Kopf. Und wer weiß, vielleicht beißt ja dann ein toller Hecht bei mir an, denn bei Tinder ist gerade Ebbe angesagt«, beklagte sich die Oma.

»Nein, du darfst jetzt nirgends hinfahren!«, befahl Inge.

»Ach, Inge, jetzt stell dich nicht so an! Ich trage doch einen Badeanzug und gehe garantiert nicht nackig ins Wasser«, erwiderte Käthe um ihre hektische Tochter zu beruhigen.

»Du musst jetzt sofort ins Haus von Beate gehen und an ihrem Computer etwas ausdrucken – dringend!«

Inge hatte ganz spontan eine Idee, wie man beweisen könnte, dass sie nicht halluzinierte oder sich Hirngespinste ausdachte. Doch dafür benötigte sie Käthes Hilfe. Dringend!

»Hast du etwa Alkohol getrunken? Liebes, du verträgst doch nix, erst recht nicht bei diesen Temperaturen.«

»Natürlich nicht! Jetzt frag nicht, sondern mach es einfach! Es geht hier um Leben und Tod«, flüsterte Inge in ihr Handy, damit es etwas dramatischer klang.

Abrupt ließ Käthe ihre Strandtasche fallen. Sie wusste, dass sie nun als Teil der ermittelnden Familie Jupp Backes gefragt war. Auch wenn der Hauptverantwortliche beim Waldi im Saarbrücker Präsidium Kaffee schlürfte und sich beriet, wie er nun am besten vorgehen sollte bezüglich der Anzeige, die der Weiskirchner-Anwalt gegen ihn erhoben hatte.

Käthe wusste auf ihre alten Tage, was nun zu tun war. Sie schmiss Karl-Heinz ihre Flipflops entgegen und sprintete zum schräg gegenüber verlassen daliegenden Ziegler-Haus, während Karl-Heinz mit einer roten eng anliegenden Badehose(!) bekleidet weiter das Auto belud.

Inge lotste ihre Mutter per Handy zum Gewächshaus, wo Käthe den Schlüssel rauskramte und dann ins Haus und dort ins Wohnzimmer von Beate flitzte.

»Da steht ein Computer. Bitte schalte ihn an und druck etwas aus!«, flüsterte sie.

»Was soll ich denn um alles in der Welt ausdrucken?«, fragte Käthe völlig außer Atem.

Sie spürte, dass ihr Herzschlag in dieser Stresssituation wahnsinnig laut bubberte.

»Mir egal! Wir brauchen nur einen dämlichen Ausdruck, der beweist, dass die Druckerpatrone so gut wie leer ist.«

»Hä? Inge, jetzt mach bitte keinen Blödsinn! Ich bin für solche Scherze, bei denen es um Leben und Tod geht, definitiv zu alt. Ich flitze hier durch die Gegend, als ob der heilige Geist hinter mir her wäre – und dann soll ich nach einer lächerlichen Druckerpatrone Ausschau halten? Das ist jetzt wohl nicht dein Ernst, oder?«

Käthe trommelte ungeduldig mit den Fingernägeln auf den Minischreibtisch, der in einer Ecke des Wohnzimmers stand. Sie schaute zu, wie der Computer langsam hochfuhr.

»Nicht nachfragen, einfach machen«, flüsterte Inge, die jetzt als Chefermittlerin fungierte.

Inge hatte noch ein Quäntchen Hoffnung, dass sich ihr Verdacht nicht bestätigen würde. Sie wünschte sich, dass Käthe gleich einen Ausdruck mit einem rosafarbenen Streifen in den Händen halten würde. Dann wäre alles gut.

Plötzlich klopfte es gegen die WC-Tür. Frau Scholz-Mörsdorf wollte wissen, ob bei Inge alles gut wäre.

»Noch einen kleinen Moment! Bin gleich fertig ...«, schrie Inge mit schriller Stimme.

Sie wartete gespannt auf Käthes Antwort, die in Hirschweiler nervös vor dem Computer saß, der zum Glück keinen Passwortschutz hatte. Käthe öffnete ein PDF-Dokument, das sie auf Beates Desktop fand und wartete dann wieder, nachdem sie auf »Drucken« geklickt hatte.

»Und? Druckst du schon?«, fragte Inge ungeduldig.

»Nein, ich warte noch ...«

»Du musst irgendwas ausdrucken, bitte, bitte, bitte!«, flehte Inge auf dem Klodeckel.

»Tut mir leid, hier gibt es eine Fehlermeldung. Beate hat überhaupt keinen Drucker.«

Inge schluckte.

Ihr fiel nun alles wie Schuppen von den Augen. Die Kripo hatte die falschen Verdächtigen in U-Haft. Keinesfalls waren die Weiskirchner-Töchter an dem Mord beteiligt.

Die Mörderin stand vor der Toilettentür und hämmerte in diesem Moment wie eine Geistesgestörte dagegen. Die Therapeutin forderte Inge auf, unverzüglich aufzumachen, ansonsten würde sie die Tür eintreten.

Mit zittrigen Händen tippte Inge eine WhatsApp an Jupp:

»Komm schnell! Ich habe die Mörderin von Beate gefunden!«

Kapitel 19

Ein paar Kilometer weiter tuschelten Jupp und Waldi bei einer Tasse Kaffee über seine neue Sekretärin, die ein echt steiler Zahn war. Laut Waldi bräuchte die Tippse für ihr Gesäß einen Waffenschein. Jupp nickte zustimmend. Dieses Thema war irgendwie spannender als über die Anzeige zu quatschen, die gegen ihn höchstpersönlich vorlag.

Als auf seinem Handy neben der Kaffeetasse eine WhatsApp aufpoppte, las er die verzweifelte Nachricht und blickte dann mit gerunzelter Stirn zu Waldi.

»Alles in Ordnung?«, wollte Waldi wissen.

»Ach, meine Inge dreht mal wieder ab. Frauen in den Wechseljahren sind schon komisch.«

»Ja, wem sagst du das. Das ist der sogenannte Klimawandel, der macht die Weiber ganz kirre, mal Hitzewallungen, mal kalte Füße ... absolut ungenießbar«, meinte Waldi.

»Klimawandel?«, fragte Jupp, und Waldi nickte.

»Waldi, du bist der größte Dummschwätzer, den ich kenne. Der Klimawandel ist sicherlich an vielem schuld, aber garantiert nicht an Hitzewallungen. Du meinst das sogenannte Klimakterium«.

Jupp erinnerte sich, dass ihm Malermeister Richard Hinsberger in seiner Dienststelle davon erzählt hatte. Und der galt als absoluter Frauenversteher, der Richard.

»Nenn es, wie du willst! Aber ab einem gewissen Alter werden die Frauen doch komisch, oder nicht?«, fügte Waldi hinzu.

Jupp nickte zustimmend.

»Stell dir vor, meine Frau glaubt, sie habe die wahre Mörderin von Beate Ziegler gefunden. Da fehlen mir doch die

Worte. Also, manchmal verstehe ich die Inge echt nicht mehr ...«

»Ach, sag bloß! Wo steckt sie denn gerade?«, wollte Waldi wissen und schüttete sich so viel Zucker in den Kaffee, dass bei dem Anblick jeder Diabetiker ins Koma gefallen wäre.

Jupp druckste herum. Er wollte Waldi eigentlich nicht sagen, dass Inge und er in professioneller Behandlung für ihre Ehe waren. Er sagte daher nur die halbe Wahrheit und log sich etwas zusammen.

»Inge ist bei einer gewissen Frau Scholz-Mörsdorf. Sie macht jetzt so autogenes Training wegen den blöden Wechseljahren, weißt'?«

»Aha, und die soll jetzt auf einmal die Mörderin sein, oder wie?«, fragte Waldi und begann auf einmal auf der Tastatur seines Computers zu klimpern.

»Keine Ahnung. Ich glaube, sie will mich nur unter Druck setzen, damit ich schnell zu ihr komme und bei diesem autogenen Training mitmache. Aber so Esoterik-Krimskrams ist überhaupt nicht meins.«

»Oder sie hat zu viel vom Dampf der Räucherstäbchen eingeatmet und halluziniert. Und alles wegen dem verdammten Klimawandel ... pardon, Klimakterium«, witzelte Waldi.

Plötzlich verdüsterte sich Waldis Miene und er meinte zu Jupp, dass er im Computer etwas über eine gewisse Cornelia Scholz-Mörsdorf gefunden habe.

Gespannt lauschte Jupp, denn es interessierte ihn brennend, ob es im polizeilichen Computer etwas Negatives über die Frau Therapeutin gab, die er eh nicht leiden konnte.

»Anzeige wegen sexueller Belästigung von zwei ehemaligen Patientinnen«, ließ Waldi die Bombe platzen.

»Was? Das glaube ich jetzt nicht!«

Jupp war außer sich.

Sofort sprang er von seinem Besucherstuhl auf und rannte zum Ausgang.

»Jupp, diese Frau macht aber kein autogenes Training, sie ist zugelassene Psychotherapeutin – unter anderem bietet sie auch Paartherapie an«, rief Waldi ihm hinterher.

Doch Jupp hörte ihm nicht mehr zu, denn er wählte auf dem Weg zu seinem Polizeiwagen bereits Inges Nummer. Sie hob jedoch nicht mehr ab.

Mit erhobenen Händen stand Inge auf dem Flur der Psychotherapiepraxis. Hinter ihr fuchtelte eine verdammt schlecht gelaunte Cornelia Scholz-Mörsdorf mit einem Revolver herum.

»Warum hast du herumgeschnüffelt und die Akte meiner geliebten Beate mit auf die Toilette genommen?«, wollte sie von Inge wissen. »Du Dummerchen hast nämlich die Schublade vom Aktenschrank nicht richtig zugemacht – sie stand einen Spalt offen.«

Die Frau Therapeutin war nun ungefragt zum »Du« übergangen, mit gezückter Waffe gab es keine formellen Kommunikationsregeln mehr.

»Frau Scholz-Mörsdorf, jetzt machen Sie doch bitte keine Dummheiten! Man kann doch über alles schwätzen ...«, versuchte Inge die Situation zu entschärfen.

»Hahaha, dass ich nicht lache! Über alles reden ... Ich rede den ganzen Tag lang und ich habe keinen Bock mehr mir euer Gesülze anzuhören: Oh, meine Ehe ist so scheiße! Oh, er betrügt mich! Oh, er hört mir nicht mehr richtig zu ... Blablabla! Ihr Ehefrauen seid so bescheuert und jammert nur, anstatt euch mal endgültig zu trennen und einen Schlussstrich zu ziehen«, zog sie über ihre Patienten vom Leder.

Inge war irritiert. So albern hatte sie die Rothaarige noch nie erlebt, aber dies war wohl auch keine alltägliche Situation.

»Warum musste die Beate denn sterben?«, fragte Inge mit erhobenen Händen.

»Ich wollte sie nicht umbringen. Aber sie hat sich bei der Psychotherapeutenkammer des Saarlandes über mich beschwert.«

»Und deshalb tötet man gleich?«, fragte Inge irritiert, während sie ganz tapfer im Flur stand.

»Die Kammer hat mir gedroht, dass ich meine Zulassung verliere. Das konnte ich nicht zulassen. Ich wollte sie doch nur dazu bringen, die Beschwerde gegen mich fallen zu lassen – sonst nichts!«, gestand die Therapeutin auf einmal.

»Ich habe in die Akte geguckt. Ich weiß, warum sich Beate beschwert hat«, sagte Inge mit bibberndem Kinn.

In einer solchen Situation war sie nie zuvor gewesen. Aus der Akte ging hervor, dass sich Beate Ziegler über sexuelle Belästigung beschwert hatte, denn dazu hatte die Therapeutin eine Stellungnahme schreiben müssen. Da in den vergangenen Jahren bereits zwei andere Patientinnen sogar bei der Polizei Anzeige gegen Frau Scholz-Mörsdorf erstattet hatten, konnte sie eine weitere Beschwerde überhaupt nicht gebrauchen.

»Wir haben uns geliebt! Ich wollte mit ihr zusammen sein«, wimmerte Frau Scholz-Mörsdorf plötzlich. Sie wirkte sehr traurig.

»Hä? Beate war aber doch nicht lesbisch? Ich weiß aus erster Hand, dass sie etwas mit dem Lechner Hansi aus unserem Kirchenchor am Laufen hatte«, berichtete Inge brühwarm von Hirschweiler Interna, was in dieser Situation äußerst mutig war.

»Das weiß ich doch alles, Beate war schließlich seit vielen Jahren Patientin bei mir. Am Anfang war sie mit ihrem Mann bei mir und später hat sie in Einzelsitzungen ihre Scheidung aufgearbeitet. Und sie musste verarbeiten, dass sie ihrem Mann ein Kuckuckskind untergejubelt und dies jahrelang verschwiegen hat.«

»Ja, der arme Frank. Dem haben Sie die Mutter genommen ...«

Inge schüttelte den Kopf, hielt aber immer noch die Hände über den Kopf.

»Und dann fängt meine Beate plötzlich was mit diesem bescheuerten Hans an, der noch dazu verheiratet ist. Das ist doch nicht fair, ich habe sie geliebt ... Ich verstehe nicht, dass ihr Frauen immer wieder in die alten Muster zurückfallt«, schimpfte Frau Scholz-Mörsdorf und wischte sich ein paar Tränchen weg.

Inge nahm nun langsam die Hände runter. Sie blickte in die feuchten Augen der Mörderin.

»Beate und Sie hatten eine Affäre, also war es eine Beziehungstat«, fasste Inge zusammen und klang wie eine echte Ermittlerin.

Jahrelanges »Tatort«-Gucken zahlte sich nun aus.

Plötzlich schluchzte die Therapeutin laut auf. Sie erzählte mit weinerlicher Stimme, dass es für Beate nur ein Experimentieren mit dem eigenen Geschlecht gewesen sei und dass Beate die kleine Affäre nach ein paar Treffen mit ihr beendet habe. Zu diesem Zeitpunkt hatte Beate dann auch abrupt die Therapiesitzungen abgebrochen, da ihrer Meinung nach das Vertrauensverhältnis gestört wäre.

»Ich wollte doch nur eine zweite Chance mit Beate. Nur eine zweite Chance«, jammerte die abgewiesene Therapeutin.

»Und dann hat sich Beate an die Psychotherapeutenkammer gewandt, da Sie sie nicht in Ruhe gelassen und weiterhin kontaktiert haben, nicht wahr?«

Inge kombinierte weiter. Jupp wäre stolz auf sie.

Cornelia Scholz-Mörsdorf nickte und schniefte laut. Sie senkte die Waffe.

»Lassen Sie es raus! Reden tut der Seele gut«, meinte Inge, die plötzlich in die Rolle der Therapeutin gewechselt war.

»Ich wollte sie nicht töten. Ich wollte ihr nur ein bisschen Angst einjagen. Einen kleinen Denkzettel verpassen, mehr nicht. Ich wusste ja, dass sie einen Schlüssel im Gewächshaus aufbewahrte, also konnte ich heimlich ins Haus schleichen. Als ich sie dann in der Badewanne überraschte, hat sie plötzlich zu schreien begonnen, ich solle gefälligst ihr Haus verlassen und dass sie die Beschwerde gegen mich nicht fallen lassen würde. Sie drohte sogar mit einer Anzeige bei der Polizei, da ich in ihr Haus eingebrochen sei ... Tja, und dann ging alles sehr schnell. Und da war dieser verdammte Föhn ...«

Frau Scholz-Mörsdorf sprach wie in Trance. Ihre Stimme zitterte.

»Das glaube ich Ihnen nicht. Sie haben nämlich extra vorher einen gefälschten Abschiedsbrief verfasst, den Sie zu Beate mitgenommen haben – um sie dann kaltblütig in der Badewanne zu töten«, fiel Inge ihr ins Wort.

Sie entpuppte sich gerade als knallharte Detektivin.

»Nein, nein, das stimmt nicht! Ich bin nachts noch mal in die Praxis gefahren, habe schnell ein paar Zeilen getippt und bin dann wieder zurück nach Hirschweiler um den Abschiedsbrief auf den Küchentisch zu legen. Mein Gott, ich konnte doch nicht wissen, dass Sie Beate Ziegler kennen!«

Inge stand etwa zwei Meter von der Mörderin entfernt, sie ließ den Blick nicht von der gesenkten Waffe.

»Sie dachten, wir würden in Hirzweiler wohnen. Daher fehlte Ihnen die Verbindung zwischen Beate und uns, meinem Mann und mir, stimmt's?

Die geständige Mörderin nickte.

»Und erst, als ich Sie auf die falsche Rechnungsadresse angesprochen habe, sind Sie stutzig geworden, nicht wahr? Sie müssen unbedingt mal Ihre Druckerpatrone erneuern, denn die hat Sie verraten. Der getürkte Abschiedsbrief sieht nämlich identisch aus wie die eben ausgedruckten Rechnungen, die auch einen rosa Streifen am Seitenrand aufzeigen.«

»Übrigens, Sie sollten keine Farbpatrone benutzen, denn das gibt diese hässlichen farblichen Spuren«, bemerkte sie noch.

Frau Scholz-Mörsdorf stand wie ein Häufchen Elend vor Inge.

»Und jetzt?«, fragte die Therapeutin mit verflennten Augen.

Inge war wie ausgewechselt und trotz der prekären Situation mutig und tough.

»Also, Sie haben zwei Möglichkeiten: Erstens könnten Sie mich jetzt auf der Stelle erschießen, damit niemand von Ihrem Geständnis erfährt. Aber das empfehle ich Ihnen nicht, denn ich habe eben von der Toilette aus bereits meinen Mann informiert. Und der findet das mit der Farbpatrone garantiert raus, denn mein Mann kann ja sein, wie er will – aber wenn er einen Mordfall klären will, dann geht er über Leichen. Und mein lieber Gatte wird jeden Moment hier sein, und wenn Sie dann noch einen weiteren eiskalten Mord begangen hätten ... Das würde ich Ihnen also absolut nicht empfehlen.«

»Und was ist die zweite Möglichkeit?«, wollte die Mörderin wissen.

»Sie stellen sich der Polizei und geben alles zu.«

»Ein Mord oder zwei, das ist doch jetzt auch egal«, sagte Frau Scholz-Mörsdorf.

Sie hielt die Waffe immer noch in der rechten Hand, allerdings nach wie vor gesenkt zum Boden zeigend. Sie müsste den Revolver nur auf Inge richten und abdrücken.

»Also, wenn Sie mich jetzt erschießen, dann ist das definitiv Mord. Aber ich glaube, dass die Tötung von der Beate beim Gericht noch als ›Totschlag im Affekt‹ durchgehen könnte. Sie hatten schließlich Angst um Ihre berufliche Zulassung, da sind Ihnen die Sicherungen durchgebrannt und so ... Also, ich will mich jetzt nicht festlegen, aber da sind Sie nach zehn Jahren locker wieder aus dem Gefängnis raus. Übrigens kommen Sie in einen Frauenknast, was ja jetzt in Ihrem Fall vielleicht gar nicht so übel ist?«

»Nur zehn Jahre?«, fragte die Beschuldigte ungläubig, da sie mit einer lebenslangen Haft gerechnet hatte.

Inge zuckte mit den Achseln.

»Also, der Fachmann ist mein Mann, ich bin ja nur die Frau vom Herrn Fachmann ... Aber wir sind immer noch im Saarland und da kann man bestimmt etwas unter der Hand mauscheln, damit Sie schneller wieder aus dem Zuchthaus raus sind. Zum Beispiel wegen guter Führung oder wenn Sie sich nichts zuschulden kommen lassen ... Außerdem könnten Sie psychotherapeutische Hilfe für die Knastfrauen anbieten, die ein bisschen Seelenfrieden bestimmt nötig haben.«

»Ohne meine Zulassung?«, fragte Frau Scholz-Mörsdorf, die offenbar noch etwas mit sich haderte, welche der vorgeschlagenen Möglichkeiten sie nun wählen sollte.

»Ach, im Gefängnis sehen die das nicht so eng. Da ist man für jeden dankbar, der ein kleines bisschen Ahnung vom Therapieren hat.«

Inge versuchte die Mörderin davon zu überzeugen ein Geständnis bei der Polizei abzulegen.

»Frau Backes«, sagte die auf einmal und wechselte wieder in die »Sie«-Form: »Ich habe gerade das Gefühl, dass ich hier die Patientin bin und Sie meine Therapeutin ...«

Sie legte die Waffe ganz langsam auf den Boden, als würde gerade eine große Last von ihren Schultern und ihrem Gewissen abfallen.

Inge seufzte erleichtert.

»Ach, machen Sie sich darüber keinen Kopf! Als Hausfrau ist man vieles: Köchin, Krankenschwester, Bügelhilfe, Putzfrau, Geliebte und eben auch Therapeutin.«

Plötzlich war ein ohrenbetäubender Knall von unten zu hören. Gefolgt von lauten Schritten auf der Treppe. Dann wurde wild gegen die Praxistür gehämmert, die sich im ersten Stock befand.

»Aufmachen! Oder ich schieße das Schloss auf.«

»Jupp, mach keinen Blödsinn! Ich stehe auf dem Flur«, rief Inge.

Dann ging sie vorsichtig zur Praxistür und öffnete sie ängstlich.

»Inge!!! Geht es dir gut? Wurdest du unsittlich berührt? Es gibt da so Anzeigen, von denen mir der Waldi eben erzählt hat ...«

Jupp fiel ihr erleichtert um den Hals. Dann blickte er mit geladener Dienstwaffe in der Hand zur Therapeutin, die immer noch völlig aufgelöst im Flur stand und wie ferngesteuert wirkte.

»Herr Kommissar Backes, ich habe Beate Ziegler im Affekt in der Badewanne mit einem Föhn getötet. Ich plädiere auf Totschlag und dafür, dass ich nach zehn Jahren wieder aus dem Frauengefängnis rauskomme«, sagte die Therapeutin und trat ein paar Schritte nach vorne.

Jupp war baff. So was hatte er in seiner über 30-jährigen Dienstzeit noch nie erlebt.

»Wie? Was? Ähm … Sie haben das Recht die Aussage zu verweigern und auf einen Anwalt, der …«

»Jupp, komm, du kannst unsere Paartherapeutin nun festnehmen. Ich habe ein Geständnis!«

Inge zauberte ihr Handy aus der Hosentasche und spulte die Tonaufnahme eines Videos ab, das die letzten Minuten aufgezeichnet hatte.

Inge hatte wirklich sehr, sehr viele »Tatort«-Folgen geschaut und intuitiv gehandelt.

»Bitte ohne Handschellen, Herr Backes! Ich will mit Würde aus diesem Haus gehen«, bat Frau Scholz-Mörsdorf kurz darauf.

Jupp schaute ungläubig, doch Inge nickte nur zustimmend und so führte er die gemeinsame Therapeutin aus der Praxis und platzierte sie auf der Rückbank seines Peugeot 405.

Inge nahm neben der Mörderin Platz, da sie als Aufpasserin fungierte.

Als sie losfuhren, konnte es sich Inge dann doch nicht verkneifen der Therapeutin eine Frage zu stellen.

»Ein letzter Tipp, wie Jupp und ich unser Sexualleben etwas aufpeppen könnten?«, wollte sie wissen.

»Inge! Wir haben unsere Paartherapeutin gerade als Mörderin festgenommen. Von der nehme ich garantiert keine Tipps mehr an«, maßregelte Jupp sie vom Fahrersitz aus.

»Ich empfehle ein ausgiebiges Vorspiel. Das ist oftmals Gold wert«, sprach die Festgenommene, die sich wieder einigermaßen gefangen hatte.

»Ach, so ein Blödsinn! Vorspiel brauche ich nicht. Das wäre ja so, als ob ich mit meinem Auto eine halbe Stunde vorm Haus in der Einfahrt doof rumhupe, bevor ich endlich in die Garage fahre. So was macht doch kein Mensch!«

Die beiden Frauen schauten sich nur kopfschüttelnd an.

»So ist mein Jupp, völlig austherapiert!«

Kurze Zeit später wurde Frau Scholz-Mörsdorf mit ganz viel Tamtam dem Waldi von der Kripo übergeben, der alle Formalitäten erledigte, bevor er wieder wie ein stolzer Gockel um die neue und hübsche Sekretärin herumscharwenzelte.

Inge hatte auf dem Heimweg nach Hirschweiler Jupp alles bis ins kleinste Detail haargenau erzählen müssen: von dem verräterischen Ausdruck, der Entdeckung von Beates Akte, der Tatsache, dass Beate selbst gar keinen Drucker hatte und damit den Abschiedsbrief gar nicht hätte ausdrucken können, und vom Liebesverhältnis der beiden Frauen, dass Beate beendet hatte – bis hin zum Geständnis der Therapeutin.

»Eigentlich müsste ich dir die Ohren lang ziehen«, beschwerte sich Inge. »Dir hätte doch auffallen müssen, dass die Beate den Abschiedsbrief gar nicht hätte selbst ausdrucken können, da sie gar keinen Drucker daheim hat. Da hättest du doch drauf achten müssen!«

»Und was hätte uns das gebracht? Wir wussten doch schon, dass der Abschiedsbrief nicht von Beate getippt wurde.«

»Ja, schon, aber das erwarte ich von einem gut ermittelnden Polizisten, dass er alles prüft. Auch, ob sich ein Drucker im Haushalt befindet.«

Jupp lachte, doch Inge fand es überhaupt nicht witzig.

»Sag mal, Inge, hast du nicht Todesangst gehabt, als die bekloppte Scholz-Mörsdorf mit der Waffe vor dir stand?«

»Doch, ich war von mir selbst überrascht, dass ich auf einmal so funktioniert und total professionell agiert habe. Jahrelange Krimierfahrung durchs Fernsehgucken zahlt sich dann doch aus – komisch, oder?«, wunderte sich Inge.

»Ja, das könnte aber auch am Klimawandel liegen«, rutschte es Jupp raus.

»Hä?«

»Ähm, ich meine deine Wechseljahre. Da seid ihr Frauen ja plötzlich wie ausgewechselt und unberechenbar. Da spielen doch die Hormone wie ein Flipper total verrückt und ihr macht Sachen, die man euch nie zugetraut hätte.«

Inge nickte zögerlich. Sie genoss die ruhige Fahrt über die Autobahn A1 Richtung Heimat. Hinter dem Saarbrücker Kreuz kurbelte sie dann plötzlich die Fensterscheibe runter. So langsam wurde ihr bewusst, in welcher Gefahr sie sich mit der Mörderin in der Praxis befunden hatte. Das Ganze hätte ganz bitterböse ausgehen können, doch sie war dem Tod noch mal von der Schippe gesprungen. Inge wollte sich gar nicht ausmalen, was wohl passiert wäre, wenn die Seelenklempnerin nicht so einsichtig gewesen wäre und sich dann doch für die erste Möglichkeit entschieden hätte. Dann wäre sie nun wohl auch auf dem Weg nach Hirschweiler – allerdings im Eiche-Rustikal-Sarg liegend in einem VW-Kombi.

Dieser Gedanke versprühte unerwartete, aber ausufernde Hitzewallungen in ihr. Inge schloss die Augen und atmete den frischen Fahrtwind ein. Und plötzlich spürte sie eine Hand auf ihrem Knie.

Jupp schaute sie vom Fahrersitz aus an und sagte etwas, was sie schon lange vermisst hatte: »Inge, ich bin so stolz auf dich! Eine Mörderin zu überführen, das hätte ich dir nicht zugetraut. Ich habe dich verdammt lieb!«

Inge grinste ihn daraufhin an.

»Ich liebe dich doch auch. Schlimm genug, dass immer erst einer sterben muss, bis man merkt, wie lieb man sich doch hat.«

»Tja, man braucht halt immer einen Anlass. In unserem Fall waren es die Beate in der Badewanne und die Gisela in der Gefriertruhe. Gott hab sie beide selig!«

Sechs Wochen später

»Herr und Frau Backes, bitte nehmen Sie doch Platz!«, sagte eine freundliche Brillenträgerin.

Sie war etwa Anfang 40 und ihr Gesicht umrahmten blonde Korkenzieherlocken. Sie deutete auf eine schwarze Couch, auf der Jupp und Inge brav und artig nebeneinander Platz nahmen.

»So, bitte erst mal die Papiere. Ich hätte gerne Personalausweis, Reisepass, Abschlusszeugnis, Zulassungsbescheinigung, Impfpass, Sozialversicherungsausweis und am besten auch noch Ihre Geburtsurkunde«, zählte Jupp mit bestimmendem Ton auf.

Die Brillenträgerin schaute ihn mit großen Augen fragend an.

»Entschuldigen Sie, aber mein Mann ist Polizist. Wissen Sie, er ist etwas voreingenommen, wenn es um Psychotherapeuten geht. Denn bei unserer letzten Auserkorenen haben wir sozusagen völlig danebengegriffen«, verteidigte Inge das seltsame Verhalten ihres Mannes.

»Voreingenommen?«, wiederholte Jupp. »Bei der letzten Psychotherapeutin gab es einen gravierenden Tippfehler auf dem Praxisschild, das an die Hauswand geschraubt war. Korrekterweise hätte da ›Psychopathin‹ stehen müssen«, klärte Jupp auf.

»Moment, ich kann Ihnen gerade nicht ganz folgen«, sagte die neue Therapeutin irritiert.

»Also, ich kläre Sie mal auf«, begann Jupp. »Meine Frau hat wahnsinnige Todesängste durchleiden müssen, das kann sich keiner vorstellen. Unsere liebe Frau Therapeutin wollte sie nämlich erschießen – in der Praxis! Na, jetzt sagen Sie gar nix mehr, oder?«

»Wie bitte? Das glaube ich nicht!«

Dem Lockenkopf klappten die Mundwinkel nach unten.

»Das war wirklich nicht schön. Gerade die Person, der man so viel Persönliches anvertraut hat, zielt plötzlich mit der Waffe auf einen und ist kurz davor abzudrücken. Damit rechnet man ja überhaupt nicht in so einer Sitzung«, schilderte Inge mit dramatischem Blick und leidvoller Miene die vergangenen Ereignisse.

»Das ist ja furchtbar! Aber wieso wurden Sie denn bedroht?«, wollte Frau Lockenkopf wissen.

»Tja, das kann ich Ihnen genau sagen. Ihre werte Kollegin hat unsere liebe Nachbarin mithilfe eines Föhns in der Badewanne ermordet. Stromschlag! Da war nix mehr zu machen«, übernahm Jupp das Antworten.

»Das ist ja entsetzlich!«

Das Lockenköpfchen hielt sich die Hand vor den Mund.

»Und das Ganze kam nur durch einen Zufall ans Tageslicht. Denn verdächtig waren zuerst zwei ganz andere Unschuldslämmer«, meinte Inge und blickte Jupp vorwurfsvoll von der Seite an.

»Stopp, stopp! Sooo unschuldig waren die Weiskirchner-Schwestern auch wieder nicht. Nur weil die eine krank und die andere geistig zurückgeblieben ist, darf man die zwei Betrügerinnen nicht in Schutz nehmen. Die haben schließlich ihre eigene Mutter erst in der Gefriertruhe deponiert und dann im Garten verbuddelt. So was macht man doch nicht!«, widersprach Jupp.

»Ach ja, die arme Gisela! Keiner hat so schön in unserem Kirchenchor gesungen wie die Gisela«, sagte Inge traurig und nickte zustimmend.

»Singen tut der Seele bekanntlich sehr gut«, warf Frau Lockenkopf ein.

»Kann sein, ist aber auch verdammt gefährlich«, konterte Jupp. »Unser Hirschweiler Kirchenchor macht gerade die schwerste Zeit seit der Gründung durch. Ein anderes Mitglied ist nämlich kürzlich in Lourdes vom Bus überrollt worden.«

»Oh, das tut mir leid!«, sagte Frau Lockenkopf.

»Genau, beim Pilgern. Schlimm ist das, einfach nur schlimm«, unterstützte Inge ihren Mann und fügte noch hinzu: »Und der Lechner Hansi, der Tenor im Chor, hat sich die Pulsadern aufgeschnitten, der hatte ...«

»Genau! Und wenn Müllersch Mariannes Hund den Hansi nicht gefunden hätte, dann würden in unserem Chor jetzt sogar vier Stimmen fehlen«, meinte Jupp.

Die Therapeutin schluckte und schüttelte nur völlig verdattert ihre Locken.

»Sagen Sie mal, wo um alles in der Welt wohnen Sie denn? Das scheint ja ein total gefährliches Pflaster zu sein und ist alles ganz furchtbar. Wie kann ich Ihnen nach den dramatischen Ereignissen weiterhelfen?«, wollte sie wissen.

»Also, meine Schwiegermutter und unser Nachbar sind jetzt wohl oder übel dem Chor beigetreten. Wobei es da auch schon wieder Unstimmigkeiten mit dem Chorleiter gab, weil unser Nachbar gerne aus der Reihe tanzt, aber das gehört jetzt nicht hierhin«, erklärte Jupp.

»Nein, nein, das meinte ich nicht«, lenkte die Therapeutin ein. »Was kann ich für Sie beide tun? Nach dem, was Sie mir gerade geschildert haben, würde ich eine Traumatherapie vorschlagen. Nach den ganzen Todesfällen, und dann wurden Sie auch noch selbst mit dem Tode bedroht«, wandte sie sich an Inge, die immer nur nickte und nickte.

»Einfach ist es nicht, damit klarzukommen, dass einen die eigene Therapeutin auf so eine krasse Art und Weise loswerden wollte.«

Inge wollte Mitleid und drückte gehörig auf die Tränendrüse.

»Meiner Frau und mir würde es schon helfen über das Erlebte sprechen zu können«, bemerkte Jupp und tat so, als hätte auch er traumatische Dinge in der Praxis erlebt.

Inge fügte hinzu, dass ihr Ehealltag oftmals so unspektakulär sei. Dass jetzt aber auch nicht ständig irgendwo jemand ermordet werden dürfte, nur damit sie beide als Paar näher zusammenrückten, denn dies wäre schließlich der einzige Vorteil aus dem Fast-Erschieß-Dilemma gewesen.

»Sind Sie denn beide bei der Polizei beschäftigt und ermitteln als Paar?«, fragte die Therapeutin interessiert.

»Nein, nein, ich bin Hausfrau, Mutter und zweifache Oma. Aber wir ermitteln sozusagen als Familie. Meine Mutter hilft auch noch mit, die ist nämlich total fit, wenn es um Internet und solche neumodischen Sachen wie Tinder und Co geht.«

»Das ist aber ungewöhnlich, dass eine ganze Familie Mordfälle aufklärt«, bemerkte Frau Lockenkopf.

»Ei ja, es hat sich halt eben so ergeben«, meinte Jupp. »Familie kann man sich ja nicht immer aussuchen. Meine Schwiegermutter wohnt mietfrei bei uns und ist total mannstoll, und das führt in unserem Alltag regelmäßig zu Spannungen. Wir streiten ganz oft wegen der Oma!«

»Jupp, jetzt übertreib mal nicht! Die letzte Männerbekanntschaft war so ein älterer Herr aus Mainz, der mal bei uns am Frühstücktisch saß. Aber bei den alten Herrschaften ist es auch schon wieder aus. Angeblich sei ihm die Fahrerei zu anstrengend, denn der Arme ist nachtblind wie ein Maulwurf«, erzählte Inge ganz offenherzig.

Die Therapeutin folgte den Ausführungen nur staunend und wunderte sich doch sehr über die neuen Patienten.

In der verbleibenden Zeit der heutigen Therapiestunde luden Jupp und Inge noch ihre weiteren Sorgen und Nöte ab. Sie hatten alles in allem das Gefühl, dass diese bei Frau Lockenkopf in guten Händen waren. Somit wurde berichtet, dass Tochter Eva immer noch mit einem Berliner Schauspieler liiert war, was Jupp überhaupt nicht passte, und dass Tochter Marion in Luxemburg fleißig Eisbecher in sämtlichen Variationen herumbalancierte, was ihm genauso wenig schmeckte. Die genauen Umstände, weshalb Käthe mietfrei bei ihnen wohnte, wurden detailliert aufgeführt, sodass die Psychotherapeutin zu dem Ergebnis kam, dass sich Jupp ganz dringend einer Verhaltenstherapie unterziehen müsste und dass eine Paartherapie der falsche Ansatz wäre. Er wäre im Prinzip eine tickende Zeitbombe, die auf einem Pulverfass saß.

Mit diesem Fazit aus der ersten Stunde hatte Jupp nicht gerechnet. Mit gesenktem Kopf verließ er das Behandlungszimmer. Inge folgte ihm.

Beide staunten nicht schlecht, als sie im Wartezimmer auf zwei altbekannte Herrschaften trafen.

Anneliese und Hansi Lechner guckten verblüfft, als ihnen Inge und Jupp im Wartezimmer gegenüberstanden.

»Was macht ihr zwei denn hier?«, fragte Hansi sofort und erhob sich.

»Ähm ... die Inge hatte ein Vorstellungsgespräch und ich habe sie hergefahren, da sie ja keinen Führerschein hat«, fiel

Jupp spontan ein. Natürlich wollte er nicht den wahren Grund mitteilen.

Inge nickte, da es auch ihr unangenehm war, dass man sie hier ertappte.

»Ich muss mal von daheim raus. Seit unsere Marion mit den Enkelkindern in Luxemburg wohnt, fällt mir die Decke auf den Kopf. Und da dachte ich mir, dass ich ein bisschen Bürokram machen könnte, mal ne Druckerpatrone austauschen oder so ...«

»Aha, Druckerpatronen austauschen ... spannend«, sagte Anneliese, die sitzengeblieben war, da ihr Knöchel immer noch nicht ganz wieder zusammengewachsen war. Eben ein komplizierter Bruch.

»Und ihr? Was macht ihr zwei hier«, stellte Jupp die Gegenfrage.

»Wir machen eine Therapie. Der Hansi weint und weint. Er weint sich jeden Abend in den Schlaf und keiner weiß, warum. Ich tippe auf Depressionen, da er nun auch schon Mitte 50 ist und wohl eine Midlife-Crisis hat. Männer kommen damit ja nicht immer so klar, wenn sie älter und grauer werden, gell Hansi?«

Anneliese war total gesprächig, während Hansi bedröppelt auf den Boden guckte.

Jupp vermutete, dass Hansi seiner Frau die Affäre mit Beate nicht gebeichtet hatte und dass ihr schmerzlicher Verlust der Grund für seine Heulattacken war.

Dann verließen Inge und Jupp das riesige Praxishaus in der Saarbrücker Innenstadt, das nur wenige Gehminuten von den ehemaligen Räumlichkeiten von Frau Scholz-Mörsdorf entfernt lag. Deren Praxis war mittlerweile leer geräumt. Die Mörderin saß schließlich in ihrer kleinen Zelle und wartete auf den

Prozess, die bräuchte die nächsten Jahre keine Wohnung mehr anzumieten. Und erst recht keine Praxis. Sollte sie doch die bösen Gangsterbräute hinter den schwedischen Gardinen bis zum Erbrechen therapieren, auf dass sie die JVA eines Tages als Engelchen verlassen konnten.

Aber anständige Bürger sollten nie wieder Tipps und Ratschläge von Frau Cornelia Scholz-Mörsdorf erhalten, die in Stresssituationen überreagierte und den Leuten einfach Elektrogeräte ins Wasser warf. Mit dieser Aktion hatte sie sich wirklich nicht gerade mit therapeutischem Ruhm bekleckert. Von der Psychotherapeutenkammer des Saarlandes war sie zumindest für immer und ewig gesperrt worden.

Gegen 19 Uhr war es draußen mittlerweile schon dunkel, denn der Herbst rückte immer näher.

Inge hatte den Abendbrottisch gedeckt. Es gab frisches Weizenbrot, dazu Lyoner und alternativ Grauwurst. Jupp freute sich auf ein kühles Karlsberg UrPils, während Inge mit einem Brennnesseltee vorliebnahm.

»Wo ist denn eigentlich die Oma?«, wollte Jupp wissen, denn ihr Platz war nicht eingedeckt.

»Sie ist mit ihren Freundinnen beim Griechen, die haben heute Mädelsabend.«

»Aha, mal nicht in Saarbrigge unterwegs?«, wollte Jupp wissen.

»Wie denn? Seitdem du der Evelyn, also ihrer Fahrerin, wegen Fahrerflucht den Lappen abgenommen hast, können sie ja nur noch in Hirschweiler um die Häuser schleichen.«

»Selbst schuld! Man beschädigt nicht dem Hinsberger Richard sein Malermeisterauto und braust dann einfach auf und davon.«

»Das nimmt dir die Oma aber echt übel, das weißt du schon, ne?«

»Recht und Ordnung muss sein. Da kann ich auch bei Käthe keine Ausnahme machen, nur weil sie gerne durch die Weltgeschichte kutschiert wird ... Wo kämen wir denn da hin?«

»Du, Jupp, wir zwei haben ja heute sturmfrei«, sagte Inge auf einmal und schaute ihn verschmitzt an, da sie das Thema schnell wechseln wollte.

»So, so, und was kommt heute Abend im Fernsehen?«

»Wir können den Fernseher doch mal auslassen und uns anderweitig beschäftigen ...«, meinte Inge zaghaft.

»Ach, Inge, du weißt ganz genau, dass ich mir aus Gesellschaftsspielen überhaupt nix mache. Läuft heute nicht ›Wer wird Millionär?‹ in der Glotze?«

»Sag mal, du hast doch damals vom Welter Regina so Fotos gemacht ...«, begann sie vorsichtig.

»Ach, jetzt hör aber auf! Das habe ich dir schon hundertmal erklärt. Das war rein beruflich, wegen ihrer dämlichen Anzeige zu den vermurksten Brüsten«, verteidigte sich Jupp sofort.

Doch Inge beruhigte ihn, dass sie eine andere Absicht verfolge. Sie hätte auch gerne mal ästhetische Fotos von sich.

»Hä? Wie kommst du denn auf so was?«, fragte Jupp völlig entgeistert.

Inge rutschte nervös auf ihrem Küchenstuhl herum und teilte mit, dass sie den Wunsch verspüre sich mal in Reizwäsche ablichten zu lassen. Und zwar von Jupp.

»Herrschaftszeiten, meinetwegen! Dann leg dich halt auf die Wohnzimmercouch, ich hole die Sofortbildkamera«, kommandierte Jupp.

Inge freute sich wie eine Schneekönigin. Sie stellte sich schon vor, wie sie Prosecco-Doris die Nase lang ziehen könnte, wenn sie ihr von diesem Fotoshooting berichten würde, während die Freundin nur mit langweiligen Fimo-Broschen abgespeist wurde.

Nachdem der Essenstisch abgeräumt war, verschwand sie im Bad. Eine halbe Stunde später stand eine geschminkte und aufgetakelte Inge Backes in schwarzer Unterwäsche und einem dünnen Jäckchen im Türrahmen des Wohnzimmers. Beide Arme hatte sie zur Decke gestreckt und wackelte mit den Hüften.

»Na, was sagt du jetzt?« hauchte sie Jupp entgegen, der in seiner Couchecke lag und Erdnussflips knabberte.

»C, es ist Antwort C. Sebastian Vettel hat seine drei Weltmeistertitel definitiv mit Motoren von Renault eingefahren.«

»Ach, menno! Ich meine doch, was du zu meinem Outfit sagst.«

Inge formte einen ungewohnten Kussmund.

Jupp schaute irritiert und stoppte das Knabbern.

»Hast du Zahnweh?«

»Nein, das ist ein Fuck Face! Das habe ich von der Oma gelernt«, meinte Inge bedröppelt.

Sie hatte sich so viel Mühe gegeben.

»Da ist doch euer Klimawandel dran schuld ... ähm, Klimakterium meine ich, nicht wahr?«

Inge tat, als hätte sie die Frage überhört, denn sie wollte mit ihm partout nicht über ihre Wechseljahre sprechen. Sie war schließlich in einer ganz anderen Stimmung. In Erotikfoto-Stimmung sozusagen. »Wo willst du mich denn fotografieren?«

Jupp zuckte mit den Schultern und erhob sich gemächlich von der Couch, während er die Flimmerkiste nicht aus den Augen ließ. Der Kandidat bekam die 125.000-Euro-Frage gestellt und RTL sorgte für megamäßigen Adrenalinschub bei Jupp.

»Soll ich liegen, sitzen oder stehen?«, fragte Inge unbeholfen.

»Ei ja, leg dich halt dahinten in die Ecke von der Couch! Und mach halt ein paar Bewegungen, als ob du mir was verkaufen willst.«

»Was soll ich dir denn verkaufen?«, fragte Inge irritiert, während sie auf der riesigen beigefarbenen Ledercouch rumrobbte.

»Bisschen Fantasie, Inge! Sonst bringt der Aufwand nix. Du musst mir doch verkaufsmäßig was bieten, damit ich knipsen will. Verkauf mir halt Schleifscheiben!«

»Was? Das ist doch jetzt nicht dein Ernst!«

»Doch, Schleifscheiben könnte ich in der Tat dringend gebrauchen. Ich muss die Woche unbedingt mal zum Baumarkt, die müssten beim ›Globus‹ im Angebot sein.«

Inge lag nun räkelnd wie ein junges Reh in der Couchecke und machte Fuck-Face-Posen, auf dass ihre Mutter beim Griechen vor Neid platzen oder zumindest Gyros Pita spucken würde.

Jupp positionierte sich mit der Sofortbildkamera in der Hand und gab Anweisungen, dass Inge weiter nach links oder nach rechts rücken solle. Inge tat wie befohlen.

Plötzlich schrie Jupp sie an, Inge erschrak fürchterlich.

»Inge!!! Gehst du mit deinen alten Schlappen gefälligst von der guten Couch runter! Ich glaub, ich spinne!«

Inge pfefferte ihre Birkenstock-Sandalen in die Ecke und posierte mit nackten Füßen auf der Ledercouch, was schon attraktiver war als mit den ollen und ausgelatschten Haustretern. Sie fummelte verlegen an ihrem BH-Träger herum, der natürlich mal ganz versehentlich von der Schulter glitt. Anschließend bedeckte sie verspielt mit verschränkten Armen ihre Oberweite und tat ganz erschrocken, als Jupp den Auslöser drückte. Natürlich mit Fuck Face, was eigentlich als »Duck Face« bekannt war, eine Schnute, bei der Menschen die Wangen einzogen und die Lippen zu einem Schmollmund formten.

Nach 20 Minuten war das Fotoshooting à la Jupp Backes beendet und er präsentierte ihr ein Dutzend Fotos, die sich in Windeseile selbst entwickelt hatten.

Jupp wandte sich wieder entspannt dem TV-Programm zu, während Inge wie ein aufgeregter Teenager die Bilder hin und her drehte und genau inspizierte.

»Und, gefallen dir die Fotos?«, wollte Jupp in einer Werbepause wissen, denn auf der Couch neben ihm war es relativ still.

Verdächtig still, wie er fand, denn sonst laberte Inge immer sehr gerne in der Werbepause.

»Ja, also schlecht sind die Bilder ja nicht ...«, begann Inge auf einmal herumzudrucksen.

»Also, ich kann nur knipsen, was vor der Linse ist. Wunder kannst du jetzt keine von mir erwarten«, meinte Jupp in seiner typischen grummeligen Art.

»Machst du noch zwei, drei Fotos?«, bettelte Inge.

»Aha, sie gefallen dir also doch nicht«, unterstellte Jupp.

»Doch, schon ...«

Inge schaute immer wieder die zwölf Fotos durch: »Aber ich hätte gerne wenigstens ein Foto, auf dem auch mal mein Kopf mit drauf ist.«

Jupp zuckte mit den Schultern.

»Tut mir leid! Du wolltest Fotos wie die Welter Regina – da darf man im Nachhinein nicht murren, wenn der Kopf nicht dabei ist.«

Inge seufzte.

»Ästhetisch sind die Fotos ja schon, aber mein Kopf müsste halt mit drauf sein ...«

Jupp erhob sich genervt aus seiner bequemen Liegeposition. Er griff zur Kamera und tat, als hätte er in seinem Leben nie was anderes gemacht. Er war urplötzlich der geborene Fotograf.

»Und wie findest du mich als Model?«, fragte Inge vorsichtig.

»Ja, ja, ganz schön machst du das. Wie Frauen das halt so machen, wenn sie ein Mal im Jahr nuttige Wäsche anziehen«, murmelte er vor sich hin, sodass Inge es nicht hören konnte, denn zum Glück lief der Fernseher ziemlich laut.

Inge konzentrierte sich stattdessen lieber aufs Posen und merkte, dass man auch als reifere Frau in den Fünfzigern immer wieder neue Seiten an sich entdecken konnte. Sie hatte nicht nur einen Mordsspaß als Ermittlerin, sondern auch als kurvenreiches Model.

Plötzlich quietschte Inge auf der Couch frivol auf. Sie hatte eine Mordsgaudi dabei, sich vor Jupp mal nicht als Haus- und Ehefrau zu präsentieren, sondern komplett anders: Inge Backes, der verführerische Vamp!

Fotografisch festgehalten an einem Montagabend in einem saarländischen, leicht spießigen Wohnzimmer – vom eigenen Ehemann, der stöhnend und genervt mit seiner Kamera herumhantierte, weil er eigentlich viel lieber »den Jauch« gucken wollte.

Plötzlich stoppte Inge das Posen und hielt inne.

»Weißt du, Jupp, wer schuld daran ist, dass ich hier gerade das mache, was ich mache?«

»Klar! Der Klimawandel ... ähm, das Klimakterium oder halt die Wechseljahre. Da macht man oftmals einen verrückten Firlefanz, den man zuvor nie und nimmer veranstaltet hätte.«

»Nein, nein! Es hat mit einer ganz bestimmten Person zu tun ...«

»Ach so, mit der Welter Regina?«, entgegnete Jupp.

Inge schüttelte den Kopf.

»Wenn du jetzt Marianne Müller oder Käthe sagst, flippe ich aus.«

Inge winkte ihn dicht an die Couch heran, sodass Jupp ganz nah bei ihr war.

»Die Beate ist schuld daran. Wenn jemand so jung und tragisch stirbt, dann weiß man doch erst, dass man das Leben genießen muss, als ob jeder Tag der letzte wäre. Man sollte sich nicht fragen, was die Nachbarn denken, denn das ist total egal. Man sollte das machen, worauf man Lust und Laune hat!«

»Ähm, ja, das stimmt ... Wobei: jung sterben ist ja immer relativ und liegt im Auge des Betrachters«, entgegnete Jupp.

»Ja, ja, jetzt erzähl mir nicht wieder, dass die Menschen von der Elfenbeinküste im Schnitt nur 57 Jahre alt werden ...«

»Ist aber so! Da kann man wirklich von Glück sprechen, dass wir im Saarland zur Welt gekommen sind und nicht an der Elfenbeinküste. Aber ein bisschen Glück gehört halt immer zum Leben dazu, auch wenn man samstags Lotto spielt, nicht wahr?«

»Auf noch viele schöne gemeinsame Jahre mit dir!«, sagte Inge und schaute ihren Jupp verliebt an, während sie auf der Couch kniete und er direkt vor ihr stand.

»An mir liegt es nicht. Ich hätte diese Paartherapie niemals gebraucht, denn ich bin glücklich und zufrieden mit dem, was ich habe. Also mit dir, meine liebe Inge.«

»Ich glaube, unsere beste Therapie war, dass wir als Familie einen Mord aufgeklärt haben. Das hat uns doch alle zusammengeschweißt. Schlimm nur, dass immer erst was Tragisches geschehen muss ...«

»Stimmt! Aber wir sind jetzt ein eingespieltes Ermittlerteam. Da wäre der Waldi doch doof, wenn er beim nächsten Mord nicht wieder die Fachexpertise aus Hirschweiler anfordern würde.«

»Ja, so doof wird der Waldi wohl nicht sein«, lachte Inge und fiel ihrem Jupp freudestrahlend um den Hals.

ENDE

Bei Facebook folgen:
Dany R. Wood - Comedy-Autor

Bei Instagram folgen:
Dany_R_Wood_Autor

Schreiben Sie mir bei Fragen und Anregungen zu meinen Büchern und besuchen Sie meine Homepage. Melden Sie sich gerne beim Newsletter an, damit Sie schnell informiert werden, wann das nächste Buch erscheinen wird:
www.arturo-verlag.de

Dany R. Wood

SAAR-ABC

(Unner)bux	(Unter)hose
Babbe	Papa
babbisch	klebrig
Balawa	Streit
Bällche Eis	Kugel Eis
dalli	flott
Dibbelabbes	Kartoffelgericht
Flemm haben	niedergeschlagen/ traurig sein
Fubbes	Quatsch
Gefilde	gefüllte Klöße
gehuscht, eine	elektrischer Schlagbekommen
Grauworscht	Salami
Grummbeerkieschelscher	Kartoffelpuffer
Huddel	Probleme
hugge	sitzen
Hupp	Hinterteil
Kapp	Mütze
Kochdibbe	Kochtopf
krawwele	krabbeln
krumbelisch	zerknittert
Lyoner	Fleischwurst
Miggeplätsch	Fliegenklatsche
Oh, leck	Ausruf der Verwunderung
Schichteschmeer	belegtes Brot für die Arbeit
Schmu	Unsinn
Schnärr, auf die	ausgehen, um zu feiern
Schnorres	Oberlippenbart
Schorschde	Schornstein
schwenke	grillen

Schwenker	Grill
Spischelschränksche	Spiegelschrank
tappe	treten
uff der Grub	im Bergbau
Vorwitztut	neugierige Person
Weck	Brötchen
Zewenäschel	Zehennägel

Der 2. Fall für die Backes!

Klappentext

Die Oma unter Mordverdacht? Das ist doch total plemplem! Käthe verknallt sich in einen pensionierten Französischlehrer, der zum Klassentreffen im Dorf ist. Am nächsten Morgen liegt der Monsieur mausetot im Bett des Gasthofs. Herzinfarkt! Absolute Fehldiagnose, wie sich bald herausstellt.

Schwiegersohn und Dorfpolizist Jupp Backes muss ran – inklusive Gattin Inge, die eigentlich grad viel lieber Pärchenabende zwecks Eherettung   arrangiert. Beide nehmen die ehemaligen Schüler unter die Lupe, ob da noch einer ein Hühnchen mit dem Pauker zu rupfen hatte.

Und dann stellt sich heraus, dass der Tote rein frauentechnisch nichts anbrennen ließ. Die Oma ist stinksauer! Warum musste der charmante Lehrer bloß den Löffel abgeben? Bei diesem dubiosen Fall ist wieder pikantes Ermitteln des Backes-Trios gefragt. Na dann, prost Mahlzeit!

Kapitel 1 (Leseprobe)

»Gnädige Frau, mögen Sie eigentlich auch ein bisschen Hirn? Also, so ab und zu mal?«, fragte der ältere Herr vorsichtig, während er nervös an seinem Krawattenknoten herumfummelte.

»Hm, ja ... Davon darf's gerne etwas mehr sein«, lächelte Käthe. »Also, wenn ein Mann ein bisschen Grips in der Birne hat, finde ich das schon attraktiv. Nur bei zu arger Intellektualität bin ich irgendwann raus. Da ist mir ein einfacher Handwerker tausendmal lieber als so ein hochbegabter Universitätsprofessor. Bodenständigkeit kommt vor Abgehobenheit, gell?«

»Ich kann Ihnen gerade nicht folgen, gnädige Frau?«, fragte er irritiert und tupfte sich mit einem Stofftaschentuch ein paar Schweißperlen von der Stirn.

»Na ja, was bringt's mir, wenn mich jemand tagtäglich mit Geschichten über Picasso und van Gogh vollsülzt, aber dann kein Bild an die Wand nageln kann? So einen Mann kann ich doch in der Pfeife rauchen – nein, danke!«

»Ich bin ja eher der Künstlertyp ...«, offenbarte ihr Gegenüber und zeigte seine riesigen (falschen) Zähne, da er endlich mal lächelte.

»Aha, interessant. Sie malen also lieber ein Gemälde, als es aufzuhängen?«

»Nein, nein, ich bin Alleinunterhalter. Meine Kunst besteht darin, die Leute mit meinem Keyboard von den Sitzen zu reißen. Ich werde oft zu runden Geburtstagen oder goldenen Hochzeiten gebucht. Für meine ›Flippers‹-Version von ›Die rote Sonne von Barbados‹ lieben mich die Gäste ...«

Käthe grübelte angestrengt. Sie konnte sich ihre Verabredung beim besten Willen nicht in der Unterhaltungsbranche vorstellen. Schließlich saß er stocksteif im mausgrauen Nadelstreifenanzug mit Einstecktuch vor ihr und sah eher aus, als hätte er eben noch jemandem eine Hausratversicherung verkauft.

»Das hätte ich Ihnen ja gar nicht zugetraut ... aber: klasse! Denn einen Stubenhocker kann ich nicht gebrauchen, so einen hatte ich schon 50 Jahre lang bei mir daheim rumsitzen. Gott hab ihn selig, aber so was brauche ich für meinen zweiten Frühling nun wirklich nicht mehr.«

»Gnädige Frau, ich versichere Ihnen hoch und heilig, dass ich eine echte Stimmungskanone sein kann, aber eben immer zum passenden Anlass«, kicherte er.

»Sie haben ja doch Humor. Nennen Sie mich doch einfach Käthe!«

Dabei hielt sie ihm freudestrahlend ihre Kaffeetasse mit Goldrand zum Prosten entgegen.

»Vielen Dank für das reizende Angebot, verehrte Frau Käthe, aber das geht mir dann doch ein wenig zu schnell ... Wissen Sie, in unserem Alter duzt man sich nicht so schnell. Wir kennen uns doch gerade erst seit ein paar Minuten.«

Autsch! Käthe blickte peinlich berührt zur Seite und versuchte die Duz-Abfuhr geschickt zu überspielen.

»Sie sind kein gebürtiger Saarländer, stimmt's?«

»Nein, ich stamme ursprünglich aus Kassel, lebe aber schon lange hier im Saarland. Warum fragen Sie? Ich hoffe, das ist kein Ausschlusskriterium bei Ihrer Partnerwahl.«

»Ach, papperlapapp! Ich gebe jedem eine Chance, denn ich habe ein großes Herz. Solange Sie keinen Stock im Allerwertesten haben ...«, meinte Käthe gönnerhaft mit einem Augenzwinkern.

»Nein, den habe ich ganz gewiss nicht. Mit so einer Person könnte ich nämlich überhaupt nichts anfangen. Also, mit einer, die einen Stock … Sie verstehen schon«, flüsterte er auf auf einmal und wurde ein kleines bisschen rot dabei.

Die beiden älteren Herrschaften, Käthe und Anton, hatten sich in diesem Saarbrücker Café mit Blümchentapete, wo die Zeit in den 60er-Jahren stehengeblieben war, zu ihrem ersten gemeinsamen Date getroffen. Käthe hatte vor etwa zwei Wochen auf eine Kontaktanzeige in der »Saarbrücker Zeitung« geantwortet. Sie hatte mal bewusst den klassischen, eher altbackenen Weg zum Männerkennenlernen wählen wollen, nachdem ihr in der Welt des Onlinedatings nur Gestörte über den Weg gelaufen waren. Nach einem kurzen Hin und Her per Brief hatte ihr Anton dieses Café als Treffpunkt vorgeschlagen und Käthe hatte freudig eingewilligt.

Doch jetzt fand sie das heutige Rendezvous eher wenig prickelnd. Sie suchte händeringend nach Gemeinsamkeiten oder Anknüpfungspunkten.

»Was möchten Sie denn noch gerne über mich wissen, Anton … pardon, Herr Anton?«, fragte Käthe lächelnd. Sie fand dieses Gesieze mit dem Vornamen ja total albern, wollte ihm die Freude aber auch nicht nehmen.

Anton räusperte sich.

»Also, ich komme noch einmal auf meine Frage von eben zurück, die ja leider unbeantwortet blieb, was sicherlich nicht Ihre Absicht war, Gnädigste … Mögen Sie nun Hirn oder nicht?«

»Das hatten wir doch schon geklärt. Oder haben Sie, lieber Herr Anton, mir etwa nicht richtig zugehört? Ist hier etwa jemand schon ein bisschen vergesslich?«

Käthe zwinkerte ihm zu, um die Situation zu entspannen.

»Nein, nein, Sie sind wohl … ähm, verzeihen Sie, aber Sie sind wohl etwas schwer von Begriff, Frau Käthe? Womit ich keineswegs ein Problem hätte, nicht dass Sie mich falsch verstehen …«

»Was? Wie kommen Sie denn auf so einen Quatsch?«, empörte sich Käthe.

Das war ja wohl eine Frechheit! Was bildete sich dieser Lackaffe ein?

»Also essen Sie nun gerne Innereien, wie zum Beispiel Rippchen, Nierchen, Leberchen? Oder auch mal ein bisschen Hirnchen von der Ziege? Was im Übrigen bei meinen kroatischen Nachbarn als absolute Delikatesse gilt. Ich könnte nämlich mit einer vegetarischen Dame im Alltag nicht viel anfangen, also: als potenzieller Partnerin. Ich bin nämlich durch und durch ein Fleischfresser. Aber bei dieser Frage gehen Sie mir strikt aus dem Weg, warum nur?«

»Tja, mein lieber Herr Anton, jetzt müssen Sie ganz, ganz tapfer sein. Mein verstorbener Mann und ich, wir hatten früher eine Wurstfabrik. Ohne Fleisch hätte uns die Existenz gefehlt.«

»Wurstfabrik? Fleisch als Existenz? Frau Käthe, das ist ja köstlich! Glauben Sie eigentlich an die Liebe auf den ersten Blick?«, wollte Anton nun unverzüglich wissen.

Jetzt strahlte er über beide Ohren angesichts dieser fleischigen Neuigkeiten.

»Na ja, ich wurde mal am grauen Star operiert. Seitdem muss ich schon ein bisschen genauer hingucken bei der Liebe«, lachte Käthe über sich selbst.

Dann erzählte sie, dass sie bei Ziegenhirn definitiv raus wäre und sich eher auf Lyoner, Grauworscht und Schwenkbraten beschränke, also die saarländischen Delikatessen.

»Wissen Sie, an wen Sie mich erinnern?«, fragte Anton plötzlich und stierte sie regelrecht an.

»Jetzt sagen Sie bloß nicht Jane Fonda! Das höre ich nämlich sehr oft in letzter Zeit«, quiekte Käthe vor Freude und schüttelte demonstrativ ihr schulterlanges Haar.

»Jane wer?«

»Na, diese Aerobic-Queen und Schauspielerin, so 'ne Art Sexsymbol aus Amerika ...«, klärte Käthe ihn auf.

Sie fühlte sich sehr geschmeichelt und freute sich über den Vergleich mit der Prominenten, auch wenn Herr Anton in diesem Bereich offenbar etwas minderbemittelt war.

»Das sagt mir leider überhaupt nichts. Ich mache allerdings auch nie Aerobic. Aber ich kenne die Jane vom Tarzan ... Nein, Sie erinnern mich irgendwie an meine verstorbene Mutter.«

Käthes Kinnlade klappte schlagartig nach unten. Das war ja eine bodenlose Unverschämtheit!

»Sie hätten Schwestern sein können. Dann wären Sie jetzt meine Tante. Tante Käthe.«

Anton lachte laut und glaubte wohl, er sei witzig.

Käthe fand diesen Vergleich ziemlich daneben. Sie hob nur die rechte Augenbraue und schluckte laut ihren Bohnenkaffee in einem Rutsch herunter. Händeringend suchte sie nach einem neuen Thema. Sie war schließlich Flirtprofi, obwohl ihr Gegenüber gerade immer mehr Punkte verlor - die von »Payback« würden die Hände über den Köpfen zusammenschlagen.

»Und wie lange sind Sie schon verwitwet?«, fragte Käthe, um galant das Thema zu wechseln.

»Ich bin kein Witwer«, antwortete er erstaunt.

»Ach, Sie sind geschieden? Heutzutage geht ja jede dritte Ehe in die Brüche ... Aber ich habe damit kein Problem, in meinem Alter muss man sich auch mit abgelegten Männern zufriedengeben und darf nicht zu hohe Ansprüche stellen.«

Doch Anton schüttelte den Kopf und tupfte sich mit seinem Taschentuch einen Schweißtropfen von der Stirn.

»Wie? Sie sind ein ewiger Junggeselle?«, fragte Käthe mit aufgerissenen Augen.

»Ja, also ...«

Anton geriet ins Stottern und tupfte sich nun das ganze Gesicht ab.

Käthe verschränkte die Arme vor der Brust und lehnte sich in ihrem Stuhl zurück. Jetzt war sie aber wirklich mal auf seine Ausrede gespannt, weshalb ein Mann im Alter von Mitte 70 noch nie unter der Haube gewesen war.

»Sie müssen wissen, gnädige Frau Käthe ... Also, ähm ... Tja, ich weiß gar nicht, wie ich Ihnen das erklären soll ...«

»Oh Gott! Nein, sagen Sie nix, Herr Anton! Suchen Sie etwa nur eine Alibifrau für ihre komischen Keyboard-Abende, damit die Gerüchteküche über Ihr Privatleben endlich mal aufhört? Und ich soll Ihnen die Notenblätter umdrehen und die Anstandsdame mimen, oder wie? Jetzt ergibt das ganze Gnädige-Frau-Wischiwaschi auch einen Sinn ... So höflich, zuvorkommend und total anständig verhält sich natürlich kein Hetero ...«

»Aber was reden Sie denn da?«

Anton wirkte verstört und schien sich ganz und gar nicht wohl in seiner Haut zu fühlen.

»Sie sind homosexuell, stimmt's? Aber Sie müssen dazu stehen, das ist doch heute kein Problem mehr ... Allerdings bin ich dann die falsche Partnerin für Sie. Wissen Sie, ich habe vier Kinder großgezogen und einen Mann zu Grabe getragen. Da fang ich doch jetzt keine Scheinbeziehung an, nur um meinen Lebensabend nicht alleine verbringen zu müssen. Nein, danke – so nötig hab ich es nun auch wieder nicht!

Ende der Leseprobe

Bücher von Dany R. Wood

Die Backes:
Band 1: »Achtung Familienfeier – Betreten auf eigene Gefahr«
Band 2: »Urlaub! Wir sind dann mal fort«

Familie Jupp Backes ermittelt:
Band 1: »Nur Gisela sang schöner«,
Band 2: »Nur Uschi kochte schärfer«
Band 3: »Nur Rudi tanzte schräger«
Band 4: »Nur Helga schwamm schneller«
Band 5: »Nur Bärbel backte besser«
Band 6: »Nur Rita raste rasanter«
Band 7: »Nur Hilde küsste wilder«
Band 8: »Nur Norbert malte blauer«

Weitere Veröffentlichungen:
Band 1: »Limetten retten in Sydney«
Band 2: »Trauben rauben in Kapstadt«
Band 3: »Zitronen klonen in Barcelona«

Schweden-Thriller:
»Der Orchideenmörder«

Oma Käthe ermittelt: Küstenkrimi:
»Der tote Kurschatten von Sylt«
»Die eiskalte Strohwitwe von Sylt«